本书出版得到国家社科基金艺术学一般项目"中国动画电影人口述史"(立项编号:15BC033)基金资助

叙事·时间·空间:
现代叙事伦理形式研究

邹波◎著

新 华 出 版 社

图书在版编目（CIP）数据

叙事·时间·空间：现代叙事伦理形式研究／邹波
著. —北京：新华出版社，2023.9
ISBN 978-7-5166-7034-7

Ⅰ. ①叙… Ⅱ. ①邹… Ⅲ. ①叙事文学—文学研究
Ⅳ. ①I0

中国国家版本馆 CIP 数据核字（2023）第 184161 号

叙事·时间·空间：现代叙事伦理形式研究

作　　者：邹　波

责任编辑：赵怀志　　　　　　　　封面设计：人文在线

出版发行：新华出版社
地　　址：北京石景山区京原路 8 号　　　邮　　编：100040
网　　址：http://www.xinhuapub.com
经　　销：新华书店、新华出版社天猫旗舰店、京东旗舰店及各大网店
购书热线：010-63077122　　　　中国新闻书店购书热线：010-63072012

照　　排：北京人文在线文化艺术有限公司
印　　刷：三河市龙大印装有限公司

成品尺寸：170mm×240mm　　1/16
印　　张：18.25　　　　　　　　字　　数：266 千字
版　　次：2024 年 3 月第一版　　　印　　次：2024 年 3 月第一次印刷

书　　号：ISBN 978-7-5166-7034-7
定　　价：74.00 元

目　录

Conterts

1

绪　论

外部研究和内部研究如何结合？叙事伦理的形式研究如何展开？是后叙事学时代的现代叙事伦理研究务必思考的问题。

传统文论家重视且长于伦理批评，精彩如中国明清小说的评点本，李卓吾、金圣叹、毛宗岗、张竹坡以及脂砚斋等评点家将自身的审美悟性和伦理精神穿插在文本的字里行间，"能通作者之意，开览者之心"①，别开生面地揭示了小说细节的"不传之传"的叙事策略，有机融贯了"故事"（story）、"叙事"（narrative）和"话语"（narrating）的叙事伦理，引导读者进入与作者、叙述者、人物、评点家的伦理关系中，得其精微地揣摩"应该怎么写"和"不应该怎么写"。但是，总体看来，传统叙事伦理研究侧重内容层面的故事伦理，相对尚未系统地讨论形式层面的叙事伦理②。

西方叙事学者尝试从形式研究来考察叙事与伦理的关系，如米勒（J. Hillis Miller）认为"伦理本身即与我们称之为叙述的语言形式有特殊的关联"③，布思（Wayne C. Booth）试图把小说的伦理性质（"所有的叙事作品都是道德教诲的"④）和叙事形式（读者与隐含读者、文本之间的关系

---

① （明）施耐庵著，（明）李贽批评：《出像评点忠义水浒全传·发凡》（明万历袁无涯刻本），转引自赖力行：《中国古代文学批评学》，华中师范大学出版社，2006年版，第22页。

② 对内容层面的故事伦理、形式层面的叙述伦理的区分方式是参照纽顿的观点，纽顿描述两者的差别是："一种是通过叙事讨论某种伦理状态，另一种是对伦理的论述常依赖于叙事结构"。参见 Adam Zachary Newton, *Narrative Ethics*, Harvard University Press, 1995, P. 8.

③ J. Hillis Miller, *The Ethics of Reading*, Columbia University Press, 1987, P. 3.

④ Wayne C. Booth, *The Company We Keep*: *A Ethics of Fiction*, University of California Press, 1988, P. 151.

是伦理性质的①）结合起来，费伦（James Phelan）、纽顿（A. Z. Newton）、赫尔曼（David Herman）等学者围绕叙事审美中的"伦理取位"（ethical positioning），把叙事过程的历时性和伦理选择的情境性统摄进读者阅读过程中，分析隐含作者、叙述者、人物、真实读者等四类主体之间多重且互动的伦理关系、伦理情境和伦理实践，将叙述话语解析为伦理话语，把叙事伦理细分为讲述伦理（narrational ethics）、表达伦理（representational ethics）、阐释伦理（hermeneutic ethics）等②。由于叙事学形式研究青睐文本自足（closing-reading）原则，倚重结构主义语言学的研究范式，其形式论趋向有机性、自洽性甚或本体性，相对弱化了伦理实践的存在论取向、社会批判视野。

进入现代语境，"叙事"与"伦理"之间的关系更为复杂和深刻，现代叙事之于现代伦理已经具有不可或缺的独特价值，叙事性与伦理性甚至合二而一，必然要求深化叙事伦理形式研究的形式观。一方面，现代启蒙方案从神学和传统中解放出来、诉诸个人理性，导致现代的道德理论无序和道德语言混乱③，因此"在现代性道德的处境中，主体经常无法避免具有高度具体规定性的问题"④，处于五花八门的两难困境中，我们如果要理解性道德如何存在和发生作用，"就不但要考虑到与之相关的现代性的政治结构、经济结构和社会结构，而且要考虑到与之相关的现代模式的情感和欲望"⑤，一些被某些人认为是无条件的、无例外的道德规则的要求和一个人最大限度地追求福利或幸福的要求之间发生冲突，它造成人们信念的不确定性和摇摆性，这种不确定性和摇摆性不仅体现在公共领域的政治实践和政治言论，也体现在公民私人领域中⑥，叙事日益成为具体伦理构想

---

① Wayne C. Booth, *The Company We Keep: An Ethics of Fiction*, University of California Press, 1988, P. 125-135.

② Adam Zachary Newton, *Narrative Ethics*, Harvard University Press, 1995, P. 11-13.

③ 〔美〕A. 麦金太尔：《德性之后》，龚群、戴杨毅译，中国社会科学出版社，1995年。

④ 〔英〕阿拉斯代尔·麦金太尔：《现代性冲突中的伦理学：论欲望、实践推理和叙事》，李茂森译，中国人民大学出版社，2021年，第112-113页。

⑤ 同上，第2页。

⑥ 同上，第59-60页。

的话语实践。另一方面，从传统叙事到现代叙事（小说）的演化，以及18、19世纪传统小说向现代小说、后现代小说以及当代小说①的嬗变，表现出越来越强烈的形式创新，表面上曾以解构叙事传统、弱化伦理关怀为代偿，提倡"无用"，无视"伦理"，以"为艺术而艺术"的名义将文学功利论等同于文学道德论，如王尔德（Oscar Wilde）在《道连·葛雷的画像》的前言中宣称："书无所谓道德的或不道德的。书有写得好的或写得糟的。仅此而已……虽然人的道德生活构成了艺术家创作题材的一部分，但是，艺术的道德却在于艺术家对不完美的创作材料的完美运用。艺术家没有伦理上的好恶，艺术家如在伦理上有所臧否，那是不可原谅的矫揉造作……一切艺术都是毫无用处的。"② 然而这种"不涉伦理"的态度和"唯美主义"的形式恰恰是对现代社会更为内在的文化焦虑和伦理反思。因此，"现代性"成为叙事和伦理共同面对的问题语境，现代叙事的形式自觉已然是对现代伦理的问题意识、表达诉求的回应。

如刘小枫指出，叙事伦理分为两种：一种是大叙事，即以"民族、国家、历史"的人民伦理夹带个人命运；另一种是个体叙事，即关怀"一个个具体的偶在个体生命感觉"的自由伦理，前者是用道德原则对个体生命感觉的动员和规范，后者是在个体性的道德境况中让人摸索伦理选择的根据，形成自己的道德自觉。③ 对于这种自由伦理与人民伦理之间的张力关系，马尔库塞（Herbert Marcus）和伊格尔顿（Terry Eagleton）分别从两个方面做了相关的表述。马尔库塞强调否定式超越的审美之维，认为艺术审美形式的革命性在于以特殊性的个体命运，展示出普遍性的抗争力量，从僵化的社会现实中突围出来，拓展解放的视野。④ 伊格尔顿诉求社会凝聚

---

① 近几年欧美一批学者提出"当代性观念"，其中让·贝西埃《当代小说或世界的问题性》提出当代小说是继传统小说、现代小说、后现代小说之后的新发展阶段，它以独有的类型特征表现出"当代性"。参见〔法〕让·贝西埃：《当代小说或世界的问题性》，史忠义译，北京大学出版社，2012年。

② 〔英〕奥斯卡·王尔德：《道连·葛雷的画像》，中国文学出版社，2000年版，第3—4页。

③ 刘小枫：《沉重的肉身：现代性伦理的叙事纬语》，华夏出版社，2007年。

④ Herbert Marcuse, *The Aesthetic Dimension：Toward a Critique of Marxist Aesthetics*, Beacon Press, 1978，XI.

力，强调审美体验与道德认同之间的关系："只有将统治规则解分为自发的反应，在人类主体之间建立血肉联系，才能形成真正的共同体。"① 从这种意义来说，现代叙事伦理研究可以丰富传统道德批评实践的单薄——传统的道德批评实践往往肯定大叙事，相对忽略个体叙事。比如王鸿生认为中国文学批评实践带有中国思想批评的惯性：中国长期处于似乎是"伦理本位"，但实际是超伦理的德性文化传统中，把用于"集体"的"政治正确"话语与"伦理正当"话语相混淆，把用于"个人"的"政治批判"话语与"伦理分析"也相混淆。② 现代叙事伦理研究在继承传统道德批评和叙事学形式研究的基础上，面临的历史任务是：研究现代叙事策略如何回应现代语境中的伦理问题，探索丰富而饱满的伦理境遇，催化个人的伦理素养和自决能力，深化社群或共同体的价值共通感。

叙事伦理是现代性命题的构成板块，它应该回应的是现代化、全球化过程中所遭遇的意义危机、价值多元和交往困境；叙事伦理所涉及的间性伦理、话语伦理等问题域，涉及现象学、语用学、社会政治学、美学、伦理学等领域的研究命题，因此，现代叙事伦理研究与现代性话语体系汇通。就现代性话语如何进入在现代叙事伦理研究领域，王鸿生作了精当的枚举：

> 与此密切相关的哲学、语言学、文化政治学、伦理学、美学资源就有丰富积累，如胡塞尔、海德格尔的现象学，本雅明对符号学语言观的批判，奥斯汀、塞尔的"言语行为"理论，巴赫金的"对话"学说，卢卡契、葛兰西关于"文化领导权"的论述，鲁迅实行双向批判的话语伦理，毛泽东关于普及与提高的"群众文艺"主张，阿多诺对美学阅读和伦理阅读的研究，阿伦特以"行动"取代"沉思"的"积极生活"理论，布斯的小说修辞学，麦金泰尔的情感主义伦理学，哈贝马斯的"交往语式伦理"，勒维纳斯的"他者伦理"，泰勒关于现代社会的"自我认同"研

① Terry Eagleton, *The Ideology of the Aesthetic*, Blackwell Publishers, 1990, P. 24.
② 王鸿生：《何谓叙事伦理批评?》，载《文艺理论研究》2015 年第 6 期。

究等等，实际上都可以通过批判吸收、转换处理进入叙事伦理研究的视野。①

现代叙事伦理研究如何吸纳这些宏大博杂的思想理论，深化推进叙事伦理形式研究？需要回到"时空性"这个原点上来。

在现代叙事艺术和现代伦理实践中，时间、空间有着多种性质，它们既属于方法论的策略，也拥有认识论的地位，还敞开存在论的意义生成，它们支撑着叙事性与伦理性的同构关系，使叙事文学在"假定的言词结构"② 中实现现实世界的伦理判断与虚构世界的伦理叙事之间的转换。

如此判断的理由在于，叙事伦理实质是诉求主体性生存的修辞行为。

对"叙事伦理"的诸多价值的描述，如通过虚构叙事来创设特殊的伦理境遇、多元的伦理关系、具体的伦理构想等，都是根基于叙事的"虚构性"。叙事世界与经验世界之间的镜像关系如何趋向"真实"？大致有三种不同的描述框架：一是现象反映本质的本体论真实观③，二是捕捉主观意识的认识论真实观④，三是彻底反思认识活动所依凭的本体性形式——时

①　王鸿生：《何谓叙事伦理批评？》，载《文艺理论研究》2015 年第 6 期。

②　〔法〕保尔·利科：《虚构叙事中时间的塑形》（时间与叙事卷2），王文融译，三联书店，2003 年，第 21 页。

③　其代表是亚里士多德的诗学观："诗比历史更富有哲学意味。"亚里士多德以降直至 19 世纪，其分野为二，一是现实主义用刻画"典型环境中的典型性格"追求"本质真实"，二是浪漫主义用"自我、想象、激情"追求"情感真实"，两者看似旨趣各异，其实都基于本体论之表象（"情景"）向本质靠近的真实观：认为文学是对生活的提炼，比生活"更高、更集中、更概括"。19 世纪后期的自然主义和 20 世纪的新小说追求一种外在于主体的客观真实，然而，这种"客观"在反思和质疑"本质真实"之后，却又诡异地通过主体（人）的主观被动，让客体（现象、物）成为"被真实"的对象，从而其"客观"沦为"主观"，其"本质"在将 19 世纪现实主义小说蜕变成为虚假秩序之造物的同时，自身也又一次沦为"某种本质"。

④　19 世纪心理现实主义（司汤达、陀思妥耶夫斯基为代表）强调叙述者的主观声音，进入 20 世纪，意识流（乔伊斯、伍尔夫、普鲁斯特、福克纳为代表）和魔幻现实主义（马尔克斯为代表）进一步对心理现实主义加以极端化，它们是认识论哲学观在文学真实论上的实践。本体论外求于本质、现象、物，认识论则转求于将本质、现象、物客体化的人，强调人的认识活动与世界真实的根本关联，这恰恰是对本体论真实观去主观的逆反。在认识论的视阈中，本体论真实观在追求现象背后的深度本质时，将立体、多维、混沌的现象世界投射向因果、逻辑、明晰的指涉世界，以此形成头尾封闭的一段故事，这与其说是获得了现象世界的"本相"，不如说是获得了观念世界的"本真"，而使前者被后者殖民化。然而，反观认识论自身也并非完美，它追求（转下页）

间和空间本身，时间与空间是现象呈现、意识成型的基础，是真实与否的唯一抓手。

然而，对时间和空间的认知存在差异。比如柏拉图（Plato）认为，真理在理念，现实是对理念这个原型的模仿，前者真，后者是真的分有，故而是假的。这种形而上学观把本体与表象、对象与再现割裂为主从关系，构成认识论以及摹仿论。我们一般认为语言表达有一个"想说什么"和"如何来说"的区分，就是对应柏拉图的"摹仿的对象"和"摹仿"。在文学表达中，如果认为作家要因情适宜，妥当地谋篇布局、遣词造句，通过协调文辞和文意，方始内情和外貌相应，那么这种语言观在技术性的阐释学中还是方法层面的。[①]20世纪现代西方哲学发生语言转向。在弗雷格（Friedrich Frege）以来的现代语言哲学家看来，"任何认识都是一种表述，一种陈述。……一切知识只是凭借其语言形式而成为知识"[②]。语言本身就镶嵌了人类关于世界经验的概念图式或思想方式，一切哲学问题首先是语言问题，语言是人类既有思想文化的根基，对人类可能的认识活动、交往活动的分析都必须先还原到语言。比如海德格尔（Martin Heidegger）说，"严格地说，我们领会的不是意义，而是存在者和存在。意义是某某东西的可领会性的栖身之所。在领会着的展开活动中可以加以分环勾连的东西，我们称之为意义。……先行具有、先行视见及先行掌握构成了筹划的何所向。意义就是这个筹划的何所向，从筹划的何所向方面出发，某某东

（接上页）主观意识的内心化、非线性化，但并不能做到彻底，因为它把意识活动外在于其媒介——语言，期望扭曲语言先天的线性逻辑、消除语言先天的外化痕迹，来再现意识的含混、暗流，结果却并不尽如其意，总是留下主观意识被外表化、线性化的尾巴。认识论真实观最终没能坚持到底，它似乎把这种状态归咎为一种无奈：并非是因为它们主观上之不愿，而是因为假借物之故，它们在客观上实在不能。

① 阐释学（Hermeneuein）词根是Hermes（赫尔墨斯），他是古希腊神话中专为神传递消息的信使，神的信息从他的口中传达出来，既是宣传，也是解释，而且总是保存着神的那种莫测高深的玄秘。"阐释学"由此衍生出两个基本意思：一是使隐蔽的东西显现出来，二是使不清楚的东西变得清楚。教父时代面临《旧约圣经》中的犹太民族的特殊历史和《新约圣经》中的耶稣的泛世说教之间的紧张关系而需要对《圣经》作出统一解释，人们发展了技术性的神学阐释学。后用于法典成法学阐释学。德国哲学家施莱尔马赫和狄尔泰建构起普遍阐释学理论，研究性质还是方法论和认识论的。伽达默尔则才在海德格尔存在主义现象学的进路中把阐释学推进到存在论本体论。

② 洪谦编：《逻辑经验主义》（上卷），商务印书馆，1982年，第7页。

西作为某某东西得到领会"①，哲学阐释学者伽达默尔（Hans-Georg Gada-mer）在《真理与方法》第二版的序言中认为，"理解不属于主体的行为方式，而是此在本身的存在方式。……它标志着此在的根本运动性，这种运动性构成此在的有限性和历史性，因而也包括此在的全部世界经验"②，从哲学阐释学的角度看，所谓本体和表象、被再现物（原型）和再现物（摹本）的主从关系应该倒过来，即先前我们认为是次生的东西其实是拥有主导地位的，摹本与原型"不再是任何单方面的关系"③，原型与其说是被摹本再现，不如说被摹本创生：原型、存在通过描摹得以表现，否则无所谓原型、存在；摹本的表现不是某种附属，它自身就是存在——"原型通过表现好像经历了一种在的扩充"④，"没有作品的模仿，世界就不会像它存在于作品中那样存在于那里，而没有再现，作品在其自身方面也就不会存在于那里。因此，所表现事物的存在完成于表现之中"⑤。质言之，"在某种较难把握的意义上，语词几乎就是一种类似摹本的东西"⑥，世界只有在被表现、理解、阐释时才能实现其意义：

> 语词只有把事物表达出来，也就是说只有当语词是一种表现（mimēsis）的时候，语词才是正确的。因此，语词所处理的绝不是一种直接描摹意义上的摹仿式的表现，以致把声音或形象摹仿出来，相反，语词是存在（ousia），这种存在就是值得被称为存在的东西（einai），它显然应由语词把它显现出来。⑦

---

①　〔德〕马丁·海德格尔：《存在与时间》，陈嘉映、王庆节译，熊伟校，三联书店，2006年，第177页。

②　〔德〕汉斯-格奥尔格·加达默尔：《真理与方法》（上卷），洪汉鼎译，上海译文出版社，1999年，第6页。

③　同上，第182页。

④　同上，第182页。

⑤　同上，第178页。

⑥　〔德〕汉斯-格奥尔格·加达默尔：《真理与方法》（下卷），洪汉鼎译，上海译文出版社，1999年，第532页。

⑦　同上，第523页。

语言如光一般，能够显现的只能是被光披照的，因此，"能被理解的存在是语言"（伽达默尔语），不仅诠释文本，而且理解存在的整个过程都是在语言中进行的，一切意义的敞明都和人在认知活动、生存过程中的基本语言特性相关。可以说，本体论真实观，尤其是认识论真实观，之所以与现象世界之"真"仿佛近在眉睫但最终擦肩而过，就是因为忽略了语言这个介质在人类的认知中、生存中的地位。语言是被修辞地使用的，语言的修辞性不是所谓的信、达、雅的语言修饰，而是言语者用恰切的语言标示出（也是用语言在现象流中界分出）主体在"现在"的所感、所思，以及撑托在所感、所思背后的生存姿势，这种生存姿势既关乎个人的历史，也关乎个人与他人共在的历史。

反观在叙事伦理视阈中叙事如何表达一个时代加于一个具体实在的人身上的种种矛盾和困扰？叙事无疑是要传达有强烈冲击力的体验、觉发力的经验，这样的体验、经验既是与时代不可分割的同频共振，也是作为一种领会的现象学符码，而时间和空间就内化在现象学符码（语言是其中的一种）上；这种现象学的"回到自身"，意味着跳出文类的形式标识，打碎意识的思维程式，甚至穿透了时代而看到了时代前面的路标，此即现代伦理精神！

概言之，第一种叙事观是附从于本体论的反映论，第二种叙事观是认识论的，第三种叙事观是生存论或伦理学的。这三种叙事观可以浓缩为叙事伦理研究的基本问题——叙事到底是作为感性化手段让人认识已存在的世界，还是作为修辞手段让人创生一个可能的世界？乔纳森·卡勒（Jonathan Culler）在《当代学术入门：文学理论》一书中把这两种情形归纳为两种语言：一种是述愿语，它是声明如实再现事物的语言，是命名已经存在事物的语言；一种是述行语，它运用语言学的范畴削弱述愿语的声明，它是修辞的过程，以此创造事物、组织世界，而不是重复再现世界。①

本书强调叙事在本质上是具有修辞性、创生性的述行语，是人通过设

---

① 〔美〕乔纳森·卡勒：《当代学术入门：文学理论》，李平译，辽宁教育出版社，1998 年，第 106 页。

定某种阐释框架，来谋求主体性生存的意义感。从这个立场出发，本文针对小说这一典型的现代叙事类型①，目的是对文学叙事伦理的形式进行还原——从所阐释出的经验之物向创生经验的阐释行为做现象还原，并认为在这种还原中可以开启另一种叙事研究的视野，即将叙事性和伦理性还原向时间、空间这两个型范经验的知觉框架，从而尝试走近现代叙事伦理的形式化逻辑。

本书的研究思路具体是：

绪论，提出后叙事学时代的现代叙事伦理研究深入形式研究的方向。叙事在本质上是人通过设定某种阐释框架来谋求主体性生存意义、契合主体间性共在结构的话语实践行为，时间性和空间性是设定叙事阐释框架、呈现具体伦理构想的基本维度，它们构成现代叙事伦理形式研究的基础视野。

上编讨论日常生活世界凸显了现代的时间性和空间性问题，它使现代伦理与现代叙事形成同质同构的关系。现代性社会的世俗化瓦解了传统世界的总体性观念系统，日常生活世界成为现代人的基础性生存世界，在日常生活中，现代性道德既要成为世俗制度，维护社会秩序和文化秩序，又被多重、特殊、异质的具体伦理构想逼仄出现代性道德的相对性。小说作为现代叙事，其形式的"不稳定性"朝向日常生活的异质、开放，与世界总体性的解分化互为表里，从而预演了现代性道德的多重伦理境遇和具体伦理构想。由此，要突破叙事伦理形式研究的"非介入性"，要看到叙事形式的"有意味"在于它敞开了现代性道德的多重性，包容了主体间性视野下的相互理解与自我反思。

中编讨论现代叙事形式中"时间性"的伦理取向。保尔·利科（Paul Ricoeur）指出叙事是主体性话语实践，叙事的情节编排是主体性话语实践

---

① 现代叙事类型主要包括：第一，小说。包括传统小说、现代小说、后现代小说、当代小说等。第二，依存其他媒介的现代叙事类型。包括电影（真人电影、动画电影）、电视剧等。第三，具有叙事性质的其他文本。包括游戏、综艺等。历史叙事、新闻叙事等超出虚构叙事范围的现代叙事类型，虚构叙事范围也很宽泛，本书对现代叙事的讨论主要围绕小说。

的叙述智力，叙事的时间策略不仅仅是由故事到情节的时序、时距、时频等时间变形，而是主体借以形成自我意识的时间塑形。其中的"时间"涉及人类历史文化意识沉淀的三种时间观，即宇宙论时间、现象学时间、历史时间，其宇宙论时间（是普遍的"世界时间"，把时间作为呈现对象的条件）和现象学时间（是特殊的"心灵时间"，认为时间本身就是呈现）是对立、互补、相互指称的，历史叙事是时间塑形，它将"生活的时间在宇宙的时间之上重新印刻"①，即用历史时间来弥合宇宙论时间与现象学时间的对峙，形成总体性历史，从而使主体性的心灵时间与客观的世界时间同一化，以及使主体间的现象学时间同一化。然而，历史叙事的时间塑形一旦在历史总体化中忽略了个体的特殊、例外，则会损伤现代伦理诉求。文学叙事由此体现其使命——虚构叙事的时间塑形摹仿历史叙事的时间塑形，它以"现在"的开放性（即保持间性视野和未完成性）来构成总体性规范与特殊性经验的张力关系，保卫现代叙事伦理精神。叙事的线性时间上整合着一个个当下的"现在"，它是主体曾经期望的"未来"，又将是主体当下期望的"未来"之"过去"，这些"现在"表征着不同的伦理诉求，或者是指向一个永恒的、外在的超验世界，或者是指向主体的自我中心化，或者是指向主体间性或者超越人类中心的去自我中心化，这些不同性质的"现在"被编排在叙事情节中，彼此对话，形成不同的时间节奏（时序、时距、时频），表现出丰富的伦理取向。

下编讨论现代叙事形式中"空间性"的伦理取向。20 世纪下半叶思想界"空间转向"的要义在于"这种对空间性的重新安置的核心，是对长久以来本体论的和理论的历史主义提出批判"②，试图以空间的间性视野保证历史时间总体化的开放性，所以空间转向蕴含了现代伦理精神。列斐伏尔（Henri Lefebvre）以空间生产实践为基础提出辩证一体的三元空间观，指

---

① 〔英〕彼得·奥斯本：《时间的政治——现代性与先锋》，王志宏译，商务印书馆，2004年，第 85 页。

② 〔美〕爱德华·索亚：《后现代地理学和历史主义批判》，转引自许纪霖：《帝国、都市与现代性》，江苏人民出版社，2006 年，第 218 页。

出在同一个实体空间中包含丰富的性质：它既是结果性的物理空间（即"空间的实践"），也是物理空间何以被社会总体性地合理规划的构想空间（即"空间的表征"），还是物理空间何以被个体具体性地使用、甚至突破原有规划的生活空间（即"表征性空间"）。立足于"叙事作为主体性修辞行为"的叙事伦理视阈，空间性与时间性一并构成叙事的话语实践，空间就不仅仅是叙事文本中的静态的舞台般的"场景"，也不仅仅是地志空间的诗学化或政治化，还应该是在"假定的言语结构"层次上象征性的空间生产，它应该是生成性的，参与"现在"的开放性，所以"叙事是对空间生产的摹仿"，它相应也有三重内涵：其一，叙事用所指涉的空间（如场景）摹仿现实的社会空间，让人发现现实空间的意蕴，引发生活反思，这是叙事空间的指涉层面；其二，叙事用空间的塑形（如结构）摹仿现实社会空间的生产，让人发现现实空间的赋意手段，引发空间反思，这是叙事空间的方法层面；其三，叙事用空间性的"身体"实践摹仿现实社会空间的生产范型，即虚构叙事的"叙述者–叙述话语–声音–视角"层层渗透，还原出叙述话语中的最小叙事伦理空间，它就是在隐含作者、叙述者、人物、读者等伦理取位上所看到的"声音·视角"的关系性伦理空间，虚构叙事由它而开启"空间的构造，以及体验空间、形成空间概念的方式，极大地塑造了个人生活和社会关系"①，这是叙事空间的本体论层面。

如下相关理论给本书提供了丰厚的启发：（1）关于"主体性""主体间性""现代性伦理学"等现代性哲学话语的相关理论，其中涉及诸多理论大家及其论著。（2）关于"时间性""空间性"的相关理论，尤其是保尔·利科关于"虚构叙事乃时间塑形"的理论和列斐伏尔关于"空间生产"的理论，启发本书反思叙事形式观，发掘叙事和伦理的内在关系。（3）经典叙事学和后经典叙事学的相关理论，特别是布思、纽顿、费伦、赫尔曼等叙事学家关于"叙事伦理"和"叙事修辞"的理论，其基本判断

① 〔英〕丹尼·卡瓦拉罗：《文化理论关键词》，张卫东、赵顺宏译，江苏人民出版社，2006年，第180页。

是文学叙事是一种话语交流方式，涉及隐含作者、叙述者、人物、读者等多元主体，其话语在语境、规约中，表征为语态、视角、声音等，启发本书认为叙事学的理论重心是在探讨文学语言程序的修辞性。

综上，本书把现代叙事伦理视作现代主体展开叙事伦理构想的修辞行为，将时间性（叙事乃时间塑形）、空间性（叙事乃空间生产）、身体性（是主体性生存与主体间性共在的介质，是感知身体、意识身体、文化身体的一体化生成）等纳入叙事伦理形式研究。

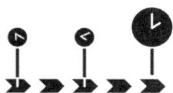

现代伦理视阈下的叙事形式研究

> 除了文学之途，
>
> 复杂的伦理境遇能够得以表现吗？[1]
>
> ——伯纳德·威廉姆斯

现代伦理与现代叙事互相依存，甚至融合为一体，为何如此？

现代性道德在现代理性精神和人道主义立场的背景下向相对主义敞开，包容个人境遇中具体伦理构想的多重性、特殊性、异质性，鼓励主体性与主体间性的认知能力、理解能力、共情能力，从而使现代性道德能够在现代性的世俗化社会中发挥其整合作用——既为构建欲望，也为社会批判提供道德规范基础。

叙事形态流变的大河是在"经验性"（忠实于现实）和"虚构性"（忠实于理想）两岸之间奔涌向前，它以个人的日常生活际遇为质料，"不

---

[1] Said by Bernard Williams. Jil Larson, *Ethics and Narrative in the English Novel*, 1880–1914, Cambridge University Press, 2001, P. 1.

稳定性"为其本质①。小说作为现代世界的伴生物②，不仅标志着传统叙事与现代叙事的分野：小说兴起之前的乔叟（Chaucer）、斯宾塞（Spenser）、莎士比亚（Shakespeare）、弥尔顿（Milton）等伟大作家总是沿袭自希腊和罗马的故事情节，呈现古典的世界观念："自然本质上是完整的、一成不变的，因此它的记录，无论是圣经、传说还是历史，都构成了人类经验的权威曲目"，小说兴起之时的小说家如笛福（Defoe）、理查逊（Richardson）、菲尔丁（Fielding），则"是最早不从神话、历史、传说或以前文学中取材的"，他们选择"关注当代的""转瞬即逝的现实"③，而且进一步强化了作为叙事本质的"不稳定性"，现代叙事策略不断创新，释放日常生活的异质、开放，与世界总体性的解分化互为表里，以能预演现代性道德的多重伦理境遇和具体伦理构想。

"日常性"使现代伦理和现代叙事内在汇通且同质，呼吁现代叙事伦理形式研究突破"非介入性"的局囿，敞开伦理关怀。

---

① 〔美〕罗伯特·斯科尔斯、〔美〕詹姆斯·费伦、〔美〕罗伯特·凯洛格：《叙事的本质》，于雷译，南京大学出版社，2015 年，第 10–15 页。

② 对小说的界定有宽有窄，宽泛的界定如巴赫金认为的希腊传奇小说、传记小说、骑士小说、教育训诫小说、现实主义小说等叙事文类，这里取狭义的小说，即作为现代叙事的近代以来小说。

③ 〔英〕伊恩·瓦特：《小说的兴起》，刘建刚、闫建华译，中国人民大学出版社，2020 年，第 6–7 页。

第一章　现代叙事朝向日常生活世界

叙事是一种日常生活文化实践，追求个人经验的真实性和保持日常生活的开放性是叙事的主要标准，在极大程度上包容了特殊性、异质性、多重性，与现代伦理实践存在内在的亲缘关系。

第一节　传统叙事的变迁：
经验性和想像性的分野与混杂

西方叙事文学史（神话-史诗-传奇-小说）或中国叙事文学史（神话-历史叙事-六朝志怪-变文-唐传奇-文言小说和白话小说)① 均表明，叙事文学自始至终努力将外在的现象世界转化成个人化的经验世界。

叙事文学的始祖——神话，如卡西尔所认为的，就是人通过神话思维这种神话-宗教意识的形式现象学形成明晰的自我意识：神话思维"不是源于自我或灵魂的一种完成了的概念，也不是源于客观实在的一种完成了

---

① 这里参照蒲安迪梳理的中西方叙事文类的源流脉络：中国古代文学主流的传统是"三百篇-骚-赋-乐府-律诗-词曲-小说"，其中，叙事文学可上溯到历史叙事如《尚书》《左传》，分野出来的虚构叙事则起于六朝志怪，中经变文和唐传奇，至宋则分为两支，其一是文言小说，《阅微草堂笔记》《聊斋志异》为其高峰，其二是白话小说，明代四大奇书和清代《红楼梦》《儒林外史》为其代表。西方叙事传统源自古代地中海的早期叙事文学"荷马史诗"，继之是中近世的"罗曼史"，发展到18世纪和19世纪的"长篇小说"，从而构成了"epic-romance-novel"一脉相承的主流叙事系统。参见〔美〕蒲安迪（Andrew H. Plaks）：《中国叙事学》，北京大学出版社，2018年，第8、10-11页。

的图景和变化，而是必定达到这种概念和图景，必定从其自身之外形成这种概念和图景"①，即神话思维是作为主体性概念生发和完成的活动过程，始自原始的同一感（个我与部落群体的同一）和生命感（人与自然万物共享的生命同一），经过复杂的演化和一系列可区别的阶段，形成明晰的自我意识。

神话之后的文学（当然包括叙事文学），作为神话的流变，依然不自觉地折射出或自觉地关注着自我意识。弗莱（Northrop Frye）在考察了整个欧洲文学的发展轨迹后，认为神话是文学的源头，文学是神话的变体。神话作为原始初民的欲望性想象，其思维具有特定的形式结构模式，随着神话思维的消亡，神话移位为文学，神话原型就置换和变形为后世文学的五种基本模式：第一类，主人公是在性质上优越于他人及他人环境的神，关于他的故事就是神话（myth），在悲剧性方向有赞颂被神祇社会排异的酒神狄俄尼索斯，在喜剧性方向有赞颂被神祇社会接纳的日神阿波罗；第二类，主人公是在程度上优越于他人及他人环境的传奇人物，关于他的故事是传说、民间故事、民间童话等传奇（romance）文学模式，在悲剧性方向有哀歌笔调的传奇故事，如主人公殉道之死，在喜剧性方向有牧歌笔调的传奇故事，如田园牧歌、西部故事；第三类，主人公是在程度上优越于他人但无法超越其自然和社会环境的领袖，他是高模仿模式（high mimetic）的对象，关于他的故事就是史诗和悲剧，在悲剧性方向有主人公的过失而唤起受众的怜悯和恐惧（索福克勒斯），喜剧性方向有主人公的滑稽可笑而引发受众的惩罚性嘲笑（阿里斯托芬）；第四类，主人公是既不比他人优越也不比他人环境优越的普通人，他是低模仿模式（low mimetic）的对象，关于他的故事是喜剧和现实主义小说，在悲剧性方向如哈姆雷特（莎士比亚）或浮士德（歌德）的自我反思式哲学家，在喜剧性方向如流浪汉小说、家庭喜剧（莫里哀）；第五类，主人公在能力和智力上都比普通人低劣，被模仿的是其受奴役、遭挫折、荒唐可笑的境遇，这是反讽

---

① 〔德〕恩斯特・卡西尔：《神话思维》，黄龙保、周振选译，柯礼文校，中国社会科学出版社，1992年，第174页。

(irony) 的模式，在悲剧性方向有无辜的牺牲品（卡夫卡《城堡》中的K），在喜剧性方向有被逐的赎罪牺牲品（莎士比亚《威尼斯商人》中的夏洛克)①。弗莱通过"大历史"的方法把变迁的文学定义为不同类型的后神话，继续延续着神话对自我意识的关注，尽管叙事文学有时似乎更注重满足人的好奇、娱乐或者是宣泄。

斯科尔斯（Robert Scholes）、费伦（James Phelan）和凯洛格（Robert Kellogg）在《叙事的本质》（The Nature of Narrative，1966）弥补了弗莱的大文学史在宏观之余的粗线条，该书从叙事形态学的角度分析了叙事文类变迁过程中叙事的分野与聚合。这三位学者论称，史诗作为早期口头韵文叙事，对神话的承继体现为对神话的忠实："史诗讲述者在讲一个传统的故事。促使他讲故事的原主要动因不是历史性的，也非创造性的，而是再创性的。他在重述一个传统的故事，因此，他最需要遵守的并非事实，也非真理或娱乐，而是神话（mythos）自身——保留于传统之中，由史诗的讲述者加以重新创作的故事。"② 在口头韵文史诗中，为了方便行吟诗人能创造性地记忆或改变诗行来连缀各个事件，存在大量的程式化模块，即特定格律和韵脚所组成的词组，用来固化行动模式（母题）和结构模式（重复、平行、趋中重复等）。口头文学时代随着现代意义上的读写能力的出现而衰落，进入案头写作/阅读的文学时代，神话的话语类型朝两个方向分化，"神话中的阐释方面在寓言和论述性的哲学著作中得到发展，神话中的再现方面则在历史和其他形式的经验性叙事中得到发展"③，呈现出两类背反的叙事类别：一个是"经验性"（empirical）的叙事分支，其特征是用对现实的忠实来取代对神话的忠实，着眼于某种真实，可再细分为"历史性的"（historical）和"摹仿性的"（mimetic）两大构件，演化出了传

---

① 〔加〕诺思罗普·弗莱：《批评的解剖》，陈慧、袁宪军、吴伟仁译，百花文艺出版社，2008年。

② 〔美〕罗伯特·斯科尔斯、〔美〕詹姆斯·费伦、〔美〕罗伯特·凯洛格：《叙事的本质》，于雷译，南京大学出版社，2015年，第10页。

③ Robert Scholes, Robert Kellogg, *The Nature of Narrative*. Oxford University Press, 1966, P. 12. 转引自〔美〕华莱士·马丁：《当代叙事学》，伍晓明译，北京大学出版社，2005年，第26页。

记、自传等经验性叙事形式；另一个是"虚构性"（fictional）的叙事分支，其特征是以对理想的忠实来取代对神话的忠实，着眼于美或善，可细分为"传奇性的"（romantic）和"教寓性的"（didactic）两大构件①，演化出了传奇、寓言等虚构性叙事形式。直到文艺复兴时期的薄伽丘、塞万提斯等，叙事文学中的经验性元素和虚构性元素联手，共同构建了一个伟大的综合性文学形式——小说。"经验性"和"虚构性"构成了小说形态创新与嬗变的两极："经验性"，旨在对现实的忠实，带引现代叙事朝向现实、真实，直至走向现代世俗世界的鸡零狗碎、片言只语；"虚构性"，旨在对理想的忠实，在世界感上趋向"总体性"，在形式上追求"有机性"，将零碎的片段以"总体性的形式"编排成序列，从而将某种秩序感赋予世界，并将个体经验导入伦理道德规范，以此折射出自我意识。叙事文类根据"忠实于现实"的"经验性"和"忠实于想象"的"虚构性"而分家，西方小说史进而被演绎为从传奇（romance）到虚构性文体（fiction）到现实主义小说（novel）的"进步"，世俗的、个人经验的因素构成了"进步"的内涵。比如，克拉拉·里夫（Clara Reeve）在著作《穿越时代、国家和风尚的传奇之旅》（The Progress of Romance through Times, Countries, and Manners，1785 年）中用"现实生活"来区分传奇和小说的差异：

> 传奇作为英雄体寓言，当以传奇人物和事件为对象。——小说则是现实生活与风尚的写照，是小说创作时代的图景。传奇以其崇高雅致的语言描述既从未发生，也不可能发生的故事。——小说则以亲切的口吻讲述那些每天从我们眼前经过的事情，这些事情既可能发生在朋友身上，也可能发生在我们自己身上；完美的小说以其闲适自然的方式再现每一个场景，使其可能性达到以假乱真的效果，最终让我们受到故事人物或悲或喜的情绪感染，

---

① 〔美〕罗伯特·斯科尔斯、〔美〕詹姆斯·费伦、〔美〕罗伯特·凯洛格：《叙事的本质》，于雷译，南京大学出版社，2015 年，第 10-12 页。

仿佛这些就是我们自己的感受。①

　　弗莱所谓"主人公不比他人和环境优越、甚至比普通人低劣"的低摹仿，模仿对象朝向普通个体的日常生活处境和个人生活经验，这种变化是现代历史文化语境对叙事模式"加温""加压""催化"②的结果，也在表明小说作为现代世界的产物，走向了世俗的、现实的、个人性的真实经验。最典型的例证是 17、18 世纪绝大多数英国小说家在世俗世界从信仰世界分离出来走向自足的过程中，强调用叙事来真实摹写现实经验，比如为小说加上"历史""传记""回忆录"等名称，或在前言内强调"这并不是一部长篇小说/罗曼司/故事"，或如理查逊说其作品不是"一部轻浮的长篇小说，也不是一部昙花一现的罗曼司"，而是"一部生活与社会风俗的历史"，菲尔丁将他的"创作类型"定义为"喜剧性的散文叙事诗"。据此，传统叙事文学向现代长篇小说推进的动力被解释为在现实中发现"个体的人"：在西方叙事传统中，我们见到小说前的史诗和悲剧传统包含宏大的叙事题材和恢宏的叙事主旨，讲述英雄的命运、部族的传说、人类的寓言，所以只能从神话、历史中选取题材和情节，比如史诗《奥德赛》和悲剧《俄狄浦斯王》等，它与（自觉、直接的）现实人生、个体经验相对疏离。文艺复兴开始发现个体的人，在悲剧方面，莎士比亚的悲剧尽管取材自古典世界，但比起法国古典主义路线的悲剧，就显得"崇高和卑贱、恐怖和滑稽、豪迈和诙谐离奇古怪地混合在一起"，以至于让依恋古典主义之纯净世界的伏尔泰（Voltaire）的"感情受到莫大的伤害"，而"把莎士比亚称为喝醉了的野人"③，所以如此的原因一方面是"古代人的性格描绘在今天是不再够用了"，另一方面是莎士比亚没有"为了观念的

---

① 〔美〕罗伯特·斯科尔斯、〔美〕詹姆斯·费伦、〔美〕罗伯特·凯洛格：《叙事的本质》，于雷译，南京大学出版社，2015 年，第 4-5 页。
② 余岱宗：《叙事模式研究：结构主义与后结构主义》，载《海南师范学院学报（社会科学版）》2005 年第 2 期。
③ 〔德〕马克思：《议会的战争辩论（1854 年 4 月 4 日）》，载《马克思恩格斯全集》（第 10 卷），人民出版社，1972 年，第 188 页。

东西而忘掉现实主义的东西"①，所以，"单是《风流娘儿们》的第一幕就比全部德国文学包含着更多的生活气息和现实性"②。文艺复兴时期引人注意的是，在戏剧之外出现了小说，这种叙事体裁和戏剧相比具有更大的自由，叙事视角能左右逢源，聚焦对象能入乎其里、出乎其外，比如薄伽丘（Giovanni Boccaccio）的《十日谈》、乔叟（Chaucer）的《坎特伯雷故事集》、塞万提斯（Cervantes）的《堂·吉诃德》等，题材日新，触角日细。文艺复兴、宗教改革、科学革命之后的 18 世纪，经过启蒙主义思潮的推波助澜，个体价值和个人意识更加受到空前强调，它们"一方面是封建社会形式解体的产物，另一方面是 16 世纪以来新兴生产力的产物"③，宣扬着个人幸福，个人价值，个人意志，个人的自由和独立……总之，以自我为中心的意识冲击着封建时代的一切道德观念，延伸进 19 世纪，"自我"的观念日益被提到前所未有的高度，相应的，"19 世纪的欧洲文学和俄国文学的基本主题，乃是跟社会、国家、自然界对立着的个人"（高尔基语），"个人的孤立感，个人与社会的不协调，个人与社会的对立与抗争……便成为这一时代最具有特征意义的历史现象。民族史诗消亡了，代之而起的是个人史诗：个人命运的不幸，个人意志与境遇的冲突，个性的受压抑，失恋的痛苦……形形色色的个人苦难，必然成为作家们描绘的主要对象。悲壮严肃的罗马共和国的英雄退到幕后，从今以后在悲剧中充当主角的，是那些为谋求个人幸福在生活中冲锋陷阵的'英雄'了"④。小说铺张开来可以架构宏伟的场面，细腻下去又可以描摹内心的私语的自由，最最适宜囊括当代生活世界和最最适宜描写个体命运，所以在 19 世纪得到了充分发展，成为最显耀的文类。至此，可以总括地说，西方现代社会的启蒙运动

① 〔德〕恩格斯：《致斐·拉萨尔（1859 年 5 月 18 日）》，载《马克思恩格斯选集》（第 4 卷），人民出版社，1972 年，第 344—345 页。

② 〔德〕恩格斯：《致马克思（1873 年 12 月 10 日）》，载《马克思恩格斯全集》（第 33 卷），人民出版社，1972 年，第 108 页。

③ 〔德〕马克思：《〈政治经济学批判〉导言》，载《马克思恩格斯选集》（第 2 卷），人民出版社，1972 年，第 86 页。

④ 闻家泗：《〈红与黑〉前言》，载〔法〕司汤达：《红与黑》，闻家泗译，人民文学出版社，1988 年。

进程中，宗教改革、经验哲学等造成新教伦理精神和资产阶级的兴起，导致个人主义的强化及其所导致的小说的兴起。

不过，在进入世俗化的现代社会之后，曾经的最高终极永恒的总体性价值消逝，人自身成为撬起世界的支点，经验性和想像性开始相互侵染、并非对立。华莱士·马丁（Wallace Martin）在《当代叙事学》中介绍了勒内·吉拉德（René Girard）的《欺骗·欲望·小说》，解释传奇（从某种角度看它是非现实的）和长篇小说（它被认为是再现现实的）的关联。吉拉德认为，传统社会（包括宗教改革前的欧洲社会）的成员多以其文化所提供的角色模范（role model）为自己模仿的对象，进入现代社会，超凡模范（宗教和神话的模范）丧失，社会成员不再被社会群体强加给自己一个角色榜样，而是自己根据自己的认知、情感、意志去自由选择一个榜样来模仿，如司汤达（Stendhal）的《红与黑》中的于连模仿历史英雄拿破仑。吉拉德分析说，传奇为社会成员提供了种种男女英雄作为角色模范，如堂·吉诃德模仿他所读的传奇骑士阿马迪斯·德·高尔，包法利夫人模仿她读过的书中女主角。但这种模仿他人往往是剥夺了自我认同：我们的目标和欲望不是我们自己，而是角色模范，是他者。小说的冲动就是向人们揭示传奇这种虚构与虚幻欲望的欺骗性。① 马莎·罗伯特（Marthe Robert）在《小说的起源》中阐明想像性描述和经验性描述不是对立的，经验性描述的长篇小说不过是想象性描述的传奇的不同阶段形态：

> 虚构作品创造的幻觉可以通过两种方式来实现：或者作者装得好像若无其事，这样作品被说成是现实的、自然的、或忠实于生活的；或者他可以强调这个好像（其实不像），而这始终是他主要的隐秘动机，在这种情况下他的作品被称为幻想、想像或主观之作。……因此就有两种小说：一种声称要从生活中取得素材，……另一种则相当坦率地承认自己仅仅是一组形象与形

---

① 〔美〕华莱士·马丁：《当代叙事学》，伍晓明译，北京大学出版社，2005年，第30页。

式。……在这两种中，前者当然是更骗人的，因为它完全是有意掩饰自己的各种花招。[①]

如欧洲 17、18 世纪，小说家被指责为沉溺于无稽奇想后，就试图创作出更可信的故事，结果并不是真实取代虚构，它实则是伪装得更巧妙的虚构。尤其是在 20 世纪发现即便是历史叙事也是主观虚构的时候，这种区分就无法泾渭分明了。

中国叙事文类演变轨迹殊途同归，越靠近现代，越凸显个人性经验，越呈现错综复杂的世界图景。

中国的叙事文类起自历史叙事，叙事上接神话，造成神话历史化。春秋周室式微、诸侯蜂起、社会动荡，"治国平天下"成为重大的社会需求，庄子的《庄子·天下》对此的论议是：

> （当时）天下大乱，贤圣不明，道德不一，天下多得一察焉以自好。譬如耳目鼻口，皆有所明，不能相通，犹百家众技也，皆有所长，时有所用。虽然，不该不遍，一曲之士也。判天地之美，析万物之理，察古人之全，寡能备于天地之美，称神明之容。是故内圣外王之道，暗而不明，郁而不发，天下之人各有其所欲焉以自为方。

诸子在纷纷创设"帝王之学"时，倾向于继承前代祖先崇拜、英雄崇拜的传统，歌尧舜，颂汤武，塑造帝王模范，以构造"理想人格"，论说内圣、外王而大一统的思想，并渐渐上溯推至黄帝、神农、伏羲。涉及理想人格构想的书籍有《书·尧典》《书·舜典》《书·立政》《大学》《中庸》《大戴记·五帝德》《淮南子·泰族训》《庄子·天运》《庄子·庚桑楚》《庄子·徐无鬼》《吕氏春秋·古乐》《吕氏春秋·去私》《周易·系

---

① Marthe Robert, *Origins of the Novel*, Indiana University Press, 1980, P. 35. 转引自〔美〕华莱士·马丁：《当代叙事学》，伍晓明译，北京大学出版社，2005 年，第 30—31 页。

辞传》《韩非子·十过》《礼记·乐记》《左传·昭公》《左传·哀公》等，"层累地造成的中国古史"（顾颉刚）。历史叙事的实录精神排除了文学叙事的合法性。中国文章传统是"诗言志"①，"史，记事者也"②，"志"与"事"分别归为"诗""史"，而历史叙事的标准又是"其文直，其事核，不虚美，不隐恶，故谓之实录"③。历史在"春秋笔法"的著述传统和意识形态中求实录之真，深深地影响了中国叙事意识。如13世纪南宋真德秀编选《文章正宗》列文类有四：辞命、议论、叙事、诗赋，被认为"古今文辞，固无出此四类之外者"（吴讷《文章辨体·凡例》），其中真德秀称"按叙事起于古史官，……有纪一代之始终者，……有纪一事之始终者，……有纪一人之始终者"，而其选本中的叙事类则包罗了记事、记人的历史，以及记人、记事、记游的散文，正是金圣叹所说的"以文运事"，而非"因文生事"。

小说在唐传奇走向"虚构"的自觉，成为真正意义上的小说。鲁迅说：

现在之所谓六朝小说，我们所依据的只是从《新唐书·艺文志》以至清《四库书目》的判定，有许多种，在六朝当时，却并不视为小说。例如《汉武故事》《西京杂记》《搜神记》《续齐谐记》等，直到刘昫的《唐书·经籍记》，还属于史部起居注和杂传类里的。那是还相信神仙和鬼神，并不以为虚造，所以所记虽有仙凡和幽明之殊，却都是史的一类……唐代传奇文可就两样了：神仙人鬼妖物，都可以随便驱使；文笔是精细、曲折的，至于被崇尚简古者所诟病，也大抵具有首尾和波澜，不止一点断片的谈柄；而且作者往往故意显示这事迹的虚构，以见他想象的才

---

① 郭绍虞主编：《尚书·尧典》，载《中国历代文论选》（一卷本），上海古籍出版社，1979年，第1页。

② （汉）许慎：《说文解字》，中华书局，1964年，第65页。

③ （汉）班固：《汉书·司马迁传》，中华书局，1962年，第2738页。

能了。①

小说亦如诗，至唐代而一变，虽尚不离于搜奇记逸，然叙述宛转，文辞华艳，与六朝之粗陈梗概者较，演进之迹甚明，而尤显者乃在是时则始有意为小说。②

日本学者小南一郎在鲁迅的基础上进一步指出唐传奇对志怪小说"有着质的超越"，它在中国文学史上"第一次有意识地使用了虚构写法，是可以在真正意义上被称为'小说'的作品群"③。

直至宋元时期，城镇经济和市民阶层的出现，要求满足市民文化消费和体现市民意识思想，话本小说和拟话本小说才开始挣脱此前魏晋笔记小说之志怪、志人的"志"这种实录式的白描，突破了唐传奇之浮于才子佳人的生活视界，渐渐把关注视界下沉到市民的工商经历，并开始伸张这个新世界在其喜怒瞬间所表现出的复杂心态。比如拟话本小说中的《卖油郎独占花魁》，既大力地肯定了秦重的老实经商，突破了传统的义利对立观，但又用儿女俱读书出仕来奖赏这个"善帮衬"（意为男性善于体贴女性而获得女性青睐）的秦重，表现出了尚处在混杂、暧昧的过渡地带的自我意识。从《三国演义》往后依次至《水浒传》《西游记》《金瓶梅》《红楼梦》《儒林外史》等长篇小说，表现的领域越发广阔驳杂，触角越发精微入微，因此拓展出越发多元的人物形象和世界观念，一个从个人视角出发所看到的繁复、错综、矛盾、鲜活的现实生活世界终于被对象化在了叙事文学中。

---

① 鲁迅：《中国小说史略》，中华书局，2010年，第288-289页。
② 同上，第39页。
③ 〔日〕小南一郎：《唐代传奇小说论》，童岭译，北京大学出版社，2015年，第155页。

第二节　现代叙事的嬗变：
在总体性和日常性之间

现代叙事将传统叙事构件属性的两两相对因素——想像性和经验性，引申向现代世界图景概念的两两相对因素——日常性和总体性，接榫现代性道德的两两相对因素——异质性和整合性，这些两两相对因素相反相成地蕴藏在叙事文学中，驱动小说从传统小说（即 18、19 世纪小说）向现代小说、后现代小说以及当代小说①的嬗变。

卢卡奇在详实地梳理和辨析了文类变迁与时代演变的同构关系之后，宣称"小说是上帝所抛弃的世界的史诗"②，认为小说以形式的统一来虚拟世界的总体性，小说形式不是艺术自律的结果，而是出自历史哲学的理由：小说（现代叙事）与史诗（传统叙事）是不同世界的映象，史诗属于同质性（Einstoffigkeit）的传统世界，人和世界、我和你都是这个和谐世界的部分③；小说属于"已没有自发的存在总体了"的现代世界④，其中"偶然的世界和成问题的个人是相互制约的现实"⑤。因此，小说开始将古典文学的努力方向调了个头，不再摹仿"形而上领域里的自然统一"⑥。那么，小说从此就不问津"总体性"吗？答案是否定的。卢卡奇认为，"史诗从自身出发去塑造完整生活总体的形态"⑦，"小说以塑造的方式揭示并

---

① 近几年欧美一批前沿学者提出"当代性观念"，其中让·贝西埃《当代小说或世界的问题性》提出当代小说是继传统小说、现代小说、后现代小说之后的新发展阶段，它以独有的类型特征表现出"当代性"。

② 〔匈〕卢卡奇：《小说理论：试从历史哲学论伟大史诗的诸形式》，燕宏远、李怀涛译，商务印书馆，2013 年，第 79 页。

③ 同上，第 23 页。

④ 同上，第 8 页。

⑤ 同上，第 69 页。

⑥ 同上，第 28 页。

⑦ 同上，第 53 页。

构建隐蔽的生活总体"①。即小说通过内部形式的统一性来虚拟外部世界的总体性："小说创作是把异质的和离散的一些成分奇特地融合成一种一再被宣布废除的有机关系"②；而这种"把……融合成有机关系"的过程维系在"个人走向自身"的历程中："小说内部形式被理解的那种过程是成问题的个人走向自身的历程，是从模糊地受单纯现存的、自身异质的、对个人无意义的现实之束缚到有明晰自我认识的历程。"③ 卢卡奇关于"总体性的转移"和"形式的总体性"的观点，在巴尔扎克（Balzac）、列夫·托尔斯泰（Лев Николаевич Толстой）等史诗性小说创作中得到验证。巴尔扎克的"人间喜剧"，以如椽大笔来系统构思 91 部小说的关联方式——结构上是"分类整理"，情节上是"人物再现"，纵横交错，反映了 19 世纪上半叶的法国历史命运。列夫·托尔斯泰的"形式的总体性"则另辟蹊径，他的史诗性长篇小说既是开放的，又有中心点——《战争与和平》四线交错，汇聚在"人民的思想"的中心点下，《安娜·卡列尼娜》双线平行，汇聚在"家庭的思想"的中心点下，反映了 19 世纪俄国社会历史文化在传统和西方之间的困惑、选择。

同时，小说通过不断地走向更日常的"真实性"而实现自我扬弃。伊恩·瓦特（Ian Watt）在《小说的兴起》中重点考察 18 世纪英国近代小说兴起的原因及其特点，指出小说史学家把"'现实主义'作为区别 18 世纪早期及其之前的小说作品的决定性因素"④，瓦特不建议把"现实主义"与"理想主义"对举，因为这样使用"现实主义"是"遮蔽了极有可能构成小说的最原创的特性"⑤，因为"小说的主要标准是追求个人经验的真实性"⑥，小说之所以对故事、人物进行具体化处理，实质是通过日常化的

---

① 〔匈〕卢卡奇：《小说理论：试从历史哲学论伟大史诗的诸形式》，燕宏远、李怀涛译，商务印书馆，2013 年，第 53 页。
② 同上，第 74 页。
③ 同上，第 71 页。
④ 〔英〕伊恩·瓦特：《小说的兴起》，刘建刚、闫建华译，中国人民大学出版社，2020 年，第 2 页。
⑤ 同上，第 3 页。
⑥ 同上，第 6 页。

方式，将人物设置在特定的时间和地点背景中，才能让他们是个性化的人，而"一旦把它从时间和地点的环境中剥离出来，观念就变成了普遍的东西"①。在这样的驱动下，小说不断自我扬弃地走向具体的、个性的"真实性"。

在这里，截取19世纪西方小说史上三个小说家的理论与实践来考察、感知小说在"总体性"与"日常性"之间的嬗变。

一、考察之一：19世纪浪漫主义小说家雨果

1827年雨果（Victor Hugo）完成韵文剧本《克伦威尔》之后，写了著名的《克伦威尔序》，在这篇文辞华美、气势磅礴、论据充足、洋洋数万言的宏文中，雨果简明扼要但颇有洞见地概括说，诗有三个时期，每一个时期的诗都相应地和一个社会时期有联系：原始时期是抒情性的短歌，歌唱永恒，特征是纯朴；古代是史诗性的，传颂历史，特征是单纯；近代是戏剧性的，描绘人生，特征是真实；行吟诗人是抒情诗人向史诗诗人的过渡，小说家是史诗诗人向戏剧诗人的过渡。抒情短歌的人物是伟人，如亚当、该隐、挪亚；史诗的人物是巨人，如阿喀琉斯等；戏剧的人物则是凡人，如哈姆雷特、麦克白、奥赛罗。这三种诗是来自三个伟大的泉源，即《圣经》、荷马和莎士比亚；抒情短歌靠理想而生活，史诗借雄伟而存在，戏剧以真实来维持。历史家与第二个时期一道来临，编年史家、批评家则和第三个时期同时产生。② 雨果的追随者戈蒂耶（Gautier）曾评价《克伦威尔序》说：它"引起了一场类似文艺复兴式的运动"（un mouvement parail à celui de la Renaissance）。

雨果对小说真实观的认识，主要是与古典主义互参中的"自由"与

---

① 〔英〕伊恩·瓦特：《小说的兴起》，刘建刚、闫建华译，中国人民大学出版社，2020年，第15页。

② 〔法〕雨果：《〈克伦威尔〉序言》，柳九鸣译，载伍蠡甫主编：《西方古今文论选》，复旦大学出版社，1984年，第204-205页。

否。雨果批判了束缚文学发展的伪古典主义，他在《欧那尼》公演前后，面对他的支持者们发表了一番讲话："这场'欧那尼之战'既是观念之战，也是进步之战；是新世界对旧世界的一次围攻，而我们都站在新世界这一边。"雨果把文学艺术领域中的古典主义和浪漫主义放置在旧世界和新世界的对峙之中，把古典主义文学的不真实定性为不自由，如他在《欧那尼》序言中说："遭到这样多曲解的浪漫主义其真正定义不过是文学上的自由主义而已。""在不久的将来，文学的自由主义一定和政治的自由主义能够同样地普遍伸张。""形形色色的极端顽固派，不论是古典主义的还是专制主义的，企图在一切部门，在社会领域和文学领域里恢复旧制度，那一定是枉费心机的；国家的每一项进步，思想的每一个发展，自由的每一个步伐，都会摧毁他们堆垒起来的一切障碍。"[①]

雨果所要求的文学创作"自由"，表面是打破古典主义文学的创作规范（如悲喜剧的文体区别、"三一律"的结构规定、"研究宫廷、认识城市"的摹仿对象等），实质是要求回到现实生活。如雨果指出，戏剧（即现代文学艺术）的真实来自两种典型完全自然地结合，这两种典型是庄严崇高和荒诞滑稽，它们在戏剧中交叉回合，正如在生活中和创作中。所谓"完全自然的结合"，即近代的诗艺"以高瞻远瞩的目光来看事物。它会感觉到万物中的一切并非都是合乎人情的美，感觉到丑就在美的旁边，畸形靠近着优美，粗俗藏在崇高的背后，恶与善并存，黑暗与光明相共"[②]。因此，他说古典主义作品是"凡尔赛皇家花园里的花草"，浪漫主义文学是"天然壮观的原始森林中的树木"，自然奔放、对照鲜明。

二、考察之二：现实主义小说家司汤达

司汤达的现实主义文论《拉辛和莎士比亚》中，有一篇《要写出使

---

① 〔法〕雨果：《雨果论文学》，柳鸣九译，上海译文出版社，2011年，第92页。

② 〔法〕雨果：《〈克伦威尔〉序言》，柳九鸣译，载伍蠡甫主编：《西方古今文论选》，复旦大学出版社，1984年，第200页。

1823 年的观众感兴趣的悲剧，应该走拉辛的道路还是莎士比亚的道路》，其中要求文学作品要朝向当下的现实："浪漫主义这种文学作品表现人民的习惯和信仰的现实状况，因此它们可能给人民以最大的愉快，古典主义恰好相反，它所提供的文学则是给他们的祖先以最大的愉快。"①

　　不过，司汤达对现实的再现已经与雨果有所不同。雨果所呈现的现实还具有观念性，比如《巴黎圣母院》中女艺人爱斯梅拉达、副主教克洛德、敲钟人加西莫多、卫队长弗比斯、乞丐主克罗班、剧作家甘果瓦等这些人物无疑都是"美丑对照原则"的演绎者，他们互补一体地构建了雨果所想象的 15 世纪巴黎社会结构，传达雨果对法国大革命之后的人道主义理想，但在故事描写的日日夜夜里，即便是克洛德，也没有呈现出日常生活流变对他的困扰和磨损。司汤达所呈现的现实更具有日常性，他的《红与黑》小说既是"1830 年纪事"，表现后拿破仑时代的平民青年梦想打破身份社会，谋求个人价值，也是在呈现日常操劳对诗性生存的侵蚀，这个青年在具体的、生动的日常生活中，与形形色色的人打交道、与层出不穷的诱惑相搏击，沉浸在"过剩的自我意识"中，被"红"与"黑"撕扯，终而将本该充盈的"个性自由"蜕变为空洞的"飞黄腾达"。司汤达在小说中所不断思考的"真实"、企图抵达的"宁静"，既是这位青年的个人际遇，也是现代人的普遍困窘：

　　　　想到这里，他像靡非斯特那样笑了。"想这些问题，真是疯了！"

　　　　"首先呢，我是虚伪的，就像有人在旁边听我说话一样。

　　　　"其次，剩下的日子越来越少了，我却忘了生活和爱情……唉！德·雷纳夫人不在这里啊！大概她的丈夫不会让她来贝藏松了，不让她的名誉再受损害了。

　　　　"这是我觉得孤独的原因呀，而不是因为缺少了一位公正、

———————

① 〔法〕司汤达：《拉辛与莎士比亚》，王道乾译，上海译文出版社，1979 年，第 26 页。

仁慈、万能、不邪恶、不渴望报复的上帝……

"唉！要是真有这样一个上帝……唉！我就要跪在他的面前，对他说：我是该死，但伟大的主啊，仁慈的主，宽大的主，请把我的心上人还给我吧！"

这时夜已深了。他安静地睡了一两个小时以后，福凯来了。

于连像一个洞察自己灵魂的人，坚强且果断起来。①

（司汤达《红与黑》）

他的悲剧主人公不再是传统文学中的王公贵族，而是降维为一个平民青年，他向社会宣战，但理想主义与世俗虚荣这一红一黑夹磨着他的日日夜夜，终在日常生活中让诗性生存散逸掉。

海德格尔就是从这样的设定中推导出"先行到死中去"的本真：此在的本旨也始终在于这种最本己的、无所关联的、不可逾越的能在。但常人（即不具备此在特征的存在者②）遭遇他人的死亡而把"死"解说为"人总有一天会死，但暂时尚未"，这个"但"字被常人用来遮蔽了"先行到死中去"的本真："日常操劳活动为自己把确知的死亡的不确定性确定下来的方法是：它把切近日常的放眼可见的诸种紧迫性与可能性堆到死亡的不确定性前面来。但这样掩盖起不确定性也累及确定可知性。于是死亡的最本己的可能性质掩藏起来了。这种可能性质就是：确知的而同时又是不确定的，也就是说随时随刻可能的。"③ 于是，非本真的流俗时间（用日历和时钟予以测量的日常时间④）遮蔽了本真的、源始的时间，存在者沦落为常人，其日常在世方式是闲谈（一件事情怎么样取决于人们对它怎么说）、好奇（人们在日常生活中探求新奇却无所用心、不求甚解）、两可（人的无所定见），这全是非本真状态的"沉沦"，是此在的异化："此在

---

① 〔法〕司汤达：《红与黑》，孙文颖译，天津古籍出版社，2004年，第450页。
② 〔德〕海德格尔：《存在与时间》，陈嘉映、王庆节译，熊伟校，三联书店，2006年，第131页。
③ 同上，第296-297页。
④ 同上，第469页。

首先总已从它自身脱落，即从本真的能自己存在脱落而沉沦于‘世界’。共在是靠闲谈、好奇与两可来引导的，而沉沦于‘世界’就意指混迹在这种共在之中。我们曾称为此在之非本真状态的东西，现在通过对沉沦的阐释而获得了更细致的规定。"① 它已不再是本真的操心（Sorge），实际的生存活动消散于人与工具、物品、他人打交道的操劳（besorgten）："只要日常操劳从所操劳的‘世界’领会自身，所取得的‘时间’就不是作为它自己的时间得到识认；而是日常操劳有所操劳地利用时间。"②

三、考察之三：现代派小说先锋福楼拜

福楼拜（Gustave Flaubert）是传统小说向现代小说转变中的里程碑式小说家，他说："说到我对于艺术的理想，我以为就不该暴露自己，艺术家不该在他的作品里面露面，就像上帝不该在自然里面露面一样。"③ 他的小说实践以降低戏剧性、突出客观性来进一步强化日常生活这种事先给予、事先存在和自身明见性。只有在这种意义上，我们才能认为下面的段落是对现代小说本性的彰显：

　　有一天，三点钟上下，他来了；人全下地去了；他走进厨房，起初没有看见爱玛。外头放下窗板，阳光穿过板缝，在石板地上，变长一道一道又长又亮的细线，碰到家具犄角，一折为二，在天花板上颤抖。桌上放着用过的玻璃杯，有些苍蝇顺着往上爬，反而淹入杯底的残剩的苹果酒，嘤嘤作响。亮光从烟突下来，掠过铁板上的烟灰，烟灰变成天鹅绒，冷却的灰烬映成淡蓝颜色。爱玛在窗灶之间缝东西，没有披肩巾，就见光

---

① 〔德〕海德格尔：《存在与时间》，陈嘉映、王庆节译，熊伟校，三联书店，2006年，第204页。

② 同上，第464页。

③ 伍蠡甫主编：《西方文论选》（下卷），上海译文出版社，1979年，第210页。

肩膀上冒出小汗珠。①

（福楼拜《包法利夫人》）

乔治·桑（George Sand）为此责怪福楼拜：对故事缺少兴趣，只愿意"描写本色事务和生活上的实际遭遇"。这种责怪，反倒是抓住了小说的本事。

如前述，日常生活是直观的，因而就会完全依赖经验来运转。赫勒在《日常生活》中详述了日常生活的基本图式特征："日常行为和日常思维的明显图示不过是（或者以重复性思维或者以创造性思维为辅助的）归类模式。借助这些图式，个人管理和安排他所从事或决定从事的一切，以及他那里所发生的一切和他发现自己置身于其中的一切情境；他以这样的方式来从事这些以便能部分地或全部地使这些经验同他'业已习惯'的东西相吻合"②。因为经验性运转，日常生活是琐碎、平凡、微观、单调的，充斥其间的是情绪性和自然生成性，因此日常生活往往被置为被动、粗鄙、浮表的大众文化的暖床，比如霍克海默（Max Horkheimer）、阿多诺（Theodor Adorno）的"文化工业"，还有鲍德里亚（Jean Baudrillard）、费瑟斯通（Mike Featherstone）的"消费社会""消费文化"等理论。20世纪40年代，政治社会渐渐过渡向商品社会：商品渗透一切社会领域，生产逻辑和市场逻辑延伸在生活领域。霍克海默和阿多诺在《启蒙辩证法》中认为，资本控制文化，并通过大众传媒形成文化工业而操控大众文化流行、主导文化领域，使得西方社会生活同质化，借此延伸其控制："文化工业的产品到处都被利用，甚至在娱乐消遣的状况下，也被灵活地消费。但是文化工业的每一个产品，都是经济上巨大机器的一个标本，所有人从一开始，在工作时，在休息时，只要他还进行呼吸，他就离不开这些产品。没有一个人能不看有声电影，没有一个人能不收听无线电广播，社会上所有

---

① 〔法〕福楼拜：《包法利夫人》，李健吾译，人民文学出版社，2003年，第18页。
② Agnes Heller, *Everyday Life*, Routledge & Kegan Paul, 1984, P. 165.

的人都接受文化工业产品的影响。文化工业的每一个运动，都不可避免地把人们再现为整个社会所需要塑造出来的那种样子。"① 资本形态的变迁在经历了商业资本、工业资本和垄断资本、金融资本之后，开始向知识资本、虚拟资本迈进，与之几乎同步，西方进入消费社会。如果说，个人在前现代社会是农民或封建主，在近现代是市民，那么，在后现代社会就是消费者。现代社会中，资本者通过资本运作来剥削和占有剩余价值；但到了现在，生产社会转为消费社会，因为资本从消费环节所产生的利润远远超过了生产环节所产生的剩余价值——资本把日常生活的一切方面都商品化了。福楼拜笔下的包法利夫人就是在这种实利而庸常的日常生活世界中被激发了幻想，又被噬灭了生命。

在福楼拜之后，意识流小说关注日常中不断涌动的意识，卡夫卡小说中的主人公被困在日常世界，新小说只想像摄影机记录一下细节，存在主义与黑色幽默想挣脱日常世界的荒诞，后现代小说用元小说来打破日常世界的"虚幻"（艾柯）、"困局"（纳博科夫）、"迷宫"（博尔赫斯）……都无疑是让日常生活成为小说世界的另一个主人公！

第三节　叙事的本体属性：朝向日常生活世界的异质性

从历史的角度看，叙事文学，一直是文学门类中最具多样性、最富于变化的，它始终保持着不稳定性，这可被视为叙事的本质："它在直接的话语者（或抒情诗的作者）与戏剧对行动的直接展现之间，在对现实和理想的忠实之间寻求平衡"②。与其他文学类型相比较，比如戏剧，尤其是诗

---

① 〔德〕霍克海默、阿多诺：《启蒙辩证法》，洪佩郁、蔺月峰译，重庆出版社，1990年，第118页。

② 〔美〕罗伯特·斯科尔斯、〔美〕詹姆斯·费伦、〔美〕罗伯特·凯洛格：《叙事的本质》，于雷译，南京大学出版社，2015年，第14-15页。

歌，叙事文学显现出非程式化的体例，最让文论学者感到头疼的就是无法描述叙事的文体特征。比如巴赫金（Bakhtin）就说：

> 文学理论一碰到小说，就表现得完全束手无策。对付其他的体裁，它论述起来信心十足，其中要害，因为这是现成的定型的研究对象……（它们）在其发展过程中的整个古典时期，一直保持着自己的稳定性和程式化，而不同时代不同流派、派别导致的各种变体，都是表面的现象，不触及它们的坚实的体裁骨架。就实质而言，关于这些现成体裁的理论，直到今天也未能对亚里士多德早已说过的话作出重要的补充。亚里士多德的诗学至今仍然是体裁理论所依据的不可动摇的基础（尽管有时这基础渗透至深，人们看不出来）。只要不涉及小说，一切都很顺利。可是，一些体裁刚刚发生小说化的现象，就弄得理论走投无路。面对小说问题，体裁理论不能不进行根本的改造。①

华莱士·马丁曾尝试列举文学史上已有的叙事类型，但它们实则是乱成一团：感伤小说、谤史（scandalous chronicle）、社会风俗史、传记小说、书信小说、历史小说、寓言小说、田园小说、东方小说、以虚构姓名所写的真人真事小说（roman à clef）、哲理故事（conte）、成长教育小说（Bildungs roman），这些类型经常混合出许多亚类，这些叙事亚类之间构成了叙事文学的演变史。而且，这些不同的亚类是与其他文学作品的、与它们产生于其中的文化环境的、与它们的读者的某种关系而随顺地产生的，所以它们并没有分享共同的种属特点，故似乎无法从形式结构上清理出小说的根本性特征。

唯一能够明晰确定的是，小说向周边文类的开放：它与它们一直在冲突、悖反式的融合。小说与其他文学作品的边界总是在变化之中，它通过

---

① 〔俄〕巴赫金：《史诗与小说——长篇小说研究法方论》，载《巴赫金全集》（第 3 卷·小说理论），白春仁、晓河译，河北教育出版社，1998 年，第 510 页。

滑稽模仿、发明新形式、吸收和混合当时各种"纯"文类等，造成不同规则的冲突，以至于规范形式失效甚或缺失；小说与社会和法定文化的关系，也表现在小说写实地直面"现实"世界，来揭示传统文学对表现事实的乏力，而且还描写在公认价值体系中边缘化的人与环境来质疑传统价值体系。在与读者的关系中，小说满足的读者不是倾听一位吟游诗人、观看一出戏剧的大众，而是印刷书籍时代浏览纸本的孤独、无名的个体，因此小说用私人性的说话方式来揭示这些新兴的个人的复杂、微妙、暧昧的生活世界。这样，叙事史不是传统理论所认为的渗透论的（社会中的变化为文学所吸收，于是小说出现）、进化论的（逐渐写实化的罗曼司转变为长篇小说）、汇合论的（不同的叙事类型联合在一起创造了一个新的文类）。巴赫金说：

> 十八世纪伴随新型小说的创造而出现的一系列论述具有特殊的意义，一系列论述的肇始是菲尔丁谈自己的小说《汤姆·琼斯》和书中的主人公，后继者是维兰德写在《阿伽通的故事》前的序言，而最关键的环节要算布兰肯堡的《小说实验》。系列的终端就实质来说便是晚些时候黑格尔提出的小说理论。综观反映一个重要阶段中（《汤姆·琼斯》《阿迦通的故事》《威廉·麦斯特》）小说成长的这些论说，有代表性的是以下几条对小说的要求：（1）小说不应该具有文学中其他体裁所具有的那种意义上的"诗意"；（2）小说的主人公不应是史诗或悲剧意义上的"英雄"人物，他应该把正面和反面、低下和崇高、庄严和诙谐融于一身；（3）主人公不应作为定型不变的人来表现，而应该是成长中的变化中的人，是受到生活教育的人；（4）小说在现代世界中应起的作用，要像长篇史诗在古代社会中的作用（这个思想由布兰肯堡非常明确地提了出来，后来又经黑格尔重申）。①

---

① 〔俄〕巴赫金：《史诗与小说——长篇小说研究法方论》，载《巴赫金全集》（第3卷·小说理论），白春仁、晓河译，河北教育出版社，1998年，第512页。

从巴赫金的论断中可以得出这样的结论，小说只是尊重当下，这样就无法由程式化的真与伪、事实与虚构、文学与非文学、道德与美学等范畴来区分它。比如，在 17、18 世纪的作者和读者认为，他们是被卡在俗世事实领域与宗教–政治"现实"之间，被互相冲突的真实性要求拉扯着。一个忠实于事实领域的叙事所表现的不道德、不合法行为若没有受到惩罚，这个叙事会被认为在伦理上是"虚假"的，一个充满不可信与巧合之事的作品因为劝善惩恶而在伦理上是"真实"的。很明显，这种叙事的真与假之间的区别在当下的我们看来就没有那么明晰。① 到了20 世纪，叙事文本自我指涉，暴露叙事乃虚构的真相的元叙事小说更表现出了彻底的自我颠覆性。这只能让我们以反程式化来勉强地定义叙事文学的特征。

叙事文学的非程式化和开放性还可以从中国古代小说对古代文类意识的悖逆看出来。

中国古代的文类意识建立在道论上。刘勰《文心雕龙》按"道（天下大道）–经（圣人之言）–文（人心之言）"的形上至形下的逻辑②，从"道之文"中分别出天文、地文、人文，再根据"论文叙笔"，将人文之所有文体分为有韵之"文"和无韵之"笔"，然后再进一步细分。这种文类区分标准影响了后世，比如南宋真德秀《文章正宗》将各种文体高度概括为辞命、叙事、议论和诗赋四个大类。其论"叙事"为："按叙事起于古史官，其体有二：有纪一代之始终者，……有纪一事之始终者，……"这种文类分发法中，"叙事"作为与"辞命""议论""诗赋"并举的一种文类，实际是沿袭了从刘勰《文心雕龙》的文类思想。此后，无论简略如

---

① 〔美〕华莱士·马丁：《当代叙事学》，伍晓明译，北京大学出版社，2005 年，第 36 页。

② 余虹：《中国文论与西方诗学》，三联书店，1999 年。

《文章正宗》①，还是细腻如《文选》②，分类思想强调的都是道论。这种观点还可以通过词源考证得以强化。中国古代文学史上的"小说"概念最早来自《庄子·外物》：

> 任公子为大钩巨缁，五十犗以为饵，蹲乎会稽，投竿东海，旦旦而钓，期年不得鱼。已而大鱼食之，牵巨钩錎没而下，骛扬而奋鬐，白波若山，海水震荡，声侔鬼神，惮赫千里。任公子得若鱼，离而腊之，自制河以东，苍梧以北，莫不厌若鱼者。
>
> 已而后世辁才讽说之徒，皆惊而相告也。夫揭竿累，趣灌渎，守鲵鲋，其于得大鱼难矣；饰小说以干县令，其于大达亦远矣。是以未尝闻任氏之风俗，其不可与经于世亦远矣。

此中"说"与"达"近义，均指"道"。小"说"即藉故事以说理。为何不直言道理（如论述），而是借助趣味性、现象性的情节？

首先，"说"借故事以阐释道理，如《说文解字》所谓的"说，释也"。战国诸侯多不知书，而是重士养士。士四方游说，必"谈说之术……分别以喻之，譬称以明之"（《荀子·非相》），即用故事把道理浅易、形象地表达出来。

其次，"说"是愉悦的谈说。《说文解字》段注说："说释，即悦怿。说，悦；释，怿。皆古今字。……说释者，开解之意，故为喜悦。"如《吕氏春秋·慎行·疑似》曰："幽王击鼓，诸侯之兵皆至，褒姒大说。"此处，"说"乃褒姒因烽火戏诸侯之事而愉悦。

---

① 《文章正宗》的编选原则在唐宋古文运动的影响下，强调尊圣重德、经世致用，摒弃辞藻技巧，如其论辞命类："文章之施于朝廷，布之天下者，莫此为重，故今以为编之首。《书》之诸篇，圣人笔之为经，不当于后世文辞同录，独取《春秋》内外传所载周天子谕告诸侯之辞，列国往来应对之辞，下止两汉诏册而止。学者欲知王言之本体，当以《书》之诰、誓、命为祖"。（《文章正宗纲目》）
② 《文选》分为38文类，包括：赋、诗、骚、七、诏、册、令、教、问、表、上书、启、弹事、笺、奏记、书、移、檄、对问、设论、辞、序、颂、赞、符命、史论、史赞、论、连珠、箴、诔、哀文、哀册、碑文、墓志、状、吊文、祭文。

　　总而言之，"小说"此时尚不成文体，但已具备未来中国叙事文体的基本特点——故事乃体道的一种途径。① 在这种分类机制中，一方面，"小说"因为载播的是琐屑的小道，自先秦始即被贬抑为低俗文类：虽所谓"小说家合残丛小语，近取譬喻，以作短书，治身理家，有可观之辞"（桓谭《新论》），但其乃"街谈巷语，道听途说者之所造也"（班固《汉书·艺文志》），故"致远恐泥，是以君子弗为也"（班固《汉书·艺文志》）；另一方面，因为中国古代文化传统的超稳定性，使从《诗经》《离骚》等被儒家经典化②的先秦文学经典蔓延出的文学史（经、史、子、集）总与其源头——风骚——形影相随，成为后者创作、批评的标准③。最终，小说与诗文二分为低、俗与高、雅的不同文类。

　　但是，小说的形式变迁就在这样的文类二分之张力中不断迸发出它的野性。从表面看，小说是在不断地接受其他文类的"施舍"。比如中国古代的小说创作先后经历了：魏晋时期志怪小说和志人小说（文言），唐时期的传奇（文言），宋元话本小说（白话短篇），明清拟话本小说（白话短篇），明清章回体小说（白话长篇）。在这个过程中，小说灵活、适时地汲取了其他文体的体裁因素，如史传文学、佛经变文，含纳了诗文、策论、书信等其他高文典策，并在明清渐渐成为代表性文体。实际上，中国古代小说往往是由士人操刀，如罗贯中、施耐庵、吴承恩、金陵笑笑生、曹雪芹、吴敬梓、冯梦龙、凌濛初等。在士人的视野中，文类之间的张力在于或是雅而言"志"、学术、理想、高迈的，或是俗的、现世的、情绪化的，所以在文人文学中，诗文承担了前者，词（指词为艳科之本色媚词）、小说等承担了后者。一旦当作为学术的诗文沦为制艺而文章丧于八股时，被压抑的情志转而愤懑地寻求另一种表现——小说。其中，将承载了高迈情志的诗文插入小说这种俗世情绪化的载体时，不可避免地出现了

　　① 关于先秦"小说"释义的观点，参考杜贵晨：《先秦"小说"释义》，载《传统文化与古典小说》，河北大学出版社，2001年，第99-100页。
　　② 《诗经》成为儒家经典，《离骚》则在两汉魏晋的批评史上反复出现在儒家思想视域中。
　　③ 吴承学、沙红兵：《中国古代文学的经典》，载《中山大学学报（社会科学版）》2004年第6期。

反讽。这些反讽有些是不自觉的，比如《卖油郎独占花魁》等表现市民情怀的白话短篇小说中充满意味的"有诗为证"，有些则是故意的，比如《红楼梦》中的那两阙评说贾宝玉著名的《西江月》，有些则是两难而无法驱除的，比如《三国演义》中赞诗的铿锵语意（主要是贬低曹操的德行）在小说细节（没有遮蔽对曹操的能力的肯定）面前变得飘摇起来。质言之，诗词文本是一时一地的声音，但因为自身的形式成规，形成文本的封闭性，与时间流断开，内部世界的永恒性弥散开来。小说则将诗词文嵌在一时一地，暴露出其"永恒"所在的时间流，从而将其弥散性摁入其疆界，在"现在"的开放性中还原了日常生活之混沌、矛盾的真相。

从文化实践角度说，这种非程式化因缘于叙事文学向日常生活世界的开放，叙事文学颠覆一切常规的文体特征，和它与当下日常生活密切关联是互为因果的。巴赫金将小说①的时间性与主人公的成长性结合起来，阐发小说从传奇时间向日常生活时间演进的逻辑。他根据小说中的时间类型把西方诸种小说排布在是否具有成长素（即小说人物是否是成长型）的轴线上，将小说中的时间分为四种类型：传奇时间（非世俗的惊险时间）、循环时间（自然循环如四季更替，代代人从出生到死亡的循环）、传记时间（人生命运的生成）、历史时间（日常生活时间）。对应于这些类型时间，巴赫金列出了诸种西方小说类型：希腊传奇小说（巴赫金指出有众多变体）、传记小说、骑士小说、教育训诫小说、现实主义小说等，认为除了据以传奇时间的传奇小说缺乏主人公的成长之外，此后在循环时间、传记时间、历史时间中的小说人物都或多或少是成长的。巴赫金所指的成长，是描述小说主人公形象不是作为稳定不变、静态统一的常数存在于小说的情节中，相反，主人公本身的变化是一个变数，其变化是因为时间进入人的内部，极大地改变了人物的命运及生活中的一切因素，因此具有了

---

① 巴赫金的小说概念比较宽泛，瓦特认为西方小说兴起于 18 世纪英国近代长篇小说，巴赫金则把西方小说上溯到古希腊传奇小说。

情节意义。① 如果说神话时代、信仰时代因为部族观念和彼岸意识遮蔽了真正的个人自由意识，使自在的个人意识以自为的传统信念为中介，还只是打了引号的"个人性经验"，那么，到了文艺复兴之后及启蒙时代所开启的现代，如巴赫金所论称的，越往后的小说，主人公越是成长性的、真实存在于历史时间中。而小说塑造成长型主人公，就是将时间内化向人，把人的自我意识及与之相关的个人性经验认作是认知世界甚或是结构世界的支点。

发现历史时间（或曰世俗日常时间）与现代小说的结盟，是许多小说理论家的共识，比如福斯特（E. M. Forster）认为文学自古以来是"以价值观描写生活"，而小说是"以时间描写生活"②，《西方的衰落》的作者斯宾格勒（Oswald Arnold Gottfried Spengler）认为小说崛起的原因是"极有历史情怀的"现代人需要有一种能够表现"生命完整性"的文学形式③，弗莱认为"时间与西方人的结盟"是小说不同于其他文学类型的定义性特征④，伊恩·瓦特（Ian Watt）认为"小说是否紧贴日常经验，直接取决于它是否比以前的叙事文学更加细致地审时度势地使用时间这个维度"⑤。

小说处身于日常生活中，拉近、亲昵经验世界，表明了这样的事实：小说所代表的现代叙事文学禀赋了日常生活的异质性，从而因袭了日常生活的开放性。正因如此，叙事成为一种特殊伦理学，它以个人的生活际遇为质料，架设语言实践和意义认同的复杂进程，以此来摹仿个体在具体伦

---

① 〔俄〕巴赫金：《教育小说及其在现实主义历史中的意义》，载《巴赫金全集》（第3卷·小说理论），白春仁、晓河译，河北教育出版社，1998年，第229-230页。

② E. M. Forster. *Aspects of the Novel*, London, 1949, pP. 29-31. 转引自〔英〕伊恩·瓦特：《小说的兴起》，刘建刚、闫建华译，中国人民大学出版社，2020年，第16页。

③ Spengler, *Decline of the West*, trans. Atkinson, London, 1928, I, 130-131. 转引自〔英〕伊恩·瓦特：《小说的兴起》，刘建刚、闫建华译，中国人民大学出版社，2020年，第16页。

④ Frye, 'The Four Forms of Fiction', *Hudson Review*, II (1950), 596. 转引自〔英〕伊恩·瓦特：《小说的兴起》，刘建刚、闫建华译，中国人民大学出版社，2020年，第16页。

⑤ 〔英〕伊恩·瓦特：《小说的兴起》，刘建刚、闫建华译，中国人民大学出版社，2020年，第17页。

理实践中所遭遇的相对主义处境：直面当代生活世界中认知边界、价值立场、情感倾向的冲突与撕裂，在普遍主义/相对主义、整体主义/情境主义、本质主义/虚无主义等两极之间振荡。

第二章　现代叙事作为现代伦理实践

传统世界的总体性终而消逝，现代世界不再拥有自发的存在总体，"偶然的世界和成问题的个人是相互制约的现实"①，小说在四分五裂的现代世界历史性地出场，成为一个"现代性事件"：

> 一直统治着宇宙、为其划定各种价值的秩序、区分善与恶、为每件事物赋予意义的上帝，渐渐离开了他的位置。此时，堂吉诃德从家中出发，发现世界已变得认不出来了。在最高审判官缺席的情况下，世界突然显得某种可怕的暧昧性；惟一的、神圣的真理被分解为由人类分享的成百上千个相对真理。就这样，现代世界诞生了，作为它的映象和表现模式的小说，也随之诞生。②

它被期许了许多面目：

> "成为历史的书记员。"（巴尔扎克）
>
> "表现和揭示人的灵魂的真实性。"（列夫·托尔斯泰）
>
> "我想写的，是一本无所谓的书，一本没有外在的沾着的书。"（福楼拜）

---

① 〔匈〕卢卡奇：《小说理论：试从历史哲学论伟大史诗的诸形式》，燕宏远、李怀涛译，商务印书馆，2013 年，第 69 页。

② 〔捷〕米兰·昆德拉：《小说的艺术》，董强译，上海译文出版社，2004 年，第 7 页。

　　小说家的声明各个不同，要么是镜鉴世界，要么是挖掘心灵，要么是审美自律，但都是"在本质相互不同的要素的相互制约性中，看到并塑造出一个统一的世界"①。卢卡奇（György Lukács）说，史诗时代的传统叙事是对外部世界"总体性"的摹仿，小说时代的现代叙事是以内部形式"总体性"来虚拟外部世界"总体性"②。在小说外部，现代世界处在"总体性"解分、"日常性"断裂的"偶在"状态；在小说内部，"日常性"质料的异质、偶在与"总体性"形式的整一、必然使这两种因素此消彼长，因此方可断言"小说是现代世界的产物"，这种说法不仅是一种历史性陈述，而且应该是一种本质性揭示。近几年欧美一批前沿学者提出"当代性观念"，其中让·贝西埃（Jean Bessièr）撰著《当代小说或世界的问题性》，提出当代小说是继传统小说（即18~19世纪小说）、现代小说、后现代小说之后的新发展阶段，它以独有的类型特征表现出"当代性"，诸如以超个体性的人类学视野或人类学制作代替了从现实主义到后现代主义小说里个性的人类学视野和人类学制作；在情节和结构上突显偶然性和必然性的二重性，代替了此前小说中独特性和范式性的二重性；肯定并青睐意外性；突显时间、地域和空间的多元多重性；突显最广泛的语境性和最广泛的贴切性；突显媒介性；突显普遍的悖论性，普遍的反思性。③ 这无疑揭示了类型视野（perspective typologique）和历史视野（perspective historique）的统合，同时也揭示了叙事是一种特殊伦理学，其叙事形式与伦理实践具有同质性和同构性。

　　在世俗化的现代社会中，现代性道德被当成了现在和将来的全部世俗制度。它是在社会中占主导地位，代表某个特定的现代社会秩序和文化秩序的道德；它既要在某种程度上使个人欲望变得文明，使主体在行为和判

① 〔匈〕卢卡奇：《小说理论：试从历史哲学论伟大史诗的诸形式》，燕宏远、李怀涛译，商务印书馆，2013年，第67页。
② 同上，第53页。
③ 〔法〕让·贝西埃：《当代小说或世界的问题性》，史忠义译，北京大学出版社，2012年。

断中符合现代性的需要，又要为社会批判提供基础①。然而，个体的具体伦理构想在日常生活实践中开展，日常生活世界对此呈现出两张面孔，一面是提供个体经验的真实性，成为个体的基础性生存世界，另一面是暴露现代性道德的相对性，使现代伦理实践陷入寻找信念但又不确定的摇摆中②。

第一节　日常生活世界的两张面孔

一、日常生活世界是现代人的"根本生存环节"

日常生活，即以"饮食男女"为其内容的每一日的原生态生活，它包含着个人在认识实践、主体性对象化、主体间交往等维度的基础性经验世界，在总体性消逝之后的现代世界，必然成了个体的"根本的生存论环节"。

首先，从认识论层面看，日常生活具有直观性和自身明见性，使之成为主体展开认知实践的基础性经验世界。

日常生活是前语言经验形式的，具有直观性。根据胡塞尔（Husserl）的描述，日常生活世界（胡塞尔用"生活世界"的概念）是"直觉地被给予的""前科学的、直观的""可经验的"人的存在领域，它是"日常的、伸手可及的、非抽象的……是一个直观的被经验的世界"③。在日常生活中人们以瞬间的原初直感来经验世界，事物被生动地、原本地呈现出来，而不经过某种抽象的框架概念、道德律令、科层体系加以集聚、转化，即我们对周围事物的知觉体验，往往不是通过某种知识框架中的概念

---

① 〔英〕阿拉斯代尔·麦金太尔：《现代性冲突中的伦理学：论欲望、实践推理和叙事》，李茂森译，中国人民大学出版社，2021年，第130-133页。
② 同上，第59-60页。
③ 倪梁康：《现象学及其效应》，三联书店，1996年，第132页。

范畴、认识论方法、价值论体系，将其问题化，再寻求、提供答案。日常生活的直观性使其具有"自身明见性"（self-evidence）①。如胡塞尔说：

> 生活世界是永远事先给予的，永远事先存在的世界。人们确认它的存在，并不因为某种意图、某个主题，也并不因为某种普遍的目标。一切目标以它为前提，即使那在科学的真理中所被认识的普遍的目标也以它为前提，并且已经和在以后的工作中一再以它为前提，它们以自己的方式设定它的存在，并立足在它的存在上。②

和日常生活世界相对的是非日常生活世界，日常生活世界是经验的、前科学的、非课题的，非日常生活世界是理性的、科学的、课题化的世界。在日常生活世界中生成自在的、第一性的主体性，人在非日常生活世界中所有的活动都隶属于意识活动，一切意识活动的拱顶是主体的自我意识，因此日常生活世界是非日常生活世界的基础。如胡塞尔所说：

> 现存生活世界的存有意义是主体的构造……世界的意义和世界存有的认定是在这种生活中自我形成的。……至于"客观真的"世界、科学的世界，是在较高层次上的构成物，是用前科学的经验和思想为基础的，或者说，是以它的对意义和存有的认定的成果为基础的。只有彻底地追问这种主体性（在此特别需追问对世界及其内容的认定、造成对一切前科学的和科学的模式的认定的主体性，以及追问理性的成就是什么并如何），我们才能理解客观真理和弄清楚世界最终的存有意义。因此，世界的存有（客观主义对此不加提问，把它视为不言而喻的）并不是自在的

---

① Edmund Husserl, *The Crisis of European Sciences and Transcendental Phenomenology*, Northwestern University Press, 1970, P. 127.

② 倪梁康选编：《胡塞尔全集》（上下卷），三联书店，1997 年，第 1087–1088 页。

第一性的东西，因而不应该只问什么东西客观地属于这种存有。实际上，自在的第一性的东西是主体性，是它在起初素朴地预先给定世界的存有，然后把它理性化，这也就是说，把它客观化。①

其次，从社会存在层面看，日常生活是主体性的对象化基础。

个体作为社会成员，再生产社会的过程必须是与再生产作为个体的自身是同时的，个体再生产是社会构成的基础；没有自我的再生产，任何个体都无法存在，没有个体的再生产，任何社会都无法存在。而日常生活世界的基础性还在于它是自在的、第一性的主体性的对象化领域。

列斐伏尔在开展日常生活实践批判时说，从源于以实践为基础的社会生活的现象学来看，"个人既是最为具体的也是最为抽象的，既具有最为动态的历时性和具有最为稳定的特征，既最依赖社会也最具有独立性"②，反过来看，"社会既是最抽象的，因为它只能是由每一个具体个人来构成与规定的；同时它又是最为彻底的具体性，因为它是由那些个人的生存的统一整体所构成"③。然而，"经验的统一体绝不能被理解为一个经验束，在它的连续性过程发展中，作为理论的概念是直接与之相关的"，所以，日常生活是"每一个社会、制度和人的一般的社会生活的对象化基础"④。

赫勒（Agnes Heller）论述认为，日常生活是"同时使社会再生产成为可能的个体再生产要素的集合"⑤，属于"自在的类本质对象化"领域（species-essential objectivations in iteslf）。所谓类本质，即社会化。和"自在的类本质对象化"领域并存的，是"自为的类本质对象化"领域（species-essential objecstivations for itself）和"自在和自为的类本质对象化"领域（species-essential objecstivations in and for itself），"自为的类本质

① 〔德〕胡塞尔：《欧洲科学危机和超验现象学》，张庆熊译，上海译文出版社，1988年，第81-82页。

② Henri Lefebvre, *The Production of Space*, Oxford：Blackwell, 1991, P. 69.

③ Ibid., P. 69-70.

④ 〔英〕彼得·奥斯本：《时间的政治——现代性与先锋》，王宏志译，商务印书馆，2004年，第263页。

⑤ Agnes Heller, *Everyday Life*, Routledge & Kegan Paul, 1984, P. X.

对象化"领域是包括传说、神话、思辨（哲学）、科学、视觉象征（艺术）等为人的生存提供意义的精神活动领域，"自在和自为的类本质对象化"领域是制度化领域，包括社会、经济、政治等层面的制度。日常生活之"自在的类本质对象化"，"是人的活动的结果，但同时也是人之所有活动的前提条件。……人的生成（即他从缄默的类本质的提升，这一类本质在他出生时，像他的特性一样被授予他），始于他通过自己的活动而占有这一'自在的'对象化领域之时。这是人类文化的起点，是所有'自为的'对象化领域的基础和前提条件"。①

最后，日常生活是主体间共在的基础性经验世界。

许茨（Alfred Schutz）在社会共在的层面进一步推导了日常生活世界的基础性在于它是主体间共在的生活世界。人的社会化生存和在其中的自我意识生成，不仅仅是个体性的事件，而是在与其他社会主体之社会共在中的事件。胡塞尔的超验现象学的立场使他只能按先验哲学的理论来从绝对先验的"我"推导到其他的"我"，而不能把经验的给定性确立在主体间沟通这个基础上。许茨用"接近呈现"（appresentation）、"面对面"关系（face-to-face relationship）、"我们关系"（We-relationship），共同在场中的"他人自我"（the alter ego）等概念，把日常生活世界这个个体从生到死一直生活在其中的经验世界强调为一个主体间性的世界："我的日常生活世界绝不是我个人的世界，而是从一开始就是一个主体间际的世界，是一个我与我的同伴共享的世界，是一个也由其他他人经验和解释的世界，简而言之，它对于我们所有人来说是一个共同的世界"②。另外，许茨把社会实在界定为"有限的意义域"（provinces of meaning），即任何层次的社会实在都是我们的经验之物，而不是某个客体的本体论结构的产物，因为"全部实在的起源都是主观的……（它们）处在与我们自己的某种关

---

①　Agnes Heller, *Everyday Life*, Routledge & Kegan Paul, 1984, P. 118.

②　〔德〕阿尔弗雷德·许茨：《社会实在问题》，霍桂桓、索昕译，华夏出版社，2001年，第409页。

系中"①，由我们的各种经验的意义构成。日常生活世界是社会实在之众多的"有限的意义域"之一。因为日常生活世界最接近原初经验和向主体间沟通敞开，而成为最高的实在，构成其他社会实在的基础："我们拥有了实在的集中同时发生并且不断竞争的秩序——我们的日常生活的秩序，我们的幻想世界的秩序、艺术的秩序、科学的秩序等，在这些秩序中，第一种秩序是最高的秩序，因为沟通只有在这种秩序中才是可能的。"②

因为日常生活世界是个体在认识实践、主体性对象化、主体间性交往等维度的基础性经验世界，所以只有在日常生活世界中，人才能深入独特个人的生命奇想和深度情感，富于创意地刻下个体感觉的深刻印痕，更能激发个人的伦理感觉和道德反省，考究各种生命感觉的真实意义。

二、日常生活世界暴露现代性道德的两难困境

韦伯（Max Weber）把现代世界的发生精要地描述为一个世界"祛魅"（Disenchantment）、理性化（rationalization）、世俗化的过程。前现代世界以宗教为核心，提出了一套超验的最高价值以排除其他一切价值，赋予古典世界的"总体性"，原子化的个人生活在魅惑的世界里，通过与社群共同体及宇宙整体生命的有机联系，关系性地确立自己生命的意义。现代世界理性化的光芒驱散了前现代迷雾般的魅惑，人在现代理性的引导下脱离传统的束缚，转而依赖它的合理性和合法性去认识并征服世界。韦伯提出，古典理性向现代合理性转换，现代理性的科学理性和价值理性分立，使事实判断（回答事实如何，即"实然"）和价值判断（回答应当如何，即"应然"）之间产生裂痕，使"科学与意义无关"，知识与信仰分裂，产生"价值领域的分化"：

---

① 〔德〕阿尔弗雷德·许茨：《社会实在问题》，霍桂桓、索昕译，华夏出版社，2001 年，第 283 页。

② 同上，第 441 页。

由于人与各种价值领域的关系（外在的和内在的，宗教的和世俗的）的合理化和自觉提升，这就导致朝向自觉的使得个别价值领域的内在地合法地独立自足……一般说来，这是由如下发展所导致的，亦即内在的和其他世俗价值向合理性，朝向自觉的努力，朝向经由知识来提升。①

现代人在具体的行为处事时会在被分化出的经济领域、政治领域、审美领域、性爱领域、知识领域、技术领域等六个基本"价值领域"中选择，这六个价值领域分别遵守各自领域内部的独特的、自洽的规则，并分别被"内在发展性"地统摄向各自领域的最高价值（主神）②，多元价值领域彼此分立的现象构成了"诸神之争"③。在截然不同的文化圈和不同的生活领域中，存在多种多样的合理化，任何"合理"都是局部的合理，从一者看来是"合理的"，在另一者看来是"不合理的"，不同领域中的价值彼此不可调和、不可兼容、无法彼此通约和还原，最高终极价值从公共生活中销声匿迹。韦伯认为，"诸神之争"让人面临价值多元选择和价值冲突，在生活中随时感受到各个价值领域之间的张力和撕扯！

因此，一跨进现代世界的日常生活领域，传统的善恶标准开始摇动。

弥尔顿的《失乐园》在现代历史视野下，重述了那场始源性的善恶分立事件：恶生发于善，善与恶分离。他借堕落天使撒旦之口，写下恶与善拒绝被对方摆布而又渴望能侵染对方的心思：

如果神意
欲从我们的恶中提取善，
我们就必须尽力防范，

---

① 周宪：《审美现代性批判》，商务印书馆，2005年，第114页。

② 〔德〕马克斯·韦伯：《中间考察：宗教拒世的阶段与方向》，载《宗教社会学·宗教与世界》，康乐、简惠美译，广西师范大学出版社，2011年。

③ 〔德〕马克斯·韦伯：《学术与政治》，钱永祥译，广西师范大学出版社，2010年。

必须从善中找寻恶之手段。

（Milton, Paradise Lost, Book I. Line 157.）

然而，善恶分立让两者都陷入困境，两者最终将再度汇合：

魔鬼羞惭地站起身来，

感觉到了善的威严可畏。

（Milton, Paradise Lost, Book IV. Line 846.）

因为现代人所在的主观主义世界（subjectivist world）无法依存于客观、普遍的道德规范，所以弥尔顿试图主张一个悖论：善恶之间既泾渭分明，又不分彼此。①

蒲伯（Alexander Pope）以古典的英雄双韵体诗《人论》，同样表达了现代世界的道德相对主义（ethical relativism）的潮流：

自然无非巧计，但汝尚未领悟；

机遇无非向导，但汝尚未看出；

分歧无非和谐，但汝尚未参透；

局部之恶，实乃普世之善；

骄傲可恨，实因错误理性；

此理昭昭：凡存在，皆正确。

（Pop, Essay on Man, Epistle I, Line 289.）

"道德上模棱两可和相对主义（moral ambiguity and relativism）的现代

---

① 〔英〕艾伦·麦克法兰：《现代世界的诞生》，管可秾译，上海人民出版社，2013年，第312页。

性"①，使现代人在日常生活中的伦理实践遭遇重重困惑，并直抵深刻而内在的精神困厄。

韦伯把现代性处境比作"铁笼"："现今的资本主义经济秩序是一个巨大的宇宙，个人呱呱坠地于其中，对他而言，至少作为个体，这是他必须生活在里头的既存的、事实上如铜墙铁壁般的桎梏。"② 面对这样的现代性处境，韦伯是沉郁的，他在弗莱堡大学就职演讲时，引用《神曲》中地狱之门上的铭文："就和平和人类幸福的梦想而言，在通向人类历史那未知将来的门楣上写着：'入此门者，当放弃一切希望！'"③ 韦伯只能寄希望于"历史个体"（Historical individual，也译作"历史实体"）。"诸神之争"促进以专业化、制度化为样态的"价值一般化"，或者说"价值中立"，它们在人的日常生活实践中不断蚕食传统、破坏动机，导致生活世界的被殖民。那么，现代世界的解救力量在哪里？韦伯认为历史概念的方法论目的"并不是以抽象的普遍公式，而是以具体发生的各种关系来把握历史现实，而这些关系必然地具有一种特别独一无二的个体性质"④，因此他对现代性的另一个基本判断是："那些终极的、最高贵的价值，已从公共生活中销声匿迹，它们或者遁入神秘生活的超验领域，或者走进了个人之间直接的私人交往的友爱之中。"⑤ 一种时代精神或者说理念必须通过真心诚意相信并践行它的人群——理念"承载者"的具体伦理实践和生活方式——才能在历史中发挥作用。这个"承载者"就是他所谓的"历史个体"，一者，"历史个体"包含了独特性（uniqueness），他是具体的、唯一的；二者，"历史个体"的独特性与社会一般文化价值相关联时，历史个

---

① 〔英〕艾伦·麦克法兰：《现代世界的诞生》，管可秾译，上海人民出版社，2013 年，第 309 页。

② 〔德〕马克斯·韦伯：《新教伦理与资本主义精神》，简惠美、康乐译，广西师范大学出版社，2010 年，第 31 页。

③ 〔德〕玛丽安妮·韦伯：《马克斯·韦伯传》，简明译，中国人民大学出版社，2014 年，第 172 页。

④ 〔德〕马克斯·韦伯：《新教伦理与资本主义精神》，阎克文译，上海人民出版社，2010 年，第 182 页。

⑤ 〔德〕马克斯·韦伯：《学术作为志业》，冯克利译，三联书店，1998 年，第 48 页。

体才可能具有不可再分性（indivisibility）和整体性（unity）：那是"一种在历史的现实中联结起来的诸要素的综合体，我们是从文化意义的角度把它们统一成一个概念整体的"那种个体。①

"现代的时代精神"是"理性精神"（黑格尔语），那么历史个体就是"理性精神"的肉身化。在现代"祛魅"的历史过程中，诸神的逃离，终极价值的耗散，整体性意义的失落，人作为世界合法性的"根据"，成为第一性的和唯一的真正主体，所有事物的存在方式和真理方式都仰赖人的主体理性而得以建立。易言之，传统社会与现代社会的裂变从神义论走向人义论：

> 如果不就时间而以结构的思想形态为标志，那么，英国工业革命下的"感觉主义"，法国政治革命下的"启蒙理性"，德国思想革命下的"先验论"，可看作第一次现代性的开端。它们都有一个共同点，那就是用人自身的实存或属性作为现世制度与人心秩序的合理性根据。相对用神义论作为现世制度与人心秩序的正当性根据的"神义论"而言，第一次现代性就是"祛魅"神义正当性转而人性"合理化"的"人义论"。②

然而，理性精神的至高无上和诸神之争的相对主义，使现代人既成为无比自傲的理性主体，又跌落在如履薄冰的自由决断中。一方面，个体的、理性主体以限定（对象性价值）、强求（展现主体权力意志）、谋算（形式化抽象和数字化计量）、加工（合乎主体意图的制造）等形形色色的方式对世界加以主体性的格式化。主体对世界彻底客体化，形成"对客观化的外在自然和遭到压抑的内在自然的统治"③，导致理性中心（以理性、

---

① 〔德〕马克斯·韦伯：《新教伦理与资本主义精神》，阎克文译，上海人民出版社，2010年，第181页。

② 张志扬：《偶在论：现代哲学之一种》，上海三联书店，2000年，第1页。

③ 〔德〕哈贝马斯：《现代性的哲学话语》，曹卫东译，译林出版社，2006年，第127页。

普遍性、一元论驱逐非理性、特殊性、多元论)、自我中心（把自我－他者的间性关系变成主客关系)、人类中心（把人与世界的共存关系变成以技术为座架的掠夺关系）等全面性的现代性危机。另一方面，诸神之争无法得到来自最高价值的最终裁决，人不得不一次又一次凭靠自己决断，并孤独地担负起决断的后果，"将世界主体性格式化"的最终结果反倒是"人是悬挂在自己编织的意义之网上的动物"。现代人怀着某种乡愁，如履薄冰地在现代的大地上前行："一列奔向无底深渊的快车上，不确知下一个转辙处的轨道是否已经转好了"①。

第二节　现代主体诉求的三个维度

按照卡西尔（Ernst Cassirer）的说法，人之为人，是人并不想生活在一个随波逐流、事实如铅的世界中。

人生活在想象和激情、恐惧和希望、梦幻和醒悟之中，以获得"在世界"的存在感；所有的事实和规范，最终都是在人的困惑和笃定、畏怯和追求中进入现实的。在这种意义上，柏格森（Henri Bergson）说："梦和追忆才是人的真正现实。"——回忆和梦想连起过去、现实、未来，填充着人在此时此刻的存在意义。否则，人只是孤独地游荡在不关己的世界上，这种生存感受就如同克尔凯郭尔（Soren Aabye Kierkegaard）曾描绘的："我就像一颗被孤零零地排除在外的孤独的松树，它站在那儿，矗向天空，没有留下任何阴影，只有斑鸠在我的枝桠上做窝。"② 克尔凯郭尔认为，产生如此的悲剧意识，是因为人不是公众地存在着，而是个体独自面对自己的生命尤其是死亡，作为有限的存在"被抛入"物的世界中，在有缺憾的存在境遇中面向不知名的未来而永远处于不安宁的、空虚的状态，正是它引起人生的恐惧、厌烦、绝望。这种悲剧感亘古就存在，比如唐代陈子昂

---

① 郁喆隽：《碎片时代的先知——战中的马克斯·韦伯》，载《书城》2014 年第 11 期。
② 夏军：《现代西方的非理性主义思潮》，辽宁人民出版社，1987 年，第 87-88 页。

在《登幽州台歌》中迸发出的终极性的孤独感："前不见古人，后不见来者，念天地之悠悠，独怆然而涕下。"在现代性危机的背景下，孤独感尤其直触最纯粹的主体意识。现代人类通过最彻底的怀疑，走出了信仰的庇护，第一次让人的主体自身支撑在宇宙之间，只能凭靠自我确证和自我反思来把捉住何为"真"——世界以"主体理性"为基点。现代性的核心是理性，它由理论认知理性、道德价值理性和审美表现理性三个部分组成。现代性危机是主体意识之理性主义普遍泛滥的文化危机，现代性发生分离后，现代性＝主体性＝人类中心主义，主体理性在普遍的主客二分中单维地走向目的理性，后者对整个生存世界的物化和作为主体的人的全面异化让人成为单向的人，现代社会进入"精神贫乏、人性沦丧、爱与创造力衰退的下降时期"，"精神本身被技术过程吞噬了"[①]，"个人或者被对自己的深刻不满所压倒，或者以自我忘却来解脱，把自己变为机器的一个零件，自暴自弃，不去思考其至关重要的存在，其存在变得失去个性，在不必怀疑、不受检验的、静止的、非辩证的、易于交换的伪必然性的邪恶魅力的引诱下，丧失了对过去和将来的认识，退缩到狭隘的、对他并不真实的、为自己需要的任何目的而做交易的现实中去"[②]。广义来看，这种主体分离感不仅仅是在现代性危机中才出现的，只是在现代性危机中最为凸显而成为无法回避的问题。每一个试图摆脱日常之重复、自觉地想把握存在意义的人渴望厘清自我在日常生活流中的实然生存状态和应然生存状态，它们集聚在人作为社会主体的内涵及主体性要求上。

"主体"和"个体"是不同的概念。个体是无条件的单有，每一个人都可以叫个体；主体是在群体性相关这种社会共在条件下的单有，它强调个体的社会属性，即在社会共在中"属我"和"为我"地感知、思考、判断、诉求利益，主体的最小单位不是某一个团契，它建立在个体的基础上，因此，完全被群体意识化了而没能自觉地持有"属我""为我"的个

---

① 〔德〕雅斯贝尔斯：《历史的起源和目标》，魏楚雄、俞新天译，华夏出版社，1989年，第112页。

② 同上，第114页。

体算不得主体。

主体包含意识主体、身体主体、间性主体等三个维度。

一、意识主体

每个人从呱呱降生的那一天起，就被天然地置放进一个环境中。这个人开初还是和自然世界混沌未分，犹如古希腊神话中的混沌大神和中国神话中盘古开天辟地前天地浑然如鸡蛋的模样，人蒙昧地随附着天空的昼夜更替、呼吸着大地的吐故纳新、融汇于万物的荣盛衰枯中；不久，他开始打量、倾听周围的物与人，试图了解"我是谁""我和世界有着怎样的关系"等问题时，就这样，他展开了意识活动。意识活动是以意识主体将世界对象化为意识客体的过程，它也是人形成主体意识的过程。主客二分使人"站"了起来，如柏拉图在《泰阿泰德篇》中记载的苏格拉底（Socrates）之普罗泰戈拉箴言："人是万物的尺度，是存在的事物存在的尺度，也是不存在的事物不存在的尺度。"①

柏拉图继续强化人之意识主体性。柏拉图在为世界寻求某种本质的思路下，设定了一个超验的、外在于主体的本源：理念（idea），以之为主体认识的确定性依据。故海德格尔说："根据柏拉图学说，存在（physis）乃是 idea（相，外观）、可见性、作为外观的在场状态"。这种知识本源的纯粹性使之不可能存在于现实的时空中，遭受现实性、物质性的身体的玷污，因而只能在设定性的、灵魂性的意识向度上获得。在意识中，本质的、普遍的知识先于主体、藏于灵魂、附于新生的尚未但将及现实化的身体，寻求知识需要的是回忆；"一切研究，一切学习都只不过是回忆罢了。"②

---

① 〔古希腊〕柏拉图：《柏拉图全集》（第二卷），王晓朝译，人民出版社，2003 年，第664 页。

② 杜志清，吕占华：《西欧哲学史教程》，新华出版社，1994 年，第 58 页。

笛卡尔（Descartes）的"我思故我在"① 用怀疑的方法把知识的确证性依据挪移到意识主体上。但是，因为这个意识主体还是悬置了上帝这个无限本源的基础上而被讨论的有限本源，所以还没能保证知识的普遍性。康德（Kant）的"哥白尼式的革命"在于，认为人类心灵包含有先天的感性直观形式和知性范畴规定，它们统摄人类感官所受自在之物的刺激而成知觉印象，以此途径，康德保证了知识的普遍性。然而，康德的问题是他无法论证这种自在的构造物何以能先天地存在于人类心灵中。胡塞尔从现象学角度提出："纯粹思维的被给予性是绝对的，然而外部感知中的外部事物的被给予性不是绝对的。"② 在这种思路的指导下，胡塞尔通过悬置的方法，把意识活动一步步还原——"所思-我思-我"（That what I am thinking about – I think – I)③，把关于外物的直接知识和传承的间接知识廓清在一边，只剩下"纯粹的自我"④ 作为"意识主体"的支点。在胡塞尔这里，意识主体是"非-数量、前社会，无人称代词"，是"原-自我"，⑤ 具有普遍性、无限性、唯一性。

二、身体主体

伴随着意识主体建立的是西方知识谱系对身体的贬低或隐匿。古典时期，柏拉图把身体和灵魂二元对立，前者的视听招致表象世界，阻碍了后者通往永恒的理念世界，因此遭到驱逐："我们要接近知识只有一个办法，我们除非万不得已，得尽量不和肉体交往，不沾染肉体的情欲，保持自身

---

① 王路翻译为"我思故我是"，参见王路：《"是"与"真"——形而上学的基石》，人民出版社，2003 年，第 225—238 页。

② 〔德〕胡塞尔：《现象学的观念》，倪梁康译，上海译文出版社，1986 年，第 45 页。

③ Dieter Lohmar：《自我的历史——胡塞尔晚期时间手稿和《危机》中的"原-自我"》，单斌译，李云飞校，见 http：//pod34. beike8. com/sanguotongyi/6335. html

④ 〔美〕赫伯特·施皮格伯格：《现象学运动》，王炳文、张金言译，商务印书馆，1995 年，第 135 页。

⑤ Dieter Lohmar：《自我的历史——胡塞尔晚期时间手稿和《危机》中的"原-自我"》，单斌译，李云飞校，见 http：//pod34. beike8. com/sanguotongyi/6335. html

的纯洁。"① 中世纪基督教义用牺牲身体的禁欲主义来救赎精神、完善灵魂，身体再次被边缘化。现代启蒙知识中，科学击退神学，国家击退教会，理性击退信仰，身体得到短暂狂欢后，被隐匿在意识的阴影下。比如，笛卡尔认定知识是意识通过怀疑而反复推得的，黑格尔（Hegel）认定历史是意识和精神的辩证发展史，马克思（Karl Marx）似乎回到了身体，比如认为历史动力是人为身体饱暖而展开实践，但是他又把历史进程描述为人围绕劳动（生产力-生产关系）展开的意识形态斗争、争取精神自由——其关键概念"劳动"，一方面是资产者占有劳动者的身体（劳动的时间长度、时间效率）来榨取剩余劳动价值的手段，因而对劳动者来说，劳动使人精神异化，另一方面是劳动者的外化意识因而是使人获得自我实现的途径。

大声疾呼身体主体的人始于尼采（Nietzsche）。尼采在《查拉图斯特拉如是说》中谈到："在你思想与感情之后，立着一个强大的主宰，未被认识的哲人，——那就是'自己'，它住在你的肉体里，它即是你的肉体。"② 他把"自我"奠定在身体上，溯源至古希腊的酒神狄俄尼索斯，来论称身体决定并主宰着一切，从而以身体代替心灵，冲出柏拉图理性主义。进而，他把笛卡儿的"我思"（意识的、理性化的主体）回溯为"我愿"（欲望的、情绪性的主体），用创造替代认识，用生存替代存在。存在向往着生成，而认识是存在的持存化，所以任何权威的认识——"真理"——"就是一个谬种"③。海德格尔说："尼采用身体取代灵魂和意识，这丝毫没有改变由笛卡儿确立下来的形而上学基本立场，尼采只是把这种立场粗糙化了，把它带向了边界，或者甚至是把它带入了无条件的无意义状态领域里了。"④ 换言之，尼采以解构的姿态反抗了笛卡尔一路下来的建设性观点，同时，在实质上，尼采依然维护着这样的基础性判断：世

---

① 〔古希腊〕柏拉图：《斐多》，杨绛译，辽宁人民出版社，2000年，第17页。
② 〔德〕尼采：《查拉斯图拉如是说》，尹溟译，文化艺术出版社，2003年，第31页。
③ 〔德〕尼采：《权力意志》，张念东、凌素心译，商务印书馆，1991年，第610页。
④ 〔德〕海德格尔：《尼采》，孙周兴译，商务印书馆，2002年，第818页。

界的意义始源于主体（肉体）本身。

三、间性主体

梅洛-庞蒂（Maurice Merleau-Ponty）的身体知觉现象学、巴塔耶（Georges Bataille）的人类学-普通经济学和福柯（Michel Foucault）的身体政治批判，从不同层面证明了身体主体-意识主体是生存在社会共在中的，由此把意识主体、身体主体引向间性主体。

梅洛-庞蒂在其"知觉现象学"视野中，论证身体是生活中意义的给予者。一方面，身体是经验的前提，知觉活动必须经由身体运动来展开，知觉这种意向性活动以有机的身体运动为基本形式，身体先天具有的意向弧使人在意向性知觉活动中把外物存有与人本身的形构模式辩证统一，这样，"我们是我们的身体，如果没有身体，我们就不能存在。我们在我们的身体中发现我们的意识、经验及身份，并且它们存在于我们身体的始终。身体-主体被揭示为意义给予行为的前提条件和机体。……没有身体-主体，我们就不会存在，并且也不再有人类的经验、生活、知识和意义。……这主要是因为在世界对我们变得有意义的限度内，现象的结构不是独立于我们的实在，而是和我们身体-主体的存在，意义的给予者的存在联系在一起。由于身体是能动的，也在世界之中活动，在世界之中落脚，在世界之中给自己以方向，所以身体给予我们人类所经验的世界以意义。"① 另一方面，身体主体、意识主体是在身体主体间差异的基础上生成的。梅洛-庞蒂指出，沉默的符号必须经过身体感知（向情境中的身体"说"出）才能到达我们。因为个体身体空间的差异，"听"者用身体感知符号的过程，又是朝向新的空间情境、新的身体方位的过程，所以又让一些新的东西加到符号的历史（"生涯"）上，这样，身体成为符号交换、变化、增长的空间，人类真正的自由在知觉和身体中被发现。

---

① 〔美〕丹尼尔·托马斯·普里莫兹克（Daniel Thomas Primozic）：《梅洛-庞蒂》，关群德译，中华书局，2003年，第20-21页。

　　巴塔耶从道德批判和普通经济学的视角切及间性主体。在道德批判方面，巴塔耶指出，在人的发展过程中，主体从动物的生存环境中脱离出来所依靠的除了劳动还有禁律，律法和违禁内在紧密联系。从表面看，合理化的劳动世界由于禁律而明确了个体化边界得以奠基，实际上，禁律本身绝不是理性的法则："它带来了一个平静而理性的世界，但它自身在其原则中却是一种震颤，触动的不是理智，而是情感。"① 比如欲望中的极度享乐和极度恐惧等先是让人恶心但后来转为陶醉的情感。由此，律法如宗教等的发展过程是一个伦理合理化的过程，此过程中，宗教的基本概念被道德化，宗教经验相应被精神化。道德或伦理的合理化过程也意味着是禁律和僭越之间的辩证发展过程，它揭示了宗教领域与经济领域、牺牲领域与劳动领域之间不断分化的趋势，也揭示了世俗生活领域在伦理合理化遮掩下的物化趋势。继而，巴塔耶在普通经济学方面指出，当经济学从一个特殊的视角如产业经济系统或政治经济学及其批判等视角来考察能量利用问题时，经济学的基本问题是如何在社会生活再生产的能量循化过程中利用有限的资源的，但如果从普遍的视角如宏观经济系统的视角来考察宇宙中的能量利用问题时，经济学的基本问题就变为如何将无法被生命有机体之生长所充分吸收的剩余资源无私地消耗掉。而从人类学之以生命哲学为基础的普通经济学的视角看，可以为有机体的成长找到一种社会等价物，相应的，有机体过剩能量的消耗方式表现为增加社会的复杂性，如扩大集体的人口范围、空间范围、社会范围，提高生产水平和生活水平，同时，与有机体之死亡和生殖等对剩余生命能量的吸收这种自然的奢侈相对应的，是社会统治阶层的自主的奢侈。自主的奢侈表现为不同形式，如经济领域中的非生产性消费、色情的纵欲形式、宗教的纵欲形式等。自主的奢侈在人类学-普通经济学中占核心地位，主导禁律和僭越之间的辩证关系：一方面是生产力的提高和生产关系的发展增加了生产所无法消耗的剩余财富；另一方面是道德的规训力量、对奢侈的憎恨、对统治暴力的禁止、对

———————

① 〔法〕巴塔耶《神圣的爱欲》，第51页，转引自〔德〕于尔根·哈贝马斯：《现代性的哲学话语》，曹卫东等译，译林出版社，2004年，第273页。

异质成分的排斥——它们推剩余财富以荣耀的方式（即通过推动宗教经验或道德意识之精神化经验，来增强和激发生命的方式）被消费掉。① 总而言之，巴塔耶从道德批判和普通经济学的角度，用"自主权"超越了主体主义的"主体"概念。后者是通过主体之主体化将世界僵化为在经济上可掌握、在经济上可利用的客体。存在主义从形而上学批判入手，寻求先验主体性的始源或基础，使"主体"概念更倾向于生存论的维度，比如萨特的存在主义认为肉身化的存在先于其社会化的本质，社会化的实践活动向着自我存在的实践活动，只有这样的实践活动才可以成就我的社会化本质。再如海德格尔的存在主义认为："领会的筹划活动本身具有使自身成形的可能性。我们把领会使自己成形的活动称为解释。领会在解释中有所领会地占有它所领会的东西。领会在解释中并不成为别的东西，而是成为它自身。"② 即本己是"我"在世的解释活动，只有在对"我"与世界的解释中才能领会"我"存在的本质。存在主义都使存在永远处于"将及而尚未"（将及而尚未的东西，对于萨特是社会教化，对于海德格尔是本己的终结如死亡）的建构中，这就使"我"存在的本质必然在与自身的本真的"本己之己"相异且永远导向自身"本己之己"中，因此存在主义将"主体"闭锁向单子化的自我封闭主体。巴塔耶则不同，"巴塔耶竭尽全力，坚持不懈地从内部去打破哲学主体的自主地位"③，他关注伦理合理化的基础，关注主体间由耗费引起的交换、实践，从而"关注的不是主体性的深层基础，而是主体间的越界问题，即主体性的外化形式，它使单子化的自我封闭主体重新回到了内在生活领域"④。

巴塔耶的耗费理论还可以从其他理论者那里得到沟通，比如南希

① 〔德〕于尔根·哈贝马斯：《现代性的哲学话语》，曹卫东等译，译林出版社，2004年，第271-277页。

② 〔德〕马丁·海德格尔：《存在与时间》，陈嘉映、王庆节译，熊伟校，三联书店，2006年，第173页。

③ 〔法〕福柯：《论知识的颠覆》，第44页，转引自〔德〕于尔根·哈贝马斯：《现代性的哲学话语》，曹卫东等译，译林出版社，2004年，第250页。

④ 〔德〕于尔根·哈贝马斯：《现代性的哲学话语》，曹卫东等译，译林出版社，2004年，第250-251页。

（Jean-luc Nancy）的"解构的伦理学"认为："把主权朝向无的外展，正好与那种要达到虚无之界限的主体的运动相反……在'无之中'——在主权之中——存在是'在自己之外'的；它处于不可能去重新获得的外在性中，或者我们也许应当说，来自这个外在性，它来自它不能把它自己与之联系起来的外部，但是它与这个外部保持着本质的、无法测度的关系。这种关系规定了独一的存在的位置。"① 南希的"解构的伦理学"之主题是自我相异性问题，即存在作为解释、领会不再是成为本己，而是产生出自我相异性，甚或成为他者。南希解构了自我一体性的概念，这明显受到德里达的解构主义和列维纳斯的他者伦理学的影响，因此，南希的"解构的伦理学"可以使我们从建设性的方面看福柯的政治批判所呈现的间性主体。从福柯所强调的地理政治学这个角度看，福柯的身体规训是主体对另一个主体的对象化之主客体行为，但从另一个角度看，身体规训承认了主体是基于身体性和身体间性的，这种承认使间性主体走进我们的视野成为可能。

综上所述，社会主体作为意识主体－身体主体－间性主体的综合，社会主体的生存实践是在主体性要求的三个维度上展开的：

（1）意识主体保证主体通过本质力量对象化来认识世界和改造世界的目的理性；

（2）身体主体保证主体的具体个人（而非"大写的人"）和私人经验（主体的经验起始于个体在生活世界中的直观知觉、原初欲望，而不是传统、知识、"真理"）的价值理性；

（3）间性主体保证了"两个或两个以上的心灵之间的彼此可进入性"的交往理性（基于"我"展开的承认、斗争、认同、爱），由此建构的不是"一个唯我论的世界"，而是"一个共享的世界"②。

---

① 〔法〕让-吕克·南希：《解构的共通体》，郭建玲、张建华、张尧均、陈永国、夏可君译，上海世纪出版集团，2007 年，第 36 页。

② 尼古拉斯·布宁、余纪元编著：《西方哲学英汉对照辞典》，人民出版社，2001 年，第 519 页。

这三个维度中任何一个都不可或缺，才得以保证主体性原则：自由、理性，① 保证主体有幸福生活的权利和可能。

福柯的地理政治学从反面证明了意识主体–身体主体–间性主体的三维性关联。福柯论称，知识建构、权力运作等意识活动和意识形态斗争基于身体主体展开。如福柯分析空间（学校、工厂、医院、新式交通工具、监狱等）是如何规训、惩罚、宰制、重塑身体（《疯癫与文明》《规训与惩罚》），来讨论社会中各种各样的实践内容、组织形式、权力技术、历史悲喜剧，都以身体为焦点，精心地规划、设计、表现身体，于是，"身体成为各种权力的追逐目标，权力在试探它、挑逗它、控制它、生产它。正是在对身体作的各种各样的规划过程中，权力的秘密、社会的秘密和历史的秘密昭然若揭"②，并因此得到结论，在公共生活中充斥着等级化的权力、知识；权力、知识的等级化表征为异质的关系性空间——"不管在哪种形式的公共生活里，空间都是根本性的东西；不管在哪种形式的权力运作中，空间都是根本性的东西"③，"一种完整的历史，需要描述诸种空间，因为各种空间同时又是各种权力的历史。这种描述从地理政治的大策略到居住地的小战术"④，"我们生活于其中的空间，将我们从自身中抽取出来。在这种空间中，我们的生命、我们的时间和我们的历史被腐蚀。这种空间撕抓和噬咬着我们，但自身又是一种异质性的空间。换言之，我们并不是生活在一种虚无的空间，其实我们可以在其中安置各种个体和事物。我们并不生活于一种虚无的内部，它可以被涂上各种各样的亮度不等的色彩。我们生活于一种关系中，这些关系勾画了各种场址的轮廓，彼此

---

① 吴兴明：《文艺研究如何走向主体间性？———主体间性讨论中的越界、含混及其他》，载《文艺研究》2009 年 1 期。

② 汪民安，陈永国：《身体转向》，见汪民安，陈永国编：《后身体——文化、权力和生命政治学》，吉林人民出版社，2003 年，第 17-18 页。

③ 〔美〕爱德华·苏贾：《后现代地理学——重申批判社会理论中的空间》，王文斌译，商务印书馆，2004 年，第 191 页。

④ 同上，第 32 页。

无法还原，也绝对不能彼此叠加"①。

主体性要求是现代性话语中的核心概念，但并不意味着主体性要求这个概念只存在于现代社会。应该说，从人开始具有身体、展开认识、居身社会时，就具有主体性要求。只是在前现代社会，由于主导个体生存的是统一且稳定的价值伦理观，个体对主体性的要求只是短暂的（存在于人生中的某个年龄段）、局部的（存在于部分人与人之间，或人与人的部分生活领域之间），尚未上升为基础的、核心的生存实践原则。只有到了现代社会，上帝死了，人重新发现了自己的欲望、潜能、地位，价值观多元起来，主体间性问题突出了，主体性要求才成为主导，成为现代性话语的核心关注对象。当代哲人通过各种设计来尝试解决现代性危机，使现代的技术理性和科层社会所分离的主体性重新一体化，比如哈贝马斯（Jürgen Habermas）站在间性主体的视角，从基础性规范——主体间语言的理性交往——来进行的系列建设性工作。另一条路径是，人们通过时间性问题的讨论，在源始化或本体化的向度上整理经验世界，从而为主体性存在提供本真的、应然的存在感。

第三节　现代伦理决断的三种路线

伦理学家麦金太尔（Alasdair MacIntyre）指出，一个理性的现代人强烈感受到日常生活所呈现的异质性和多样性，在具体伦理构想中需要让具体的"欲望"（即"此次此地满足我的这种需求"）合乎最终的"善"，不仅需要反证"欲望皆为向善"（阿奎那语），而且需要反证它作为局部的利益追求是否"值得拥有（desirable）"或是"最佳选择（choiceworthy）"，比如未来的利益可以是此次选择的持续发展，而不是像菲茨杰拉德（Fitzgerald）小

---

① Foucault M.（1986）'*Of Other Space*', Diacritics 16, 23. trans. by Jay Miskowiec. 见〔美〕爱德华·索亚：《后现代地理学——重申批判社会理论中的空间》，王文斌译，商务印书馆，2004年，第26页。

说中的盖茨比那样，"为漫长生活的唯一梦想付出了高昂的代价"；或者，某些隐在的因素可否被此次选择考虑到，从而不会减损和改变预期；他人的利益可以被此次选择考虑到，从而相互理解，产生利益共识……这些选择是在"如果我是理性的、我会怎么做"的第一人称表述中做的优选，"说明这一考量或这一系列的考量仅仅影响到我，因为是我的关注或欲望或激情在发挥着相应的作用"，同时"理性的（reasonable）在这里又表示我"克服了无知、没有自知之明、短视、缺乏共同的关注等缺点"①。这就意味着，这个身临伦理价值领域的现代理性主体需要站在现代性道德的整体性层面向自己提出这些问题：应该在什么意义上把生活整合起来？应该在什么意义上让每一种利益在我具体的生活中具有恰当的位置？在我们不断地探寻目的、对诸多目的进行权衡，以实现人类的卓越、涉及某种高度的自我认识（我们是什么、我们做过什么、我们能做什么）的那个最终目的可能会是什么？这个最终目的需要什么条件才能成其为最终目的？这个最终目的（或曰最终利益）作为衡量所有其他目的（或曰其他利益）的标准，如何让所有其他利益在主体的生活中都被给予恰当的位置？②

然而"现代性道德"有两种性状，一种是大写的（Morality），"这是一套关于责任和义务的规则、理想、判断，有别于宗教、法律、政治和美学的规则、理想和判断"，它被认为是一套客观规则，能够获得任何理性主体的赞同。但因为现代世界的总体性价值已经解分，"Morality"实际是每一个理性的主体自己所理解的、所认定的思想，它是复数形式的"道德"（moralities）中的一个，这时它就是一种小写的（morality），即具体的道德信念和判断。在日常道德生活中，大写的"Morality"和小写的"morality"不可避免地分道扬镳，一些被某些人认为是无条件的、无例外的道德规则的要求和一个人最大限度地追求福利或幸福的要求之间发生冲突，

---

① Simon Blackburn, *Ruling Passions*, Oxford: Clarendon Press, 1998, P. 241. 转引自〔英〕阿拉斯代尔·麦金太尔：《现代性冲突中的伦理学：论欲望、实践推理和叙事》，李茂森译，中国人民大学出版社，2021年，第19页。

② 〔英〕阿拉斯代尔·麦金太尔：《现代性冲突中的伦理学：论欲望、实践推理和叙事》，李茂森译，中国人民大学出版社，2021年，第48-49页。

它导致人们的信念的不确定性和摇摆性，这种不确定性和摇摆性不仅体现在公共领域的政治实践和政治言论中，也体现在公民的私人领域中。①拉康（Jacques Lacan）从符号学心理分析的角度，提出"大他者"和"对象a"这一对概念，比较形象地演绎了现代人在普遍道德规范（大写的"Morality"）与个体伦理选择（小写的"morality"）之间的境况。在想象界、象征界、实在界的三维拓扑结构之上，制度化地存在着"大他者"，它统摄三界，与之形成四维拓扑结构，充当着现代世界道德领域的主神——现代性道德。在三界之上，还游荡着一个"对象a"，它是个体欲望的伦理化对象，它作为缺掉的结构性部分，永远缺席。

在现代伦理实践中，大写的现代性道德（普遍性）与小写的个体性欲望（特殊性）彼此拉扯，出现分歧得出了不同的伦理选择根据。美国伦理学家弗莱彻（Joseph Fletcher）将道德决断时可供选择的路线或方法归纳为三种：律法主义、境遇主义、反律法主义。律法主义即信奉大写的道德，它在现代性道德相对主义的语境中必将成为"道德的不道德"。反律法主义跳到了律法主义的反向极端，它采取存在主义式的自由："萨特的一个优点是，他认为没有什么价值体系能够对人产生约束，除非人选择和接受这样的约束"②。境遇主义以"境遇决定实情"为原则，在伦理决断中，以人（即"爱"）为旨归，或尊重或放弃律令（非人格的普遍观念)③。

一、境遇主义

伯纳德·威廉姆斯（Bernard Williams）把现代性道德说成是"一种特殊的体制"和"一种特殊的制度"，这种制度的要求不符合任何对伦理道

---

① 〔英〕阿拉斯代尔·麦金太尔：《现代性冲突中的伦理学：论欲望、实践推理和叙事》，李茂森译，中国人民大学出版社，2021年，第59-60页。

② A. J. Ayer, "*Jean-Paul Sartre's Doctrine of Commitment.*" The Listener, 1950, P. 30. 转引自〔英〕阿拉斯代尔·麦金太尔：《现代性冲突中的伦理学：论欲望、实践推理和叙事》，李茂森译，中国人民大学出版社，2021年，第62-63页。

③ 〔美〕约瑟夫·弗莱彻：《境遇伦理学——新道德论》，程立显译，中国社会科学出版社，1989年，第9-21页。

德的反思与理解，他认为人对伦理道德的信念表现在情感中，"我必须根据我的实际情况进行思考。真实性要求我们这样做……"①。这种立场把现代伦理引申为境遇伦理。这在鲍曼（Zygmunt Bauman）看来，这是一种新颖的后现代方法：

> 伦理学的后现代方法的新颖之处最重要的并不在于放弃有特性的现代的道德关怀，而在于拒绝从事道德问题研究的传统的现代方法（即用政治实践中的强制性的、标准的规则和在理论上进行绝对性、普遍性、根本性的哲学追问作为对道德挑战的反应）。伦理学上的重要问题，诸如人权、社会正义、和平共处与独立自主之间的平衡、个体行为和集体福利的同步性已经失去了课题的时代性，它们仅仅需要以一种新颖的方式被理解和处理。②

境遇伦理观将伦理决断引向境遇主义的策略。

德塞都（Miehel de Certeau）认为，"一个社会由一定的实践来构成"③，各个阶层各个集团根据具体环境、具体规训机制而采取具体实践，这些具体实践构成了自身日常生活的全部。日常生活的"实践"是实践主体在各种错综复杂的场所，小心翼翼地探求各种势力的微妙平衡，表面看似完全按照身处其中的既定规训来行事，实际上却在机制内寻求一定限度的自我实现，易言之，他既服从既定规则，又在规则的空间里"避让但不逃离"地、"带有自身印记的活动"地寻求个人的运作空间。德塞都把这种"既不离开其势力范围，却又得以逃避其规训"④ 的日常生活中的实践称为"抵制"（resistance）。抵制的战术蔓延在日常生活中的各个领域的具

---

① Bernard Williams, *Ethics and the Limits of Philosophy*, Harvard University Press, 1985, P. 174, 200. 转引自〔英〕阿拉斯代尔·麦金太尔：《现代性冲突中的伦理学：论欲望、实践推理和叙事》，李茂森译，中国人民大学出版社，2021 年，第 62-63 页。

② 〔英〕齐格蒙特·鲍曼：《后现代伦理学》，张成岗译，江苏人民出版社，2003 年，第 4 页。

③ Michel de certeau, *heterologies*: *Discourses on the Other*, University of Minnesota Press, 1986, P. 188. 转引自练玉春：《开启可能性——米歇尔·德塞都理论研究》，北京师范大学，2003 年，第 44 页。

④ Graham Ward, *The Certeau Reader*, Blackwell Publishars, 2000, P. 105.

体战略，比如在日常生活的经济领域，有生产环节的"假发"和消费环节的"消费者的生产"。"假发"就是指一些雇员装作是在为雇主干活，但实际上是在给自己工作，雇员的"假发"是在被规训的工作时间内作为一个生产者的能动性和创造能力——不根据图纸、指令、现成设计、既定的明确目的，而是利用现成的边角余料、随手改动它的形状、规划它的用途、即席构思加工，这个过程使雇员"成功地将自己置于周围的既定秩序之上"①，处于枯燥乏味、毫无生气的大生产中的雇员重新成为一个生产者，从而避免了类似于马尔库赛所说的"单面化"的命运。消费者的生产在对于"事先组织起我们的工作，我们的庆贺，甚至我们的梦境"② 的消费社会中，并不是消极的、被动的、无能为力的。如果研究消费者的行为模式："对电视传播的图像以及人们用多少时间来看电视进行分析的时候，应该补充进行一种研究——文化消费者在这段时间里用这些图像都'制作'（makes）或者'干'（does）了些什么。同样要研究的还有消费者对城市空间、从超级市场买来的商品、报纸传播的故事和传奇等商品的使用（use）"③，就会发现作为在消费中所隐藏的另一种生产：消费者不再原模原样地接受产品、按照说明书中规中矩地使用，而是按照自己的感觉、心情、兴趣、爱好，改装、改制、组合、使用产品，消费者"并没有自己固定的产品，它也不是用自己的产品来证明自己的'生产'，相反，这个证明来自消费者如何使用支配性的经济秩序提供给他的那些产品"④。除此之外，抵制的战术及其各种具体的战略还在日常生活的政治领域（选民投票）、生活领域（司机开车、学生上课、街头滑板等）中围绕着空间实践（space practice）展开，即把空间（space）之人们日常活动的规训空间转换成主体实践活动中所利用的空间，主体把感觉、经验、记忆等主体的印记与实践空间相联结，集行动和隐喻于一体，自由地在被给予的空间中漫

---

① Miehel de Certeau, *The Practice of Everyday Life*, University of California Press, 1984, P. 26.
② Ibid., P. 186.
③ Ibid., P. 12.
④ Ibid., P. 31.

步，重组既定空间，交织出新的立体空间，突破规训空间的静态边界和僵死容器感，把原来封闭的场所变成一个开放自由的地理空间，从而维护了主体性存在。

居伊·德波（Guy Debord）则从景观社会批判提出境遇主义的日常生活伦理实践。1967 年，德波提出"景观社会"（socity of the Spectacle）和景观时间的概念，肯定了日常生活对主体性的压制。德波梳理了三种社会的时间性结构：前工业社会的循环时间（temps cyclique），文艺复兴以来的商品生产时间和闲暇时间的分离，共产主义社会的生产时间和闲暇时间的联合时间。"景观时间"是"狭义上作为影像消费的时间"和"广义上作为时间消费的影像"，它是消费社会所生产出的闲暇时间、消费时间、虚假循环时间（被工业改造过的闲暇时间成为可消费的商品，成为社会生产和再生产循环中的原料）。商品社会是"从存在到拥有"（being into having），景观社会是"从拥有到展示"（having into appearing），"景观即资本，它积累到一种程度以至于成为一种形象"①，景观用"意象统治一切"②，图像景观隐匿了物质生产，"使历史在文化中被遗忘掉"③，个人被动地存在于大众消费文化中目眩神迷，以追逐消费更多产品为唯一生存动力。在景观化甚或奇观化的号召下，世界的商品化和商品的世界化进入私人生活、经济政治生活领域；在商品生产逻辑中，景观瘫痪了历史和记忆，废弃了建立在历史时间基础上的全部历史的主导性社会组织，④ 使人被奴役在对物的占有与物化中，悄然压抑和推迟了当下的主体性存在。德波回到了黑格尔传统，用"情境主义"在深层次上把景观时间同质化的历史趋势转变为历史时间异质化的历史境遇。所谓同质化的历史趋势，即"通过冲破一个社会与另一个社会之间的边界，资本主义生产统一了空间。这一统一同时也是庸俗化的扩展和集中的过程。正像为了市场抽象空间大

---

① Guy Debord, *The Society of the Spectacle*, London, Black and Red, 1977, P. 32.
② 仰海峰：《走向后马克思：从生产之镜到符号之镜》，中央编译出版社，2004 年，第 67 页。
③ Guy Debord, *The Society of the Spectacle*, London, Black and Red, 1977, P. 191.
④ 〔法〕居伊·德波：《景观社会》，王昭凤译，南京大学出版社，2006 年，第 71—72 页。

规模生产的商品积聚，粉碎了地方性和法律的障碍，冲破了保持着手工艺生产性质的所有中世纪社团的限制，它也消灭了地方性自治和品质。这种均质化的力量是击倒中国万里长城的重型大炮"①。所谓异质化的历史境遇，即"使日常生活成为艺术"的人为自己创造了一种新的生活情境，在这种由自己伸张的生活情境中，"用实践来代替认知，用自由来代替希望，用现时意志代替中介"②。这是超现实主义的思路，它相信现实是可以被超越的，关注一种在城市中不期而遇的"迷魅"，这种建设性的相遇（constructed encounter）即"情境"，它使人在既有的都市场景中，尤其是在购物廊、游乐场的会面、集聚和极乐（jouissance）中，借拼贴技巧将各种异质元素并置（Juxtaposing）在一起，让平凡的日常生活在对既有场景的移置和移位中，产生神奇的创造性的生活瞬间（creatively lived moment）。于是，用"自由的参与"代替"束缚的权力"，用"透明的交流"代替"物化的技术中介"，用"本质的实现"来代替"虚幻的诱惑"。

在压制了主体性生存的日常生活中寻找重建主体性生存的可能是必然可行的，因为日常生活是"现在"的所在。但是，在被给予的日常生活场域中通过调整消费方式或行动举措来赢得主体性生存，这就似乎有点儿自娱自乐了。列斐伏尔就认为境遇主义的策略有趣但有所偏失，因为它们过于个人主义且剧场化。赵斌也在为费斯克（John Fiske）《理解大众文化》作序时指出，费氏把"资本的支配权与普通人在市场上对商品行使的选择权"两种性质不同的权力混为一谈。③ 不过从上述的日常生活批判研究可以发现，个体在压制主体性生存的日常生活中寻找重建主体性生存的解放力量，是始终处在动荡摇摆中的。

---

① 〔法〕居伊·德波：《景观社会》，王昭凤译，南京大学出版社，2006年，第77页。

② 〔法〕鲁尔·瓦纳格姆：《日常生活的革命》，张新木、秋霞、王也频译，南京大学出版社，2008年，第194页。

③ 赵斌：《社会分析和符号解读：如何看待晚期资本主义社会中的大众文化》（《理解大众文化》中文版导言），载〔美〕约翰·费斯克：《理解大众文化》，王晓珏、宋伟杰译，中央编译出版社，2006年，第9页。

二、解构主义

还有一种立场是弗莱彻所说的"反律法主义"，它站在西方文明的发展谱系中否定大写的现代性道德，要求把"欲望"作为生命意志，以此为合法性根据，不再对现代性道德抱有幻想，因为现代性道德是压制主体性生命意志的非人道主义力量。尼采无疑成为这个立场的旗手。尼采宣称"上帝死了"与韦伯判断"诸神之死"的心态不同，尼采和韦伯的根本不同在于，韦伯面对传统时代给现世提供合法性根据的超验文化资源被彻底弃绝，依然以"政治作为志业""学术作为志业"是对主体理性抱以厚望的，尼采却认为"一切都是形成的过程，不存在永恒的事实，正如不存在绝对的真理一样"①，他对西方理性主义道德传统的两大源头——苏格拉底-柏拉图-亚里士多德、基督教都做了彻底解构。尼采在《道德的谱系》中解构了西方基督教何以成为"最高价值"的真相："好与坏"（罗马人的主人道德）与"善与恶"（犹太人的奴隶道德）是两种势不两立的价值观，它们之间持续斗争，贯穿了西方文明史；尼采站在主人道德（希腊、罗马）即"高贵者"的价值立场，否定奴隶道德（犹太人）的基督教文明，并重新评价文艺复兴以来的欧洲历史，他认为文艺复兴是古典理想（罗马）的复苏，然而犹太人很快又再次高奏凯歌，先是德国和英国的宗教改革，然后是法国大革命，"犹太人再次从一个更具决定性的、更深刻的意义上获得对古典理想的胜利"。② 在尼采看来，"要用中道把情绪压制在一个无害的程度，让情绪得到某种满足，这就是道德上的亚里士多德主义"③。西美尔（Georg Simmel）作为韦伯的友人，曾批评尼采"不能理解

---

① 〔德〕尼采：《人性的，太人性的：一本献给自由精神的书》（上），魏育青译，华东师范大学出版社，2008 年，第 20 页。

② 〔德〕尼采：《道德的谱系》，梁锡江译，华东师范大学出版社，2015 年，第100 页。

③ F. Nietzsche, *Beyond Good and Evil*. R. J. Hollingdale, trans. London：Penguin Books, 1973, P. 198. 转引自〔英〕阿拉斯代尔·麦金太尔：《现代性冲突中的伦理学：论欲望、实践推理和叙事》，李茂森译，中国人民大学出版社，2021 年，第 44 页。

基督教的超验性"①。劳伦斯（D. H. Lawrence）将尼采的生命意志（"欲望"）引向小说实践，他说"发现你最深处的冲动，随之行动"②，要用"欲望"及所释放的生命意志来超越"善"、超越现代理性桎梏的更高价值。

三、拿来主义

由于历史使然，大写的现代性道德不仅内含了西方现代启蒙的两大理性原则（认识论的"反思"，个人权利意志的"自由"），也内嵌了西方的历史、社会、文化结构。当这套理性原则以日常生活大众文化实践的方式"旅行"到异质文化、现代性后发的土壤中，依然被作为大写的现代性道德时，就会让后者面对更加混淆和不确定的伦理实践情境。中国学界曾经围绕"日常生活审美化"发生的论争就是呈现了这种情境，陶东风在《大众消费文化研究的三种范式及其西方资源——兼答鲁枢元先生》和《研究大众文化与消费主义的三种范式及其西方资源——兼谈"日常生活的审美化"并答赵勇博士》中，认为中国学界关于当代中国大众文化实践的研究范式本着三大西方理论资源：其一，法兰克福学派批判理论范式，这种范式进入中国大众文化批评语境，是始于20世纪90年代围绕"人文精神"的讨论。一方面，西方文艺复兴以来的"人文主义"是以世俗化为其核心；另一方面，法兰克福学派的批评理论锋芒指向是资本主义的集权意识形态，而20世纪90年代中国知识分子提出的"人文精神"是精英主义式的，是用终极关怀、道德理性主义和审美主义来拒斥大众文化的世俗诉求。其二，西方的现代化理论和市民社会理论，以此为基础的研究范式更多的是从中国社会的现代化、世俗化转型的角度，认为大众文化未必具有审美价值，但具有进步政治意义，即具有消解一元的文化专制主义、推

①　〔德〕西美尔：《叔本华与尼采》，莫光华译，商务印书馆，2019年，第211—213页。

②　〔英〕阿拉斯代尔·麦金太尔：《现代性冲突中的伦理学：论欲望、实践推理和叙事》，李茂森译，中国人民大学出版社，2021年，第45页。

进政治民主化和文化多元化进程的积极历史意义。至于审美趣味的高下，并不仅仅是审美的问题，也是权力运作策略。其三，以当代西方自由主义和保守主义之争的理论资源，形成"新左派"大众文化研究范式，把 20 世纪 90 年代繁荣之至的大众文化与大众传媒定位为中产阶级的趣味与消费，与消极自由主义的倡导者形成同谋关系，实际上无视大众文化构成的复杂性，抹杀了阶级冲突和贫富差距、为新富阶层提供"合法性"的意识形态。[①] 无疑，平移式的拿来主义因为存在着诸种错位，使伦理实践中的异质性益发复杂，使表达真实的主体欲望、展开真正的社会批判、向社会秩序和文化秩序整合的难度倍增。

现代伦理决断在大写的现代性道德与小写的现代性道德的两极之间摇摆状态，成为锚定现代叙事伦理形态的核心影响因素。

---

① 　陶东风：《研究大众文化与消费主义的三种范式及其西方资源——兼谈"日常生活的审美化"并答赵勇博士》，载《河北学刊》2004 年第 6 期。

第三章　叙事伦理研究视野下的
"形式"内涵

　　形式研究形形色色，对"形式"的理解最窄化是形式主义的内部研究，但即便是抱着"形式是有意味的"的外部研究立场，其"外部"视阈也存在差异。现代叙事伦理研究对"形式"的解读，是立足于"现代世界"的历史性和"现代性道德"的特殊性，考察叙事形式与它们之间的同构关系。

第一节　对"形式"的误解：不涉伦理

　　1966 年法国《交流》杂志第 8 期组织专辑论文"符号学研究——叙事作品结构分析"，宣告叙事学的诞生：它"对（文字、虚构的）叙事之结构的系统描述，旨在创建一种普遍适用的叙事语法及小说诗学"①。叙事学的命名者托多洛夫（Tzvetan Todorov）认为叙事学"这门科学研究的不再是实在的文学，而是潜在的文学，换而言之，是构成文学事实特点的那种抽象的特性，即文学性"②。

　　经典叙事学对叙事文本层次做了精细的区分。其中，俄国形式主义叙

---

① 申丹：《语境叙事学与形式叙事学缘何相互依存》，杨莉译，载《江西社会科学》2006 年第 10 期。

② 张寅德编选：《叙述学研究》，中国社会科学出版社，1989 年，第 19 页。

事学者维克托·什克洛夫斯基（Viktor Shklovskii）将叙事文本二分为故事（fabula，指被讲述的未加工的素材）、情节（sjuzet，指对素材的特定讲述形式）；结构主义叙事学者托多洛夫（Tzvetan Todorov）把叙事分为"故事"（story，共同符号系统构成的深层结构，是一般叙事）和"话语"（discourse，一般叙事结构所支持的叙述表层，是具体叙事）；热拉尔·热奈特（Gérard Genette）将叙事文本三分为故事（story，是所指意味的"被讲述的事件"）、叙事（narrative，是能指意味的"被讲述的事件"）、叙述（discourse，指叙述行为及叙述情境）。

这些层次区分带来了对叙事时间（narrative time）的讨论，包括故事层的事件的自然时间，即"故事时间""编年史时间"；叙事层的事件的编排时间，即"情节时间""小说时间"；叙述层的事件的讲述时间，即"叙述时间"。三类叙事时间的关系是："故事时间"是"情节时间"和"叙述时间"的底本，后两者以前者为参照，析出时序（order）、时距（duration）和时频（frequency）等叙事时间概念。叙事时间实则是解析"故事"之线性序列的"时间性的处置"。

以叙事时间解析为水平线，再分别深入到往下的解析（即故事结构分析）和往上的解析（即叙述话语分析）。

故事结构分析是在"关于诸多单个部件结合为复杂结构的理论"[①]的"形态学"的指导下，按照语义分析方法，把"故事"解析为"功能"[②]、

---

① L. Doležel, *Occidental Poetics*：*Tradition and Progress*，P. 55. 转引自转引自〔美〕赫尔曼：《叙事理论的历史（上）：早期发展的谱系》，James Phelan, Peter J. Rabinowitz 主编：《当代叙事理论指南》，申丹、马海良、周靖波等译，北京大学出版社，2007 年，第 9 页。

② 热奈特说叙事作品归根结底是语言的产物，任何一部复杂离奇、卷帙浩繁的叙事作品其实都仅仅是一个动词的膨胀："我走路，皮埃尔来了，在我看来都是叙事作品的最低形式。相反，《奥德修纪》或《追忆似水年华》只不过是在某种方式上扩充了（从修辞学意义上讲）'尤利西斯回到了伊大嘉岛'或'马赛尔成了作家'这两个陈述句罢了。这个观点或许使我们能够利用动词语法的分类法来组织或至少来表达话语分析的各个问题。"（参见张寅德编选：《叙述学研究》，中国社会科学出版社，1989 年，第 75 页。）"功能"概念即立足于这样的语义学分析。

罗兰·巴特载《叙事作品结构分析导论》区分出功能层，他说："一部叙事作品从来就只是由种种功能构成的，其中的一切都表示不同程度的意义。这不是（叙述者方面的）艺术问题，而是结构问题"，"功能时而由大于句子的单位（从长短不一的句组甚至到整部作品）来（转下页）"

（接上页）体现，时而由小于句子的单位（句段、单词、甚至仅仅是单词中的某些文学因素来体现）"。（参见张寅德编选：《叙述学研究》，中国社会科学出版社，1989 年，第 11—12 页。）

因此，普洛普没有强调分析"人物"的形象、时代典型，而是着重分析"人物"在叙事文本（民间故事）中的活动和作用，即把"人物"作为不同故事中不断变化的行动者，并且把这些个别化的行动者归纳向"功能"——故事中人物所执行的不变的情节功能，对"功能"这个概念做了四个讨论：（1）功能是故事中稳定不变的因素，谁来执行或如何执行对它都没有影响，它们构成了故事的基本成分；（2）童话中已知的功能数目有限；（3）功能的顺序一样；（4）所有的童话在结构上都属于同一类型。（参见 Vladimir Propp, *Morphology of the Folktale*, University of Texas Press, 1975, P. 21-24.）由此，普洛普从俄国 100 个民间故事情节中提取出 31 种功能（《民间故事形态》，1928），用来分析所有俄国民间故事的结构，比如他把民间故事《狼和小羊》中的（人物）动作提取出来："长者（老山羊）出走；告诫（小山羊）；（小山羊）违禁；被（坏人/狼）拐走；（老山羊）得知消息；决定寻找；杀死（坏人）；发现失散者（小山羊）；返回。"把动作分解为若干功能，再将这些功能的标号排成一个排列式，以显示故事的基本框架。（参见 Vladimir Propp, *Morphology of the Folktale*, University of Texas Press, 1975, P. 100-101.）

在把功能向语法单位进一步化约的方向上，引人瞩目的还有托多洛夫。托多洛夫在《〈十日谈〉语法》中主要在叙事文本的句法结构层面上展开研究，按照语言学的句法形式，把叙事文本的结构分为四个层次：词类、命题、序列、情节。其中，词类包括专有名词（人物命名，由特征或行动组合而得以界定）、形容词（人物特征，是描写平衡或不平衡状态的谓词）、动词（人物动作，是描写一种状态向另一种状态转变的谓词）三部分；命题是由词类构成的叙述句子，是叙事文本的基本单位；序列是由一连串命题按照时间关系、逻辑（因果）关系、空间（并列）关系组成的完整独立的小故事；情节由一个或多个序列构成。托多洛夫的例子是《十日谈》，如第一天第四个故事是：小修士把一个年轻姑娘带进自己的房间并与她发生性行为，院长发现了小修士的不轨行为，打算严厉惩罚他。小修士得知此事，假装离开却躲在一旁偷看，院长进入他的房间，为姑娘所惑。院长要惩罚小修士，小修士指出院长犯下同样的罪行，小修士被免责。托多洛夫归纳为这样的序列：x 犯了法→y 要惩罚 x→x 力图逃脱惩罚→y 也犯了法→没有惩罚 x。序列中包括若干的词类（如名词"x"，动词"犯了法"等）和此类组合成的若干命题（如"x 犯了法"）。这个序列有构成一个"平衡-不平衡-平衡"的情节结构。如是，可以去归纳其他表面细节不同但深层结构相同的故事，比如上面所举的小修士的故事就与《十日谈》（第九天第二个故事：一位年轻修女与情人幽会，被其他修女发现并告发到女院长处，女院长正陪修士苟且，仓促间把修士的短裤当成了头巾，年轻修女被责问时发现院长头上的男短裤，因此逃脱惩罚）结构相同。托多洛夫与普洛普的思路其实一致，只是托氏把普氏的"功能"引入了更为精微的句法"词类-命题"。

巴尔特则在另一个方向精微化了普氏的"功能"，他把"功能"分为两大类：分布类（功能）和结合类（标志），分布类又细分为核心和催化，结合类又细分为标志和信息。核心功能是情节结构的基本单位，决定情节发展方向；催化功能是情节结构的附属单位，功能性较弱，仅填充、修饰、完善核心功能，但在叙述上可以加快或延缓话语速度，"核心形成一些项数不多的有限的总体，受某一逻辑的制约，既是必需的，又是足够的。这一框架形成以后，其他单位便根据原则上无限增生的方式来充实这一框架"。（参见〔法〕巴尔特《叙事作品结构分析导论》，参见张寅德编选. 叙述学研究［M］. 北京：中国社会科学出版社，1989：17。）另外，标志是需要译解的性格特征、思想、气氛的较小标志，信息是确定背景、时间的较小标志。与此类似，鲍里斯·托马谢夫斯基区分"约束"母题与"自由"母题，寻找故事中不可删改的中心情节。（参见 B. Tomashevsky, "Thematics," in L. T. Lemon and M. J. Reis（eds.）, *Russian Formalist Criticism*, Lincoln：University of Nebraska Press,（1925）1965, P. 61-95, 转引自〔美〕赫尔曼：《叙事理论的历史（上）：早期发展的谱系》，James Phelan, Peter J. Rabinowitz 主编：《当代叙事理论指南》，申丹、马海良、周靖波等译，北京大学出版社，2007 年，第 12 页。）

"行动元"①、"神话素的二元对立结构"② 等，从而归纳诸多单个事件如何合成个人化叙事的时间尺度和事件结构的规律③，区分出深层叙事结构的变量与不变量，用不变量与变量之间的有机关系作为叙事文本的黏合剂，建构起一个严整、无缝的结构体。在本质上，经典叙事学是有机结构论者，它把句子视为最大的实体，把叙事当作按某种次序排列的句子序列，把叙事语法原则还原向"功能""行动元""结构素"等基本构件的整合逻辑，最终让深层结构在逻辑上先于具体叙事，如法国叙事学家巴尔特（Roland Barthes）所说，"叙事作品是个大句子，正如所有可见的句子在另一种方式上是一篇小叙事作品的草稿"④。因此，它弱化了故事情节与外部世界的互文性，情节无关"某种性格、典型的成长和构成的历史"（高尔基）。

叙述话语分析从叙事语态（narrative mode）和叙事语式（narrative instance）切入，再解析出许多概念，如叙述结构层次的故事外层（extradiegetic）、故事层（diegetic）、元故事层（metadiegefic），以及元叙事（Meta-

---

① 布雷蒙归纳出三种功能性"叙事序列"：情况形成（表示可能采取行动或将要发生事件的叙事序列），采取行动（表示在进行中的行动或事件的叙事序列），达到目的（表示取得结果、结束变化过程的叙事序列），把"选择"囊括进角色的基本行动序列，以体现布雷蒙所说的"基本序列承担的过程不是无定形的。它已有自己的结构，即一个矢量的结构"。（参见〔法〕保尔·利科：《虚构叙事中时间的塑形》（时间与叙事卷2），王文融译，三联书店，2003 年，第 71 页。）

格雷马斯（《结构语义学》，1966 年）将普洛普的"功能"衍化为对应句法的叙事结构单位："行动元"（功能性人物）与"行动"（功能性行动），再按照"二元对立"的思维方式和组织关系，建立"行动元模式"与"语义方阵"，构成一套阐释方式：把"行动元"分为主体/客体、送信者/受信者、助手/敌手等三组六个功能，在"符号方阵"的四个方位中，彼此间按照形式逻辑的对立、矛盾、包涵等关系来解释。

② 和"故事"-"情节"的结构化思路一样，列维-斯特劳斯（《结构人类学》，1967）从结构人类学角度分析古希腊俄狄浦斯神话，把俄狄浦斯神话系列中抽出神话的基本成分——神话素，然后按照二元对立的方法排列出神话素的组合方式，最后显现出神话的深层结构及意义。

③ 〔美〕赫尔曼：《叙事理论的历史（上）：早期发展的谱系》，James Phelan，Peter J. Rabinowitz 主编：《当代叙事理论指南》，申丹、马海良、周靖波等译，北京大学出版社，2007 年，第 10-12 页。

④ 〔法〕保尔·利科：《虚构叙事中时间的塑形》（时间与叙事卷2），王文融译，三联书店，2003 年，第 48 页。

narrative） 中 的 次 叙 述 （ hypo narrative ） 和 嵌 套 叙 述 （ embedded narrative)①，再如叙述者（异叙述者与同叙述者、可靠叙述者与不可靠叙述者、客观叙述者与干预叙述者），叙述者对人物话语的干预程度如叙述体（最大干预）、间接体（部分干预）、直接体（最小干预），视角（零度聚焦、内聚焦、外聚焦），话语模式（直接引语、间接引语、自由直接引语、自由间接引语等），叙事情景（narrative situation），声音（voice）等。叙述话语分析如果指向一个具有主体性质的施动者，那么就是"叙述者"。"叙述者"这个概念可以把叙事行为注解为叙述主体在某种立场或维度上对叙述话语作个性化处理，以它为核心概念，就能够凸显叙事学之符号形式现象学的特质：形式主义、结构主义大谈文学性、形式陌生化、语言张力、功能结构等，看似沿袭传统诗学对形式技巧的讨论，实则是或从"意识到语词形式结构（能指系统）的独立自在性和审美价值，……重新确认诗性（文学性）的本质与条件，由此张扬诗的独立价值与意义"，或从"意识到语词对意义实在的建构性和解构性二重意义论或存在论……来重申诗性言述的本质与价值"②。然而，在结构主义叙事学那儿，叙述者还只是一个无个性的、不具有真正社会主体意识的普遍的"人"。这是因为结构主义叙事学"在很大程度上没有对叙事创造世界的属性或指称世界的属性加以评论，其中部分原因在于他们排除了指称，接受了索绪尔语言学理论中能指与所指的概念"③，秉承了结构主义诗学用"意图谬误"（intentional fallacy）和"感受谬误"（affective fallacy）（见英美新批评者维姆萨特和比尔兹利的《意图谬误》和《感受谬误》）来抽离文学形式的历史

---

① 热奈特（《叙事话语》）提出元叙事，它呈现出不同叙事层面之间的嵌套关系，于是故事中的故事形成层次，每个内部故事都隶属于它赖以生存的外围故事，类似真实世界与可然世界。元叙事分为三种功能：解释功能（explanatory function，对故事中正在进行的事件加以补充说明，让叙事接受者明白故事的发展），对比或类比功能（a relationship of contrast or of analogy，是元叙事与叙事的无时空转换），离散功能（relationship of distraction，元叙事插入叙事行为，断裂了原有的故事，推迟了故事的结束，起到分心或阻挠的作用，调节了叙事的节奏）。

② 余虹：《中国文论与西方诗学》，三联书店，1999 年，第 90 页。

③ 尚必武：《叙事学研究的新发展——戴维·赫尔曼访谈录》，载《外国文学》2009 年第 5 期。

个性，以维护形式独立的去主体性和反历史倾向①，通过文本的封闭、自足、有机结构，构成一种"几何学想象"②。它之所以如此的原因是沿袭了索绪尔语言观对语用因素的忽略，排斥叙事语境如作者、读者等文本外部因素，认为包括文本赋意方式和文本阐释方式在内的叙事机制应该基于共时性语言结构分析。语用学考虑语境因素的背后，其实是现代西方哲学语言转向的符号现象学指向。语言哲学认为一切哲学问题首先是语言问题，对人类可能的认识活动、交往活动的分析都必须还原到语言，因为语言是人为的自我表达的符号，在人类认知活动和生存过程中并非透明的介质。结构主义叙事学出于其不介入的诗学立场，把其研究实体——语法化的叙述话语——聚拢向无语用语境的、无历史性的、无主体性的"叙述者"时，就将语言均质化为无历史的透明介质，这无疑取消了叙述驱动力，结果是斩断了符号现象学的根本，成为漂浮无所依的形式游戏。

20 世纪 80 年代末期经典叙事学的内部研究方法开始遭受质疑，赫尔曼指出其症结在于"术语森严且热衷于严格分类法的叙事学是正宗结构主义的科学诉求的根本标志，而那样的时代早已过去……随着其他一些文学和文化理论思潮取得日益突出的地位（譬如后结构主义、女性主义、意识形态批判等），当初以叙事的科学自命的叙事学在短短几年时间里就落得一个'陈旧过时'的评语"③。不过，在 2002 年时希利斯·米勒又指出，转向外部研究的文学理论一旦繁荣，反而促成了文学的死亡："文学行将消亡的最显著征兆之一，就是全世界的文学系年轻教员，都在大批离开文学研究，转向理论、文化研究、后殖民研究、媒体研究（电影、电视等）、

---

① 李幼蒸把结构主义的总体倾向概括为八点：第一，不重视哲学问题的结构观；第二，反哲学主体观；第三，反人道主义；第四，反历史主义；第五，语言学模式与唯理主义认识论；第六，无意识结构；第七，认识论与价值观的虚无主义；第八，分析与认识的兴趣高于一切——"方法论的实践"。参见李幼蒸：《结构与意义》，中国社会科学出版社，1996 年。

② A. Gibson, *Postmodernity, Ethics, and the Novel*, London：Routledge，1999. 转引自〔德〕莫妮卡·弗卢德尼克：《叙事理论的历史（下）：从结构主义到现在》，James Phelan，Peter J. Rabinowitz 主编：《当代叙事理论指南》，申丹、马海良、周靖波等译，北京大学出版社，2007 年，第 26 页。

③ 〔美〕戴卫·赫尔曼：《新叙事学》，马海良译，北京大学出版社，2002 年，第 2 页。

大众文化研究、女性研究、黑人研究等。"① 他尤其点名指出修辞阅读和文化研究"促成了文学的死亡"②。看似宽泛而灵活的叙事批评实践，实际是取消了某种安身立命的学理范式，从而丧失了对叙事性的阐释力。

在接踵而来的 2003 年，"当代叙事理论：最新进展"研讨会在美国哥伦布召开，在语义学走向语用学、叙事理论泛化、认知论转向的背景下，继续探讨"叙事之根本、不变的理论原则"③，创新发展经典叙事诗学的合理性和有效性。"诚然，作为以文本为中心的形式主义批评派别，叙事学也有其局限性，尤其是它在不同程度上隔断了作品与社会、历史、文化环境的关联。这种狭隘的批评立场无疑是不可取的，但其研究叙事作品的建构规律、形式技巧的模式和方法却大有值得借鉴之处"④。后经典叙事学突破经典叙事学的静态研究模式，考察历史的动态研究模式。比如《当代叙事理论指南》的第三部分题为"叙事形式与历史、政治、伦理的关系"，九篇文章分别是：戴维·里克特（David H. Richter）分析《圣经》叙事的正统叙事模式难以直接涵盖的独特性，旨在说明如能考虑历史语境，灵活运用有关模式，才能更好地阐释《圣经》文本；哈里·肖（Harry E. Shaw）强调叙述交流模式应考虑历史语境；艾莉森·凯斯（Alison Case）分析历史语境中"似非而是的省叙"与性别政治的关联；费伦关注叙事与伦理之间的关系，辨析叙事判断的不同种类及其之间的交互作用；艾莉森·布思（Alison Booth）分析名人像（及其隐含的生平信息）的选择与政治、历史、集体（民族）意识之间的关联；S·史密斯（Sidonie Smith）和J·沃森（Julia Watson）合作，讨论自传叙事中的骗局、后殖民作家对虚构与非虚构的实验、混合媒介的自传等；杰·普林斯（Gerald Prince）探

---

①　〔美〕希利斯·米勒：《文学死了吗》，秦立彦译，广西师范大学出版社，2007 年，第16 页。

②　同上，第 183 页。

③　〔美〕费伦、〔美〕拉比诺维茨：《当代叙事理论的传统与创新》，James Phelan, Peter J. Rabinowitz 主编：《当代叙事理论指南》，申丹、马海良、周靖波等译，北京大学出版社，2007 年，第 1 页。

④　〔美〕戴卫·赫尔曼：《新叙事学》，马海良译，北京大学出版社，2002 年，第 1 页。

讨如何建构后殖民叙事学，重新考察和阐发相关的叙事学概念；卡戴-基恩（Melba Cuddy-Keane）探讨声响叙事，尝试将"视角"概念转换为"声音感知"概念，并以伍尔夫小说分析为例；里蒙-凯南（Shlomith Rimmon-Kenan）探讨《在癌症的症状下》的叙述伦理，分析身患绝症的丈夫自己的叙述和妻子在他去世后的讲述这两种叙述所涉及的各种关系，由此提出一连串相关伦理问题。这些研究体现出从经典叙事学的主要概念（如"叙述者""视角""省叙"等）出发，建构后经典叙事学研究范式（如修辞叙事学、后殖民叙事学、女性叙事学、跨媒介叙事学、疾病叙事学等）过程中对伦理现象的考察。不过，后经典叙事学依然希冀体现"所有好的解读都是形式主义的解读"（Miller，2005：125）①。

叙事理论在从语义研究向语用研究推进，话语中沉淀着"相当丰富的意识形态内涵，这些叙事活动无不是叙事者从一定的目的出发并遵循某种叙事成规对某一事件的讲述，而这种讲述无法排除视角所携带的价值取向和情感内涵"②。如保尔·利科所说，"自我认知是一种自我解释，人们在叙事这种特殊媒介中寻求自我解释，他们或依赖历史叙事，或依赖虚构叙事，从而把所经历的生活变为历史故事或虚构故事"③。

第二节　"形式"：现实伦理实践
和叙事伦理构想的置换点

　　形式是现实世界的"伦理实践"和叙事世界的"伦理构想"的置换点。

---

①　申丹：《关于西方叙事理论新进展的思考——评国际上首部〈叙事理论指南〉》，载《外国文学》2006 年第 1 期。

②　曲春景：《穿越故事和话语的叙事研究》，载《郑州大学学报（社会科学版）》2000 年第 5 期。

③　Ricoeur P，*Narrative Identity*，David W. *Narrative and Interpretation*，London：Routledge，1991，P. 188.

对于虚构世界所包含的指代行为和交际行为，似乎可以凭借可能世界理论（Possible Worlds Theory）和言语行为理论（Speech Act Theory）相结合，借助各种形式的置换，就可以把虚构行为从真值界（domain of truth）分离出来，从而能模拟真实世界的伦理境遇和伦理关系。但果真如此？①理查德·沃尔施（Richard Walsh）研究认为，其中至少存在两个麻烦：

麻烦之一是，叙事文本的虚构世界不是可能世界，而是对可能世界的偏离，可能世界哲学模式设想可能世界在逻辑上是完整的，叙事文本则不可能点滴不漏地描绘世界。②

麻烦之二是，叙事文本是模仿言语行为模式，如果用言语行为理论的标准来阐释文学话语，在遇到第三人称小说时就会缺乏阐释力，"因为全知叙述之类的普通叙事策略通常与非虚构的真实世界里的言语行为规范相去甚远"。理查德·沃尔施在此举的例子是卡夫卡《审判》里的一句话："那件案子现在成了他心头挥之不去的事情。"沃尔施指出，这句话无论是在内容上（了解另一个人的思想），还是在形式上（"现在"这个词表明的内聚焦双重时间视角，不符合一般情况），很难将它置换为一个假做出来的非虚构言语行为。③

那么，怎么建立内部世界和外部世界的置换点？

理查德·沃尔施提出从语用研究角度审视读者的阐释语境，这时，作为读者理解的对象，叙事再现的虚构世界绝不是某种预先生成的自为的客体存在，它应该是读者理解出来的认知环境（cognitive environment），它包括读者在阅读过程中看到的全部事实和假设，所谓"看到"，是感知到或推想到，它实质是读者在评估虚构世界与真实世界的关联性，但同时也融入了读者个人的关联性，因为其中的"'假设（assumption）'是指个体是

---

①　〔美〕费伦、〔美〕拉比诺维茨《当代叙事理论的传统与创新》，James Phelan, Peter J. Rabinowitz 主编：《当代叙事理论指南》，申丹、马海良、周靖波等译，北京大学出版社，2007 年，第 5 页。

②　〔英〕理查德·沃尔施：《叙事虚构性的语用研究》，James Phelan, Peter J. Rabinowitz 主编：《当代叙事理论指南》，申丹、马海良、周靖波等译，北京大学出版社，2007 年，第 157 页。

③　同上，第 159 页。

为能够真实反映实际世界的思想或概念性再现"①；因此，斯波博（D. Sperber）和威尔逊（D. Wilson）认为，应该将理解过程的顺序倒过来："并非先决定语境，然后评估关联性，恰恰相反，人们希望正在进行的假设具有关联性（否则何必劳神费力地进行假设呢？），尽量选择一个能够支持自己的关联希望的语境，这个语境会将关联性予以最大化。"②

布思晚期代表作《小说伦理学》指出读者与隐含读者、文本之间的关系是伦理性质的③，纽顿将叙事伦理一分为三："再现伦理"，把人物之间的关系当作现实人类世界的虚构化再现来讨论；"阐释伦理"，讨论阅读行为的反馈及其责任；"叙述伦理"，讨论叙述行为本身的迫切需要④。费伦从修辞性理解的角度，用"叙事判断"这个概念，把叙事伦理、叙事形式、叙事审美三个方面结合起来，将虚构世界与真实世界之间的关联性置换为叙事判断从内向外的认知关联性，以及隐含作者、叙述者、人物和读者之间的伦理关联性，其中保留了叙事判断的历史性视阈和对话性原则⑤。这些可被视为是对沃尔施问题的回应，并聚焦读者在叙事世界中经历着伦理选择过程。聂珍钊在文学伦理学批评体系建构中，把伦理选择过程（ethical selection）作为理论核心，关注人在具体的伦理身份中的一个个具体的伦

---

① 〔英〕理查德·沃尔施：《叙事虚构性的语用研究》，James Phelan，Peter J. Rabinowitz 主编：《当代叙事理论指南》，申丹、马海良、周靖波等译，北京大学出版社，2007 年，第 158-161 页。

② D. Sperber and D. Wilson, *Relevance: Communication and Cognition*, 2nd edn., Oxford: Blackwell, 1995, P. 142. 转引自〔英〕理查德·沃尔施：《叙事虚构性的语用研究》，James Phelan，Peter J. Rabinowitz 主编：《当代叙事理论指南》，申丹、马海良、周靖波等译，北京大学出版社，2007 年，第 161 页。

③ Wayne C. Booth, *The Company We Keep: An Ethics of Fiction*, University of California Press, 1988, P. 125-135.

④ A. Z. Newton, *From Exegesis to Ethics: Recognition and Its Vicissitudes in Saul Bellow and Chester Himes*, The South Atlantic Quarterly, 1996, 95 (4): 18-19.

⑤ 〔美〕詹姆斯·费伦：《叙事判断与修辞性叙事理论：伊恩·麦克尤万的〈赎罪〉》，James Phelan，Peter J. Rabinowitz 主编：《当代叙事理论指南》，申丹、马海良、周靖波等译，北京大学出版社，2007 年，第 370-375 页。

理选择（ethical choice）①。值得注意的是，读者对叙事的伦理选择基于"伦理取位"（ethical positioning）。据赫尔曼（David Herman）的研究，读者在叙事审美中的每一次"伦理取位"是与人物、叙述者、隐含作者、真实读者等四类主体各自的伦理情境互动的结果②。

　　文学（当然包括虚构叙事和现代叙事即小说）是以"假定的言语结构"③来象征性地模仿世界，包含两个含义：第一个含义是"文学"作为单数名词，指单独的一个文学文本，它兼有朝外的写实性倾向和朝内的结构化倾向，前者是表象的、感知的、经验的，后者是抽象的、意识的、想象的，如此把表象摹写统摄进象征性的形式结构中；第二个含义是"文学"作为复合概念，指文学发展历史所集成的文学文本及其文学传统、文学程式，它们对世界的模仿被归入一个稳定的、约定俗成的范型中，这个范型是文学传统构成的"次序"，并在这个范型次序中锚定有一个"次序

---

① 聂珍钊提出文学伦理学批评体系，有六个要点：第一，文学伦理学批评是一种文学批评理论和文学批评方法；第二，人类文明三阶段论是它的理论基础；第三，伦理选择是它的理论核心（理论架构）；第四，文学文本（文学作品）是它的主要批评对象；第五，批评的主要路径就是进行伦理选择和伦理身份分析；第六，批评的目的是从不同的伦理选择范例中获取教诲。文学伦理学批评在人类文明三阶段论基础上建构新世纪的伦理选择理论，在伦理选择架构基础上发展出伦理表达论、文学文本论、文学教诲论、语言生成论等一系列观点，通过斯芬克斯因子、人性因子、兽性因子、伦理选择、伦理身份、伦理困境、伦理环境、伦理语境、自然意志、自由意志、理性意志等术语建构其批评话语，形成新世纪理论之后文学伦理学批评的理论体系。文学伦理学批评用新的观点和术语从源头上探讨文学的起源、文学的形式、文学的功能、文学的价值等问题，把文学同伦理学、哲学、美学、心理学、计算机科学、神经认知科学等结合起来，回答理论之后的理论问题，探讨文学的变革与发展。在科学的推动下，新世纪的文学形式、内容、风格必然要发生重要变化，某些旧有文学形式会消失，某些新的文学形式会诞生，并导致文学观念的更新进而推动文学理论的创新。参见聂珍钊：《文学伦理学批评与文学理论创新的跨学科思考》，载《华中师范大学学报（人文社会科学版）》2022年第3期。

② 四种伦理情境分别是：（1）故事世界中人物的伦理情境，他们的行为及他们对他人的评价无一不与伦理相关；（2）与讲述行为、被讲述对象、读者相联系的叙述者的伦理情境；譬如，各种不同的不可靠性会再现各种不同的伦理位置；不同的聚焦也会是叙述者处于不同的伦理位置；（3）与讲述行为、被讲述对象、作者的读者相联系的隐含作者的伦理情境、隐含作者选择这个叙事策略而不是那个叙事策略将会影响读者对人物所做出的伦理反应；每个选择也都反映了作者对读者所持有的态度；（4）真实读者的伦理情境，这与在前三个情境中起作用的一系列的价值观、信仰、位置都悉数相关。参见〔美〕戴卫·赫尔曼：《新叙事学》，马海良译，北京大学出版社，2002年，第48页。

③ 〔法〕保尔·利科：《虚构叙事中时间的塑形》（时间与叙事卷2），王文融译，三联书店，2003年，第21页。

的中心"，文学发展进程中全部的文学经验以这个"范型次序的中心"为参照，不断地与历史互文式地拓展创新，又不断地寻觅这个"范型次序的中心"，从而形成可理解的文学史发展机制，弗莱就是沿着这种思路来阐发"文学是神话的位移"①。可见，文学形式的假定性应该是在历史视野中向某个深层结构还原，如此方能将言语结构的形式性（静态的结果）向形式化（动态的驱力）还原，并将言语结构的形式化（无主体的）向历史境遇中的修辞性（有主体的）还原。

保尔·利科关于叙事理论的论断也强化了这个立场。他在《如同他人的自我》（2002）中，辩驳休谟（David Hume）关于"应然"（"价值"，即规范）／"实然"（"事实"，即描述）的彼此割裂、不可转换的判断，他提出叙事是特殊的道德规范，并能促成规范和描述的转换。他论称指出：道德规范既可以是格言式的规导，也可以是策略性或审美性的实践；道德实践主体是特殊的存在者，他是言与行的统一者，他在叙事中展开具体伦理构想："谁在说？谁在做？谁在叙述自身？谁是归罪的道德主体？只要我们还没有走出谁的问题，我们就仍然处在自身性的问题中"；叙事虚构先后在作者、文本、读者那里预塑形、塑形、再塑形了复杂的伦理行为及其特点，为人类伦理思想经验打开了一个想象的空间，在其中道德判断以假设的方式实现自身，因此促成了规范与描述的转换。②

对现代叙事与现代伦理之际的探寻实则发生在美学领域，现代叙事伦

---

① 弗莱的文学象征论认为"总体词语观就是假设有一种类似词语次序的东西"，其中经过了四个阶段：（1）字面阶段。从字面上理解一首诗，理解它呈现出来的、构成的一切；（2）形式阶段。象征从自然中抽取一类图像，使整个文学与自然发生斜向的、间接的关系；（3）范型阶段。范型把形式阶段对自然的摹仿归入一个稳定的、约定俗成的次序中，这种摹仿造成它特有的复现：日夜、四季、生死等，这样，自然次序被相应的词语次序摹仿；（4）单子阶段。想象的经验从一个中心出发进行自我综合的能力，此时，整个范型次序以一个"词语次序的中心"（center of the order of words）为参照，整个文学经验就以寻觅的名义与"词语的整体次序"发生关系，即如"当但丁的艺术，或莎士比亚的艺术比如在《暴风雨》中达到登峰造极的地步时，我们有这样一种感觉，就是我们即将发现我们全部经验的主题和理由，我们进入了词语次序平静的中心"（into the still center of the order of words）。参见〔法〕保尔·利科：《虚构叙事中时间的塑形》（时间与叙事卷2），王文融译，三联书店，2003年，第21-25页。

② 万俊人主编：《20世纪西方伦理学经典》（IV），中国人民大学出版社，2005年，第643-644页。

理的形式研究激活了美学领域的形式论思考。美学史关于形式论的种种观点大致可以分为两种：一种是内容和形式二分的实体化形式观，另一种是现象与符号互生的符号现象学观。

首先来看实体化形式观。实体化形式观包括审美主义论的形式观和它的变体——意识形态论的形式观。柏拉图、亚里士多德（Aristotle）的传统美学附从于先验形上论，强调美与理性相联、美被理性规定①，康德、席勒（Schiller）、黑格尔、鲍姆嘉通（Baumgarten）等的近代美学同样建立在"人是理性的动物"这种形上哲思的基础上，认为审美作为一种感性的理性认知活动，是通过赋予现象以某种恰切的形式（"就是这一刻"的感性形象）来显现现象之意义的深幽所在（有关天地人神的世界观念）②。审美主义论所坚守的是形式乃恒常的标准，正因为这种恒常的标准，审美被认为能弥合感性和理性、主观和客观、内容和形式之间的片面性对立而

① 如亚里士多德提出具体事物都是由"质料"和"形式"二因结合而成，任何低一级事物的形式作为质料都以追求高一级事物的形式为目的，人们对事物的认识过程，是对事物质料追求形式、实现形式这个过程的认识，最后必然存在一个绝对真实的"纯形式"，它是一切事物存在和发展的最终原因，它外在于个体历史经验并"规范"之。参见〔英〕W. D. 罗斯：《亚里士多德》，王路译，商务印书馆，1997年。

② 近代美学坚持为质料因赋形，它站在审美主体的立场上，把审美活动理解为审美主体通过无目的的意识活动而将蒙昧难言的感性体验转换成理性形式的过程，审美主体借此得到某种通往密境的狂喜：首先，他领悟了文本所传达的世界观念，得到情绪上的"宣泄"和精神上的"净化"，这还是对形式美的不自觉地体验；其次，他领会了文本的形式美感，习得并能运用或改造美学经验秩序。从现代性问题域看，近代美学所思虑的现代社会人的一体化问题，现代性大厦奠定在"主体"之上。然而，一方面，人要使物质性格摆脱外部自然的任意性而构成动力国家，"动力国家只能是社会成为可能，因为它是以自然来抑制自然"；另一方面，人要使道德性格摆脱自由意志而构成伦理国家，"伦理国家只能使社会成为（道德的）必然，因为它使个别意志服从于普遍意志"，所以，在立法机构的斗争中人的同感遭到破坏。在审美主义论那里，文学题材的变异在于生活世界的纷繁现象，它附着于个人的生存感知，影响个体生存感知能力的是具体的社会教化，它决定了个人天赋能力的被开掘程度。因为审美主义论认为个体生存感知能力的实质就是为质料因赋形的能力，所以认为社会教化能以审美教育为中介来展开："在力的可怕王国和法则的神圣王国之间，审美的创造活动不知不觉地建立起第三个王国，即游戏和假象的王国。在这个王国里，审美的创造冲动给人卸去了一切关系的枷锁，使人摆脱了一切被称为强制的东西，不论这些东西是物质的，还是道德的。"审美教育的"密码"是审美活动能使纷繁的世界现象向主体间共有的理想形式规范、同化、提升。鲍姆嘉通创设美学为"感觉学"，所谓"感觉"，即蕴含有"我感觉对象"，因此构成了我（主体）和对象（客体）的创设意义与被创设意义的主客二元关系，这种意义创设既规定了美学，也规定了纯粹理性及实践理性。参见〔德〕席勒.《全集》（第5卷），第667页。转引自〔德〕于尔根·哈贝马斯：《现代性的哲学话语》，曹卫东等译，译林出版社，2004年，第55-56页。

使主客二分的人重新获得一体感，进而可以借用审美主体间的审美同感开展个体化和社会化的教化活动，来代替宗教成为挽救现代性危机的新的一体化力量。经典马克思主义和西方马克思主义承认存在先于并决定意识，社会主流意识反作用于存在，所以艺术形式是意识形态的表征。据此，作者生活在马克思所提出的阶级立场或布尔迪厄（Pierre Bourdieu）所谓的文化场域①中，通过模仿世界的合理性，争取读者介入（体验、理解、认同或拒绝）作品，塑造读者的存在感知和意义判断②。审美主义形式论和意识形态形式论都是主体意识中心论。它们共同的立足点是把美作为乌托邦，把审美对象二分为内容和形式，其中美的核心是恒常的形式，让艺术因为这种恒常的美的形式而成为现实的否定力量。③

① 比如根据布尔迪厄的观点，主导作者美学旨趣的因素包括两部分：第一，惯习（habitus）。即作者在一段时间内吸收社会背景的一部分而形成的一系列态度或"性情的总和"；第二，场域（space）。即为了自身目的而生产文化文本的作者所处身的特定社会条件。前者是个人性的，但折射出个体所在社群的世界观；后者是制度层面的，有特定的结构规则如文学与艺术场、政治与权力场、经济与社会关系场，三者间是前者渐进被包含于后者的关系——艺术场被包含于权力场中，权力场被包含于社会关系场中，于是文学形式折射出历史世界的社会关系、权力结构，两者构成能指和所指的关系。在实际接受中，对文本依托于形式所呈现的世界合理性，读者或相信其忠于生活，或认为其违背生活逻辑。其真实与否的关键在于作者能在多大程度上使读者的美学趣味与自己趋同，而美学趣味的背后实际是教养及教养背后的文化资本、政治资本、经济资本等造成的世界观。参见〔法〕皮埃尔·布尔迪厄：《文化生产的场域》，转引自〔英〕理查德·豪厄尔斯：《视觉文化》，葛红兵等译，广西师范大学出版社，2007年，第75页。
② 哈贝马斯认为在这种理论预设下，作者与读者之间是类社会互动的戏剧行为："行为者在观众面前用一定的方式把……他的主体性部分地表现了出来，……他希望在一定意义上能得到观众的关注和接受。"参见〔德〕尤尔根·哈贝马斯：《交往行为理论》（第一卷 行为合理性与社会合理化），曹卫东译，上海人民出版社，2004年，第90页。
③ 审美主义形式论和意识形态形式论把艺术形式视为主体（作者或读者）计算和筹划的产物，是主体意识智性对象化的产物。这种视角使审美活动割裂为两个部分：作者与文本之间的审美对象化活动，读者与文本之间的审美对象化活动，从而将审美过程凝缩、消弭在无时间序差的既定整体中。其起因是把作者与读者间的交流过程直指既定的交流目的：双方是否能就某个遥踞另一端的"既定整体"达成共识，其结果是让艺术因为这种恒常的美的形式而成为现实的否定力量，美因此变成乌托邦。一旦美的形式被工具理性（如政治、阶级意识）利用而沦落为相对的标准（某个阶级的美学形式工具）时，艺术的灵韵将沦落，主体的性灵将消失（本雅明）。审美主体视作大写、抽象的"人"，否定了现实生活世界中具体的"个人"，如此，我们在期盼无限接近那种"美"而激动、迷失中，在试图用永不可及的东西来填充生活世界的幸福感时，现实当下就隐匿了，私人生活经验中蒙昧难言的、瞬间即逝的、曲径通幽的意味，就被"恒常的形式"或"伪恒常的美"这个更高的秩序所约掉。另一个重要的结果则是，把形式高高地悬挂为人的认知对象、追寻目标，认为意义先于存在，全然忘了存在与意义是相互建构甚至是并起同构，形式本就是人的意义化存在的产物，于是，主体意识中心论把人割裂为认知主体和认知客体，丧失了人本应有的有机一体性。参见吴兴明：《实践哲学遮蔽了什么？——评李泽厚〈历史本体论〉的思想视野》，载《文艺研究》，2007年第8期。

再来看符号现象学观。卡西尔回到神话、探究神话思维时，给我们敞开的新的形式观：人是创造和使用符号的动物，文化是人类经验的符号形式，符号和形式自身独立地具有一种独特的构造作用，使它们所表达的东西形成意义，符号实则是符号化过程——它作为"一种社会产品——它的观念流通过程，委实也是一种社会的指意过程"①。卡西尔的直观思维②和刘勰的由道及文的观点③，都是把形式强调为具象到抽象、物象到意象的转换过程，其本质是看到了人在把现象符号化而建构生命主观、形成生存

---

①　〔英〕迈克·克朗：《文化地理学》，转引自陆扬：《空间理论与文学空间》，载《外国文学研究》，2004 年第 4 期。

②　卡西尔在认识论研究中遭遇困境，迫不得已地拓展视域，将语言、神话、艺术、历史、科学等文化范畴都视为"符号形式"——因为它们都关联人与自然且都能实现某一阶段或某一维度上的文化功能，通过考察符号形式原理来诠释诸多文化现象。卡西尔认为神话思维作为神话–宗教意识的形式现象学，"不是源于自我或灵魂的一种完成了的概念，也不是源于客观实在的一种完成了的图景和变化，而是必定达到这种概念和图景，必定从其自身之外形成这种概念和图景"，即神话思维是作为主体性概念生发和完成的活动过程，始自原始的同一感（个我与部落群体的同一）和生命感（人与物共享的生命同一），经过复杂的演化和一系列可区别的阶段，形成明晰的自我意识，对于神话而言，自我和实在之间并不预先存在一个严格明确的界限，这一界限正是由神话所代表的符号形式创设出来的。据此，卡西尔的分析次第从神话的思维形式、直觉形式和生命形式等三个层面展开。他论称，神话的思维形式在客体概念、因果概念、整体–部分概念及相似性概念等方面与分析性认识是对立的，分析性认识是通过概念之含义的明晰性和外延的确定性来进行形式的推演和归纳的，但在神话中，"这些形式从不彼此区分；从神话最原始的产物到其最高级、最纯粹的构型，两者一直交织在一起；这就是神话世界有如此独特自足性并具备自身特征的原因"，神话思维的内在统一性要求把思维形式追溯到直觉形式，后者的基础是可具体知觉的空间、时间、数。如在空间方面，"位置"（position）不能与内容分离，不能作为独立因素与内容相对比，"在神话中，每一种质的区别似乎都有空间性的外观，而每一种空间性的区别都是并始终是质的区别，在两种领域之间发生着某种交流，由此到彼的持久转换"，如此，空间直观的普遍性成为神话世界观达到普遍性的工具，即神话世界的空间构架能用以同化那些极不相同的因素，并使之能够相互比较，这就使一切差异凭借空间性媒介构成一个宏大的整体，一种根本性的、神话式的世界轮廓图。比如图腾崇拜中，个体、社会、精神、物质–宇宙的实在因为图腾而具有亲缘关系，这些亲缘关系从分析性认识看，似乎因为错综复杂的隶属关系和分类方式而难以把握，但借助神话思维的空间表达却获得其明澈直观性。神话思维中的时间是和空间粘连不可分的，是直观的、定性的、具体的，而不是定量的、抽象的。空间直观、时间直观和"人身"直观等个人主观存在领域又是数意识和数意义得以发展的最牢固的根基。参见〔德〕恩斯特·卡西尔：《神话思维》，黄龙保、周振选译，柯礼文校，中国社会科学出版社，1992 年，第 174、78、97、99 页。

③　如刘勰《文心雕龙》的说法："文之为德也大矣，与天地并生者何哉？夫玄黄色杂，方圆体分，日月叠璧，以垂丽天之象；山川焕绮，以铺理地之形：此盖道之文也。仰观吐曜，俯察含章，高卑定位，故两仪既生矣。惟人参之，性灵所钟，是谓三才。为五行之秀，实天地之心，心生而言立，言立而文明，自然之道也。"其中认为，不是求"言"以载"文"，而是"言"立而明"文"，不是"言"在"心"外，而是"心"生方"言"立。

意义时，所根据的是时空一体，而不仅仅是主体意识中心把形式只强调为能指这个转换结果。艺术的本性不在于表达传统美学所规定的美的内容，而在于创造出有意味的形式。艺术的形式之有意味，不在于简单地沿用、复制现成的形式成规，而是用陌生化的策略拆散已经被知识形态化的形式成规，重新聚合（符号化）出崭新的情感逻辑（意味），由此作为日常经验的反动，找到新尖的情感律动。

把形式只强调为能指这个转换结果是受启蒙理性（据尼采的说法，主体理性时代可上溯至苏格拉底）的影响，驱逐了野性思维/神话思维的思维形式与直观形式/形象系统的二而一体①，抽掉了生命主观据以存在的时空一体。符号现象学则让我们看到，时间和空间是一切现实存在与之相关联的构架。我们只有在空间和时间框范的条件下才能设想任何真实的事物②。

符号现象学的形式观有助于启发叙事伦理形式研究的方向：

（1）基于现代叙事形式和现代伦理境遇都是现代世界的伴生结果，因此应然探究叙事形式与现代伦理的耦合性：伦理实践在异质与整合之间的丰富肌理如何内嵌于现代叙事形式的张力特质之中？

（2）基于我们时代的焦虑与时间、空间均有着根本性的关系③，立足

---

① 列维-斯特劳斯把启蒙理性影响下的思维形式指称为科学思维，认为科学思维形式并不能与符号形式划上等号。他在图腾和神话研究的基础上提出"野性的（sauvage）思维"，他强调"野性的思维"不是野蛮人的思维，或原始人或远古人的思维，而是未驯化的思维，它区别于为产生一种效益而被教化或被驯化的思维，与"开化的思维"相对。开化的思维是面向单纯明确的"效益"而对思维加以教化或规制的结果，而科学思维是开化思维在当代语境中最典型的代表。列维-斯特劳斯指出图腾和神话同样是经由信码构成一个意义传达系统，其中为我们直观到的形象"不可能是观念，但是它可以起记号的作用，或者更精确些说，它可以与观念同存于记号之中；而且如果观念还没有出现的话，形象可以为观念保留未来的位置，并以否定的方式显出其轮廓"，因其形象-信码，野性思维是镶嵌在形象中的一种概念系统，神话思想就是体现"具体性的科学"，野性思维就实行"有限事物的哲学"。在科学崇拜导致开化的思维大行其道的今天，"仍然存在着野性的思维在其中相对地受到保护的地区，就像野生物种一样：艺术就是其例，我们的文明赋予艺术以一种类似于国立公园的地位，带有一种也是人工的方式所具有的种种优点和缺点"。参见〔法〕克洛德·列维-斯特劳斯：《野性的思维》，李幼蒸译，中国人民大学出版社，2006年，第25、239-240页。

② 王建刚：《狂欢诗学：巴赫金文学思想研究》，学林出版社，2001年，第313页。

③ 包亚明主编：《后现代性与地理学的政治》，上海教育出版社，2001年，第20页。

于现代伦理实践的主体性建构，应然探究叙事形式与现代世界的互文性：叙事形式的时间性、空间性如何参与叙事伦理实践的辩证关系与审美张力？

第三节　叙事形式：敞开现代性道德的相对性

叙事伦理呈现了现代性道德的具体性和普遍性。

刘小枫说："没有叙事，生活伦理是晦暗的，生命的气息也是灰蒙蒙的。"他在《沉重的肉身：现代性伦理的叙事纬语》[①] 中指出，所谓伦理，是指以某种价值观念为经脉的生命感觉。人生伦理化的情景是，人在日常现世的生、老、病、死中经历自然的生命始终，这种个体生命相对于涵括个体生命的宇宙时空的无限，只是有限的、偶在的、无目的的、无意义的自然时间段落，人无法忍受存活在一个偶在的、无目的的、无意义的现世中，总有向现世索求意义的冲动，人与其向本无意义的世界索求意义，毋宁将自己的现世生存理解为意义活动，以此为世界提供意义。因为伦理观念是人为的，所以伦理观念不是唯一的，而是多种之一的。伦理学是考究各种生命感觉的真实意义的知识，它有两种：理性伦理学和叙事伦理学，两者存在差别。理性伦理学关心的是道德的普遍状况，它探究生命感觉的一般法则和人的生活应遵循的基本道德观念，进而制造出一些理则，以让个人性情通过社会教化而符合这些理则；叙事伦理学关心的是道德的特殊状况，比如荷马（Homer）、索福克勒斯（Sophocles）、但丁（Dante）、莎士比亚等的叙事，从个体的独特命运的例外情形来呈现关于生命感觉的问题，关注个人命运的深渊，探讨个人生活的意义，营构具体的道德意识和伦理诉求，追问在生命感觉的一般法则之外人的生活可能遵循的特殊道德原则，用巴赫金的话说，就是"个别事实的历史具体性，而不是某种观点

---

① 刘小枫：《沉重的肉身：现代性伦理的叙事纬语》，华夏出版社，2007 年。

的理论真理"。例如莎士比亚的《哈姆雷特》，就是让我们体会这个"倒霉"的丹麦王子所感受到的替父报仇的困境——该怎样报仇才能让报仇行为完美，才能真正承负起"拯救这颠倒的乾坤"的重任，才能在道德上经得起后世的推敲，从而看到在赞美人性、张扬个性的文艺复兴文化发展到后期时所追问的一种新的、例外的道德原则的可能性。理性伦理学的质料是思辨的理则，叙事伦理学的质料是一个人的生活际遇，所以叙事伦理学是在个别人的生命破碎中呢喃，与个人生命的悖论深渊厮守在一起，而不是像理性伦理学那样，从个人深渊中跑出来，寻求生命悖论的普遍解答。因此，如刘小枫论称，叙事伦理学是更高的、切合个体人身的伦理学。它的道德实践力量在于，叙事是作者拒绝现实的夹带而编织出的另一种时间和空间，叙事中的遭遇是依照"属我"的自由意志和价值意愿编织起来的生命经纬；读者进入某个叙事时空，体验了人物的喜怒哀乐，又从这个叙事时空中走出，反思了人物的生活世界，这时，可能就发现自己的生命感觉已被叙事世界介入、中和，自己的生活观念已发生了根本的变化。比如索福克勒斯的《俄狄浦斯王》，观众看到国王一步步主动地走向那个真相——自己已经杀父娶母，看到他拒绝像王后那样匆匆地离开人世，而是刺瞎自己的双眼，依然游荡在大地上，观众在怜悯、恐惧的观剧心态中感受到了"卡塔西斯"式的净化、宣泄，当走出剧场、回到自己的生活中时，恐怕既有面对冥冥宿命的谨慎小心，又有更加睿智、坚定的自信。简言之，叙事伦理学激发个人的道德反省，它更能深入独特个人的生命奇想和深度情感，富于创意地刻下了个体感觉的深刻印痕，更能激发个人的伦理感觉，有助于人明朗自己面临的道德困境，搞清自己应然的生存信念。

小说在包容异质性、特殊性的同时，又以形式化的"总体性"对大写的现代性道德加以摹仿。这可从词源考察得以印证。从词源看，在"伦理"与"叙事"这两个汉语词汇的内涵中，潜藏着"次序"这一共同的深层结构。先来看"叙"。甲骨文里的"叙"是形声字，又（手）为形，余为声，本义是将物按先后或高下排列起来。《说文》说"叙"为"次第"，段注说"古或假序为之"。"叙"可作名词，如《尚书·洪范》"五者来备，各以其叙"，亦可作动词，如《周礼·天官·司书》"以叙其财"，和叙事之意最贴近的，是用作记述之意，比如《国语·晋语》"纪言以叙之，述意以导之"。再来看"伦"。《说文》说"伦，辈也"，《释名》说"水文相次有伦理也"。"相次"，或曰"次第"，与"叙"的意指有了相关之处。易言之，"叙"与"伦"都是在次第有序中，形成秩序和规范。譬如《周礼·春官》用"叙"来统辖机构组织管理的仪礼规矩，它解释内史"掌叙事之法，受讷访，以诏王听治"，指内史按照尊卑次序安排群臣奏事，接受群臣的谋议，转报国君，由国君听断处置。再如《周礼·天官冢宰·小宰》说小宰"以官府之六叙正群吏"的职责包括"一曰以叙正其位，二曰以叙进其治，三曰以叙作其事，四曰以叙制其食，五曰以叙受其命，六曰以叙听其情"，"叙"无疑是小宰司职的准则所在。故，次第或相次是以顺序、秩序为要义，从时空排布看，顺序是关乎线性横向的先与后，秩序是统辖层级纵向的主与从，秩序之主从与顺序之先后交织为次第之轻重缓急，因此，顺序、秩序这对原则，是厘定社会伦理规范的原则。[①]

　　次第及其顺序、秩序也是建构叙事话语系统的原则。为什么？叙事是一个话语事件，它把叙事文本中的"叙述"层和"故事"层组建成为叙述与被叙述的关系，通过叙述者这个"陈述行为主体"的先讲什么和后讲什么、讲什么和不讲什么、肯定性地讲什么和否定性地讲什么等，把各种人物安置在一个价值差序中，而这个价值差序则反映的是作者的思想倾向和价值判断。在叙事文本中，更细切、更幽深的价值差序是内在于叙事所遣用的词语——话语行为实质是遣"词"造"物"的意指行为。对此，巴赫金的分析可谓鞭辟入里，按他的说法，"词生活在自身之外，生活在对事物的真实指向中"[②]，"每个词都散发着它那紧张的社会生活所处的语境的气味；所有词语和形式充满了各种意向。词语不可避免地会带有在上下文

---

　　① 傅修延：《伦理叙事、差序格局与讲好中国故事》，载《华中师范大学学报（人文社会科学版）》2022 年第 3 期。
　　② 〔俄〕巴赫金：《长篇小说的话语》，载《巴赫金全集》（第 3 卷·小说理论），白春仁、晓河译，河北教育出版社，1998 年，第 73 页。

语境中得来的韵致（体裁的、流派的、个人的）"①。正如保尔·利科指出的，叙述过程所带来的秩序或者统一性、连续性，实际上正是整个价值世界的基础。

由此可见，叙事作为伦理学，不仅关心主体性存在，也强调以主体之社会共在为其前提。刘小枫说，叙事伦理学想搞清楚一个人的生命感觉曾经怎么样和可能怎么样，但并不意味叙事伦理学根本不理会社会共在所讨论的应然怎么样；叙事伦理学只是不从与具体人身不相干的普遍理则开始，来探索应然的生命。所有的普遍理则，都是为了解决每一个具体生命感受的困境；每一个真实的伦理问题从来就只是在特殊的道德状况中出现；但是关于伦理的问题意识却必然是单个生命在群体性共在的道德需求中产生的。所以叙事伦理学与理性伦理学之间的关系，不仅仅是前者是具体的、特殊的，后者是抽象的、普遍的，还在于，叙事伦理学是在为理性伦理学提供众多特殊的道德状况范本，以此来影响理性伦理学的探讨命题和命题展开。因此，叙事伦理学与理性伦理学有着辩证的内在一致，又具有了政治功用。

叙事形式将具体性、特殊性、多重性统摄进叙述行为中，从而模仿现代性道德在异质与整合之间的"临界"状态。

小说的源头是史诗，是和抒情诗、戏剧并列的散文叙事体文学，它与后两者判然有别的本质性特征为："小说的基本方面是讲故事"②，以此规定系统的体裁特征和策略规范③，比如亚里士多德对叙事和戏剧的区分，就在于诗人是否参与叙述：荷马本人叙述事实（当然，在叙事学看来，叙述者荷马并非作者荷马），索福克勒斯则让人物自己行动。将人物的行动叙述出来，最直接的形式外显在故事内部的人物之第一人称情态转换为故事外部的叙述者之第三人称情态。希利斯·米勒 2006 年在题为《全球化

---

① 〔俄〕巴赫金：《长篇小说的话语》，载《巴赫金全集》（第 3 卷·小说理论），白春仁、晓河译，河北教育出版社，1998 年，第 74 页。

② 〔英〕E. M. 福斯特：《小说面面观》，冯涛译，人民文学出版社，2009 年。

③ 〔加〕马克·昂热诺等：《问题与观点：20 世纪文学理论综论》，史忠义、田庆生等译，百花文艺出版社，1999 年，第 97 页。

和新电子技术时代文学研究辨》的发言中把这种特点归结为"自由间接引语"，并认为它恰是"虚构叙事的奇妙所在"。米勒举了两个相关现象。他先是对比了奥斯汀（Jane Austen）、艾略特（Eliot）、哈代（Thomas Hardy）等人的小说和改编自它们的电影，认为后者尽管试图还原小说但仍然无法传达原作的神韵之处，小说采用的"自由间接引语"让叙述者的话语对人物话语既入乎其里又出乎其外，产生了幽默反讽的效果，代表了小说的完美：它似乎仅仅发生于用"他"（叙述者的第三人称）替代了"我"（人物的第一人称），把人物言行（现在时态）叙述出来（过去时态）。米勒据此还举了卡夫卡的例子，说当卡夫卡用"他"来替代"我"的时候："我不经意间写下诸如此类的句子：'他朝窗外望去'，这个句子已经就是完美的了。"小说就创造了一个奇妙的虚构世界。①

虚构叙事的奇妙在哪里？

"叙述"使叙述行为与叙述对象之间拉开距离，就是将"此刻的我"正在面对的伦理境遇和正在进行的伦理实践推移到"那时的他"所面对的和所进行的，如此满足我们对叙事意义的需要，即"试图使虚构作品（它被认为不是'指涉性的'而是交流性的）与话语（它恰恰由于其指涉性而被认为是交流性的）相调和"②，由是出现詹姆斯·费伦所指出的，故事和讲故事的交叉卷入了多个伦理位置或多重伦理关系，包括故事伦理（所讲述故事的伦理，主要涉及人物在事件中的伦理位置）、讲述伦理（讲故事的伦理，主要涉及隐含作者、叙述者、理想读者的伦理关系）、写作伦理（写作或生产的伦理，主要涉及实际作者、其他文本建构者的伦理位置）、阅读伦理（阅读或接受的伦理，主要涉及读者参与叙事的伦理理解）等，因此，叙事或隐或显地提出这样的问题："作者、叙述者、人物或读者应当

---

① 陆扬：《日常生活审美化批判》，复旦大学出版社，2012 年，第 63-65 页。

② C. G. Prado, *Making Believe: Philosophical Reflections on Fiction*. Westport, Conn.: Greenwood press, 1984, P. 92. 转引自〔美〕华莱士·马丁：《当代叙事学》，伍晓明译，北京大学出版社，2005 年，第 192 页。

怎样去思考、判断和行动才能获得更大的利益?"① 这样的问题意识及其探究与现实生活中的伦理境遇及其具体构想相似。在现实生活中的伦理选择总是从个体出发，以"如果我是理性的、我会怎么做"的第一人称表述，以"说明这一考量或这一系列的考量仅仅影响到我，因为是我的关注或欲望或激情在发挥着相应的作用"的自我为考量出发点，去追求"理性的（reasonable）"最佳选择，即既要深入此次、此刻、个我，又要跳出这些，能从过去、未来、他人，克服"无知、没有自知之明、短视、缺乏共同的关注等缺点"②。

纽顿同样是基于"叙事"形式所带来的这种意义，从两个方面阐发了"叙事伦理"：首先，叙事行为构成多元主体之间的伦理关系。他以19世纪和20世纪初小说中的叙述者为例，认为叙事伦理只意味着"作为伦理的叙事"，"此刻我正在经历的"被叙述为"那时他正在经历的"，就把一个伦理事件放在了一个叙述结构中，叙述结构围绕被述者（具体的伦理事件），构成了讲述者、受述者（读者或听众）、见证者（人物）、隐含作者之间"相互诉求"（reciprocal claims）的伦理实践并形成伦理关系。其次，叙述话语构成伦理话语。纽顿根据叙述话语的类型，把叙事伦理分为三类：讲述伦理（narrational ethics，表明叙事行为的地位）、表达伦理（representational ethics，在叙事过程中将真实的"个人"，即 person，转化为虚构的"人物"，即 character）、阐释伦理（hermeneutic ethics，让读者在阅读负担起的伦理批评责任）。③

读者的阅读伦理及其伦理取位则是最后、最丰富、最具有张力的伦理实践。米勒采纳康德先验道德律令的观点，认为叙事并非因为讲述的故事包含伦理情景、伦理选择、伦理判断等主题而具有伦理性，而是因为"伦

---

① Phelan J. *Narrative Ethics*：*the Living Handbook of Narratology* ［EB/OL］. (2014-09-29) ［2017 -07-18］. http：//www. lhn. uni-hamburg. de/article/narrative ethics.

② Simon Blackburn. *Ruling Passions*，Oxford：Clarendon Press，1998，P. 241. 转引自〔英〕阿拉斯代尔·麦金太尔：《现代性冲突中的伦理学：论欲望、实践推理和叙事》，李茂森译，中国人民大学出版社，2021年，第19页。

③ Adam Zachary Newton，*Narrative Ethics*，Cambridge：Harvard University Press，1995，P. 11-13.

理本身即与我们称之为叙述的语言形式有特殊的关联"①，因此阅读行为内在具有"必须的伦理时刻"，它使伦理判断先在于审美判断、政治判断等。纽顿把叙事过程的历时性和伦理选择的情境性统摄进读者阅读过程中，阅读行为所负担的责任既有私人阅读行动的私人责任，也有讨论作品时的公共责任，读者阅读过程中存在"伦理取位"（ethical positioning），这种伦理取位"纯粹是实用主义的，它暗指一种互相作用而不是法定秩序，一种通过暂时的文本世界和真正的阅读实践的历时分析"，因此叙述话语将超越的理论观念或先验道德准则转变为具体文本中形式安排的话语态度，让讲话者、听话者、见证者、读者等携带着各自的形形色色的道德立场，寻求伦理共识。② 赫尔曼研究认为，读者对叙事审美中的每一次"伦理取位"，是与人物、叙述者、隐含作者、真实读者等四类主体各自的伦理情境互动的结果，就此他提出了四种伦理情境，分别是：①故事世界中人物的伦理情境，他们的行为和他们对他人的评价都是伦理性的；②叙述者的伦理情境，取决于他与讲述行为、被述者、受述者、读者等相对的位置，叙述者的不可靠性、不同的聚焦都会导致叙述者处于不同的伦理位置；③隐含作者的伦理情境，它取决于他所选择的叙事策略，后者影响上述其他主体之间的伦理关系，并进而影响读者对人物的伦理反应，也反映了作者对读者的态度；④真实读者的伦理情境，它与在前面三种情境中的立场、位置都相关。③ 读者在每一次阅读中的每一次"伦理取位"，都是在对伦理假设不断地推进、丰富、整改、重估和推翻④，在这个过程中，读者一次次地重新认识自我和他者的身份、秉性、责任，区分和接受各种道德事件的特殊性⑤，一次次地见证伦理关系中他者之于自我的异质、神秘，

---

① J. Hillis Miller, *The Ethics of Reading*, New York：Columbia University Press, 1987. P. 3.

② Adam Zachary Newton, *Narrative Ethics*, Cambridge：Harvard University Press, 1995, P. 13.

③ 〔美〕戴卫·赫尔曼：《新叙事学》，马海良译，北京大学出版社，2002年，第48页。

④ 〔英〕理查德·沃尔施：《叙事虚构性的语用研究》，James Phelan, Peter J. Rabinowitz 主编：《当代叙事理论指南》，申丹、马海良、宁一中、乔国强、陈永国、周靖波译，北京大学出版社，2007年，第163-164页。

⑤ Alisdair MacIntyre, *After Virtue*, University of Notre Dame Press, 1984, P. 211.

以及自我对他者依然要承负的伦理责任①。可见，叙事形式敞开了现代性道德的多重性与相对性，从而包容了主体间性视野下的相互理解与自我反思，这无疑是饱满的道德实践。

一旦进一步实现文类视野与历史视野的统合，则将叙事形式研究还原向主体性在伦理境遇和伦理诉求的语言修辞，突显"叙事伦理"本身的生存本体论的地位。

① Zachary Adam Newton, *Narrative Ethics*, Harvard University Press, 1995, P. 11.

"现在"：现代叙事伦理形式
研究的基础性视野

简单地说，这可以叫作时间的隙缝，

在隙缝之间，人们把真形才显露出来。①

——老舍

　　传统叙事学优先考虑有机结构中诸多构成因素之间的共时态，把事件序列所延续的时间作为顺次相接的偶然的现在，排除了积极的构成性的现象学的"现在"，内在于主客体的时间性遭到压制。这种结构主义时间性的过失所在，可以借用费边（Johannes Fabian）在《时间与他者》中的概括：

　　　　自从德·索绪尔对共时态与历时态的对立作了权威的认定以来，它不是用作时间关系的区分（就像有人因为这两个词中出现了时间（chrony）这个组成部分而望文生义），而是用作无视时间的区分。据说，符号学系统的确认与分析之所以可能，无争议地

---

① 老舍：《老舍论创作》，上海文艺出版社，1980年，第82页。

是建立在这个基础之上的：消灭时间及其蕴含着的消灭诸如过程、发生、形成、产生等观念和其他一些与"历史"系缚在一起的概念。历时态不是指生存的时间模式，而只是指符号学系统彼此之间的连续。严格地说，连续只是在外在条件的意义上预设了时间，这种条件既不影响它们的共时态构成又不影响它们的历史构成。①

对传统叙事学把时间处理成"表面历时性，其实无时性"，保尔·利科有着深刻的理解，因此他认为经典叙事学的语义学分析范式还只是"一种二级话语"②，在它的分析视阈中：

功能优先于人物。③

人物成为行动元的中介。④

在可能的叙事中可能的人物占据可能的职位表。⑤

由于未把角色置于情节中，角色逻辑仍属于先于叙述逻辑的行为语义学。⑥

忽略了情节本该"隶属于讲述的实践，即话语的实践，而不隶属于语言的语法"。⑦

利科对叙事与时间的关系做了清理，完成了一个双向工作：一是把叙事的地位提高到主体生存，二是把叙事的本质还原向时间问题，尝试从叙

① 〔英〕彼得·奥斯本：《时间的政治——现代性与先锋》，王宏志译，商务印书馆，2004年，第49页。

② Paul Ricoeur, *Life in quest of Narrative*, David Wood. On Paul Ricoeur: Narrative and Interpretation. London and New York: Roultedge, 1991: 2.

③ 〔法〕保尔·利科：《虚构叙事中时间的塑形》（时间与叙事卷2），王文融译，三联书店，2003年，第55页。

④ 同上，第62页。

⑤ 同上，第70页。

⑥ 同上，第71页。

⑦ 同上，第74页。

事中挖掘更为根本的历时性，以揭示叙事以时间塑形还体现其话语实践的本质，实现主体的自我意识以及对世界的介入。

由此可见，叙事乃主体性话语实践，叙事的情节编排乃主体性话语实践的叙述智力，情节编排的时间变形乃主体借以形成自我意识的时间塑形，分析人类从传统世界到现代世界先后形成三类时间观，分别是宇宙论时间、现象学时间、历史时间，这三类时间观沉淀了总体性规范和特殊性经验之间的张力关系，支撑了叙事形式时间策略的伦理取向。

第四章　现代叙事伦理涉及的
三种时间观

对现代社会及其景观的分析，大体存在两种结论。其一，是激赏神退隐之后由人义论所主宰的世界，这个世界成为人的认知和实践活动的对象，日渐发展成为组织科学、运转高效、快捷舒适的现代化社会，因此，在神退隐之后，人类社会并没有堕入分化，而是迈向一个新的总体化时代。其二，是忧叹人义论所纵容的个人中心、一元文化中心、人类中心，滋生出"物化""铁笼""文化沙文""生态危机"等现代性问题，它引起了现代人的焦虑，总体性为何不能包容异质性？这种价值分歧反映了各自依凭的时间观各有不同——时间观是捕手，帮助人感知和描述世界状态。

人类对时间的思考经历了漫长的过程，大致有两对相互交叉的认识：时间是外在的或客观的，它是宇宙论的时间观；时间是内在的或超验的，它是现象学的时间观。保尔·利科论称这两种时间性之间有着困境：普遍的"世界时间"（宇宙论的时间）和内在的"心灵时间"（现象学的时间）是"双重视野的"。在前者，"时间是呈现的条件"；在后者，"时间就是呈现"①，两者之间是一种与另一种相互指称，因此是必须彼此并存但又不可相互包容的对立关系，两者有待历史时间的弥合来实现时间统一性和历史总体性，保障主体生存的同一性。但历史时间是否能担当起重责？它让社会分化所重归的总体化，是漠视甚至会抽空社会个体主体性的、虚假的

---

① Paul Ricoeur, *Temps et récit. Tome* Ⅲ［A］. Paris：Seuil, 1985, P. 68.

总体化，还是不断涵化又裂分出新的主体性的、有力量的总体化？历史时间的努力也困难重重。

这样的时间性问题弥漫在现代世界里，渗透在现代个体生活中，构成其伦理境遇；现代叙事时间在回应现代时间性问题中彰显其伦理关怀。

第一节　宇宙论的时间：时间用以呈现

宇宙论的时间即柏拉图-亚里士多德-康德的时间论。

柏拉图在《蒂迈欧篇》中这样讲述时间：

> 理念的存在是永恒的，而要将这种性质完全无缺地赋予创造出来的东西殊不可能。因此他决定给永恒性创造一种活动的影像，在他把世界安排妥当之后，他就照着那始终统一的永恒性创作出一个根据数的规律而运动的永恒形象来，这就是我们所说的"时间"。
>
> 在他创造世界的同时，他设法创造了日、夜和年、月，这些在世界没有创造出来以前是不存在的。这些都是"时间"的不同部分；所谓"过去"和"将来"，也是时间上的创造物，不过我们无意之中将这些名词误用于永恒的存在了。因为我们在说话中使用了"是"或者"已是"或者"将是"，可是实际上只有"是"字才是合适的用语。"已是"和"将是"二语则仅仅适用于随"时间"而进行的"变化"，因为它们都是表示运动的，性质上永恒不变的东西不能因为时间关系而变老或变幼，也不能说它过去已经怎样，或者现在正是怎样或者以后将是怎样。一般说来，它也不受"变化"对于感觉世界中运动着的各项事物所加的诸般条件的支配，因为这些条件乃是"时间"上生发出来的各种形态，而"时间"则是摹仿永恒性按照数的规律而

运动着的……①

在柏拉图看来，永恒性把感觉世界及时间一起创造出来，时间外在于永恒性，时间就是运动。

亚里士多德也是在运动的基础上定义时间：

> 当我们在运动里面注意到前前后后时，我们就说有时间。
>
> 当我们感觉不到变化的地方，好像就没有时间，如在睡眠时。

他并不认为时间即运动：

> 变化总是或快或慢，而时间没有快慢。因为快慢是用时间确定的：所谓快就是时间短而变化大，所谓慢就是时间长而变化小；而时间不能用时间确定，也不用运动变化中已达到的量或已达到的质来确定，因此可见时间不是运动。这里我们且不必去管运动和变化有什么区别。②

但是他强调时间不能脱离运动：

> 如果我们自己的意识完全没有发生或者发生了变化而没有觉察到，我们就不会认为有时间过去了。③

最后，亚里士多德把"时间性"定义为"时间是运动的数"：

---

① 〔古希腊〕柏拉图：《柏拉图〈对话〉七篇》，戴子钦译，辽宁教育出版社，1998 年，第 174-175 页。

② 〔古希腊〕亚里士多德：《物理学》，张竹明译，商务印书馆，1982 年，218b15-20。

③ 同上，218b21-25。

既然我们要探究"时间是什么"的问题，我们必须以此结论为出发点来了解"时间是运动的什么"。须知我们是同时感觉到运动和感觉到时间的，因为，虽然时间是难以捉摸的，我们不能具体感觉到的，但是，如果在我们意识里发生了某一运动，我们就会同时立刻想到有一段时间已经和它一起过去了；反之亦然，在想到有一段时间已经过去了时，也总是同时看到有某一运动已经和它一起过去了。因此，时间或为运动或为"运动的某某"，既然它不是运动，当然就只是"运动的某某"了。①

简言之，亚里士多德把时间看作"与'先'和'后'有关的运动数目"，两个点状的"瞬间"组成依次排列的时间，借此测量时间以及谈论"前"与"后"成为可能。

康德在《纯粹理性批判》阐发的"先验感性论"时间观与前两位同中有异。康德对时间本质的规定有：时间是先天纯粹的直观形式。即时间不是物自体或其客观属性，而是主观中给对象提供的先天形式条件，是"归属于人心的主观形状，离开了这种主观形状就不能将这些称谓加在任何事物身上"的直观形式。② 时间的基本特点是经验性的实在性和先验性的观念性。经验性的实在性是指，只有进入时空直观中的对象才能被感官接受；先验性的观念性则指时间不涉及物自体，只是主体的认识形式。因此，在主体认知活动中，主体的客体化对象具有两重意义：一是自在的物自体，二是被认识的感性现象。主体与客体二者之间转化的方式是：物自体刺激认识主体，使主体的感性能力活动起来，从而接受经验的杂多材料，建立认识对象。此中，主体观念的先验性内在性的时间提供时间形式及基于内在性时间的外在性空间形式，整理并统一零散的经验材料，使之成为知觉表象。可见，康德改变了西方长期以来一直盛行的容器式的时间理念，他认为时间是主体的，但又认为这种内在直观形式是先天的，具有

① 〔古希腊〕亚里士多德：《物理学》，张竹明译，商务印书馆，1982年，219a2-10。
② 杨祖陶、邓晓芒：《康德〈纯粹理性批判〉指要》，湖南教育出版社，1996年，第80页。

超验性和宇宙论时间的色彩，所以康德的时间观还是靠近客观的、普遍的宇宙论时间。

宇宙论的时间观是与古典世界观相适配的，它具有普遍性、形而上、一元论、永恒性的倾向，为古典世界具有总体性的本体论想象提供了认识论支撑，也成为现代性道德在理性原则下信念总体性规范的依凭。这样的时间观投射在叙事文本中，成为天道、上帝等永恒时间。

这种情形在古典叙事文本中几乎俯拾皆是。

《封神演义》开篇的天道时间：

> 混沌初分盘古先，太极两仪四象悬。子天丑地人寅出，避除兽患有巢贤。
>
> 燧人取火免鲜食，伏羲画卦阴阳前。神农治世尝百草，轩辕礼乐婚姻联。
>
> 少昊五帝民物阜，禹王治水洪波蠲。①

《西游记》讲述唐僧取经，也从神话时代盘古开辟天地讲起：

> 混沌未分天地乱，茫茫渺渺无人见。自从盘古破鸿蒙，开辟从兹清浊辨。
>
> 覆载群生仰至仁，发明万物皆成善。欲知造化会元功，须看《西游释厄传》。②

《三国演义》开头的天下历史大势：

> 话说天下大势，分久必合，合久必分。周末七国分争，并入于秦。及秦灭之后，楚汉分争，又并入于汉。汉朝自高祖斩白蛇

---

① （明）许仲琳：《封神演义》，中华书局，2002年，第1页。
② （明）吴承恩：《西游记》，人民文学出版社，1980年，第1页。

而起义，一统天下。后来光武中兴，传至献帝，遂分为三国。推其致乱之由，殆始于桓灵二帝。①

《红楼梦》第一回"甄士隐梦幻识通灵"，用神瑛侍者以甘露灌溉绛珠仙草的美丽神话来张本世俗世界里大观园的故事：

此事说来好笑，竟是千古未闻的罕事。只因西方灵河岸上三生石畔，有绛珠草一株，时有赤瑕宫神瑛侍者，日以甘露灌溉，这绛珠草便得久延岁月。后来既受天地精华，复得雨露滋养，遂得脱却草胎木质，得换人形，仅修成个女体，终日游于离恨天外，饥则食蜜青果为膳，渴则饮灌愁海水为汤。只因尚未酬报灌溉之德，故其五内便郁结着一段缠绵不尽之意。恰近日这神瑛侍者凡心偶炽，乘此昌明太平朝世，意欲下凡造历幻缘，已在警幻仙子案前挂了号。警幻亦曾问及，灌溉之情未偿，趁此倒可了结的。那绛珠仙子道：他是甘露之惠，我并无此水可还。他既下世为人，我也去下世为人，但把我一生所有的眼泪还他。也偿还得过他了。因此一事，就勾出多少风流冤家来，陪他们去了结此案。②

《圣经》的上帝（善）、魔鬼（恶）、人类原罪与救赎（善恶抉择）成为西方故事的起点、线程、终点，它反复出现在古典时代（如《约伯记》）、转型阶段（如弥尔顿《失乐园》）、反思与前进（如歌德《浮士德》）以至于现代（如麦尔维尔《白鲸》），为社会系统提供了价值根据。

---

① （明）罗贯中：《三国演义》，人民文学出版社，1979年，第1页。
② （明）曹雪芹：《脂砚斋重评石头记》（庚辰本），人民文学出版社，1975年，第10–11页。

第二节　现象学的时间：时间就是呈现

现象学的时间从奥古斯丁（Augustinus）的《忏悔录》的第 11 卷，经过胡塞尔的《内在时间的现象学演讲集》，到海德格尔的《存在与时间》的第二部分，它们通过正视人的意向和心灵的扩张而把历史时间还原为人类生存性时间。

奥古斯丁认为时间是一种延伸，是一种主观性的延伸，时间不是外在的客观物，而是存在于人的意识中，时间就是人的意识的回忆、注意和期望。而且真正存在的既不是过去也不是将来，而只有现在，因为"过去"通过"现在"的注意而进入回忆，"将来"通过"现在"的注意而进入期待，"过去""现在""将来"事实上只是一回事，所以他说：

> 现在如果永久是现在，便没有时间，而是永恒。现在的所以成为时间，由于走向过去……现在所以在的原因是即将不在。①

这句话还有另一层意味，即现在不是永恒。

奥古斯丁为了捍卫基督教教义，又把时间性的存在归结为通过度量受时间支配的万物去领悟永恒的上帝：

> 我的心灵啊，我是在你里面度量时间。不要否定我的话，事实是如此。也不要在印象的波浪之中否定你自己。我再说一次，我是在你里面度量时间。事物经过时，在你里面留下印象，事物过去而印象留着。我是度量现在的印象而不是度量促起印象而已经过去的实质；我度量时间的时候，是在度量印象。为此，或印

---

① 〔古罗马〕奥古斯丁：《忏悔录》（卷十一·一），周士良译，商务印书馆，1963 年。

象即是时间，或我度量的并非时间。①

他尝试在永恒的上帝时间中绽露出一段"我的心灵在你里面度量的时间"，因而他没能把现象学的时间性彻底本体化。

胡塞尔试图把相对于个人主观心理体验的内在时间上升为一种纯粹意识的内在时间，这种内在时间不依赖于个人的主观心理感受：

> 有人把绵延和接连发生的观念追溯到心理行为的绵延和接连发生的事实本身，自然，对此我们必须提出同样的反对意见。②

内在时间是纯粹意识的时间，时间化就是把相互分离、零散杂乱的心理体验、感受、情绪和意志纳入了内在时间这个统一化的秩序中，同时，时间化也是自我的自身构造过程：

> 这个意义上的"时间化"是自我的"自身时间化"（Selbstzeitigung），它是一个不间断的过程，即自我的不间断的继续追求（Weiterstreben）。但需注意的是，自我的自身时间化构造不同于它对对象的时间化构造，自我的"自身时间化"并不意味着自我被创造出来，而只是表明这样一个状态，即：自我只能在一定的自身时间化阶段上得到指明，这大都是在对已被当下化之物的补加反思中，当然也可以在当下的时间化进行中，或是在对被时间化之物的预先期待中。③

胡塞尔把"时间"和主体意向性的主动"构成"相联系，主体的意向性构造又是先验主体基于逻辑同一性建构功能的构造。简言之，意识和时

---

① 〔古罗马〕奥古斯丁：《忏悔录》（卷十一·二十七），周士良译，商务印书馆，1963 年。
② 〔德〕胡塞尔：《内在时间意识的现象学》，杨富斌译，华夏出版社，2000 年，第 15 页。
③ 倪梁康：《胡塞尔现象学概念通释》，三联书店，1999 年，第 523 页。

间是二而一的，时间就是意识自身的存在形式，时间的本体论开始确立。它标志着康德带有人类学局限的主体性向胡塞尔本人绝对先验主体的转变。不过，胡塞尔的内在时间意识是绝对的经验本身，并且已经关涉到自我本身的源始生成，但它们最终都被"完全封闭"①，在作为最高实在的先验主体性的构成性意识的范围内，是拒绝时间性和生成性的，从而没有存在论的意义。

海德格尔把胡塞尔的超时间的先验主体解构为时间生成流变中的"此在"，从而从生存论上试图把现象学的时间推向本体化。海德格尔从现象学角度认为，日常状态是个体获得主体性存在的起点，也是所有的主体性存在活动的回到点，因此，在关注主体性存在中，把日常之"现在"这个时间上升到哲学本体论的高度：

> 这种存在者层次上最近的与最熟知的东西，在本体论上却是最远的和最不为人所知的东西，而就其本体论意义而言又是不断被漏看的东西。②

海德格尔说：

> 有什么理由把时间与存在放在一起命名呢？从早期的西方——欧洲思想直到今天，存在指的都是诸如在场（Anwesen）这样的东西。从在场、在场状态中讲出了当前。按照流行的观点，当前与过去和将来一起构成了时间的特征。存在通过时间而被规定为在场状态。这种情况已经足以把一种持续不断的骚动带进思中。一旦我们开始深思，在何种程序上有这种通过时间的对

---

① 〔德〕胡塞尔：《纯粹现象学通论》，李幼蒸译，商务印书馆，1992年，第182页。
② 〔德〕马丁·海德格尔：《存在与时间》，陈嘉映、王庆节译，熊伟校，三联书店，2006年，第51-52页。

存在的规定，这一骚动就会增强。①

海德格尔的《存在与时间》就试图重新在日常状态中找到主体性存在之时间性历史化的可能。海德格尔在《存在与时间》做了如下步骤的论证：

首先，时间性起源于把个体的生存确定为有限的超越，并把超越方向核定为个体先行到死中去，因此把"现在"设定为有着生存论结构的"此在"。

其次，借助这个先行到死中去的生存论结构上的"此在"，把本真性（Eigentlichkeit，字面意思是"属我的"）设定为"实际生存状态上的成己"（Aneignung，字面意思是"成为自己"），因此把这种成己阐述为此在面向死亡时或面对命运抉择时的先行决断（Entschlossenheit）。

最后，此在向终结存在展开，它包含两层意思：此在向异在存在，发掘此在之尚未的可能性；此在之尚未的可能性规定此在的意义。

海德格尔用先行到死中去，所设定的"此在之尚未"和"尚未对此在的可能性规定"，即"构成此在的'非整体性'的东西即不断先行于自身。它不是指一种齐全的总额上还有亏欠，更不是指尚未成为可通达的。它是一种此在作为它所是的存在者向来就不得不是的尚未"②，"此在"作为"能整体存在"，把现象学的"生活流"吸纳向彻底的未来。因此，凯吉尔指出："……海德格尔对历史时间的理解是悲剧性的，在这出悲剧中，过去、现在与将来都能在时间中聚集；然而，对他而言，完成了的时间是救世主的时间，不在时间之内的时间的集聚。"③ 如此，才能将主体性生存的时间性时间化："本质上是将来的"人类生存把所经历的"现在""同等

---

① 〔德〕海德格尔：《面向思的事情》，陈小文、孙周兴译，商务印书馆，1996 年，第 2 页。

② 〔德〕马丁·海德格尔：《存在与时间》，陈嘉映、王庆节译，熊伟校，三联书店，2006 年，第 281 页。

③ 〔英〕霍华德·凯吉尔：《本雅明、海德格尔和破坏传统》，载于 Benjamin and Osberne（eds），*Walter Benjamin's Philosophy*：*Destruction and Experience*，Routledge，London and New York，1994，P. 4. 转引自〔英〕彼得·奥斯本：《时间的政治——现代性与先锋》，王志宏译，商务印书馆，2004 年，第 247 页。

本源"为"当前化"（making-prensent）和"曾在"（having-been），过去-现在-未来结构呈总体性的历史时间，"现在"的"源初的本己性"被结构进"总是被存在的历史已经给定的"。对应于"过去""现在""将来"三种时间性，人的"此在"体现为"现身""沉沦""领悟"三种在世方式的内在统一。

这种"属己"时间的"现在"，在日常世界的"生活流"里或浮或沉，要么先行决断，在与"被给定的存在结构"中绽出"源初的本己性"而"成为自己"，要么迷失在日常生活的非本真状态中，如"闲言"（人云亦云，不求甚解，陈词滥调，"所及则只是浮皮潦草的差不离"），"好奇"（操劳于看，贪新鹜奇，到处都在而无一处在，"丧失去留之所"），"两可"（日日万物丛生，其实本无一事，"一切看上去都似乎被真实地领会了、把捉到了、说出来了；而其实却不是如此"）的状态中，而"此在沉沦"。

现代世界的人与传统世界的总体性疏远了，他们在日常生活状态中的"现在"与永恒世界脱钩，"现在"的时刻就呈现出模糊不清的面孔：

有时它是面目狰狞的，把人抛入迷失，如《子夜》中吴老爷初到上海的时刻：

汽车发疯似的向前飞跑。吴老太爷向前看。天哪！几百个亮着灯光的窗洞像几百只怪眼睛，高耸碧霄的摩天建筑，排山倒海般地扑到吴老太爷眼前，忽地又没有了；光秃秃的平地拔立的路灯杆，无穷无尽地，一杆接一杆地，向吴老太爷脸前打来，忽地又没有了；长蛇阵似的一串黑怪物，头上都有一对大眼睛放射出叫人目眩的强光，啵——啵——地吼着，闪电似的冲将过来，准对着吴老太爷坐的小箱子冲将过来！近了！近了！吴老太爷闭了眼睛，全身都抖了。他觉得他的头颅仿佛是在颈脖子上旋转；他眼前是红的，黄的，绿的，黑的，发光的，立方体的，圆锥形的，——混杂的一团，在那里跳，在那里转；他耳朵里灌满了轰，轰，轰！轧，轧，轧！①

有时它是耸然绽放的，让人领悟至真，如《安娜·卡列尼娜》中列文在寻觅困顿之后突然发现答案的时刻：

> "好，好，再见！"列文说，激动得喘不过气来。他转过身，拿起手杖，快步走回家去。……一些模糊不清但意义重大的思想就涌上他的心头，好像冲破闸门，奔向一个目标，弄得他晕头转向，眼花缭乱。……费多尔说的那些话像电花一般在他心里起了作用，把他心头零星的模糊思想汇合在一起。这些思想，在他谈论土地出租时，就不知不觉地盘据在他的心头了。他觉得自己心里有一种新东西，他愉快地捉摸着，但不知道究竟是什么。②

有时它是内在矛盾的，让人左右为难，如鲁迅不确信但还是从愿地"委婉了一点，在《药》的瑜儿的坟上平空添上一个花环"。

有时它会把自己突出出来，让人领会瞬间就是通达世界隐秘的时刻，如《追忆似水年华》中"马德莱娜蛋糕"的味道让贡布雷的一切——街道、旧宅、花园、小路、事情、人们，都纷纷从主人公的记忆深处涌了出来。

它又可能将流变的时间收归没入永恒的"一个包罗万象的点"，像博尔赫斯的《阿莱夫》，"在那了不起的时刻，我看到几百万愉快的或者骇人的场面"，它们"在同一个地点，没有重叠，也不透明"，"我眼睛看到的是同时发生的：我记叙下来的却有先后顺序，因为语言有先后顺序"。

但更多的时候它是窸窸窣窣的，让人昏昏欲睡，如《魔山》中汉斯来到魔山，在这里不再计量时间。只是被按部就班的时间占满，与人"闲

---

① 茅盾：《子夜》，译林出版社，2015 年，第 3 页。
② 〔俄〕列夫·托尔斯泰：《安娜·卡列尼娜》（下），草婴译，上海文艺出版社，2007 年，第 755 页。

言"，津津乐道于"好奇心也是我们的特权之一"。甚至人只是看着，连好奇心也在打盹，如《包法利夫人》中查理来到有爱玛的农庄，无甚所谓地看到世界凝滞如物：

> 阳光穿过板缝，在石板地上，变成一道一道又长又亮的细线，碰到家具犄角，一折为二，在天花板上颤抖。桌上放着用过的玻璃杯，有些苍蝇顺着往上爬，反而淹入杯底的残剩的苹果酒，嘤嘤作响。亮光从烟突下来，掠过铁板上的烟灰，烟灰变成天鹅绒，冷却的灰烬映成淡蓝颜色。①

如何把这样面目模糊的时刻归拢起来？让人在其中看清自己、看到世界的本相？人们因此需要借助叙事把这些时刻串联起来，创生出一个能指向生存价值的时间进程，用这个时间进程为它上面的每一个时刻即"现在"赋值，让"现在"摆脱"非本真"状态，成为"本真"状态。

第三节　历史时间找回"总体性"的使命与困境

宇宙论的时间和现象学的时间是对立的，宇宙论的时间是用以再现世界的时间，现象学的时间是用以创生世界的时间。如利科总结认为的，宇宙论的时间和现象学的时间之差别在，一个是"时间是呈现的条件"，一个是"时间就是呈现"②，于是，两者间每一种都回过来指称另一种，这种指称在相互排斥的条件下既是使彼此都显得不是充分自足从而陷入绝境，又展现了相互借用而似是而非的特征：

> 一方面，只有把康德的问题置于括号中，我们才能够进入胡

---

① 〔法〕福楼拜：《包法利夫人》，李健吾译，人民文学出版社，2003年，第18页。
② Paul Ricoeur, *Temps et récit. Tome* Ⅲ ［A］. Paris：Seuil, 1985, P. 68.

塞尔的问题；只有通过借用客观的时间（它在其主要的规定中仍然是一种康德的时间），一种关于时间的现象学才能够被清楚地表述。另一方面，只有从对任何内意识（其将重新导向一种关于心灵——这里，在现象与事物之间的区分自身被悬置了——的本体论）的求助中排除出来，我们才能够进入康德的问题；这些规定（通过它们，时间不再只是一种量）必须被奠基于一种隐在的现象学（它的空白点明显地处于先验论证的每一个步骤中）。①

利科把这种体验到的"心灵时间"（现象学的时间）和普遍的"世界时间"（宇宙论的时间）之间的困境称为"双重视野的困境"。所谓困境，可以从在我们这里要讨论的主体性生存的问题语境中展开理解。现象学的时间实际是把对时间的理解植根于关于人类生存的时间性，以时间的本体化来提供出一个主体一体性，以克服主体分离的危机。但是让人困惑不已的是，"现象学的主观主义隐含在它从意识到遗觉核心（eidetic core）这种方法论的还原中，它必须正视作为自然条件的时间的客观性问题，这个条件超出并且先于自我的全部构成性行为"②。如果我们看到如利科所认为的，历史叙事是"生活的时间在宇宙的时间之上重新印刻"，那么，就能确定这样一个发现：历史时间旨在弥合普遍的"世界时间"和特殊的"心灵时间"之间的对峙，从而借历史总体化而使主体性的心灵时间与客观的世界时间同一化，以及使主体间的现象学时间同一化。

黑格尔的历史时间是这样一种尝试。

作为现代性哲学话语的开创者，黑格尔发现了"现在"，并以之来实现历史总体化。他提出，现代的我们正处在"一个新秩序的降生和过渡的时期"③，这个词明确地使"新时代"这个观念获得新的定义，即如阿多诺

---

① Paul Ricoeur, *Temps et récit. Tome* Ⅲ〔A〕. Paris：Seuil, 1985, P. 87.

② 〔英〕彼得·奥斯本：《时间的政治——现代性与先锋》，王志宏译，商务印书馆，2004年，第73页。

③ 〔德〕黑格尔：《精神现象学》，贺麟、王玖兴译，商务印书馆，1979年，第6页。

所指出的，"现代性是质的范畴，而不是年代学的范畴"①，由此，时间被推到前景：

> 时间不再是全部历史的发生所凭靠的媒介；它获得了一种历史的质……历史不再发生在时间中，而是因为时间而发生。时间凭借自身的条件而变成了一种动态过程的和历史的力量。这种经验阐述所预设的历史概念同样是新的：历史（Geschichte）的集合单数形式自 1780 年左右以来就开始被设想为相互关联的主客体缺席的自在自为的历史。②

黑格尔认为，自然作为理念的"已外存在"，分裂为两种形式：肯定的空间形式和否定的时间形式。时间作为已外存在的否定的统一性，是一种持续不断的自我扬弃的存在。否定性和变易是它的根本特征："时间本身就是这种变易，是这种存在着的抽象活动，是生育一切而又毁灭一切自己产儿的克洛诺斯"③，时间是"存在的时候不存在、不存在的时候存在的存在，是被直观的变易"④。

然而，黑格尔把历史总体性建立在坚持伦理总体性观念上，以反抗主体中心的理性的权威，把伦理总体性看作"个别与一般的一体性"⑤，并把国家上升为"实质意志的现实性和自为自在的合理性"，而使国家主体性作为一般，其结果就如马克思在《克罗茨纳赫笔记》中所说的：

---

① 〔德〕特奥尔多·W·阿多诺：《微型道德：出自受损害的生活的反思》，E. F. N. 杰夫科特译，沃索出版社，1978 年，第 218 页。转引自〔英〕彼得·奥斯本：《时间的政治——现代性与先锋》，王志宏译，商务印书馆，2004 年，第 23 页。

② 〔英〕彼得·奥斯本：《时间的政治——现代性与先锋》，王志宏译，商务印书馆，2004 年，第 27–28 页。

③ 〔德〕黑格尔：《哲学科学全书纲要》，薛华译，上海人民出版社，2002 年，第 154 页。

④ 〔德〕黑格尔：《自然哲学》，梁志学等译，商务印书馆，1980 年，第 47 页。

⑤ 〔德〕霍拿迈斯特编：《耶拿现实哲学》（Jenenser Realphilosophie），Leipzig，1931，248. 转引自〔德〕于尔根·哈贝马斯：，现代性的哲学话语》，曹卫东译，译林出版社，2006 年，第 47 页。

当黑格尔把国家观念的因素变成主语，而把国家存在的旧形式变成谓语时——形式的谓语——他实际上只是道出了时代的共同精神，道出了时代的政治神学。[①]

其实质是，黑格尔用绝对精神永恒化了观念世界，扬弃了物质世界的实践过程（这似乎是暗合于追求抽象哲思和世界本质而总是习惯贬低现象世界的西方思想史），用"意识形态蕴涵的解释模式"[②] 描述了历史世界，最终，历史成为理性确立自身合法性的历史，用永恒化的"扬弃"使"现在"永恒化了。因此，费尔巴哈（Ludwig Andreas Feuerbach）说，尽管黑格尔的历史时间表面上具有历史性，实际上黑格尔的历史时间哲学本身废除了时间：

如果黑格尔哲学是哲学观念的绝对现实，那么，黑格尔哲学中的理性的静止必然导致时间的静止；因为如果时间仍然在悲伤地运动，似乎什么都没有发生，那么黑格尔哲学不可避免地会丧失其绝对的属性。[③]

因此，尼采说，黑格尔的历史不过是理性叙述或虚构出来的历史。在这样的历史中，内在的心灵时间固化为外在的世界时间，即时间被抽象为"过去–现在–将来"的简单重复和封闭循环，历史成为去个人化的东西。正是从这个意义上，社会分化重新归顺向历史时间的总体化，福柯看到了其中空间的死寂、主体性的再度丧失。

在新历史主义者看来，历史即叙事，因为"一切历史都是思想史"（科林伍德，R. C. Collingwood），"一切历史都是当代史"（克罗齐，

---

① 张一兵：《回到马克思》，江苏人民出版社，1999 年，第 149 页。

② 〔美〕海登·怀特：《元史学：十九世纪欧洲的历史想象》，陈新译，译林出版社，2004 年，第 28 页。

③ 〔德〕路德维希·费尔巴哈：《黑格尔哲学批判》，转引自〔英〕彼得·奥斯本：《时间的政治——现代性与先锋》，王志宏译，商务印书馆，2004 年，第 68 页。

Bendetto Croce），"历史的真实是被叙事所虚构的"（海登·怀特，Hayden White）。如冯友兰在《中国哲学史》绪论中界定说：

> 历史有二义：一是指事物之自身……历史之又有一义，乃是指事情之记述……若欲以二名表此二义，则事情之自身可名为历史，或客观的历史；事情之记述可名为"写的历史"，或主观的历史。[①]

又在晚年《中国哲学史新编》绪论中继续认为：

> 历史这个词有两个意义。就其第一个意义说，历史是人类社会在过去所发生的事情的总名……就这个意义所说的历史，是本来的历史，是客观的历史。……历史家研究人类社会过去发生的事情，把他所研究的成果写出来，以他的研究为根据，把过去本来的历史描绘出来，把已经过去的东西重新提到人们的眼前，这就是写的历史。这是历史这个名词的第二个意义。[②]

德里达（Jacques Derrida）则从解构主义的立场论称：

> 在场的历史是关闭的，因为"历史"从来要说的只是"存在的呈现"，作为知和控制的在场之中的在者的产生和聚集。[③]

利科也说历史是叙事，但他和新历史主义所关注的不同。新历史主义关注的是"历史的真实是被叙事所虚构的"，利科关注的是"历史时间是被叙事所重塑的"。"时间塑形"是利科的注意焦点——历史时间是"把生

---

① 冯友兰：《三松堂全集》（第二卷），河南人民出版社，2000年，第254页。
② 冯友兰：《三松堂全集》（第八卷），河南人民出版社，2000年，第7-8页。
③ 〔德〕德里达：《声音与现象》，杜小真译，商务印书馆，1999年，第131页。

活时间（重新）刻印在宇宙时间之上"的产物，因此，历史时间作为宇宙论的时间和现象学的时间之间的"双重视野的困境"（如前述）的中介，旨在能够内在地统一时间。利科认为历史叙事是主体性生存对简单时序（宇宙论的时间）的反抗，反抗以塑造新的时序（现象学的时间，即生活时间）来展开，即时间塑形，相应的，虚构叙事的实质就是对这种时间塑形的模拟。

那么，现代叙事如何能成功实现"时间塑形"呢？

第五章　现代叙事伦理的基准时间：
开放的"现在"

保尔·利科论称，历史时间是"把生活时间（重新）刻印在宇宙时间之上"，以能在生活世界中获得时间统一性和历史总体性，保障主体性存在的同一性。然而，历史时间的努力也困难重重。

历时成分一旦不被当作分析的残渣来处理，就可以考虑从在历时性这个词中隐藏着什么样的时间品质，我们曾指出它从属于共时性和无时性这两个词。我认为，从契约到斗争，从秩序的丧失到恢复的运动，构成寻觅的运动，它不仅包含一个连续的时间，一个时间顺序，如上文所说，使该顺序非顺时化和逻辑化始终是很诱人的。在本质上属无时性的模式中，历时性因素的抵抗在我看来是一种更根本的抵抗，是叙述时间性对简单时序抵抗的标志。时序之所以能简化为表层效果，是因为所谓的表层在以前被剥夺了它特有的辩证关系，即叙事的序列侧面与塑形侧面的竞争，该竞争把叙事变成一个连续的总体或一个总体的连续。更根本的是，隐藏在该辩证关系中的契约与斗争的疏离，透露了继普洛提诺之后被奥古斯丁描绘为精神松弛的时间特性。这么说就不该再谈时间，而应谈时间化了。松弛是一个时间过程，它通过延期、迂回、暂停以及寻觅的一整套拖延策略表现出来。时间的松弛还通过取舍、分岔、偶然接合等手段，最后以成功和失败的不可预料性来表现。寻觅是故事的动力，决定缺失和消除缺失二者的聚散离合，正如考验是过程的纽结，没有纽结什么也不会发生。所以，行动元句法参照的是亚里士多德《诗学》的情节，并通过它参照了奥古斯丁《忏悔录》的时间。①

这段话表明了利科对叙事的基本判断：（1）与其说叙事是时间的艺术，不如说叙事是时间化的艺术。即历时性因素是"叙述时间性对简单时序（笔者注：即被简化为表层效果的时序）抵抗的标志"；（2）叙事在时间化和既成的简单时序中的抵抗是辩证的，它通过参照宇宙论的时间（即"亚里士多德《诗学》的情节"下面的宇宙论的时间）来参照现象学的时间（即"奥古斯丁《忏悔录》的时间"）。所以，他依照康德的模式指称的"生产性想象的叙事图式"，指出"时间变成属人的这种状况达到了这种程度，它是依照叙事方式来组织的；反过来，叙事的深远意义达到了这种程度，它摹写时间经验的特征"②。

保尔·利科的研究视阈所敞开的"情节编排"是运用"叙述智力"来摹仿"时间塑形"，从而将生活经验转向意义生成，实现主体生存的同一性。

第一节　叙事伦理的基底是时间塑形

保尔·利科根据三种不同的时间观内涵，指出亚里士多德的"情节编排"观念虽是狭隘的，但又可被参照。

---

① 〔法〕保尔·利科：《虚构叙事中时间的塑形》（时间与叙事卷2），王文融译，三联书店，2003年，第81-82页。
② Paul Ricoeur, *Time and narrative*. vol. P. 3，转引自〔英〕彼得·奥斯本：《时间的政治——现代性与先锋》，王志宏译，商务印书馆，2004年，第75-76页。

一、亚里士多德的情节观失之狭隘

所谓“情节编排”，就是把种种事件整合为一个统一和完整的故事，“编排”是形式化的最基本层面上的整合动力。

亚里士多德的“情节观”从史诗和戏剧移植而来，有如下特点：

第一，情节是叙事艺术的首要部分，摹仿行动是叙事艺术的最终目的。

> 整个悲剧艺术的成分必然是六个，……即情节、性格、言词、思想、形象与歌曲。
>
> 六个成分里，最重要的是情节，即事件的安排；因为悲剧所摹仿的不是人，而是人的行动、生活、幸福；幸福与不幸系于行动；剧中人物的品质是由他们的“性格”决定的，而他们的幸福与不幸，则取决于他们的行动。他们不是为了表现“性格”而行动，而是在行动的时候附带表现“性格”。因此悲剧艺术的目的在于组织情节（亦即布局），在一切事物中，目的是最关重要的。
>
> 悲剧是行动的摹仿，主要是为了摹仿行动，才去摹仿在行动中的人。
>
> “性格”则占第二位。……“性格”指显示人物的抉择的话。
>
> “思想”占第三位。“思想”是使人物说出当时当地所可说，所宜说的话的能力，［在对话中］这种活动属于伦理学或修辞学范围；旧日的诗人使他们的人物的话表现道德品质，现代的诗人却使他们的人物表现修辞才能。
>
> 语言的表达占第四位。……所谓“表达”，指通过词句以表达意思。
>
> 歌曲［占第五位］最为悦耳。
>
> “形象”固然能吸引人，但最缺乏艺术性，跟诗的艺术关系

121

最浅；因为悲剧艺术的效力即使不倚靠比赛或演员，也能产生；况且"形象"的装扮多倚靠服装的面具制造者的艺术，而不倚靠诗人的艺术。

第二，按照可然律和必然律来编排事件相继出现的次序，追求总体的协调，协调即有头有尾、有条不紊、合理、整一。

> 悲剧是对于一个完整而具有一定长度的行动的摹仿（一件事物可能完整而缺乏长度）。所谓"完整"，指事之有头，有身，有尾。所谓"头"，指事之不必然上承他事，但自然引起他事发生者；所谓"尾"，恰与此相反，指事之按照必然律或常规自然的上承某事者，但无他事继其后；所谓"身"，指事之承前启后者。所以结构完美的布局不能随便起讫，而必须遵照此处所说的方式。

> 每出悲剧分"结"与"解"两部分。剧外事件，往往再配搭一些剧内事件，构成"结"，其余的事件构成"解"。所谓"结"，指故事的开头至情势转入顺境（或逆境）之前的最后一景之间的部分，所谓"解"，指转变的开头至剧尾的部分。

> 情节也须长度（以易于记忆者为限），……就长度而论，情节只要有条不紊，则越长越美；一般地说，长度的限制只要能容许事件相继出现，按照可能律或必然律能由逆境转入顺境，或由顺境转入逆境，就算适当了。

> 情节既然是行动的摹仿，它所摹仿的就只限于一个完整的行动，里面的事件要有紧密的组织，任何部分一经挪动或删削，就会使整体松动脱节。要是某一部分可有可无，并不引起显著的差异，那就不是整体中的有机部分。

第三，突转、发现是情节结构的成分，它们构成复杂的行动。

> 恐惧与怜悯之情可借"形象"来引起，也可借情节的安排来引起，以后一办法为佳，也显出诗人的才能更高明。情节的安排，务求人们只听事件的发展，不必看表演，也能因那些事件的结果而惊心动魄，发生怜悯之情；任何人听见《俄狄浦斯王》的情节，都会这样受感动。

> 在简单的情节与行动中，以"穿插式"最为恶劣。所谓"穿插式情节"，各穿插的承接见不出可然的或必然的联系。

> 情节有简单的，有复杂的；因为情节所摹仿的行动显然有简单与复杂之分。所谓"简单的行动"，指按照我们所规定的限度连续进行，整一不变……；所谓"复杂的行动"，指通过"发现"或"突转"，或通过此二者到达结局的行动。但"发现"与"突转"必须由情节的结构中产生出来，成为前事的必然的或可然的结果。

> 悲剧之所以能使人惊心动魄，主要靠"突转"与"发现"，此二者是情节的成分。①

可见，亚里士多德把"情节编排"界定为一种整合动力，它把种种不协调（比如会发生令人惊骇或怜悯的事变、戏剧性的变化、命运的逆转等）包容在协调（有头有尾、按照必要或逼真的原则串联起来的事件）中，具有完备性、整体性、适度的广度等三个特征。②

亚里士多德式的情节观，经过了中世纪的意大利文论家卡斯特尔维屈

---

① 〔古希腊〕亚里士多德：《诗学》，罗念生译，人民文学出版社，1982年。转引自伍蠡甫、胡经之主编：《西方文艺理论名著选编》（上），北京大学出版社，1985年，第42—95页。

② 〔法〕保尔·利科：《虚构叙事中时间的塑形》（时间与叙事卷2），王文融译，三联书店，2003年，第3页。

罗的诠释：

> 表演的时间和所表演的事件的时间，必须严格地相一致。……事件的地点必须不变，不但只限于一个城市或者一所房屋，而且必须真正限于一个单一的地点，并以一个人就能看见的为范围。
>
> 悲剧应当以这样的事件为主题：它是在一个极其有限的地点范围之内和极其有限的时间范围之内发生的，就是说，这个地点和时间就是表演这个事件的演员们所占用的表演地点和时间；它不可在别的地点和别的时间之内发生。……事件的时间不应当超过十二小时。
>
> 在一个极其有限的时间和极其有限的地点之内完成的主人公的巨大幸运转变，比起在一个较长时间和不同而范围较大的地点内完成的幸运转变来，它要奇妙得多。①

到了 17 世纪古典主义，亚里士多德的情节观进一步被加以教条的"强化"。古典主义作家从亚里士多德的情节观引申出"三一律"，其核心包括"情节整一律"，如法国古典主义文论旗手布瓦洛提出、精心设计戏剧情节的高潮和结局：

> 我们要求艺术地布置着剧情发展：
> 要用一地、一天内完成的一个故事
> 从开头直到末尾维持着舞台充实。
> ……
> 剧情的纠结必须逐场继长增高，

---

① 〔古希腊〕亚里士多德：《诗学》，罗念生译，人民文学出版社，1982 年。转引自伍蠡甫、胡经之主编：《西方文艺理论名著选编》（上），北京大学出版社，1985 年，第 169-170 页。

发展到最高度时轻巧地一下解掉。①

亚里士多德提出将不协调包容于协调性的"情节编排"观对后世的西方叙事文学观产生了深远的影响。18 世纪的启蒙主义作家伏尔泰在《论史诗》主张史诗情节应"单一而简单""轻松而逐步展开""带有鼓舞性"，以使心灵受到感动②；19 世纪的现实主义作家契诃夫在写给玛·符·基塞列娃的信中主张"情节越单纯，那就越逼真，越诚恳，因而也就越好"③；20 世纪的福斯特在《小说面面观》中提出"国王死了，王后也死了"与"国王死了，王后因为悲伤也死了"的编排性质是不同的，前者是故事，是按时间顺序编排的事件，后者是情节，是按因果关系编排的事件。这些情节观与亚里士多德的情节观一脉相承。

亚里士多德的情节观与他的古典世界观是适配的：（1）他承袭了柏拉图的本体论哲学观，认为永恒性先在于表象性，时间外在于永恒性，时间就是"与'先'和'后'有关的运动数目"，两个点状的"瞬间"组成依次排列的时间，借此，测量时间以及谈论"前"与"后"成为可能。（2）情节不是直接截取先后顺序的事件，而是按照可然律或必然律等因果原则编排事件，因为"两桩事是此先彼后，还是互为因果，这是大有区别的"。（3）情节编排是在亚里士多德的"四因说"思想框架中，亚里士多德的情节观可以简略表述为："情节是按照可然律和必然律来编排事件相继出现的次序的，情节编排的目的是摹仿行动，通过这样的情节编排实现悲剧的目的即引起观众的恐惧、怜悯而致净化"。其中，事件是质料因，事件中潜在的基质（即因果律，它或是简单的可然律或必然律，或是复杂的"突转"和"发现"）是形式因，按照因果律的行动（理念是施动者，事件是受动者）是动力因，引导观众在恐惧怜悯中看清世界的本质是目的

---

①　〔法〕布瓦洛：《诗的艺术》，任典译，《西方文论选》（上卷），上海译文出版社，1979。转引自伍蠡甫、胡经之主编：《西方文艺理论名著选编》（上），北京大学出版社，1985 年，第195—196 页。

②　申丹：《叙述学与小说文体学研究》，北京大学出版社，1998 年。

③　同上。

因，从而走向形而上的永恒的施动者/第一因，由是，一次对具体行动的摹仿成为宇宙论证明的完整表述。

不过，保尔·利科认为，亚里士多德的情节观在小说的体裁形式——小说"一诞生便显示出该体裁形式特别多变的兆头"，且"在三百年间，正是它构成了写作和时间表达领域内的一个异常巨大的实验场地"——的比照之下，显得是"错误的情节观"和"狭隘的情节观"。

首先，这种情节观强调"协调"，要求事件之间的编排体现高度的有机、合理、整一，排斥不能被"协调"的"不协调"因素，如离题、插曲等因素，情节编排"只能被构想成这样的一种形式：易于阅读，自成一体，在高潮两侧对称排列，以不难在纽结和结局间找到的因果关系为依据……对插曲敬而远之"。其次，这种狭隘的情节观导致的一个严重后果是对情节编排形式原则的低估：亚里士多德让性格从属于情节，将情节视为囊括事变、性格和思想的概念。[①] 亚里士多德所论"情节是行动的摹仿"，而"行动是由某些行动者来表达的"，强调了人物之为"行动者"的功能性，至于人物本身的个性因素——"性格"，亚里士多德却认为它是类型化的：

> 初学写诗的人总是在学会安排情节之前，就学会了写言词与刻画"性格"，早期诗人也几乎全都如此……刻画"性格"，应如安排情节那样，求其合乎必然律或可然律：某种"性格"的人物说某一句话、作一桩事，须合乎必然律或可然律。[②]

所以，亚里士多德用定型的性格来支撑的整一的情节观，不是发现新的人性，而是教化普遍的人性。有人针对以人物性格塑造为中心和以事件

---

① 〔法〕保尔·利科：《虚构叙事中时间的塑形》（时间与叙事卷2），王文融译，三联书店，2003年，第3-4页。

② 〔古希腊〕亚里士多德：《诗学》，罗念生译，人民文学出版社，1982年。转引自伍蠡甫、胡经之主编：《西方文艺理论名著选编》（上），北京大学出版社，1985年，第73页。

演变过程为中心的两类作品，区分出"关于人物的情节"和"关于事件的情节"。在此"二分法"的基础上，克莱恩进一步提出"三分法"的情节类型：一些作品刻意表现主人公境遇的变化过程，属于"有关行动的情节"；一些着力表现主人公性格的变化过程，属于"有关性格的情节"；另一些主要揭示主人公思想的变化过程，属于"有关思想的情节"。① 但如果没有根本地讨论人物性格生成逻辑所在的时空②，依然有可能是附着在亚里士多德的路径上。

保尔·利科指出，小说改变了这种狭隘的情节观，小说让性格概念摆脱了情节概念，继而与它竞争，甚至完全把它压倒，这体现在小说体裁发展史中三次引人注目的扩张：

第一次是流浪汉小说，它扩展情节发展的社会范围，描述的不再是传奇人物和名人事迹，而是普通男女的遭遇；到了18世纪英国小说中，普通男女的遭遇背后是格外分化的社会生活面和社会价值观，爱情作为主导主

---

①　申丹：《叙述学与小说文体学研究》，北京大学出版社，1998年。

②　比如按照审美主义形式论的思路，我们处身于一个图像化的世界，伴随着世界的图像化，日常生活也被审美化了。西美尔认为这一过程是现代社会中艺术通过先在表面与生活分离达到自身完善后再"反哺"生活，所以艺术成了现实生活形式本身。王尔德也认为艺术提供理解、体验生活的形式，生活从自身出发把握艺术并在艺术中塑造自己，在这个意义上，艺术对生活的塑造远远超过了生活对艺术的影响，生活在艺术所创造的模式中实现。如鲍勒诺夫指出的，在当艺术将包含在生活中的可能性表达出来时，它从而也反过来塑造生活。伽达默尔认为，在古希腊艺术世界中，神性在人创造的形象以及人的形象中被直观地表现出来，人们在对艺术品的理解中就能通达神性之域。对此，我们可以从这样的角度讨论：人类亘古以来就有创造图像的热情和冲动，既有和原本惟妙惟肖的，也有仅仅神似而秉其神采的，可见，图像存在的意义和价值不在于它的真实，而在于通过这样一个"塑造物"来扩出一个时空——这个艺术品与世界对望的时空，人获得机会从随波逐流的生活中停留下来，凝视（随波逐流中则是浏览、扫视），自我领会。本雅明认为，现代社会是个机械复制的时代，太多的艺术复制品因为脱离了原生本的创作时空而失去了"光晕"（Aura）。对这样的现代性情形，西美尔解释说："在现代人看来，永恒的东西不过是直接寓于当下瞬间中的东西，永恒的东西绝不能为了使超验的东西转换到尘世中来而使存在略有所失。"但是，我们看到，艺术图像摹仿的事物本身也是在时间中的消逝性存在，所以，可以说艺术家创造图像是为了持留住包孕着无穷意味的那一刹那，以待事物本身消失后，图像还记录下来那时的"我看青山两不厌"；也可以再往后退一步说，艺术家是借此创生了一个新的时间，用那样的时间，我使"青山与我对看两不厌"。这样的论称似乎是在审美主义形式论的范围里。但是，如果再向前一步，思考"艺术到底是通过什么来塑造生活？"，就可能进入时间塑形的层面，拥有另一种视野。分别参见：〔德〕鲍勒诺夫：《艺术与生命》，载刘小枫编：《现代性中的审美精神》，学林出版社，1997年，第1028-1029页；〔德〕西梅尔：《柏拉图式的爱欲与现代的爱欲》，载刘小枫编：《现代性中的审美精神》，学林出版社，1997年，第439页。

题，与金钱、名声、社会道德准则等交织在一起，因而需求更多次要的情节。

第二次是成长小说/教育小说，它从笛福开始，随着席勒、歌德（Goethe）达到巅峰，一直延续到 20 世纪的前 30 年，叙事脉络围绕着中心人物的成长，把社会的复杂性和心理的复杂性编织在一起，需求有更复杂的次要情节，以此来丰富、深化性格，性格和情节开始相互牵制。

第三次是意识流小说，它关注的是不健全的人格，意识、潜意识、无意识，未表达的欲望的蠢动，情感的初生和渐趋消失，性格冲击了或压制了情节。①

流浪汉小说、成长小说（教育小说）、意识流小说等新的叙事类型依然坚持情节的合理性在于其完整、一体，但已经面临着情节的明晰性与性格的复杂性、世界的广阔性之间的斗争。这使后世文论家开始注重情节与人物的辩证关系，主张在小说中是"性格、典型成长和构成的历史"。一方面，人物性格决定着情节的构成和发展，甚至一系列事件的发生及其内在逻辑关系的建构；另一方面，情节的演变也展示并推动人物性格的刻画和发展，易言之，随着情节的不断展开，人物性格也能在矛盾冲突中不断深化并得到多方面的揭示。

二、情节编排是关于时间塑形的叙述智力

利科指出亚里士多德"情节观"的狭隘，但肯定了情节编排本身的必要。因为如果把摹仿理解为对经验世界的镜面式的反映，就"意味着把摹仿简化为复制，这与亚里士多德《诗学》的主旨完全不符"②，即放弃了亚里士多德情节观中的时间运作及其目的：亚里士多德的情节编排是以外在的宇宙论的时间为参照，摹仿按因果关系展开的行动，把不协调包容在协

---

① 〔法〕保尔·利科：《虚构叙事中时间的塑形》（时间与叙事卷 2），王文融译，三联书店，2003 年，第 5-6 页。

② 同上，第 10-11 页。

调中、把悲怆性包容在可理解性中，指向内在的世界总体性。所以，在亚里士多德的"情节编排"概念的基础上，利科提出了两个关键概念——"叙述智力"和"时间塑形"：情节编排是叙述智力，它创造性地提供有规律的变化，这个"有规律的变化"指向的是能让人分辨出把不同的情境、目的、手段、相互影响、想要的或不想要的结果组合在一起的时间总体，因此假定情节编排是在新颖的体裁、类型和单部作品中一再贯彻时间塑形的形式原则。①

保尔·利科对"时间塑形"与"叙述智力"的阐发，刷新了我们对叙事（"情节编排"）的创作实践和研究范式的认识，并引导我们进一步辨析叙事时间与叙事伦理之间的依存关系②：

第一，横向扩展"情节编排"的概念。情节编排具有可变性，具体即情节中的协调与不协调之间的张力。叙述智力的增长既是在保持稳定性内的增长，还是在突破了稳定性而导致与叙述传统的分裂。因此，才会出现传统叙事向现代叙事的转型，以及现代叙事对叙事传统的质变。这一点从叙事文类史变迁即可充分感知，它也是现代叙事与现代伦理走向内在同质同构的原因③。

第二，纵向深化"情节编排"的概念。情节编排作为叙事符号学的合理性问题。所谓合理，即能够演绎特殊的历史事件的普通法则。但相形之下，叙事符号学最终是把叙事的深层结构——它决定了合理性的临界点——规定向无时性④。叙事符号学的无时性取向是用合理性抹除了历史性，背后的伦理取向是信奉"理性为主神"，这是另一种面貌的宇宙论的时间。如果召回现代叙事中的伦理关怀，就意味着要突破关于无时性的设

---

① 〔法〕保尔·利科：《虚构叙事中时间的塑形》（时间与叙事卷2），王文融译，三联书店，2003年，第3页。
② 以下几点阐发，是在参考保尔·利科对"情节编排"与叙述智力和时间塑形的关系的相关论述的基础上（参见〔法〕保尔·利科：《虚构叙事中时间的塑形》（时间与叙事卷2），王文融译，三联书店，2003年，第154-155页。），本书作者进一步辨析阐发时间塑形与叙事伦理之间的内在关系。
③ 详见第一章的相关论述。
④ 详见第三章的相关论述。

定，充实叙事中的时间概念。

第三，充实"情节编排"的概念以及与其相关的叙述时间概念。即把时间分离为（叙述话语构成的）叙述行为（narrating）的时间和（叙述对象构成的）被叙述行为（narrative）的时间。亚里士多德的"情节编排"概念颇多借自戏剧，因此他提出的摹仿强调"对（被叙述）行动的摹仿"，他的情节编排对时间形态的协调与不协调是在顺时序进展和"突转–发现"之间做出抉择。保尔·利科指出，行动总是行动者的行动，对行动的摹仿也必然是对人物的摹仿。而人物是有思想、情感和行为的人，且具有谈论自己的思想、情感和行为的能力，所以摹仿就有可能从对行动的摹仿位移至对人物的摹仿和对人物话语的摹仿。如果摹仿的对象最终落实到人物话语，那么，叙述通过何种手段构成叙述者讲述人物话语的话语呢？比如魏因里赫（H. Weinrich）对叙述世界和被叙述世界中的不同时态所做的细致分析，并阐发了副词在其中的细微运用①。叙述行为的时间和被叙述行为的时间这两种时间形态的不协调不再属于在无时性逻辑与顺时序进展之间做出抉择的问题。陈述行为的时间和被陈述行为的时间分离，需要叙述视

---

① 魏因里赫从三个方面来分析叙述对象与叙述行为的不同时态：第一，"讲话的情境"，区分出讲话的两种态度，一是介入故事内部的评论，其时态是现在时、复合过去时、将来时，二是超然于故事之外的讲述，其时态是简单过去时、未完成过去时、愈过去时；第二，"讲话的透视"，涉及（故事内部人物的）行为时间和（叙述者讲述故事的）文本时间之间的三种时态：在讲述世界中，用复合过去时表示被讲述世界的回顾（把故事的"过去"置于叙述的"现在"中），用将来时表示被讲述世界的前瞻（把故事的"将来"置于叙述的"现在"中），用简单过去时和未完成过去表示被讲述世界的零度（叙述者参与事件，或介入、或见证）；第三，"突出"，区分每种透视中的近景（用未完成过去时来减缓描写的速度）和远景（用简单过去时来加快描写的速度）。在文本中，时态是微妙，数量众多的副词和副词短语又比时态更加细密，比如某些时间副词如"昨天""此刻""明天"等与介入性的评论时态具有亲合性，其他时间副词如"头天""那时""次日"等与超然性的讲述时态具有亲合性，"有时""往往""不时""始终"等标示速度的副词与未完成过去时优先搭配，"终于""突然""一下子""骤然间"等与简单过去时优先搭配，"偶尔""经常""最后""接着""那时""永远""再次""现在""这次""渐渐""不停地"等回答"何时"或其他与时间有关的问题。"文本线性进展过程中一个符号向另一个符号的过渡"则表现为时态过渡，可以是同质过渡，或是异质过渡，第一类保障文本的稳定和结构，比如"于是"更适合被讲述故事内部的同质过渡，第二类确保信息的丰富，比如用"然而""一次""有天早上"等强调远景（未完成过去时）向近景（简单过去时）的异质过渡，或者如用直接引语（人物对话）打断叙事，强调讲述向被讲述的异质过渡。转引自〔法〕保尔·利科：《虚构叙事中时间的塑形》（时间与叙事卷2），王文融译，三联书店，2003年，第114–123页。

角的转换（从第一人称向第三人称）和叙述语态的切换（直接引语和间接引语），从而模糊了叙述者的话语和人物话语的界限，"现实"的"真实"主体叙述者的"真实"时间与"过去"的"虚构"人物的"虚构"时间交织起来，不同时态的时间被展现于同一叙述空间中形成了多层复合结构，将同一主体在不同时态中的精神状态展现于同一空间的不同层面上，打破了叙述者的话语和人物话语分别位于真实的现在时和虚构的过去时的独白状态而进入当下的对话状态，增加了修辞价值，丰富了伦理境遇。

　　第四，开放"情节编排"的概念以及与其相应的时间概念。即关注读者阅读中"再塑形"时引起的时间的虚构经验，它构成某种内在的超验性。① 保尔·利科认为历史叙事是主体反抗宇宙论时间、塑造现象学时间的时间塑形，虚构叙事则是对这种时间塑形的模拟。保尔·利科把模拟细分为三个塑形阶段，即三重模拟：第一个阶段叫作"预塑形"（prefiguration），"叙述者"在人类行为结构及其日常阐释中，对有意义的行动的语义结构、象征系统、时间性预先有所了解，并把实际了解的情况作为创作、叙述活动的资源；第二个阶段叫作"塑形"（configuration），"叙述者"以叙事结构（表现为情节）去综合思想和人物，把一些零星的事件整合成有意义的故事，吸引读者以全新的方式去发现另一种可能世界的真相，这已经是在塑造历史时间，即把事件"放置"在了宇宙时间的那个年代学框架之外；第三个阶段叫作"再塑形"（refiguration），"读者"在自身经验的基础上，阅读由叙事塑造所影响的文本，与作品展开对话，积极主动地参与构筑情节的活动，重塑生活时间。② 在"再塑形"阶段，读者携带现实世界的时间经验，在叙事审美的每一次"伦理取位"中与人物、叙述者、隐含作者等主体各自的伦理情境互动以及"视野融合"（伽达默尔语），又是一次次的时间经验的交织和对话。

　　这样，保尔·利科将亚里士多德的"情节编排"做了改装：把叙事是

---

　　① 〔法〕保尔·利科：《虚构叙事中时间的塑形》（时间与叙事卷2），王文融译，三联书店，2003年，第3-7页。

　　② 同上，第1页。

摹写宇宙论时间观念下的行动（世界总体性为该行动提供了目的因，使之符合因果序列）改换为叙事是摹仿循环的但开放的时间，即时间塑形。时间塑形旨在成为现象学的时间和宇宙论的时间的中介，把历史总体化的问题转变成为历史时间的总体化问题，即把历史时间的总体化分解为一个循环系列，因此它是动词性的，是摹仿时间与经验之间相反相成的动态进程，就是"把生活时间（lived time）（重新）印刻在宇宙时间之上"：

（1）时间是经验的量器——时间是呈现一切的条件。把客观时间或者宇宙论时间建立为无限系列连续的无时间限制的总体性，只要它还依赖于运动，它就独立于意识。此即亚里士多德的宇宙论的时间观。

（2）时间是作为经验的本体——时间是被呈现出来的东西。在时间化过程的现象学的统一性中把生活时间总体化，这在奥古斯丁的三重"现在"中是以初级方式建立起来的，而在海德格尔的死亡分析中得到了极为翔实的进一步发展。此即现象学的时间观。

（3）时间与经验之间的关系浓缩为一个问题——经验向意义的生成就是时间的塑形。何为真实的经验之真实观经历了以下几种认识：古典时代认为恒定、规范的本质世界规定了生活世界的殊相，近代社会认为市民社会是与神圣世界、伦理国家分裂开来的复杂多元的生活世界，现代社会认为现实是支离破碎的。因而，生成意义的时间观几番调整：神圣时间、世俗时间、本体时间。到本体时间，时间成为主体不断走向自我意识的历史时间之"总体化"。保尔·利科把历史时间的"总体化"作为（1）和（2）的"不完满的中介作用"，叙事时间性即是以情节编排/重塑时间来模拟历史时间的"总体化"。①

---

① 〔英〕彼得·奥斯本：《时间的政治——现代性与先锋》，王志宏译，商务印书馆，2004年，第85页。

第二节　时间塑形的基准之一是"现在"的间性视野

旨在弥合宇宙论时间与现象学时间的历史时间永远在向着总体化的进程（永远朝向完满的不完满），保持"历史时间的总体化"就是保持对主体性意识和主体间性视野的兼容，主体性意识是自我中心的，主体间性视野是去自我中心的，两者之间的动态平衡是现代性道德在整合性与异质性之间的动态平衡，是现代伦理精神的诉求。

"时间塑形"的关键在于"现在"，如高概（Jean Claude Coquet）所说，"只有现在是被经历的。过去与将来是视界，是从现在出发的视界。人们是根据现在来建立过去和投射将来的。一切都归于现在。历史之难写，正在于它与我们的现在有关，与我们现在看问题的方式以及投射将来的方式有关。只有一个时间，那就是现在"①。"现在"是历史时间中的当下瞬间，它正是宇宙论时间和现象学时间的转换中介，是"历史时间的总体化"的问题枢纽，是兼容主体性生存与主体间共存的交叉路口，以"现在"的开放性才能持存"历史时间的总体化"，捍卫现代伦理精神。

时间性问题从前主要是在意识主体的维度上被讨论，"现在"因此被纳入意识主体的目的理性之"未来"，成为被历史化的结果，是抽象的，甚或会因为去个人化而充满伪现象学元素的，是死寂的。存在，不仅仅是个体的时间性存在，还是一种社会共在式的时间性存在，即他人的时间性存在与自我的时间存在的共在，此乃伦理需求的另一种维度。如张志扬认为："对现代性的审理，明显地区分了两种现代性：以人的完善理性取代神的万能启示的现代性（一期）；以人的个体差异性取代完善理性的现代

---

① 〔法〕高概：《话语符号学》，王东亮编译，北京大学出版社，1997年，第7页。

性（二期）。"① 我们应该考量"现在"的间性视野，如依阿尔都塞之见，历史性生存的总体化结构中的每一个层面或状况都有它特定的时间，这些特定的历史中的每一个都"被标识上它自己的独特节奏，而且只有我们已经定义了它的历史性与节律的具体性这个概念时，它才能为我们所知晓"，"我们必须在其基础中，在其表述、移位和扭转状态的类型中思考节律与标识中的这些差异"②，间性主体和意识主体共同构成了社会主体的内涵，主体间"两个或两个以上的心灵之间的彼此可进入性"从而建构"一个共享的世界"③。因此，"现在"的开放要有间性视野，以"现在"的开放性来持存"历史时间的总体化"，就要求"现在"不仅是"我"的宇宙论时间视野和现象学时间视野的转换中介，同时还是"我们"之主体间性的时间经验的交织和对话。

遗憾的是，"现在"的间性视野并未成为共识。奥古斯丁的"现在"是回忆过去、期望未来的点，但它总是作为对永恒的分有，从而丧失了本体性的开放。在海德格尔那里，因为流俗时间被本真的源始时间边缘化为非本真时间，所以没能从根本的、本体论层面讨论源始地存在于流俗时间/自然时间，即"现在"中的与他者共在（外在性的主体间日常共在）。奥古斯丁、海德格尔的现象学有一个共同的倾向，就是更加关注时间性维度，甚至始终贬抑空间，致使空间被时间遮蔽——虽然两者的原因各有不同。④

相比较奥古斯丁用永恒和海德格尔用终结来填充现在的时间哲学从而

---

① 张志扬：《后叙西方哲学史的十种视角》，载萌萌编：《启示与理性从苏格拉底、尼采到施特劳斯》，中国社会科学出版社，2001年，第124-125页。

② 〔法〕阿尔都塞、〔法〕巴里巴尔：《资本论解读》，P. 99-100. 转引自〔英〕彼得·奥斯本：《时间的政治——现代性与先锋》，王志宏译，商务印书馆，2004年，第44页。

③ 〔英〕尼古拉斯·布宁、余纪元编著：《西方哲学英汉对照辞典》，人民出版社，2001年，第519页。

④ 陈嘉映认为："海德格尔这样贬低空间的存在论地位显然与他攻击传统存在论立场相一致。但在学理上，这样贬低就未见能讲得通了。此在要跃入生存的诸种基本可能性，第一要务就是'给予存在者整体以空间'，空间在存在论上的重要性是明显的。"参见陈嘉映：《海德格尔哲学概论》，三联书店，1995年，第149-154页。

挤压走了"现在"中的间性维度，黑格尔的"现在"在其辩证法框架中还是间性的。黑格尔归纳认为，在现代世界占主导地位的理性力量不仅要求将反思强加于他者身上，与此同时，还需要进行自我反思，主体在自我反思中获得自我意识，以此，主体身上同时体现了有限和无限的差异性和同一性，并且主体永远只能存在于有限与无限相互融合的进程中，成为自我关系的调解过程。从这点出发，主体反思所领起的主客体之间的反思关系，被广义上的主体间的交往中介所取代，社会主体就首先存在于社会共在中了，"自我意识是为了自我意识而存在"："自我意识是自在自为的，这由于并且也就因为它是为另一个自在自为的自我意识而存在的；这就是说，它所以存在只是由于被对方承认。"① 由此，此在要成为存在者，首先或同时需要通过它与他人的关联在承认的辩证法中被构成自我意识的存在者②。黑格尔的"承认"表现出与他者共在对个体之"先行到死中去"具有双重的优先性：此在首先是与他者共在，而且尽管本体论上的死亡最终是根植于个体在宇宙论时间内的发生，但死亡是从个体在与它的关系形式中获得生存论的现实性的，所以，因为此在首先是与他者共在的，故而此在与他者的共在成为"向来属我的"死亡的基本要素。然而，在黑格尔那儿，在美学、哲学、宗教一步步提炼的进程中，日常生活所蕴

---

① 〔德〕胡塞尔：《精神现象学》，P. 110-111，转引自〔英〕彼得·奥斯本：《时间的政治——现代性与先锋》，王志宏译，商务印书馆，2004 年，第 105 页。

② 彼得·奥斯本在《时间的政治》中精辟地概述了黑格尔关于"承认"的四个主要论证步骤：第一步，把自我意识同它自身的关系自相矛盾地双重化为知识的主客体，又把这双重性概括为"从他物回归"的永恒运动或者"欲望一般"。第二步，这些关系只有以复制的形式才被在它们的统一体中的意识显示为可承认的，即被显示为两种不同的自我意识之间的关系——这些意识"承认自己，也彼此承认"（"这样一来，它才是真实的自我意识；因为在这里自我意识才第一次成为它自己和它的对方的统一"）。第三，这个相互承认的过程的矛盾结构——在其中，每一种意识都是自为的和为他的，是同时既独立于他者的承认又由于这种独立而依赖于他者的承认——通过"生死斗争"或者"练习死亡"的形式在两种意识中呈现出来，在这两种意识中，"每一方都想消灭另一方"。最后，这场斗争以主人和奴隶之间的关系的这种不稳定的、比喻的形式中显示达到了一个初步的结果，在这个结果中，所有意识都固有的自为和为他这两种相对的因素表现为意识的分离形式，它们借助一种"片面的和不平等的"承认而结合在一起："主人是自为存在着的意识，这个意识通过另一个意识而与它自己结合在一起，即通过这样一个意识，其本质即在隶属于一个独立的存在，或者说它的本质属于一般的物〔农奴〕。"参见〔英〕彼得·奥斯本：《时间的政治——现代性与先锋》，王志宏译，商务印书馆，2004 年，第 108-109 页。

藏着的主体间交往的力量被隐匿了——绝对精神最终将丰盈的空间变为干瘪的外壳。①

拉康从主体形成切入对自我认同的讨论，发展了黑格尔的自我意识之辩证法。拉康从婴儿通过镜子中的身体意象来认同自我，看到主体社会化的普遍形式：主体在社会化过程中通过自我外化来形成自我认同的象征，拉康把这种认同设定为"在绝对的自我误认中的初级认同"。和黑格尔之自我意识"为承认而斗争"所形成的主奴间的辩证共存不同，拉康的"三界理论"（想象界、象征界、实在界）把主体间的辩证共存内化为主体分裂、无意识、去中心化了的主体，主体总是在寻求自我认同的路上。从某种程度上说，霍克海默、阿多诺、福柯把主体性置放在资本操控、文化操控、权力宰制等之下，否定了主体的反抗可能，就是没能看到拉康的"自我认同"中所蕴含的去中心化了的主体所具有的积极意义。这也是哈贝马斯坚持不应着急谈论后现代，而要坚持"现代性还是一项未尽的事业"的原因。哈贝马斯讨论生活世界被殖民和在生活世界中重建交往理性，就是肯定了自我持存在中心化和去中心化的往复循环。

主体的自我中心化和去中心化发生在"现在"，但是要明确的是，"现在"并不是它的载体，而是这个意义构成的物质性和社会性的中介。主观经验源自最初的瞬间感知和继起的观念梳理，它在极短的时间内完成了从物我亲在不分到物我分化的步骤，而且随人类的世界观从神话世界观经传统世界观向现代世界观转变，物我分化之世界分化体系渐趋发展成熟，它涵括了个体同时对客观世界、社会世界、主观世界等的认知。在经验中的世界分化体系，意味它处于"既成"与"在成"循环更替以至彼此交错的状态中：既是主体自我中心化从而形成特定经验的结果，也是自我去中心化从而经验正在形成的过程。因此，主体间的经验交流必然要使最终被编

① 从这个角度看，福柯的话才显现其意味深长之处："空间在以往被当作是僵死的、刻板的、非辩证的和静止的东西。相反，时间却是丰富的、多产的、有生命力的、辩证的。"参见 Foucault M. (1986) 'Of Other Space', Diacritics 16, 22–27 (translated from the French by Jay Miskowiec. 转引自〔美〕爱德华·索亚：《后现代地理学——重申批判社会理论中的空间》，王文斌译，商务印书馆，2004 年，第 10 页。

织进观念序列的经验先要回到瞬间感知的那个起点。这样的瞬间感知到世界分化，往往驻留在兼有前意识和意识的日常生活世界中，换言之，日常生活世界含化着每一次自我认同后所聚合的世界分化体系，生活世界中同时能进行有在主体间交互过程中不断需要将前语言经验转化为抽象性、课题性等以满足公共交流的样态。因为最容易被人看到的是伴随这个过程的自我去中心化，所以在高度现代性的情境中，日常生活世界被认为面临被体系——如抽象制度——殖民化的危险，比如，自我经验变得碎化或割裂，走向去中心后的相对、虚无、乏力。但是，如果看到日常生活世界中主体与其他主体共在的情境，考量到主体性原则中的自由价值和反思理性，就会发现生活世界其实蕴藏着对抽象体系的积极反应（包括再度占有以及丧失），就会看到生活世界不是板结了的、实体化的结果，而是一个过程，这个过程是在高度现代性的情境中，主体的私人性与主体间的共在性辩证互存地通向"一个关于内容、观点，也就是意见的沟通网络；在那里，沟通之流被以一种特定方式加以过滤和综合，从而成为根据特定议题集束而成的公共意见或舆论"①。主体自律自主地对私人生活领域中形成共鸣的问题加以感受、选择、浓缩，并按照平等、自愿、广泛参与、"公开论理"（oeffentliches Raesonnement）的方式，将问题放大，引入主体间意见沟通网络②，形成公共意见（public opinion）。吉登斯（Anthony Giddens）说，此刻，不能把主体的自我认为是交互作用的场所——在这个场所中，自我经验被碎化或割裂，认识论、伦理、自我认同等被历史情境化而相对化、虚无化，最终走向终结；而应该把主体认为是在反思性自我认同的积极过程中：首先是确认种种制度性变迁，承认正是它们创造了一种仿佛碎片化和分散化的感觉，继而既按照经验（即主客间的经验秩序，作者注）也按照行动（即主体间的非经验有效性要求，作者注）去辩证地分析人们是怎样丧失力量又怎样重获力量的。③ 社会性语言中具有物质性（哈贝马

---

① 〔德〕哈贝马斯：《在事实与规范之间》，童世骏译，三联书店，2003 年，第 446 页。
② 同上，第 453-454 页。
③ 〔英〕安东尼·吉登斯：《现代性的后果》，田禾译，译林出版社，2000 年，第 132 页。

斯交往理论用交往规范的概念来释放出语言在主体间交往因为"真诚""自愿"等所携带的物质性），这种观念使语言背后的主体间社会共在所包孕的空间也兼有物质性与社会性。由此，日常生活世界不断地持存住的是这样一个东西：主体在日常生活中的当下的、可感的、可交流的生活经验，是它们填充出了时间性问题中的"现在"。

敞亮主体之社会共在的日常生活视角，把"现在"中的间性因子通过社会共在性挖掘出来，将一体化力量/自我意识置放到丰盈的"当下"，而不是尚未而将及的未来，才能释放出日常生活世界的自我救赎力量。它可以借助苏珊·布克-摩尔斯所举的时间观图表来形象展示（图5-1）：①

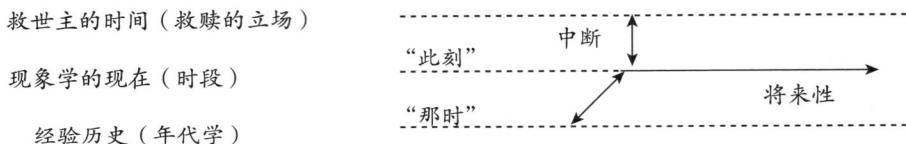

救世主的时间（救赎的立场）

现象学的现在（时段）

经验历史（年代学）

"此刻"　　　　中断

"那时"　　　　　　　　　　将来性

图 5-1　"现在"绽开的三种时间

上图表明，在叙事文学中，内在于现在时刻的三种时间在"现在"中绽开：由意象表现出的特定的过去（"那时"）；被意象的"此刻"所中断的扩展了的现在；以及它产生的将来，它们构成了活生生的现象学的统一体。只有这样，救世主意象的无时间性（救赎）才能在某种程度上对被中断的现象学的现在做出反应，并把它自身遮盖入历史时间中，我们才能得到此刻-存在这个纯粹中断性的概念，借此从历史进入到本质上是神秘的经验空间的通道，得以解释意象经验最终如何能够产生将来。②

他人的救赎时间与自我的救赎时间之间有种相互校准的关系，这是异质性和认同化的辩证关系，它造成"现在"在年代学-救赎时间（自我的、他人的）中的不停地摇摆、持续地开放。概言之，社会主体间性共在把时间性存在空间化，时间之"现在"和空间之"身体"集中在"当下"构

① 〔英〕彼得·奥斯本：《时间的政治——现代性与先锋》，王志宏译，商务印书馆，2004年，第216页。

② 同上，第215-216页。

成时空一体，使这个日常生活之"时空体"成为年代学时间（外在、普遍的宇宙论时间）向救赎时间（内在、现象学、主体性之生存论的时间）提升的中介。质言之，当间性主体和意识主体共同构成社会主体的内涵后，把"现在"变成了重新历史化的"此刻"，借助这个重新历史化，"现在"获得了开放性；借助开放的"现在"，历史时间获得了重塑时间以成为两种时间性（普遍的"世界时间"和特殊的"心灵时间"）之"双重视野的困境"的转换中介。

第三节 时间塑形的基准之二是 "现在"的未完成性

J. 希利斯·米勒总结性地指出，叙事文本就是叙述者在现在通过扼要地重述过去或者重复过去朝着未来发展。易言之，叙事文本是通过叙述者用现在时讲述出来的，"现在"是叙事文本的基准时间，叙事时间是以"现在"为投射点，向前追溯"过去"，向后覆盖"未来"，通过叙述人转述，故事内的人物的生活被放置在了这个"过去–现在–将来"的生活时间中；"现在"成为节点，"现在"是"过去"的意义延伸，"现在"也将把它的意义延伸进下一个"现在"，而自身变为下一个"过去"。问题在于，下一个"现在"是对这一个"现在"的简单重复以构成封闭的叙事世界，还是下一个"现在"是对这一个"现在"的有差异重复以构成开放的叙事世界？这个问题之重要性在于，它关涉叙事是否能跳出亚里士多德情节观而真正给人以亲在、一体的主体性感受。

米勒认为，叙事在于在时间的流动中不成功地寻找静止的现在，它的意味至为丰富，具体分析如下。

一、"现在"是重复行为的时间节点

如前所述，叙事是关乎确证生命意义的时间塑形，所以每一对"过去"和"现在"的具体的意义关联，都是从某种生活时间上截下来的一段，都是对这种生活时间的隐喻。因此，在叙述者的叙述点上，一个个"过去"覆盖着跟在它后面的"现在"，就以一个个"现在"为节点，构成了一次次"重复"。

米勒根据法国哲学家德勒兹（Deleuze）的提法，论称重复有两种类型：第一种是"柏拉图式的"重复。这是以一种不受重复效力影响的纯粹的原型模式为基础，摹本的重复有效性由摹仿对象的真实性来确定。显然，这种重复类型是源自柏拉图及亚里士多德的先验客观本体论，这种先验客观本体论在西方思想史和美学史上的强大影响力。第二种是"尼采式的"重复。尼采颠覆了理性论、先验客观本体论，把世界建立在具有独特个体的基础上，所以"尼采式的"重复假设世界建立在本质差异的基础上，即任何一个事物都与其他事物在本质上是有差异的，它们是虚假的重影，彼此间的重复是表象的相似。为了进一步区分这两种重复的不同，米勒还借用本雅明《普鲁斯特的意象》（The Image of Proust）关于两类记忆的观点，一类是"自觉的记忆形式"（willed memory），它"通过貌似同一的相似之处（一样事物重复另一样事物，这种相似根植于某一概念，依据这个概念，便可理解它们的相似）合乎逻辑地周转运行着"；另一类是"不自觉的记忆形式"（involuntary form of memory），它以梦的形式虚构和想像出一个"真实"的世界，在梦中"浮现的一切并不完全相同，它们有着相似的外形，这是一种不透明的彼此间的相似"。"柏拉图式的"重复对应于"自觉的记忆形式"，"尼采式的"重复对应于"不自觉的记忆形式"。如果说前一种重复强调总体的相似和单纯的重复，那么，后一种重复则借表象的相似而揭示了本质上的差异。①

比如微型小说：

《！！！！！！》（路东之）②

车站旁有一棵婆娑的老树，

老树下面两个孩子做着游戏——

"我们都是木头人，不会说话不会动。一不许笑，二不许动，三不许交头接耳听。看谁的意志最坚强。"

我欣然——这是古老的游戏了。

"我们都是木头人，不会说话不会动。一不许笑，二不许动，三不许交头接耳听。看谁的意志最坚强。"

我哑然——这是一个古老的游戏了！

车不来，孩子依旧做着——

"我们都是木头人，不会说话不会动。一不许笑，二不许动，三不许交头接耳听。看谁的意志最坚强。"

我陶然——这是一个古老的游戏了！！

"我们都是木头人……"

我惘然——这是一个古老的游戏了！！！

车不来，孩子依旧做着——

"我们都是木头人……"

我慨然，这是一个古老的游戏了！！！！

"我们都是木头人……"

我愕然——这是一个古老的游戏了！！！！！

车依旧不来。孩子也依旧做着……

老树下——我已怆然！！！！！！

---

① 〔美〕J. 希利斯·米勒：《小说与重复》，王宏图译，天津人民出版社，2008 年，第 7-10 页。

② 路东之：《！！！！！！》，载《小说界》1985 年第 6 期。

这里面就存在着无差异的重复和有差异的重复。无差异的重复在"欣然""哑然""陶然"三个阶段一次次对"古老的游戏"的接受，有差异的重复开始发生在"惘然"，这时"我"这个等车人，把"我们都是木头人"与"车不来"联系起来，"古老的游戏"出现了所指方面的差异，前几个阶段是指孩童的游戏之古老，从这里开始直至后面的"慨然""愕然""怆然"则转而指社会公共设施营运不守时、管理乏力等情形背后的"木头人"一贯有之。

米勒指出，两类重复的关系在于，有差异的重复是对无差异的重复的颠覆，但是吊诡的是，这种颠覆又必须以无差异的重复的逻辑形式为基础，"重复的每一种形式常使人身不由己地联想到另一种形式，第二种形式并不是第一种形式的否定或对立面，而是它的'对应物'，它们处于一种奇特的关系中，第二种形式成了每一种形式颠覆性的幽灵，总是早已潜藏在它的内部，随时可能挖空它的存在"①。如上例中，"惘然""慨然""愕然""怆然"与"欣然""哑然""陶然"能构成（有差异的）重复，首先是因为"欣然""哑然""陶然"之间的（无差异的）重复之逻辑惯性使然。

任何一部小说都是重复中的重复②，比如《！！！！！！》中，六个"！"隔断/联结七个"~然"，如果更细腻地解剖这种情境中"我"的心态，则会发现每一个"~然"都是对前面重复之中的重复的重复，如"陶然"是对"欣然-哑然"之"哑然"这个重复之中的重复的重复，以此强调出一步步地历时过程和此过程中"我"的内化的、不自觉的接受，这个过程如同中国套盒般层层加固的结构，以对应性地强化"古老"之根深蒂固。同样，行文至"怆然"，则是经过了"惘然""慨然""愕然"等一个个对前面的重复之中的重复的重复，这个一步步地历时过程又如同对前面那个"中国套盒"的一层层扒皮地解构，以对应性地强化直至切肤入骨的国民性格批判和自我批判的深刻。

---

① 〔美〕J. 希利斯·米勒：《小说与重复》，王宏图译，天津人民出版社，2008 年，第 11 页。
② 同上，第 3 页。

因此，在这里需要着重申明的是：柏拉图式的重复和尼采式的重复并不是绝对的区分，而是相对的区分。因为同一种现象，从不同的时间看，看到的总是有着不同，但出于不同的阶段性时间划分的需要，有些不同就被纳入相同的范畴。

小说的重复还是与其他重复形成链形联系的重复的复合组织。① 也就是说，重复不仅在于作品内部构成其结构的复杂系列重复，还在于作品与外在于作品的事物的复杂系列重复。外在于作品的事物包括：作者的心灵或生平，作者的其他作品，心理的、社会的或历史的现实。比如，路东之的《！！！！！！》就可能和鲁迅的作品如《药》《祝福》等构成重复。

重复之复杂、系列，最终突出的是"现在"的不可替代、不可省略。一个个不可替代、不可省略的"现在"所构成的历时线就是一个真正的触及个体生活世界的历史时间。

二、"现在"是已完成又未完成的

波德莱尔（Baudelaire）说："现代性就是过渡、短暂、偶然，就是艺术的一半，另一半是永恒和不变。"② 无差异的重复把"过去"带入"现在"，并完全填充"现在"，于是构成一个封闭的时间轮回，它"如同一个圆圈，内中的一切都是现成的、完全完成了的东西"，不容纳"任何的未了结、未解决，任何的遗留问题"，"丧失了实际延续发展的一切权利和可能性"③。米勒说这样的已完成的现在其实是"小说中没有现在，或者只有一种似是而非的、幽灵般的现在，它是叙述者把过去不是作为现实而是作为词语的意象而复活的能力所产生的"④。

---

① 〔美〕J. 希利斯·米勒：《小说与重复》，王宏图译，天津人民出版社，2008 年，第 11 页。

② 〔法〕波德莱尔：《现代生活的画家》，载《波德莱尔美学论文选》，郭宏安译，人民文学出版社，1987 年，第 485 页。

③ 〔俄〕巴赫金：《史诗与小说——长篇小说研究法方论》，载《巴赫金全集》（第 3 卷·小说理论），白春仁、晓河译，河北教育出版社，1998 年，第 518 页。

④ 〔美〕J. 希利斯·米勒：《小说与重复》，王宏图译，天津人民出版社，2008 年，第 188 页，转引自程锡麟、王晓路：《当代美国小说理论》，外语教学与研究出版社，2001 年，第 149 页。

如果叙事中只有已完成的现在，那就如史诗。巴赫金说，史诗描写的是一个民族庄严的过去，用歌德和席勒的术语说是"绝对的过去"①，因为"过去"完全填充"现在"，使"现在"的意义不能向"当下"开放，"正因为同一切后世隔绝，史诗的过去才是绝对的、完结了的"②；不向"当下"开放的"现在"所缀连起来的作品，就不是个人的经历和以个人经历为基础的自由虚构，它就只能是远离当下的作者和读者的读本，结果是把作者和读者的当下抽走：

> 为史诗体裁内在必备的歌手和听众，处于同一个时间里，处于同一个评价水平上（同一个等级上），然而被描绘的主人公的世界却处于完全另一个不可企及的评价水平上，另一个时间里；两者之间隔着史诗的距离。在两者之间起媒介作用的，则是民族传说。要在与自身和自己同代人相一致的评价水平和时间层面上描绘事件（因此也就是在个人经历和虚构的基础上描绘事件），就意味着实现根本的转变，从史诗的世界跨进小说的世界。当然，就连"我的时代"也可以根据它的历史意义当作英雄的史诗时代来接受，把它推出一定距离，仿佛是从久远的年代取来（这已不是自己的眼光，不是同代人的眼光，而是未来的眼光）；而对过去则可以用一种亲眼的态度来接受（仿佛是我的现在）。不过这么一来，我们便不是把现在放在现在来理解，也不是把过去放到过去来理解。我们是把自己从"我的时代"里抽了出来，从"我的时代"同我的亲昵关系这一领域中抽了出来。③

荷马史诗的这种文风，在巴赫金看来，是缺乏隐秘的表现，这与希腊

---

① 〔俄〕巴赫金：《史诗与小说——长篇小说研究法方论》，载《巴赫金全集》（第3卷·小说理论），白春仁、晓河译，河北教育出版社，1998年，第515页。

② 同上，第518页。

③ 〔俄〕巴赫金：《史诗与小说——长篇小说研究法方论》，载《巴赫金全集》（第3卷·小说理论），白春仁、晓河译，河北教育出版社，1998年，第516页。

的广场精神有关。希腊广场精神使任何存在对古典时期的希腊人来说，既是看得见的，也是听得见的，人的统一性、人的自我意识，全然是公开的，人整个是外化的，同自己谈话可直接转成同别人的谈话。外化使一切精神的和内在的东西都物质化、肉体的、外在化，这样，人既没有内核，也没有外壳。① 其结果呢？是 19 世纪的司汤达在《拉辛与莎士比亚》《要写出使 1823 年的观众感兴趣的悲剧，应该走拉辛的道路还是莎士比亚的道路》中说："浪漫主义（笔者按：其实是指现实主义）这种文学作品表现人民的习惯和信仰的现实状况，因此它们可能给人民以最大的愉快，古典主义恰好相反，它所提供的文学则是给他们的祖先以最大的愉快。"② 如果只是自愿地记忆过去，那么关于过去时代的传统就是神圣不可篡改的，而当人们意识到任何的过去都是具有相对性的，从而在这种记忆中掺杂进非自愿形式的记忆——用当下虚构过去，史诗文化就转为小说文化。埃塞俄比亚有句谚语："当伟大的统治者经过的时候，明智的农民会深深地鞠躬，并默默地放屁。"农民在这里的态度就有如小说里的"现在"，既需要用"深深地鞠躬"来把头探向过去表达敬意，同时还会用"默默地放屁"来把自己的脚放在属于自己的当下。

向"当下"开放的"现在"，就因为"当下"带入有异于"过去"的杂质，即如所谓的"一切历史都是当代史"，此时的"现在"成为对"过去"的有差异的重复，用这种"现在"组构的小说其时间结构就是开放的。米勒如此描述时间结构开放的小说：

> 一个特定事件的每一次展现都不定地向前和向后产生回响，创造出一种漩涡般重复的模式。如果说叙述者中套有叙述者，那么时间中也套有时间——时间的转换、时间的中断、预期、后移、复述以及先前常常讲述到的那个故事的一个特定部分的提

① 〔俄〕巴赫金：《教育小说及其在现实主义历史中的意义》，载《巴赫金全集》（第 3 卷·小说理论），白春仁、晓河译，河北教育出版社，1998 年。

② 〔法〕司汤达：《拉辛与莎士比亚》，王道乾译，上海译文出版社，1979 年，第 26 页。

示。……（小说是）一连串的重复，每一个事件都向后指涉其他事件，这个事件既对其他事件作出解释，又被其他事件所解释，同时它还预示了那些会在将来发生的事件。每一个事件都作为一种不定的后退和进展的部分而存在，在这种后退和进展中叙事跨越时间断断续续地向后向前运动，在时间的流动中不成功地寻求某种静止之点。①

比如马尔克斯（Márquez）《百年孤独》中那句让人含咏不已的开头：

多年以后，面对行刑队，奥雷里亚诺·布恩迪亚上校将会回想起父亲带他去见识冰块的那个遥远的下午。②

叙述者站在的"现在"（即"那个遥远的下午"）是"多年以后"奥雷里亚诺面对行刑队时的"过去"，这个"过去"（"那个遥远的下午"的见识了冰块）为"将来"（"多年以后"的面对行刑队）填充了意义，使之成为"现在"的重复；然而，叙述者又站在"多年以后"这个"现在"，回顾"那个遥远的下午"奥雷里亚诺被父亲带着去见识冰块的"过去"，这个"过去"（"那个遥远的下午"的见识了冰块）又被那个"现在"（"多年以后"的面对行刑队）中非自愿形式的记忆所影响；于是，叙述者最开初所站在的"现在"——"那个遥远的下午"——就"既对其他事件做出解释，又被其他事件所解释，同时它还预示了那些会在将来发生的事件"，"每一个事件都作为一种不定的后退和进展的部分而存在"，这个"现在"就成为在时间的流动（过去–现在–未来）中试图寻求某种静止（无差异的重复）然而却不成功（有差异的重复）的点。从这种意义上讲，小说中的"现在"就是已完成又未完成的。

---

① 〔美〕J. 希利斯·米勒：《小说与重复》，王宏图译，天津人民出版社，2008年，第34页，转引自程锡麟、王晓路：《当代美国小说理论》，外语教学与研究出版社，2001年，第148页。
② 〔哥伦比亚〕加西亚·马尔克斯：《百年孤独》，范晔译，南海出版公司，2011年，第1页。

唐代李商隐的《夜雨寄北》与之有着异曲同工之妙："君问归期未有期，巴山夜雨涨秋池。何当共剪西窗烛，却话巴山夜雨时。"其中两个"巴山夜雨"都是一个时间点，却分明处在两个历史时间中成为"过去"（君问归期未有期）的"现在"和"现在"（共剪西窗烛）的"过去"，于是具有了"不定的后退和进展"，既是痛苦的，又是甜蜜的。

"现在"的未完成使小说已经走出史诗。如果说史诗是"全都建立在遥远形象的区域之内，与尚未完结的现时不可能有任何的联系"[1]，那么，小说就会引起"一种特有的危险"：

> 自己很有可能进入小说中去（而要进入史诗、进入任何其他时隔久远的体裁，是任何时候都办不到的）。所以才会出现这样一些现象：或者读小说入了迷，或者效仿小说里的生活而沉溺于幻想，以此取代了自己的生活（如《穷人》里的主人公）；如包法利主义；又如生活中出现兴时的小说人物，像失意者、恶魔般人物等等。其他体裁要想产生类似的现象，必先实现小说化，亦即转移到能沟通联系的小说内容领域中去（如拜伦的长诗）。[2]

"现在"的间性视野保障了在自我-他者之间自我中心化和自我去中心化的辩证关系，"现在"的未完成性保持了主体性经验在"将"与"未"时间的视阈融合；"现在"的间性视野和未完成性结合，把"现在"的"当下"和"他者"等异质性的东西带入了"过去"和"自我"，使现代伦理精神充满了勃勃生机。

---

① 〔俄〕巴赫金：《史诗与小说——长篇小说研究法方论》，载《巴赫金全集》（第3卷·小说理论），白春仁、晓河译，河北教育出版社，1998年，第522-523页。
② 同上，第537页。

第六章　现代叙事伦理的时间策略：
在"同一/分化"之间滑动

法国结构主义叙事学者由于关注叙事语法，由于语言的线性因素而开始将时间意识引入叙事形式分析，并因此引起叙述话语分析和叙述情境分析。

叙事学关于叙事文本的叙述形式的相关术语主要有四类：叙事时间、叙述者、视角、受述者、叙述话语。各自又包括众多概念。

在叙事时间方面，如热奈特提出的"时长"（duration），包括等述、概述、省述、扩述、静述等，"时序"（order），包括预叙、顺叙、倒叙、插叙等，"叙述频率"（frequency），包括叙述一次发生一次的事件，叙述几次发生几次的事件、叙述几次发生一次的事件、叙述一次发生几次的事件。

在叙述者方面，有热奈特提出的"同步叙述"（叙述者站在故事时间流中叙述）和"异步叙述"（叙述者外在于故事时间流或回顾性的或预示性的叙述），瑞蒙·科南提出的"外叙述者"（在第一层次故事的叙述者）和"内叙述者"（故事内讲故事的人），西摩·查特曼提出的"显性叙述者"（叙述者方面意识形态上的"倾斜"所限制的视角）和"隐性叙述者"（人物方面感觉基础上的"过滤"所限制的视角）等。

相对于叙述者，受述者分为"外受述者"和"内受述者"。

在视角方面，有托多洛夫从"视角"（perspective）区分的"全知视角"和"有限视角"，热奈特从"聚焦"（focalization）区分的"内聚焦"

（叙述者严格按照一个人或几个人物的感官去看、听）、"外聚焦"（严格地从外部呈现，只提供人物的行动、外表、客观环境，而不告诉人物的动机、目的、思维、感情）和"零聚焦"（叙述者从所有角度的看、听，是无所不知的视角），米克·巴尔（Mieke Bal）区分的"聚焦体"和"聚焦对象"。

在叙述话语方面，有"直接引语"（由引导词引导并用引号标出的人物对话和独白）、"自由直接引语"（省略掉引导词和引号的人物对话和独白）、"间接引语"（叙述者用第三人称引述人物的语言和内心活动）、"自由间接引语"（叙述者省略掉引导词用第三人称模仿人物的语言和内心活动）等。

斯坦泽尔（F. K. Stanzel）用一套三组叙事情境综合涵盖了人称范畴（同/异叙述）、视角范畴（外/内视角）、方式范畴（讲述/反映）等话语分析角度：作者叙事情境（authorial NRS，零聚焦、外叙述、插入式叙述，如菲尔丁的《汤姆·琼斯》），人物叙事情境（figural NRS，不需要叙述者人物的中介，直接进入主人公心灵，如乔伊斯的《一个年轻艺术家的画像》），第一人称叙述情境（first-person NRS，叙述者一边回顾式叙述自己以前的经历，一边评价之，如狄更斯的《大卫·科波菲尔》）。[①] 可以海明威的《杀人者》为例做叙述话语分析：《杀人者》的内容是两个杀手到快餐店吃饭，其实是等到常来这里吃饭的安德烈森而当场杀死他。认识安德烈森的乔治脱险后叫店员尼克·亚当斯去安德烈森的住处告诉他正被人追杀。尼克却发现安德烈森早已知道这件事情，而且只是整日躺在床上等待死亡。尼克既惊恐又失望，不禁想要离开这个恐怖的令人窒息的城市。如下选段的叙述话语类型包括：等述，顺叙，叙述一次发生一次的事件，第三人称异步外叙述，隐性叙述者，外受述者，直接引语，外聚焦——

---

① F. K. Stanzel，"*Towards a 'Grammar of Fiction,*'" Novel 11, 1978，转引自〔德〕莫妮卡·弗卢德尼克：叙事理论的历史（下）：从结构主义到现在》，James Phelan，Peter J. Rabinowitz 主编：《当代叙事理论指南》，申丹、马海良、周靖波等译，北京大学出版社，2007 年，第 30 页。

亨利那家供应快餐的小饭馆的门一开，就进来了两个人。他们挨着柜台坐下。

"你们要吃什么？"乔治问他们。

"我不知道，"其中一个人说。"你要吃什么，艾尔？"

"我不知道，"艾尔说。"我不知道我要吃什么。"

外边，天快断黑了。街灯光打窗外漏进来。坐在柜台边那两个人在看菜单。尼克·亚当斯打柜台另一端瞅着他们。刚才他们两人进来的时候，尼克正在同乔治谈天。

"我要一客烤猪里脊加苹果酱和马铃薯泥。"头一个人说。

"烤猪里脊还没准备好。"

"那你干吗把它写上菜单呢？"

"那是晚餐的菜，"乔治解释说，"六点钟有得吃。"

乔治瞄一眼挂在柜台后面墙上的那只钟。

"五点啦。"

"钟面上是五点二十分，"第二个人说。

"它快二十分钟。"①

很明显，《杀人者》给我们的阅读感受是：不动声色地描述了一桩进行中的杀人事件，而无一句褒贬，更无大事渲染，是典型的海明威的"冰山理论"和"硬汉形象"的代表作。然而，仅从上述叙述话语分析，我们并不能直接阐释我们何以能从中产生这种阅读感受。

本章在叙事学所辨析的叙事时间概念的基础上，从"虚构叙事的时间塑形是摹仿历史叙事的时间塑形"的角度出发，把叙事时间作为包孕着伦理诉求的时间策略。如前所述，历史叙事是时间塑形，它将"生活的时间

---

① 〔美〕海明威：《杀人者》，曹庸译，载《海明威文集·短篇小说全集》，陈良廷等译，上海译文出版社，1995年。

在宇宙的时间之上重新印刻"①，即用历史时间来弥合宇宙论时间与现象学时间的对峙，形成总体性历史，从而使主体性的心灵时间与客观的世界时间同一化，以及使主体间的现象学时间同一化。然而，历史叙事的时间塑形一旦在历史的总体化中忽略了个体的特殊、例外，则会损伤现代伦理诉求。虚构叙事的时间塑形摹仿历史叙事的时间塑形，以"现在"的开放性（即保持间性视野和未完成性）来构成总体性规范与特殊性经验的张力关系，保卫现代叙事伦理精神。

叙事时间中的每一个"现在"都是在通向过去、当下、未来中，作为历史时间中的一个不可或缺的点，转换和弥合着宇宙论时间和现象学时间，按照米勒的说法，这样的"现在"充盈着人的心灵运动的时间节奏。

第一节　不同"现在"的异质性

"文本的疏密度和时间速度所形成的叙事节奏感，是著作家在时间整体性之下探究天下之道和古今之变的一种叙事谋略。"② 一个叙事文本整合着不同性质的"现在"，它们在总体性规范（宇宙论时间）与特殊性经验（现象学时间）之间滑动，或偏向"整一"，或偏向"游离"，使"现在"在超验化、自我中心化、去自我中心化等方向上，表现出丰富的伦理取向。

一、叙事时间的超验化

超验时间是旨在呈现世界总体性的时间，包括自然时间、编年史时间，以及信仰天地之道的时间观念。叙事文本将世俗化的故事统摄进超验

---

① 〔英〕彼得·奥斯本：《时间的政治——现代性与先锋》，王志宏译，商务印书馆，2004年，第85页。

② 杨义：《中国叙事学》，商务印书馆，2019年，第199页。

时间，意在创设一个总体性的世界秩序，从而让故事"无差异重复"一个永恒的世界秩序。

叙事时间的超验化主要在"预叙-应叙"的框架中，使"现在"都旨在印证天道的"预见"性。

1. 预见的时间

故事的情节编排采用"预叙-应叙"的时序结构，把人物故事作为天地之道的应验，"在'预'而有'应'中给叙事过程注入价值观、篇章学和命运感"[①]。

中国传统叙事中常见"预见"时间，它有若干形态：

（1）整篇开头的楔子。

楔子是以"预叙"的方式开启全文，统摄故事的价值框架，使整个故事成为楔子的"应叙"。

如《水浒传》以楔子的"洪太尉误走妖魔"开头：

> 千古幽扃一旦开，天罡地煞出泉台。自来无事多生事，本为禳灾却惹灾。
>
> 社稷从今云扰扰，兵戈到处闹垓垓。高俅奸佞虽堪恨，洪信从今酿祸胎。[②]

以"卢俊义梁山惊梦""梁山泊起造庙宇"结尾：

> 天罡尽已归天界，地煞还应入地中。千古为神皆庙食，万年青史播英雄。[③]

---

① 杨义：《中国叙事学》，商务印书馆，2019 年，第 211 页。
② （明）施耐庵著，（清）金圣叹批评：《金圣叹批评本水浒传》，岳麓书社，2006 年，第 1 页。
③ 同上。

进入梁山泊英雄故事时，金圣叹评点其从高俅写起的"乱自上作"，来将天界与历史衔接：

> 一部大书七十回，将写一百八人也。乃开书未写一百八人，而先写高俅者，盖不写高俅便写一百八人，则是乱自下生也；不写一百八人先写高俅，则乱自上作也。乱自下生，不可训也，作者之所必避也。乱自上作，不可长也，作者之所深惧也。一部大书七十回而开书先写高俅，有以也。①

于是，梁山泊英雄故事在历史中的"被逼"和宇宙中的"天数"形成"天命"，来应叙"细推治乱兴亡数，尽属阴阳造化功"。

再如"三言二拍"的《卖油郎独占花魁》，先以一首《西江月》开头：

> 年少争夸风月，场中波浪偏多。有钱无貌意难和，有貌无钱不可。
>
> 就是有钱有貌，还须着意揣摩。知情识趣俏哥哥，此道谁人赛我！

然后再预叙一个和正文相似的故事：知情识趣善帮衬的乞儿郑元和"把个五花马杀了，取肠煮汤奉之"，让花魁娘子李亚仙念其情、与他作了夫妻，后来成就了郑元和中状元，李亚仙封作汴国夫人的美谈。正文的秦重和王美娘的故事则是对小故事的应叙！

《红楼梦》的预叙与应叙更为复杂。它开卷说："作者自云，因曾经历过一番梦幻之后故将真事隐去，而撰此《石头记》一书。"接着在楔子中讲了两则神话和一个现实故事，一是青埂峰下的顽石无材补天，听信僧道

---

① （明）施耐庵著，（清）金圣叹批评：《金圣叹批评本水浒传》，岳麓书社，2006 年，第22 页。

谈论"红尘中荣华富贵"，于是缩成美玉到尘世历劫，后返回青埂峰记下所经历的《石头记》；二是西方三生石畔的绛珠仙草为报答神瑛侍者，下凡以泪偿还甘露之恩；三是现实人物甄士隐出入仙俗之间，小说最后以"甄士隐详说太虚情，贾雨村归结《红楼梦》"作结。如是，一百二十回大观园的故事乃"一番梦幻"，成为应叙。在小说故事内部，还穿插了不少重要的预叙，比如第五回"贾宝玉梦游太虚幻境"又是对大观园儿女世情的预叙：听到的歌是"春梦随云散，飞花逐水流。寄言众儿女，何必觅闲愁"，看到的对联是"假作真时真亦假，无为有处有还无"，尤其是《终身误》的曲子"都道是金玉良缘，俺只念木石前盟。空对着山中高士晶莹雪，终不忘世外仙姝寂寞林。叹人间美中不足今方信，纵然是齐眉举案，到底意难平!"一语道尽故事的情绪基调。

预叙在古典小说中如同中国诗歌中的"兴"，在这种富于民族特色的审美心理中包含类比联想、象征隐喻，统摄二者的则是万物源"道"。

（2）章回的回目。

章节回目与章节内容之间形成预叙与应叙的关系。回目的句子往往是对偶，如《儒林外史》第一回"说楔子敷陈大义，借名流隐括全文"，这种回目既是对整个章节的预叙，也可以是引导整个章节的情节结构是二元"对偶"的关系，背后反映了中国古典宇宙观，如治与乱、生与死的二元辩证转化。

（3）"有诗为证"的评价。

中国古典小说中往往在一个事件暂告一个段落之后，穿插"有诗为证"。

有的如《水浒传》第二十四回，在故事中穿插十余个"有诗为证"，与故事情节的委婉曲折一一附随"为证"。

有的如《三国演义》在重要人物去世后，用一首诗评价其一生的功与过，如张飞遇害，文中用"后人有诗叹曰"：

安喜曾闻鞭督邮，黄巾扫尽佐炎刘。虎牢关上声先震，长坂桥边水逆流。

义释严颜安蜀境，智欺张郃定中州。伐吴未克身先死，秋草
长遗阆地愁。

在话本、拟话本中，则用历史名家比附市井人物，并以"诗"为
"证"，肯定市民社会的新价值观，如"三言二拍"的《卖油郎独占花魁》
中讲老鸨的密友刘四妈巧言的能力，用的是：

数黑论黄雌陆贾，说长话短女随何；若还都像虔婆口，尺水
能兴万丈波。

"有诗为证"不仅"见作者史才、诗笔、议论"[1]，而且抹除末流的小
说与正统的诗文之间的等级鸿沟，"替小说谋求一条生存发展的合理性途
径"[2]，并且将诗文所在文化传统的儒家伦理道德框范带进了小说故事，使
小说以"小"（人物的经历）见"大"（天地之道，道德秩序）。

"有诗为证"是来自"过去"的秩序，却能自由灵便地穿插在"现
在"的经验，还跟中国语言在时间表达上动词的无时态性有关，这让"预
叙"和"应叙"更加的水乳交融。杨义在《中国叙事学》指出，中国语
言要表达时态，就必须在动词之外求之，即《马氏文通》所谓的要加上
"以记事成之时"的"状字"。如《孟子·公孙丑》"昔者辞以疾，今日
吊，或者不可乎?"中增加"昔者""今日"等状字，才能确定行为发生
的时间段。

就文学叙事而言，语言时态的非原生性乃是对语言的一种解
放。它不必把动词黏滞在某一特定的时态上，那种"永远现在

---

① 赵彦卫：《云麓漫钞》，傅根清校点，中华书局，1996 年。
② 谭真明：《论古代小说中的"有诗为证"——兼评四大名著中的诗词韵文》，载《齐鲁学
刊》2006 年第 3 期。

时"的表达方式，使对过去行为的表达和现在行为一样新鲜，对未来行为的表达也和现在行为一样切近。时态不是由一个动词形态表示的，而是由一连串的语义群或意象群来表示的。对于动词而言，它不须改变形态，就可表达过去、现在、未来，它既属于瞬间，也属于永恒。[①]

中国古典叙事以"小"见"大"的传统放在参照对象前时尤其明显，如在中国传统叙事向现代叙事转型的新小说家看来：

> 泰西之小说，书中之人物常少；中国之小说，书中之人物常多。泰西之小说，所叙者多为一二人之历史；中国之小说，所叙者多为一种社会之历史。[②]

以"预叙-应叙"的时序来架构情节，让世俗故事中的"现在"成为印证世界之永恒性的这种现象，也存在于西方古典叙事中。比如热奈特对比近代小说与史诗叙事的不同之一在于荷马叙事中的"宿命情节"，而这种情状在 19 世纪的巴尔扎克、狄更斯小说中鲜见：

> 提前，或时间上的预叙，至少在西方叙述传统中显然要比相反的方法（指倒叙）少见得多；虽然三大史诗《伊利亚特》《奥德修纪》《埃涅阿斯纪》每一部都以一个提前的概要开始，这概要在某种程度上说明了托多罗夫用于荷马叙事的术语"宿命情节"的正确。小说（广义而言，其重心不如说在 19 世纪）"古典"构思所特有的对叙述悬念的关心很难适应这种做法，同样也难以适应叙述者传统的虚构，他应当看上去好像在讲述

---

① 杨义：《中国叙事学》，商务印书馆，2019 年，第 239 页。
② 《小说丛话》中曼殊（梁启勋）语，《新小说》11 号，1904 年。转引自陈平原：《中国小说叙事模式的转变》，北京大学出版社，2010 年，第 66 页。

故事的同时发现故事。因此在巴尔扎克、狄更斯或托尔斯泰的作品中预叙极为少见，……（普鲁斯特的）《追忆似水年华》对预叙的运用可能独占鳌头，因此它是研究这类叙述时间倒错的最佳场所。①

2. 应叙的"现在"

进入主体情节后，叙事时间的省频叙述、省距叙述等略过或删掉与情节编排弱相关的"现在"，用倒叙、插叙等突出与情节编排强相关的"现在"，进一步甄别世俗生活的有意义与无意义，并或取或舍。

钱钟书关于中国古典戏剧中的悲剧观，精辟地阐明了宇宙论时间如何消抹掉自我中心化的"现在"。钱钟书在《中国古代戏曲中的悲剧》中就中国是否有悲剧与王国维发生的分歧，实质也是在对宇宙时间之天道"宿命"的立场有别。王国维说"元则有悲剧在其中……初无所谓先离后合，始困终亨之事也。其最有悲剧之性质者，则如关汉卿之《窦娥冤》、纪君祥之《赵氏孤儿》。剧中虽有恶人交构其间，而其赴汤蹈火者仍出于其主人翁之意志。即列之于世界大悲剧中，亦无愧色也"，钱钟书认为"王国维这种植根于主人公意志的完整悲剧观似乎明显是高乃依式的，而他所构想的悲剧冲突比起高乃依则少了人物内心的冲突"。钱钟书所看重的"内心冲突"，是来自人物有了个人意识的觉醒，有了个人本位的欲望，即若"窦端云爱惜自己生命与拯救婆婆的愿望之间的内心斗争，也许会构成内在的悲剧冲突"。钱钟书指出，之所以中国古典戏剧将内在的悲剧冲突消抹掉，是因为"等级制度下的特定道德秩序"：

每一种道德价值在天平上都有适合的位置，而所有的财产和权利都依照严格的"价值顺序"排定。因此，两种根本不相容的伦理本体发生冲突时往往不会激烈。当其中一种的道德标

---

① 〔法〕热拉尔·热奈特：《叙事话语 新叙事话语》，王文融译，中国社会科学出版社，1990年，第38-39页。

准高过另一种时，标准较低的一方便始终在打一场不可能取胜的仗。因此，我们只能看到直线性的个性，而看不到平行的个性。较低的伦理本体所忽略的，由较高的伦理本体来实行，因此完全没有"悲剧过度"——具见《孟子·离娄》论"大人"品行和柳宗元妙文《四维论》。这种观点也在我们古代剧作中得到证实。[①]

亚里士多德对情节的"突转-发现"即是基于倒叙、插叙，来强化"宿命"的必然或可然，"使人惊心动魄"：

> 悲剧之所以能使人惊心动魄，主要靠"突转"与"发现"，此二者是情节的成分。[②]

> 所谓"复杂的行动"，指通过"发现"或"突转"，或通过此二者到达结局的行动。但"发现"与"突转"必须由情节的结构中产生出来，成为前事的必然的或可然的结果。[③]

莱辛对比诗与画，提炼出有包孕性的"顷刻"，这种特殊的"现在"是使"暂时的一纵即逝"获得"一种持久性"[④]，与亚里士多德所指出的"突转-发现"时刻的"现在"是同种性质的，它是在情节编排内的强逻辑关节点，指向的则是情节编排者对来自天道之"宿命"的领悟。

---

① 钱钟书：《中国古代戏曲中的悲剧》，陆文虎译，载《新华文摘》2004 年 13 期。
② 〔古希腊〕亚里士多德：《诗学》，罗念生译，人民文学出版社，1982 年。转引自伍蠡甫、胡经之主编：《西方文艺理论名著选编》（上），北京大学出版社，1985 年，第 55-56 页。
③ 同上，第 63 页。
④ 〔德〕莱辛：《拉奥孔》，朱光潜译，人民文学出版社，1979 年。转引自伍蠡甫、胡经之主编：《西方文艺理论名著选编》（上），北京大学出版社，1985 年，第 306 页。

二、叙事时间的自我中心化

陈平原辨析新小说家和"五四小说家"对中国小说叙事模式的转变，提出传统叙事中的全知视角第三人称开始向日记体书信体等限知视角第一人称叙述变化，并认为新小说家"他的经历也许并非显得合乎逻辑地艺术地连接在一起，但起码由于所有部分都属于同一个人这种一致性，而使这一部分跟其他部分连结起来。……第一人称将把一个不连贯的、框架的故事聚合在一起，勉强使它成为一个整体"①，而在"五四小说家"郁达夫的自叙传式小说《断鸿零雁记》那里，"只要不从三角恋爱，而是从'方外之人亦有难言之恫'的角度来解读，不难发现其感情的脉络。这绝不只是一个哀艳的故事，而是一个在东西文化、俗圣生活的矛盾中苦苦挣扎的心灵的自白"②。"五四"作家比"新小说"家能更得心应手地运用日记体、书信体小说形式，是因为后者倾向于用该形式讲述故事或表达政见，前者则是坦率真诚地抒发情感，"这显然并非只是个技巧问题，'新小说'家缺的是'五四'作家的自由精神、个性力量及反叛意识"③。

这种个性、自由、反叛的意识，促使现代叙事的转变中有一个很明显的特点，即是"现在"的开放性，让它不再是对某种天道的印证、对某种预叙的应叙。易言之，跳出了无差异的重复，而是以对天道或预叙的反讽，成了有差异的重复。

1. "现在"的置换

巴赫金对狂欢化文化的阐发，是结合空间（广场文化）和时间（狂欢节日）的两个现象。后者实则就是市井百姓占用宇宙时间（节日来自自然时间中的神圣时间），以反讽的方式解构掉神圣时间的道德秩序。

---

① 陈平原：《中国小说叙事模式的转变》，北京大学出版社，2010 年，第 71 页。

② Perey Lubbock, The Craft of Fiction, P. 131, London, 1928. 转引自：《中国小说叙事模式的转变》，北京大学出版社，2010 年，第 70 页。

③ 同上。

2. "现在"的膨胀

通过等距叙述、延距叙述，以及等频叙述、重频叙述等，让"现在"绽出属"我"经验的现象学时间，比如生日这类特殊的个人时间，把它变为具有主体性意义的时间。

这里面还有一种特殊的文体——侦探小说，它对时间的变形——插叙、倒叙，突出的则是现代"理性"崇拜。

走出中国古典叙事传统，面对西方现代叙事风格时，新小说家们体会到：

我国小说，起笔多平铺，结笔多圆满；西国小说，起笔多突兀，结笔多洒脱。①

文先言杀人者。②

侦探小说家"不满意事件的简单的年代顺序，不是直线式地展开小说，而宁愿描写曲线"，"从故事一开始就讲到一具被发现的尸体，然后以倒叙的方式讲叙威胁和杀害的事"③。倒叙往往是"时间折叠"，让人物或叙述者重新填补或改写曾经的个人经验，比如柯南道尔的侦探小说让华生作为同步叙述者，在案情揭秘时，再重新回到先前的时间中发现福尔摩斯看似神奇实则精细的理性精神，来唤起读者的追慕和见贤思齐之心。这种理性崇拜让膨胀的"现在"向现代科学观的日常经验世界敞开，取替了传统宇宙观。不过，这种发展趋势将会迎来另一种现代神话——"启蒙神话"。现代表现出双向诉求：（1）推进现代启蒙理想，即用人本论和人义论扬弃传统社会的神本论和神义论，突显人的理性精神和自由权利；（2）反思现代启蒙迷思，即发现现代已经陷入对启蒙的非反思性迷信，启蒙成了

---

① 觉念（徐念慈）：《电冠·赘语》，载《小说林》（8号），1908。转引自：《中国小说叙事模式的转变》，北京大学出版社，2010年，第43页。

② 同上。

③ 列·谢·维戈茨基：《艺术心理学》，上海文艺出版社，1985年，第197-198页。

"启蒙神话"①，它具体表征为以理性对世界全面"祛魅"，以主体对世界彻底客体化，形成"对客观化的外在自然和遭到压抑的内在自然的统治"②，导致理性中心、自我中心、人类中心的现代危机——人与自身的关系成为理性自我对感性自我的压制，人与他者的关系成为主体对客体的利用，人与自然的关系成为人对自然的掠夺。

三、叙事时间的去自我中心化

现代叙事出现了一种时间的松散，或者如老舍所说的"时间的缝隙"：

> 一件事必当有个特别时间，唯有在此时间内事实能格外鲜明，如雨后的山景。还有，最好利用的是人们所忽视的时间，如天快亮了的时候。这时候，跳舞会完了，妇女们已疲倦得不得了，而仍在吸着香烟。这时候，打牌的人们脸上已发绿，可把眼还瞪着那些小长方块。这时候，穷人们为避免巡警的监视，睡眼巴瞪的去拾煤核儿。简单的说，这可以叫作时间的陈缝，在陈缝之间，人们把真形才显露出来。③

它是现代叙事时间的一种动向，即去自我中心化，它表现为许多样态，比如去戏剧性、离题、复调等，它带来了"现在"的另一种开放性，即跳出主体性的主体间性视野，甚至是跳出人类中心的异质时空，即弗莱所谓的"神话回归"。

1. "现在"的分岔

比如对节日，士人与女伎是各入法眼：

---

① 〔德〕马克斯·霍克海默、西奥多·阿道尔诺：《启蒙辩证法》，渠敬东、曹卫东译，上海人民出版社，2006年，第10页。

② 〔德〕哈贝马斯：《现代性的哲学话语》，曹卫东译，译林出版社，2006年，第127页。

③ 老舍：《老舍论创作》，上海文艺出版社，1980年，第82页。

……王荆公看见花瓣儿片片风吹下地来，原来这春归去，是东风断送的。有诗道："春日春风有时好，春日春风有时恶。不得春风花不开，花开又被风吹落！"苏东坡道：不是东风断送春归去，是春雨断送春归去。有诗道："雨前春间花间蕊，雨后全无叶底花；蜂蝶纷纷过墙去，却疑春色在邻家。"

……

……苏小小道：都不干这几件事，是燕子衔将春色去。有《蝶恋花》词为证："妾本钱塘江上住，花开花落，不管流年度。燕子衔将春色去，纱窗几阵黄梅雨。斜插犀梳云半吐，檀板轻敲，唱彻黄金缕。歌罢彩云无觅处，梦回明月生南浦。"①

在《药》中一明一暗，同一个黎明时分，对于夏渝及其同仁是至暗时刻，对于明线的华老栓是"愈走愈亮"，反讽浓烈：

街上黑沉沉的一无所有，只有一条灰白的路，看得分明。灯光照着他的两脚，一前一后的走。有时也遇到几只狗，可是一只也没有叫。天气比屋子里冷多了；老栓倒觉爽快，仿佛一旦变了少年，得了神通，有给人生命的本领似的，跨步格外高远。而且路也愈走愈分明，天也愈走愈亮了。

《包法利夫人》中"农业展览会"的楼下、台上和楼上的"现在"也是迥异的，楼下的农民是将日常盘算进"蔬菜粮食"，台上的排面是将日常装点成"张灯结彩"，楼上的男女是将日常风雅为"心心相印"。一个"现在"分岔出三种世界。

2. "现在"的脱链

断开线性逻辑，让情节自由离题。

---

① （明）冯梦龙：《警世通言》，海南出版社，1993年，第70-71页。

比如《巨人传》里面用离题来反讽一元神学观对日常生活事无巨细的全面规范：

从此，我擦屁股用过丹参、茴香、莳萝、牛膝草、玫瑰花、葫芦叶、白菜、萝卜、葡萄藤、葵花、玄参（花托是珠红色的）、莴苣、菠菜——这些，用过之后，腿部都觉着很好！——还用过火焰菜、辣蓼、苎麻、止血草，但是用这些，我却得上了隆巴底亚的痢疾病，我用我自己的裤裆擦屁股，才把它治好。此后，我擦屁股用过床单、被子、窗帘、坐垫、地毯、绿毡、台布、毛巾、手帕、浴衣。这些，我觉着比长了疥癣叫人搔痒还舒服。后来，我还用过干草、麦秸、兽毛、羊毛、纸。为此还作了出恭诗、回旋韵诗。后来，我擦屁股用过头巾、枕头、拖鞋、背包、筐子——筐子擦起来可不舒服——后来还用过帽子。你知道，帽子有平毛的、长毛的、丝绒的、绸子的、缎子的。而最好的是长毛的，因为用它擦屁股擦得最干净。后来，我还用过母鸡、公鸡、小鸡、小牛皮、兔子、鸽子、鸬鹚、律师的公文皮包、风帽、头巾、打猎的假鸟。①

到了福楼拜的《包法利夫人》，查理来到有爱玛的农庄，无甚所谓地看到世界凝滞如物，这里的离题似乎就只是离题，没有了有意为之的指向性。

3. 别处的"现在"

让·贝西埃在《当代小说或世界的问题性》中提出当代小说以独有的类型特征表现出"当代性"，其中有以超个体性的人类学视野或人类学制作代替了从现实主义到后现代主义小说里个性的人类学视野和人类学制作，肯定并青睐意外性，突显时间、地域和空间的多元多重性，突显普遍的悖论性，

---

① 〔法〕拉伯雷：《巨人传》，鲍文蔚译，人民文学出版社，1983 年。

普遍的反思性。① 这预示着"现在"变为"异托时"（hétérochronies）②，或者说别处的"时间"。

神话原型批评家诺思洛普·弗莱说 20 世纪是神话回归的时代，因为"在一个日益庸常的世间，英雄的故事需要传扬"③，所以现代语境中的神话回归是以神话的双重性回应现代的双向诉求。神话是前启蒙时期"观念意识物态化的符号和标记"④，具有个体化和解个体化的双重性：（1）神话具有个体化原则，即神话"用主体来折射自然界"，使人在浑茫的世界中"摆脱恐惧，树立自主"⑤。各部族在融合中通过将神灵或图腾重新系统化，来建构部族的历史身份⑥，个体化从"个我"扩张为共同体的"大我"。但是，个体化导致个体生命与世界整体生命的分离，这种分离使"我成为我"，但又使"我是有限的"。（2）神话又具有解个体化原则，即让个体的生命回到更大的整体生命，如古希腊神话英雄俄狄浦斯王以刺瞎双眼来承担个体化幻像破灭的厄运，因此获得全新的生命观照，此时"大地终于和她的浪子握手言欢"⑦。可见，神话的个体化和启蒙的主体性精神内在相通，神话的解个体化则超越"启蒙神话"的理性中心、自我中心、人类中心。当代神话回归并非从"祛魅"回到"复魅"，而是神话作为前现代文化，是现代理性思维的他者，能够给现代的双向诉求提供镜鉴：以神话的个体化掘进主体性精神，以神话的解个体化反思与超越理性主体，一正一反，辩证地敞开启蒙的精神实质——"对我们的历史时代的永恒批判"⑧。叶舒宪正是从神话之于现代的异质视阈来阐发"重述神话"的当代价值，

① 〔法〕让·贝西埃：《当代小说或世界的问题性》，史忠义译，北京大学出版社，2012 年。

② 〔法〕福柯：《他性空间》，王喆译，载《世界哲学》2006 年第 6 期。

③ 阿来：《格萨尔王》，重庆出版社，2009 年，第 97 页。

④ 李哲厚：《美学三书》，天津社会科学出版社，2003 年，第 11 页。

⑤ 〔德〕马克斯·霍克海默、西奥多·阿道尔诺：《启蒙辩证法》，渠敬东、曹卫东译，上海人民出版社，2006 年，第 1-7 页。

⑥ 〔瑞士〕雅各布·布克哈特：《希腊人和希腊文明》，王大庆译，上海人民出版社，2008 年，第 58-85 页。

⑦ 〔德〕尼采：《悲剧的诞生》，周国平译，商务印书馆，2013 年，第 25 页。

⑧ 〔法〕福柯：《什么是启蒙》，韩少功、蒋子丹主编：《是明灯还是幻象》，汪辉译，云南人民出版社，2003 年，第 7 页。

他结合《指环王》《哈利·波特》等欧美现代奇幻作品，认为当代重述神话强调对前现代社会神话想象和民间信仰传统的回归，这是文化寻根，也是反思文明社会，托尔金的成功就在于"具有双重的文化再认同倾向：一是重建英伦民族本土神话传统，二是重寻一种前现代的、前工业化的社会传统"①。

上述这些性质不同的时间交织在叙事文本中，呈现为形态丰富的叙事时间：

（1）故事内不同人物的叙事时间，如巴尔扎克的《高老头》中有社会新人拉斯蒂涅、爱情失败者鲍赛昂子爵夫人、亲情失败者高老头、友情破坏者伏脱冷……，他们分别奔忙在自己的历史时间中。

（2）故事外不同叙述者的叙事时间，如《高老头》文本内的第三人称叙述者，文本外巴尔扎克这个最终叙述者，还有些叙事文本在文本内就有多个或多层叙述者，前者如福克纳的《喧哗与骚动》，后者如爱米莉·勃朗特的《呼啸山庄》。

（3）文本外读者这个最终文本意义阐释者的叙事时间——"人物所做的或所想的每一件事在读者遇上时，总是作为已经发生过的事情牢牢地置于一种不定的过去之中。这些事件通过叙述语言从过去复活了，并且作为带有过去的不可消除的印迹的某种东西置于读者体验的现在时刻之前"②。

小说中所存在的众多不同的心灵运动的时间节奏彼此相互作用，构成了具体情节。③ 比如《高老头》里，拉斯蒂涅在寻找社会出路的心灵运动中，先后遭遇鲍赛昂子爵夫人面对爱情失败那一刻的爆发、伏脱冷试图重新崛起而伺机抓住机遇那一刻的出击、高老头临死前不再自欺欺人那一刻

---

① 叶舒宪：《再论新神话主义——兼评中国重述神话的学术缺失倾向》，载《中国比较文学》2007 年第 4 期。

② 〔美〕J. 希利斯·米勒：《小说与重复》，王宏图译，天津人民出版社，2008 年，第 186 页，转引自程锡麟、王晓路：《当代美国小说理论》，外语教学与研究出版社，2001 年，第 147–148 页。

③ 〔美〕J. 希利斯·米勒：《维多利亚时期小说的形式》，第 6 页，转引自程锡麟、王晓路：《当代美国小说理论》，外语教学与研究出版社，2001 年，第 131 页。

的叹息，这几个"那一刻"分别和拉斯蒂涅叙事时间上的几个"现在"互动，构成了具体情节。

换一个角度看，因为作为基于独特的生命意义的叙事时间因人而异、各具特性，所以具体情节上的每一个"现在"都蕴藏着彼此异质的心灵运动时间节奏。

比如，在不同的人物之叙事时间上，故事内的同一个（作为人物行动中的）"现在"有着不同的意味和时间节奏。巴尔扎克的《高老头》中，拉斯蒂涅在伯爵夫人那里受了冷遇，未解其意，转而拜访表姐鲍赛昂子爵夫人时的那一刻：

> 特·鲍赛昂太太站起身子，叫他①走回来……子爵夫人举起右手食指做了个美妙的动作，指着面前的地位要侯爵站过来。这姿态有股热情的威势，侯爵不得不放下门钮走回来。欧也纳望着他，心里非常羡慕。②

这段文字中，第三人称叙述者采用内聚焦，从拉斯蒂涅的视角来展开叙述。此时的拉斯蒂涅还在仰着脖子艳羡着上流社会的流金溢彩，却尚在围城之外，踟蹰着睨门墙以得入，所以他看到的鲍赛昂夫人那刻的姿势是"美妙的动作""有股热情的威势"，这让刚从雷斯多伯爵夫人那里受挫而延伸来的"现在"里，充盈着"羡慕"、蠢蠢欲动、再败再战。在鲍赛昂夫人这边呢？她身居围城之中，这之前，她的所谓闺中密友明是隐秘实则宣战般的告诉她阿瞿达终于舍弃了她而选择了金钱，而且她是这个消息的最后知晓人，阿瞿达来了又马上想走，让她在这一刻"举起右手食指""指着面前的地位要侯爵站过来"，其实是羞耻加恼怒以至于可能会不顾外人在场将会撕破脸面的，这是后来之所以会向拉斯蒂涅怨恨但又真诚地宣

---

① 笔者注：即鲍赛昂夫人的情人特·阿瞿达，他刚刚为了二十万法郎利息的陪嫁而抛弃鲍赛昂夫人。

② 〔法〕巴尔扎克：《高老头》，傅雷译，人民文学出版社，1963 年。

泄："这社会不过是傻子和骗子的集团，要以牙还牙来对付这个社会。你越没心肝就越升得快。你毫不留情地打击人家，人家就怕你，只能把男男女女当作驿马。把他们骑得筋疲力尽，到了站上丢下来。这样，你就能到达欲望的最高峰。"所以，文本中在鲍赛昂夫人"举起右手食指""要侯爵站过来"的那刻所包孕的时间节奏，既是激昂向上的行军曲，又是最后挣扎但又终将消逝的哀悼曲。

再比如，在不同的叙述者之叙事时间上，文本内的同一个（作为叙述行为中的）"现在"也有着不同的意味和时间节奏。简·奥斯汀的《傲慢与偏见》中，开头的一句话是"有钱的单身汉，必定想娶妻"。这句话作为叙述行为的"现在"，可以看作是文本内的第三人称叙述者对故事中女主人公的母亲贝内特太太的讽刺，这个俗极的夫人对女儿择偶的标准除了单身只看对方的钱财，结婚对象要求单身这自然是社会风尚，所以不算是贝内特太太的标准，但和她的标准并提的只有这个最基本的社会风尚，可见她的标准的基本性和真理性。然而纵观作者作为最外层叙述者所操弄的全文，我们发现，口口声声只要爱情不谈钱财的主人公伊丽莎白其实是爱情、金钱双丰收，并因此才获得永恒的幸福，而只有金钱没有爱情的夏洛特、只有爱情没有金钱的莉迪亚都与幸福无缘，所以反证了我们应该正读而不是反讽文本开头贝内特太太这句含有真理的话。概言之，开头这句话既有文本内叙述者对世俗机巧的笑谑、揶揄，也有文本外作者对世俗智慧的客观、冷静。

至于读者阅读中的异质性，则更是"一千个读者有一千个哈姆莱特"。在此毋庸赘言。

第二节　不同时间节奏之间的对话性

不同的时间节奏蕴藏在同一个文本的叙事时间之"现在"中，形成对话性。这有如巴赫金所说的"多音齐鸣""双声"，它们构成了"杂语现象"。

一、"多音齐鸣"

"多音齐鸣"即不同人物的心灵运动的时间节奏被包孕在同一个叙述句所指示的"现在"中，相互间形成反讽、颠覆。如刚才所示例的《高老头》选段。用鲍赛昂子爵夫人的"终于失败"反讽、颠覆拉斯蒂涅的"艳羡"，并预示他终将在投身社会滚滚浊流、努力踩着别人头上往上爬的结局处也是一个失败者。通过这种对话（反差、对位），演绎了作者巴尔扎克对这个时代的判断：金钱社会让人异化。《傲慢与偏见》中的情形也是同样的。文本内的叙述者之反讽（挪揄贝内特夫人的自以为是）遭到文本外的叙述者之认同的反讽（挪揄不同于俗流之清高者的自以为是）。这种对话（重复、对位）一方面表达了一种睿智的见解：俗流是反衬生命火花的底色，俗流又未必不是生命火花的基础；另一方面表现了伊丽莎白的写作风格及这种写作风格所隐喻的某种处世风度，以此可以证明为什么这个终身只写英国乡村世界中淑女和绅士的婚恋题材（多么狭小的题材！）的女作家却有如此广和久的影响力。

二、"双声"

叙事文本中的呈现人物的行动（言语、动作）的每一句话，也必然是叙述者的叙述行为（词语事件），所以这句话同时属于叙述者语言和人物语言的杂语，这种杂语是用叙述者语言转述人物语言，构成双声：它立刻为两个说话的人服务，同时表现两种不同的意向，一是说话的人物的直接意向，二是折射出来的叙述者的意向①。因此，"这类话语中有两个声音、两个意思、两个情态。而且这两个声音形成对话式的呼应关系，仿佛彼此

---

① 巴赫金在这里用的不是"叙述者"而是"作者"，但笔者认为，"叙述者"并不等同于"作者"，所以虽然整个文本最终是建立在作者的意向上，但还是需要保留"叙述者"这个不可或缺的中介以保证分析的细腻层次。

是了解的（就像对话中的两方对语相互了解，相约而来），仿佛正在相互谈话。……他们内部包含着潜在的对话，是两个声音、两种世界观、两种语言间凝聚而非扩展的对话"①。每一次对他人语言的转述，虽然必定是在人物语言上添加了叙述者之"当下"意向的，但是又只能必定是在人物语言上的添加。让人注意的是，这种对话其实不是全然"对等"的，最外层的、最后结束对话的，往往是在对话中占主导方的。

"双声"与"多音齐鸣"不同，"多音齐鸣"是同一个故事层或叙述层的异质性对话，彼此间不存在转述与被转述的关系，"多音齐鸣"之对话的结果反映在它们更上面的故事层或叙述层；"双声"则是毗邻的不同故事层或叙述层之间的异质性对话，戴维·洛奇所总结的巴赫金的双声语之四种形式："讽拟体"（parody，即"滑稽模仿"）、"暗辩体"（hidden polemic）、"口述体"（skaz）和"仿格体"（stylization）"②，彼此间存在转述与被转述的关系。因此，"多音齐鸣"是"双声"的前一阶段，而从整个叙事文本的最外层来看，它是一个被叙述者转述的文本。换言之，叙事文本中所有的"现在"都是"多音齐鸣"向"双声"演进。从文本创作看，最上面一层的是作者与叙述者的"双声"；从文本接受看，最上面一层的是读者与作者的"双声"。

三、"杂语"

"多音齐鸣"和"双声"都构成"杂语现象"。巴赫金对"杂语现象"做了非常精辟的分析。

一般认为，小说语言是最接近日常用语的，故而相比起诗歌语言的纯净，小说语言的艺术性几乎是乏善可陈的。如 B. M. 日尔蒙斯基在《"形式方法"问题》中所说：

---

① 〔俄〕巴赫金：《长篇小说的话语》，载《巴赫金全集》（第 3 卷·小说理论），白春仁、晓河译，河北教育出版社，1998 年，第 110 页。

② David Lodge, *After Bakhin*: *Essays on Fiction and Criticism*, Routledge（London），1990. P. 164.

抒情诗的确是语言艺术品，它的选择和组合词语无论从意义上还是音韵上都完全服务于美学任务。而列夫·托尔斯泰的在语言组织上颇为自由的小说，却不把语言当作具有艺术价值的感染人的因素来使用，而是当作平常的成为手段或体系，它同实用语言一样服从于交际功能，并把我们引入自语言里抽象出来的题材因素的发展运动之中。这样的文学作品不能称作语言艺术品，或者至少不能是抒情诗意义上的语言艺术品。①

日尔蒙斯基评价文学语言是否具有艺术性的标准是文学语言是否非日常化，是否不是强调语言的实用性（即交际功能）。这一点和雅克布逊（Jacobson）对诗的语言功能的分析如出一辙。雅克布逊认为任何言语交流活动都包含语境、信息、说话者、受话者、接触、代码六个要素，依据言语交流活动中的六个要素，人类的语言交际相应地具有六个基本功能（图6-1）：

指称功能（语境）

诗的功能（信息）

情感功能（说话者）……………意动功能（受话者）

交际功能（接触）

元语言功能（代码）

图6-1　言语交流活动的六要素及基本功能

一个交流行为一般会倾向于六个要素之一，与该要素相应的功能就占支配地位，影响交流结果。如果交流倾向于信息，占支配地位的就是诗的功能。诗的功能性在于语言艺术的审美性，即为着重表现语词声音和句法节奏、格律等语言形式，为此不惜破坏符号之能指与所指之间的既定关联，将人的注意力吸引到能指的新奇性、可感性上来。

巴赫金却从叙事文学语言的日常化看到了驳杂、并呈、反讽。

---

① 〔俄〕巴赫金：《长篇小说的话语》，载《巴赫金全集》（第3卷·小说理论），白春仁、晓河译，河北教育出版社，1998年，第39页。

首先，巴赫金指出，实际生活中都是杂语现象。杂语包括不同的民族语言，比如现在世界上的英语、汉语、法语、彝语等；包括同一民族语分解成的各种方言，比如同是汉语，却有川话、沪语、粤语等；包括不同的职业行话，比如经济术语、政治术语、艺术术语等，或同是做生意的，隔行则行话各具特性，如卖茶叶的与卖茶叶蛋的行话自然不同；包括不同文体的语言，如书面语体和口头语体，或书面语体中喜庆和哀悼等不同场合的措辞，或口头语体中亲昵和素昧平生等不同情境的措辞；包括各时代、各年龄、各团体的不同语言，比如这几年流行的网络用词：囧、槑、钓鱼、打酱油、躲猫猫、你妈叫你回家吃饭……；另外，还包括社会政治语言、权威人物语言，等等。①

其次，所谓的统一的语言是预设而非现成的。通用的统一的语言，是由各种语言规范构成的体系，"统一的语言"这一范畴是理论上对组合、集中语言的表述。人们使用这个范畴是用以要求语言的向心力，即在混杂的实际生活用语中，以承认和维护的规范语言为语言核心，来克服杂语现象，组合和集中起语言以及语言所承载的观念。② 这种语言统一观和索绪尔的语言有差别。索绪尔的语言和言语相对，他对二者间的差别和关系做了如是形容："语言如同乐章，言语如同演奏过程。语言如同莫尔斯代码，言语如同电报。发声器官如同发报机和乐器。代码本身不取决于发报是否成功，同样的，乐章如何也不取决于演奏的失败，演奏过程中的失误不是因为乐章的缺点而致，同样的，言语中的错误也不是语言的缺点。"③ 可见，在索绪尔看来，语言是社会的、抽象的系统结构，是形式，言语是个人的、具体的话语行为，是实体；语言通过言语实践而储藏在某一社会集团的每一个成员中，是潜存在每一个头脑中的语法体系。巴赫金所说的统一的语言与实际日常用语的差别在于，一个是规范的核心，一个是各为其

---

① 〔俄〕巴赫金：《长篇小说的话语》，载《巴赫金全集》（第3卷·小说理论），白春仁、晓河译，河北教育出版社，1998年，第41页。

② 同上，第49页。

③ Saussure, F. (1959) *Course in General Linguistics*, translated by W. Baskin. New York, London：Megraw-Hill Paperbacks, 1991, P. 19.

政的使用。如果说索绪尔是在语法层面上分析，那么巴赫金的讨论是在语义层面及社会学层面上的分析。巴赫金举例说，亚里士多德的诗学、奥古斯丁的诗学、中世纪教堂'统一的真理语言'的诗学、笛卡尔新古典主义诗学、莱布尼茨（Wilhelm von Leibniz）抽象的语法通用论（'通用语法'的思想）、洪堡的具体观念论等，都表现出了社会语言和思想生活中的同一种向心的力量，服务于同一个任务——欧洲诸语言的集中和结合，它们是"一种主导语言（方言）战胜其他语言，排挤和奴役其他语言，用真理的语言启蒙别人，使异乡人和社会底层接触文化和真理的统一语言，将各种思想体系程式化，语文学研究和教授死语（因而实际上也必是统一的语言），印欧语言学从众多语言上溯到统一的母语——所有上述的一切，在语言学和修辞学的学术思想中决定了统一语这一范畴的内容和力量；又在受语言和思想领域里同一种向心力影响而形成的多数文学体裁中，决定了这一范畴的创造作用，它的构成风格的作用"①。

再次，小说（尤其是长篇小说）是用艺术方法组织起来的社会性的杂语现象。在艺术作品中，诗歌是个人风格的统一的语言，根据雅克布逊认为，它是通过隐喻实现的。索绪尔在二元对立的思维模式中，提出语言的组合有两种基本的对立形式：句段组合和联想组合。雅克布逊进一步认为，句段组合机制基于毗连性组合，是为换喻；联想组合机制基于相似性选择，是为隐喻。换喻是历时向度的，关注语言单位的前后粘连语法逻辑；隐喻是共时向度的，关注语言单位的多种选择可能和实际被选择的过程。语言交流中之所以能实现诗的功能，是通过把相似性从选择轴投射在组合轴上："相似性附着于毗连性上，其结果是使象征性、复杂性和多义性成为诗歌的实质。……在诗歌中，由于相似性被投射到毗连性上，致使一切换喻都带有轻微的隐喻特征，而一切隐喻也同样带有换喻的色彩。"②雅克布逊的结构主义语言分析认为，散文"主要在毗连性上做文章"，在

---

① 〔俄〕巴赫金：《长篇小说的话语》，载《巴赫金全集》（第3卷·小说理论），白春仁、晓河译，河北教育出版社，1998年，第49-50页。

② 方珊：《形式主义文论》，山东教育出版社，1999年，第121页。

诗歌中“支配一切的原则是相似性原则”，所以诗歌研究的重点在引起象征性、复杂性、多义性的语词格律、音响：“诗句的格律对偶和韵脚的音响对应关系引起了语义相似性和相悖性的问题”。① 可见，以雅克布逊为代表的结构主义诗学的研究是向心的、统一的，他们看到的是玄学诗中的“全凭蛮力将杂七杂八的思想拉到一处（The most heterogeneous ideas are yoked by violence together）”。结构主义诗学是不愿意涉足文学的“语用”层面的，巴赫金认为这样的研究只能是对文学的局部研究，他说：“对小说进行具体的修辞分析的尝试，要么形成了对小说家语言的语言学描写，要么局限于举出小说的某些修辞因素，这些因素可以（或者仅仅感到可以）归于修辞学的传统范畴。不管这两种情况的哪一种，小说和小说语言的修辞整体，全都被研究者所忽略。”② 相较于结构主义诗学的精英倾向，巴赫金则显得更有平民色彩，他更加青睐杂语并呈的广场语言，并认为，小说的魅力就在于复现了这种广场语言的杂语并置、相互交错。他说：

> 统一的民族语内部，分解成各种社会方言、各类集团的表达习惯、职业行话、各种文体的语言、各代人各种年龄的语言、各种流派的语言、权威人物的语言、各种团体的语言和一时摩登的语言、一日甚至一时的社会政治语言（每日都会有自己的口号，自己的语汇，自己的侧重）。每种语言在其历史存在中此时此刻的这种内在分野，就是小说这一体裁必不可少的前提条件；因为小说正是通过社会性杂语现象以及以此为基础的个人独特的多声现象，来驾驭自己所有的题材、自己所描绘和表现的整个实物和文意世界。作者语言、叙述人语言、穿插的文体、人物语言——这都只不过是杂语藉以进入小说的一些基本的布局结构统一体。其中每一个统一体都允许有多种社会的声音，而不同社会声音之

---

① 方珊：《形式主义文论》，山东教育出版社，1999 年，第 122 页。
② 〔俄〕巴赫金：《长篇小说的话语》，载《巴赫金全集》（第 3 卷·小说理论），白春仁、晓河译，河北教育出版社，1998 年，第 39 页。

间会有多种联系和关系（总是在某种程度上构成对话的联系和关系）。不同话语和不同语言之间存在这类特殊的联系和关系，主题通过不同语言和话语得以展开，主题可分解为社会杂语的涓涓细流，主题的对话化——这些便是小说修辞的基本特点。①

小说的杂语包括几个层面：（1）作者直接的文学叙述；（2）对各种日常口语叙述的摹拟（故事体）；（3）对各种半规范（笔语）性日常叙述（书信、日记等）的摹拟；（4）各种规范的但非艺术性的作者话语（道德的和哲理的话语、科学论述、演讲申说、民俗描写、简要通知，等等）；（5）主人公带有修辞个性的话语。它们相互交错在同一个文本中，但带有自己所在的语言系统（如它所在的具体方言、具体职业、具体集团，等等），比如巴赫金举的关于屠格涅夫小说的例子：

> 马特维·伊里奇待人的温和，只能同他的恢弘相媲美。他抚爱所有的人，对其中一些人有点厌恶的味道，对另一些人又带几分敬重；在女士面前像一个真正的法国男子毕恭毕敬，又不停地用一个调门朗声大笑，一位高官也正应该这么笑。（《父与子》第14章）

"一位高官也正应该这么笑"就把某个阶层的思想观念带进小说中。②

巴赫金把这些性质迥异的杂语叫作修辞统一体，它们进入长篇小说中，以"半人物语言、各种形式隐蔽表现的他人话语、散见各处的他人语言的个别词语字眼、渗入作者语言中的他人情态因素（省略号）诘问、感叹"③等形态结合成完美的艺术体系，服从于最高的修辞整体（即各种杂

---

① 〔俄〕巴赫金：《长篇小说的话语》，载《巴赫金全集》（第3卷·小说理论），白春仁、晓河译，河北教育出版社，1998年，第41页。

② 同上，第101－102页。

③ 同上，第100页。

语所共在的这个小说文本）；而这个整体绝不等同于其中所属的任何一种修辞统一体。这样，小说的语言受到两种因素的牵制，一个是修辞统一体，一个是修辞整体，于是，在修辞整体中出现社会性杂语的内在分野和彼此相映的多声现象，① 小说中的语言本身则构成向心力和离心力的施力点，集中和分散的进程、结合和分离的进程相交在话语中，并因为每一句话语都是积极参与现实的杂语现象，所以这种向心又离心便决定了话语的语言面目和风格，甚至在对话化了的杂语中，讥讽式地摹仿当代各种官方语言和思想生活中的凝聚、集中、向心轨道。②

最后，叙事文学的杂语现象使叙事文学和日常生活具有同构性，即表现了社会共在情形下社会主体如何处于统一（历史总体化）和分化（去历史化）的辩证关系中。巴赫金说，"词生活在自身之外，生活在对事物的真实指向中"③，"每个词都散发着它那紧张的社会生活所处的语境的气味；所有词语和形式，全充满了各种意向。词语不可避免地会带有在上下文语境中得来的韵致（体裁的、流派的、个人的）"④，"假如我们彻底地从这一指向里抽象出来，那么我们手中就只剩下词的赤裸裸的尸体了；凭这具尸体，我们丝毫也不能了解词的社会地位和它的一生命运"⑤。一方面，叙事文学的杂语现象还原了日常生活中的分化情形。统一的社会性中总存在一定的社会性区别、社会性分化，标准语则隐没了社会性走向统一的历史。社会性分化寓于社会性的统一中，但可以由不同的指物涵义、意向、情味所决定，表现在理解和运用语言成分方面的典型差别上（如给这些语言成分加添一定的细微意味和一定的评价语气），虽然可能不破坏共同标准语抽象的语言统一体，但在一定程度上使这些词语和形式远离其他流派、团体、作品和人物，具有了个性。另一方面，叙事文学的杂语现象还

---

① 〔俄〕巴赫金：《长篇小说的话语》，载《巴赫金全集》（第3卷·小说理论），白春仁、晓河译，河北教育出版社，1998年，第40-41页。
② 同上，第50-51页。
③ 同上，第73页。
④ 同上，第74页。
⑤ 同上，第73页。

原了日常生活中分化与统一之间的辩证关系。任何个人化的世界观在以独特的方式把语言的不同意向潜力分解出来，为我所用地实现个人意志，但这种为我所用的每一个具体时刻，都是对社会和思想生活这个统一体的暂时分有，换言之，这种为我所用总是与其他的为我所用共处并存在对话状态中，构成离心式的向心，其核心就是某个时代、某个社会集团的语言共处并存。统一的语言在这种离心式的向心中获得动态性。①

"多音齐鸣""双声"等"杂语现象"构成对话，其结果是暴露出上一层（人物或叙述者）声音的语境的异质性和开放性——正是它使"现在"趋于未完成。

叙事中的杂语是以什么样的叙事模式来形成异质性、开放性的呢？这就是下编"叙事空间"要着重讨论的问题。

---

① 〔俄〕巴赫金：《长篇小说的话语》，载《巴赫金全集》（第3卷·小说理论），白春仁、晓河译，河北教育出版社，1998年，第70-71页。

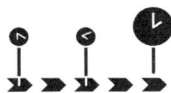

叙事是对空间生产的摹仿

我眼睛看到的是同时发生的：

我记叙下来的却有先后顺序，因为语言有先后顺序。①

——博尔赫斯

20 世纪下半叶思想界"空间转向"，其要义在于对历史主义的反思和批判，福柯的这句话堪称点题："空间在以往被当作是僵死的、刻板的、非辩证的和静止的东西。相反，时间却是丰富的、多产的、有生命力的、辩证的。"② 与之类似的洞见如索亚（Edward Soje）在《后现代地理学和历史主义批判》一文中，分析空间化思维兴起与历史主义批判之间的内在关联，认为长久以来历史主义在合理合法性的身份确证中，保持着难以撼动的霸权地位，并对批判性空间想象实施着强大的压制与控制，明确提出"历史决定论是空间贬值的根源"③，指出"当今的时代或许应是空间的纪

---

① 〔阿根廷〕豪·路·博尔赫斯：《阿莱夫》，王永年译，《博尔赫斯全集》（小说卷），浙江文艺出版社，1999 年，第 306 页。

② M. Foucault, 'Of Other Space', Diacritics 16, 1986, P. 22-27, translated from the French by Jay Miskowiec. 转引自〔美〕爱德华·索亚：《后现代地理学——重申批判社会理论中的空间》，王文斌译，商务印书馆，2004 年，第 10 页。

③ 〔美〕爱德华·索亚：《后现代地理学——重申批判社会理论中的空间》，王文斌译，商务印书馆，2004 年，第 31 页。

元。我们身处在同时性的时代中：处在一个并列的时代，近与远、肩比肩以及消逝的年代。我确信，我们处在这么一刻，其中由时间以一生发展出来的世界经验远少于联系着不同点与交叉间之混乱网络所形成的世界经验。或许我们可以说：特定意识形态的冲突推动了当前时间之虔诚继承者与被空间决定之居民的两极化对峙"①，所以"这种对空间性的重新安置的核心，是对长久以来本体论的和理论的历史主义提出批判，因为历史主义在批判性论述中倾向于予以优势包摄了空间性"②。可见，空间转向旨在让空间重新获得言说能力，从而以间性视野保证历史时间总体化的开放性，所以空间转向蕴含了现代伦理精神。

空间理论蓬勃发展，波及哲学、社会学、人类学、美学等诸多领域，构成现代性话语体系中非常鲜活的理论。它们延伸到文学艺术理论领域，从不同角度拓展了文学与空间之间的关系研究，诸如文学地理研究③、空间形式研究④、空间叙事研究⑤、文学时空体研究⑥等，尤能彰显现代叙事

① M. Foucault, 'Ouestions on Gepgraphy', C. Gordon（ed.）, Power/Knowledge：Selected Interviews and Other Writings 1972-1977, 1980, P. 63-77. 转引自夏铸九：《空间的文化形式与社会理论读本》，（台）明文书局，1988 年，第 225 页。

② 〔美〕爱德华·索亚：《后现代地理学和历史主义批判》，转引自许纪霖：《帝国、都市与现代性》，江苏人民出版社，2006 年，第 218 页。

③ 如迈克·克朗在《文学地理学》中讨论文学叙事如何参与空间意义的建构，包括文学中的空间意指、空间塑造、空间政治等问题。参见〔英〕迈克·克朗：《文化地理学》，杨淑华、宋慧敏译，南京大学出版社，2003 年，第 72 页。

④ 约瑟夫·弗兰克在《现代文学中的空间形式》提出"空间形式"概念。弗兰克之后，学者们陆续细化"空间形式"的丰富内涵，包括叙事文本的物态载体、指涉空间、结构形态、哲理世界等，空间研究深化了"叙事是时间艺术"。

⑤ 龙迪勇的《空间叙事学》系统分析了空间在叙事中的形状和功能，包括叙事中时间与空间的关系创作心理的空间特征（记忆的空间性），叙事中的空间表征（现代小说结构，特殊的空间形式如主题-并置叙事、分形叙事，人物形象塑造），跨媒介和跨学科叙事中的空间问题（图像叙事，历史叙事）。杨义的《中国叙事学》"结构篇""时间篇""视角篇""意象篇""评点家篇"等对中国传统叙事的空间因素做了精细且精辟的分析，为考察中国传统叙事特质提供了很大的启发。陈平原的《中国小说叙事模式的转变》聚焦 19 世纪末到 20 世纪初的"新小说家"（1898—1916）和"五四小说家"（1917—1927）的创作与理论，详实地描述和剖析了两代作家对中国传统叙事模式的现代转变的运动轨迹，并与当时影响中国叙事模式转型的西方小说相互参照，提供了丰沛的史料和新颖的角度，其中叙事角度、叙事结构的相关分析涉及叙事的空间意识。张世君对《红楼梦》的空间叙事研究，解立红对《水浒传》的空间叙事研究，龙迪勇对中国传统小说"叙述空间"的研究等进一步拓展中国传统叙事"空间性"现象。

⑥ 巴赫金的"时空体小说"和哈维的"时空压缩"，都是以文学形式的时空研究和现代世界的时空经验形成互文性研究。

伦理的价值立场。

　　本章在空间理论的基础上，立足于"叙事作为主体性修辞行为"的叙事伦理视阈，分析"叙事是对空间生产的摹仿"，它与"叙事是对时间塑形的摹仿"相辅相成。

第七章　叙事空间的形式化与伦理性

叙事学对叙事空间从形式上做了细致的梳理和辨析，将现代性空间理论的伦理关怀引入叙事空间形式分析，旨在呈现空间形式策略的伦理诉求。

第一节　叙事学研究视野中的空间形式：
从物质性到意义论

叙事作为文学象征的"假定的言词结构"，其叙事空间在摹仿现实空间、构建理想空间中，有着自身的假定性和影响因素，因而内涵混沌，如米克·巴尔说，"几乎没有什么源于叙述本文概念的理论像空间（space）这一概念那样不言自明，却又十分含混不清"①。学界对文学中的空间性因素做了相应的梳理，主要覆盖了空间形式、空间构成、空间伦理等不同的"空间"内涵。空间形式是叙事文本最外显的，在这方面的研究也比较突出，在对它的内涵层次清理中，包含了空间构成和空间伦理等辨析研究。

约瑟夫·弗兰克（Joseph Frank）在《现代小说的空间形式》中针对现代小说形式空间化的趋势，提出了"空间形式"的概念。弗兰克之后，查特曼（Seymour Chatman）、凯斯特纳（Joseph Kestner）、米歇尔（Mich-

---

① 〔荷〕米克·巴尔：《叙述学：叙事理论导论》，谭君强译，中国社会科学出版社，1995年，第156页。

ell）、瑞安（Marie-Laure Ryan）、赫尔曼（David Herman）、鲁思・罗侬（Ruth Ronen）、佐伦（Gabriel Zoran）、雷比肯（Eric S. Rabkin）等学者陆续细化"空间形式"的内涵，他们的梳理主要是按照叙事文本从外显载体向语义结构再向内在意指的层次逻辑①，总括起来"空间形式"包括五个层次：

---

① 查特曼提出"故事空间"（story-space，被叙述的故事发生的环境）和"话语空间"（discourse-space，叙述者所在的空间），它们都需要读者在理解中建构。参见 Seymour Chatman, *Story and Discourse: Narrative Structure in Fiction and Film*, Ithaca: Cornell University Press, 1978, P. 96-106. 转引自：龙迪勇：《空间叙事学》，三联书店，2015 年，第 9 页。

凯斯特纳认为小说与视觉艺术相反，小说是时间第一性、空间第二性的艺术，其空间形式是一种"第二位幻觉"（secondary illusion），它来自三个方面：第一，图像空间（pictorial space），如各种框架叙事（frame narratives），即故事中的场景；第二，雕塑空间（sculptural space），即小说中的人物塑造，他（她）是由外表与内心、视角与环境等一系列距离关系所形成的立体空间幻觉；第三，建筑空间（architectural space），即小说的章节结构、文字风格与排版等。参见 Joseph Kestner, 'Secondary Illusion: The Novel and the Spatial Arts', *Spatial Form in Narrative*, eds. Jeffrey R. Simtten and Ann Daghistany, Ithaca: Conell University Press, 1981, P. 105. 转引自王安：《论空间叙事学的发展》，载《社会科学家》2008 年第 1 期。

米歇尔提出文学空间的四个层次：第一，字面层，即文本的词语形状；第二，描述层，即文本指涉、摹仿的世界；第三，结构层，即情节编排的事件序列，这是前一章所述及的叙事时间；第四，意义层，即故事的抽象意义，这是形而上的空间。参见 W. J. T. Michell, *Spatial Form in Literature: Toward a General Theory*, Spring: Critical Inquiry, 1980, (6). P. 550-554，部分解释参考王安：《论空间叙事学的发展》，载《社会科学家》2008 年第 1 期。

瑞安提出四种空间类型：第一，文本指涉的虚构世界的物理空间；第二，文本自身的建筑或设计即"空间形式"；第三，文本符号所占据的物理空间；第四，作为文本语和容器的空间（如书架、硬盘或万维网）。参见 Marie-Laure Ryan. "Cyperspace, Cybertexts, Cybermaps." <http://www. dichtung-digital. org/2004/1- Ryan. htm>, 2006- 09- 26. 转引自王安：《论空间叙事学的发展》，载《社会科学家》2008 年第 1 期。

赫尔曼在《劳特里奇叙事理论百科全书》收录了叙事空间的三个相关词条：第一，"叙事空间"（narrative space），以界定故事内人物移动和生活的环境。第二，"空间表现形态"（presentations of space），强调不同艺术的空间指涉手段，舞台艺术是场景（scenic）、美术与影视是描绘（depiction），文学是描写（description），后者更诉诸读者的想象、阐释和建构。第三，"空间形式"（spatial form），指叙事结构中对时间性因素如线性顺序、因果关系的舍弃转而采用共时性的空间叙述方式，其常见形式有：并置、碎片、蒙太奇、多情节、省略时间标志、弱化事件与情节以给人一种同在性的印象、心理描写、百科全书式的摘录等。参见 David Herman, *Routledge Encyclopedia of Narrative Theory*, London and New York: Routledge, 2005, P. 555, 转引自陈德志：《隐喻与悖论：空间、空间形式与空间叙事学》，载《江西社会科学》2009 年第 9 期。

鲁思・罗侬认为故事总体是个"架构的空间"（framing space），它由文本中的种种"框架"的空间（framed space）构成。指出在叙事文本中空间有三种组织结构形式：连续空间；可以跨越的异质空间；错开层次的异质空间。参见 Ruth Ronen, *Space in Fiction*, Poetics Today, 1986 (7). 转引自龙迪勇：《空间叙事学：叙事学研究的新领域》，载《天津师范大学学报（社会科学版）》2008 年第 6 期。（转下页）

一、物态层

即承载文本的容器介质的空间，如印刷单行本、硬盘或万维网等。

在如今跨媒介叙事研究中，尤其能够充分体察到瑞安所谓的"作为文本语境和容器的空间（如书架、硬盘或万维网）"即媒介的空间形式对叙事的规约。如沃尔特·翁提出"媒介决定论"解释印刷媒介对19世纪西方小说诞生的影像："印刷……从机械上也从心理上将语词在空间锁定，由此建立了比（手稿）书写更牢固的封闭感。印刷世界诞生了小说，最终与插曲结构分道扬镳"，因为印刷媒介所导致的书面叙事，使小说结构在史诗的松散结构和戏剧的严密组织中折中，进而使小说人物刻画有别于史诗——史诗的口头叙事刻画"扁平"人物，小说的书面叙事注重心理过程，结果创造了诡谲多变、心理复杂的"圆形"人物。[①]如果说，从口头叙事进入书面叙事，因为"写作让言语更加持存"而产生了传统小说和现代小说的叙事模式革新，那么，进入当代，新媒介不断地重塑先旧媒介的形式逻辑，"超文本让书写更加生动"[②]，比如小说中的电影或音乐技法，文学拼贴或"梗"文化，绘本小说，二次元媒介文化促生奇幻小说和穿越小

（接上页）佐伦提出叙事再现的空间单位是"场景"（scene），它在叙事文本中的生成有三个层次：第一，地志的空间，即地点（place），指通过场景描写或叙述等手法所再现的静态的物理空间，当然，这个静态是相对于故事开端和人物行动而言的，它先在于后者；第二，时空体的空间，即行动域（zone of action），指随着情节（人物的行动和事件）发展将实体连缀起来的空间，这个空间是主体（作者的或人物的）意向及其行动的结果；第三，文本的空间，即视域（zone of vision），指言词结构的象征性再现，包括语言选择（描述的详或略，决定对假定空间的再现是清晰还是模糊），叙述顺序（叙述的先或后，决定时空体空间的变化轨迹），视角结构（聚焦的有限或无限，决定所见所知的不同关注点）。参见 Gabriel Zoran. *Towards a Theory of Space in Narrative*, Poetics Today, Vol. 5, No. 2, The Construction of Reality in Fiction (1984).

　　① Walter J. Ong, *Orality and Literacy*：*The Technologizing of the Word*, London：Methuen, 1982, P. 149-151. 转引自〔美〕玛丽-劳尔·瑞安：《跨媒介叙事》，张新军、林文娟等译，四川大学出版社，2019年，第25页。

　　② Bolter, Jay David, *Narrative in the Fiction Film*, Madision：University of Wisconsin Press, 1985, P. 59. 转引自〔美〕玛丽-劳尔·瑞安：《跨媒介叙事》，张新军、林文娟等译，四川大学出版社，2019年，第25页。

说等，已经让我们看到叙事在很大程度上对媒介的依存，并反映在情节结构上的创新。

二、字面层

即文本外表的直观形状的空间，如文字排版、词语形状、章节形状等。

米歇尔提出的"字面层"和瑞安提出的排版、装帧的空间特征等这类空间形式依然对读者的结构化文本行为形成了心理暗示，具有积极的意义建构功能。比如美国诗人肯明斯（E. E·Cummings）的诗歌《太阳下山》：

> *Sunset*
>
> the gold light of the sunset shine
>
> upon the churchsteepls
>
> like a swarm of golden
>
> stinging insect
>
> the silver light of the sunset
>
> reminds me of the chanting of evening prayers
>
> the great church bells are ringing
>
> in the rose-colored light of the sunset
>
> the shape of the bells appears fat and lewd
>
> a light wind
>
> is ruffling
>
> the surface of the sea
>
> as though
>
> it were dragging dreamS——
>
> across the water.

译文（江枫译）①：

《太阳下山》

刺痛

金色的蜂群

在教堂尖塔上

银色的

　　　　歌唱祷词那

巨大的钟声与玫瑰一同震响

那淫荡的肥胖的钟声

　　　　　　而一阵大

风

正把

那

海

卷进

梦

——中

诗歌描写夕阳西下远近教堂钟声齐鸣时的感觉时很倚重视觉化的空间形式：全诗除了用一个破折号外，别无标点，拼写也除了一处其余全小写，使钟声没有被隔断；诗行排列形式错落，象形出钟声的忽高忽低、忽近忽远；拼写仅"dreamS"的"S"大写，以显梦幻之大之多。

三、描述层

即文本指涉的故事场景的空间。如巴尔扎克《高老头》里开篇描述的

---

① 舒芜：《西方现代派文学的边界线（二）》，载《读书》1984 年总 68 期。

"伏盖公寓"，茅盾《子夜》里开篇描述的吴老太爷眼中的"上海滩"等。这类空间就是地志的空间，它是通过场景描写或叙述等手法所再现的静态的物理空间。

赫尔曼用他在《劳特里奇叙事理论百科全书》收录了叙事空间的三个相关词条，其中的"空间表现形态"（presentations of space）强调文学叙事的空间指涉手段与舞台艺术的场景（scenic）、美术与影视的描绘（depiction）等手段不同，文学采用描写（description）方法，这种指涉空间更诉诸读者的想象、阐释和建构。此外，赫尔曼用"叙事空间"（narrative space）的词条来界定故事内人物移动和生活的环境，指出它有四个重要的参数：空间边界、空间所包含的物体、空间所提供的生活场景、时间性维度。[1] 鲁思·罗侬（Ruth Ronen）进一步深化赫尔曼所谓的"叙事空间"，对文本所指涉的空间从其组织方式上做了分类。罗侬认为故事总体是个"架构的空间"（framing space），它由文本中的种种"框架"的空间（framed space）构成。"框架"（frame）概念指小说中人物、物体存在和事件发生的实际或潜在的环境。其中，"背景"（setting）是基本空间框架（spatial frame），既是物体、人物或事件的直接现实环境，又往往是某个"架构的空间"的一部分（一栋房子、一座城市、一个国家或大陆等）。叙事文本中，空间有三种组织结构形式：①连续空间，即多个连续空间、彼此相邻，人物可以自由地穿过这些相邻空间；②可以跨越的异质空间，即多个异质空间、彼此中断，人物只能借住特殊通道使不同空间沟通；③错开层次的异质空间，即多个异质空间，彼此绝通，人物只能通过转喻进入这些梦境、童话、书中书等奇幻空间。[2]

---

① 第三个词条是"空间形式"（spatial form），指叙事结构中对时间性因素如线性顺序、因果关系的舍弃转而采用共时性的空间叙述方式，其常见形式有：并置、碎片、蒙太奇、多情节、省略时间标志、弱化事件与情节以给人一种同在性的印象、心理描写、百科全书式的摘录等。参见 David Herman, *Routledge Encyclopedia of Narrative Theory*, London and New York：Routledge, 2005, P. 555. 转引自陈德志：《隐喻与悖论：空间、空间形式与空间叙事学》，载《江西社会科学》2009 年第 9 期。

② Ruth Ronen. *Space in Fiction*, Poetics Today, 1986（7）. 转引自龙迪勇：《空间叙事学：叙事学研究的新领域》，载《天津师范大学学报（社会科学版）》2008 年第 6 期。

查特曼在《故事与话语》中把文本中的空间指涉进一步区分为两种：①"故事空间"（story space），指行为或故事发生的当下环境；②"话语空间"（discourse space），指叙述者所在的空间，包括叙述者的讲述或写作环境。这对概念区分出了"此在故事"（story-HERE）的故事空间里人物所在的物理位置和视角，以及"此在话语"（dicourse-HERE）的叙述空间里叙述者所在的物理位置和视角。[1] 这样的区分相当有必要，它们将空间指涉向"言词结构"的语义层做了质的推进。佐伦将查特曼的故事空间、话语空间与场景、人物（行动）、人物和叙述者的视角联系起来，做了更为细切的分析。佐伦提出叙事再现的空间单位是"场景"（scene），它在叙事文本中的生成有三个层次：①地志的空间，即地点（place），指通过场景描写或叙述等手法再现的静态的物理空间，当然，这个静态是相对于故事开端和人物行动而言的，它先在于后者；②时空体的空间，即行动域（zone of action），指随着情节（人物的行动和事件）发展将实体连缀起来的空间，这个空间是主体（作者的或人物的）意向及其行动的结果；③文本的空间，即视域（zone of vision），指言词结构的象征性再现，包括语言选择（描述的详或略，决定对假定空间的再现是清晰还是模糊），叙述顺序（叙述的先或后，决定时空体空间的变化轨迹），视角结构（聚焦的有限或无限，决定所见所知的不同关注点）。[2]

四、结构层

即读者意识到的文本结构形态。这包括两种情形：

第一种空间结构是比较直观的，主要表现为现代文学作品时间形式空间化的特点，比如情节的并置、碎片、蒙太奇，以及弱化情节等。如约瑟

---

① Seymour Chatman. *Story and Discourse*：*Narrative Structure in Fiction and Film*. Ithaca：Cornell University Press, 1978, P. 96-106. 转引自龙迪勇：《空间叙事学》，三联书店，2015 年，第 9 页。

② Gabriel Zoran. *Towards a Theory of Space in Narrative*，Poetics Today, Vol. 5, No. 2, The Construction of Reality in Fiction（1984）. 转引自龙迪勇：《空间叙事学》，三联书店，2015 年，第 13 页。

夫·弗兰克辨析《尤利西斯》《追忆似水年华》《夜间丛林》《荒原》等现代主义文学作品的美学特征，认为它们表现出场景时间空间化、情节时间空间化、纯粹时间空间化等现代小说形式空间化的趋势。弗兰克认为因此在文学文本的空间中除了语言的空间形式、故事的物理空间，读者的心理空间尤其值得关注，读者在解读这一类作品的场景时，发现"就场景的持续来说，叙述的时间流至少被终止了：注意力在有限的时间范围内被固定在诸种联系的交互作用中。这些联系游离叙述过程之外而被并置着，该场景的全部意味都仅仅由各个意义单位之间的反应联系所赋予"[①]。读者的"反应参照"阅读机制，即打破作品文本的线性和故事的时序性，把散落在作品中各处的"词组""语句""片段""思想"等因素"并置"起来，形成某种连贯的、自洽性的解读。赫尔曼说弗兰克的"空间形式""是叙事结构的一种模式，他推崇主题化的顺序而排斥时序性与因果性顺序。从这个意义上说，'空间的'不是一个指涉性范畴，而是一个结构上的隐喻"[②]，雷比肯表达了同样的观点，"当我们说到情节的'空间形式'时，我们只是从隐喻的意义上来谈论的。一个已经实现的情节，总是通过时间在读者的内心中发生"[③]。

第二种空间结构是相对隐在，它也普遍存在于传统叙事文本中，读者在阅读理解中将线性叙事中的词、句、片段、母题等抓取出来、并置在一起，加以符号象征系统式的重组，以能参照领会。而且，这种符号象征系统可能跨越单个文本，与文化传统中的其他文本构成"互文"（intertextu-

---

① Joseph Frank, *The Idea of Spatial Form*, New Brunswick：Rutgers University Press, 1991, P. 16. 转引自王安：《论空间叙事学的发展》，载《社会科学家》2008 年第 1 期。

② 第三个词条是"空间形式"（spatial form），指叙事结构中对时间性因素如线性顺序、因果关系的舍弃而转而采用共时性的空间叙述方式，其常见形式有：并置、碎片、蒙太奇、多情节、省略时间标志、弱化事件与情节以给人一种同在性的印象、心理描写、百科全书式的摘录等。参见 David Herman, *Routledge Encyclopedia of Narrative Theory*, London and New York：Routledge, 2005, P. 555. 转引自陈德志：《隐喻与悖论：空间、空间形式与空间叙事学》，载《江西社会科学》2009 年第 9 期。

③ Eric S. Rabkin. *Spatial Form and Plot*, *Spatial Form in Narrative*, eds. Jeffrey R. Smitten and Ann Daghistany. Ithaca：Conell University Press, 1981. 转引自约瑟夫·弗兰克：《现代小说中的空间形式》，秦林芳编译，北京大学出版社，1991 年，第 102 页。

ality，克里斯蒂娃语），成为某种普遍的程式，从而指涉文化原型的"结构上的隐喻"。

中国古代小说评点家善于将情节结构比拟为空间形式，并将其概括提炼为普遍的程式。如金圣叹把线性的叙事文本总结为从儒家经典《论语》源流下来的结构模式：

> 《学而》一章，三唱"不亦"；《叹舣》之篇，有四"舣"字；余者一"不"，两"哉"而已；"质胜文则野，文胜质则史"，其文交互而成。"知之者不如好之者，好之者不如乐之者"，其法传接而出。山水动静乐寿，譬禁树之对生。子路问闻斯行，如晨鼓之频发。其他不可悉数，约略皆佳构也。彼《庄子》《史记》，各以其书独步万年，万年之人，莫不叹其何处得来。若自吾观之，彼亦岂能有其多才者乎？皆不过以此数章引而伸之，触类而长之者也。①

金圣叹把任何作品都看成是首尾相瞻、有机照应的空间形式："诗与文，虽是两样体，却是一样法，一样法者，起承转合是也。除却起承转合，更无文法，除却起承转合，更无诗法"②，"如《水浒传》七十回，只用一目具下，便知其三千余纸，只是一篇文字。中间许多事体，便是文字起承转合之法"③，所有的叙事作品都不过是在运用和扩展"交互而成"、"传接而出"、"禁树对生"和"晨鼓频发"等结构法，它们"平行"地重现某个意象、事件、场面、气氛，以强化某个主题。如《水浒传》中林冲、杨志、武松、宋江等人被"逼上梁山"的过程，《三国演义》中"三

---

① （清）金圣叹：《水浒传·序》，载《三金圣叹评点才子全集》（第三卷），光明日报出版社，1997年，第12—13页。

② （清）金圣叹：《示顾祖颂、孙闻、韩宝旭、魏云》，载《金圣叹评点才子全集》（第一卷），光明日报出版社，1997年，第20页。

③ （清）金圣叹：《读第五才子书法》，载《金圣叹评点才子全集》（第三卷），光明日报出版社，1997年，第19页。

气周瑜""六出祁山""七擒孟获"等事件的重复，便是"平行"的具体运用。

为了避免同类重复的单调，金圣叹还提出"犯"（重复）中求"避"（变化）的"避犯法"。即在"平行"的基准上"对立"或"类比"，"衍生"出另一个叙事单元（意象、事件、场面、气氛等），这也是通过不断再现而指向同一主题：

> 吾观今之文章之家，每云我有避之一诀，固也。然而吾知其必非才子之文也。夫才子之文，则岂惟不避而已，又必于本不相犯之处，特特故自犯之，而后从而避之，此无他，亦以文章家之有避一诀，非以教人避也，正以教人犯也。犯之而后避之，故避有所避也。若不能犯之，而但欲避之，然则避何所避乎哉？是故行文非能避之难，实能犯之难也。①

他举例说：

> 有"正犯法"。如武松打虎后，又写李逵杀虎，又写二解争虎；潘金莲偷汉后，潘巧云偷汉，江州劫法场，又写大名府劫法场；何涛捕盗后，又写黄安捕盗；林冲起解后，又写卢俊义起解；朱仝、雷横放晁盖后，又写朱仝、雷横放宋江等。正是要故意把题目犯了，却有本事出落得无一点一画相借，以为快乐是也。真是浑身都是方法。②

另外，他很细察入微地举例说明《水浒传》如何用微观的意象——

---

① （清）金圣叹：《〈水浒传〉第十一回回评·读第五才子书法》，载《金圣叹评点才子全集》（第三卷），光明日报出版社，1997年，第222页。
② （清）金圣叹：《读第五才子书法》，载《金圣叹评点才子全集》（第三卷），光明日报出版社，1997年，第24页。

"石碣"来组构偌大的篇幅："三个'石碣'字，是一部《水浒传》大段落"①，"盖始之以石碣，终之以石碣者，是此书大开阖"②。"石碣"在小说里共出现三次。第一次，小说开头，洪信误开黑洞、揭开"石碣"、走了妖魔。小说第十三回提到晁盖别名"托塔天王"，因他搬走青石凿的宝塔，而晁盖在聚义起事的叙述中是一个"提纲挈领之人"，故金圣叹认为此事"暗射石碣镇魔事""亦暗射开碣走魔事"③。第二次，"七星聚义"最初密谋地点叫"石碣村"，"石碣村"小聚义之后就是梁山泊"大聚义"，足见"石碣"在小说大结构中的作用："《水浒》之始，始于石碣；《水浒》之终也，终于石碣。石碣之为言一定之数，固也。然前乎此者之石碣，盖托始之例也。若《水浒》之一百八人，则自有其始也。一百八人自有其始，则又宜何所始？其必始于石碣矣。故读阮氏三雄，而至石碣村字，则知一百八人之入水浒，断自此始也。"④ 第三次，第七十回梁山好汉齐聚一堂排座次，公孙胜作法奏闻天帝时，天眼开而滚下一块石碣，"竟钻入正南地下去了。"金圣叹以为这是一篇之终的信号：石碣出，成就好汉聚义梁山的大故事；石碣没，显露英雄飘零凋落的大收场。

金圣叹用"平行""避犯"等来阐释他所说的小说不是"以文运事"而是"因文生事"，即小说家借助写作法则建构虚拟的世界，而不是追求真实地模仿现实世界；在我们看来，"平行""避犯""因文生事"说明金圣叹看到的叙事空间是"空间形式"。

五、意义层

即文本最终呈现的象征性空间。这是读者通过阐释判断、伦理判断、

---

① （清）金圣叹：《读第五才子书法》，载《金圣叹评点才子全集》（第三卷），光明日报出版社，1997年，第19页。

② （清）金圣叹：《〈水浒传〉第七十回回评·读第五才子书法》，载《金圣叹评点才子全集》（第四卷），光明日报出版社，1997年，第240页。

③ 同上，第251页。

④ （清）金圣叹：《〈水浒传〉第十四回回评·读第五才子书法》，载《金圣叹评点才子全集》（第三卷），光明日报出版社，1997年，第261页。

审美判断①在文本中解读出来的"现实"空间或"理想"空间或"形上"空间，比如哈代的"威塞克斯"，托马斯·曼的"魔山"，沈从文的"边城"，博尔赫斯的"阿莱夫"等，它们将地志空间提升向被情感化、历史化、哲理化的意义空间，和现实生活形成镜像关系。

在这种叙事空间界定中，特定的空间（建筑、场景等）具有了推动小说进程的功能，作为这种叙事行为的结果，特定的空间也获得了特性和意义。如卢伯克（Percy Lubbock）所说的情形，"那座房子成了它的老主人过去一切经历的化身，故事开始时就显而易见地把它跟情节联系了起来。……他的作品的总体效果、他的故事的伦理基础和社会基础的观念，在相当大的程度上是由它那无生命的背景提供的。他需要描绘人物和一连串的生活，而在很大程度上他需要凭借描述一座房子来这么办"②。所以这是一种空间的实践。空间的实践涉及的是一种人在其中移动和行为的物体的空间，关注的是概念思考和体验之前的感知空间和物质生活的生产和再生产，我们可以大致将其看作经济或物质基础，其中，空间实践和空间形式必须与不同的生产和再生产的行为相适应，这就定义了场所、行为、符号、日常琐碎的空间，符号或象征也使场所具有了特性和意义。

比如，苏珊·斯坦福·弗里德曼（Susan Stanford Friedman）对《微物之神》所做的分析就是这种思路。她的分析基于福柯的"异托邦"（heterotopias）概念，使人们注意到不同空间的分割和社会秩序结构有着关联，如墓地、监狱、剧院、妓院、博物馆、图书馆、集市等这些地方与危机、越轨、不兼容、并置、补偿、连续性等较大的文化结构相联系。弗里德曼进一步提出"空间上的高度凝聚（cathexis）"，来把"异托邦"叙事性

---

① 费伦认为读者在理解中诉诸三种主要的叙事判断，每一种都可能影响另外两种，或者与其相交融，这三种叙事判断分别是：对于事件或其他叙事因素之性质的阐释判断；对于人物和事件之道德价值的伦理判断；对于该叙事及其组成部分之艺术价值的审美判断。参见〔美〕詹姆斯·费伦：《叙事判断与修辞性叙事理论：伊恩·麦克尤万的〈赎罪〉》，James Phelan, Peter J. Rabinowitz主编：《当代叙事理论指南》，申丹、马海良、周靖波等译，北京大学出版社，2007年，第372页。

② 〔英〕珀西·卢伯克：《小说技巧》，方土人译，载《小说美学经典三种》，上海文艺出版社，1990年，第160页。

化，构成小说中的具有叙事功能的异托邦场所，即《微神之物》中，"各种建筑物都有借喻的力量，充当了异托邦的场所，将构成身份的社会、文化、政治体系带入注意力的中心；它们启动了跨越边界的行为……使故事——即对事件的展示——得以发生"①，易言之，建筑在异托邦意义上所起的故事发生器作用，使读者集中关注建造建筑的社会结构、建筑随着时间而变化的历史，以及建筑历史所折射出的生来就落入了社会结构、生活与社会结构不可分离的人们的身份问题和殖民主义、后殖民主义、多元民族主义等地理政治结构。弗里德曼具体举例说，小说中的阿比拉什有声电影院就是一个异托邦，它是"装载着很多过去的故事，并会产生很多未来的故事"②的华美建筑，"温情脉脉的'接触'和你死我活的斗争都写在墙上和穿行于历史之中的那些躯体之上"③，"蕴含着殖民主义、后殖民主义以及日益增长的美国文化和经济霸权的历史"④。

杨义在《中国叙事学》中就《金瓶梅》也举了一个非常确切的例子：

> 　　《金瓶梅》写西门庆家族暴发、荒唐和崩毁的历史，因而清河县这位首富的家宅占据全书的中心位置，是他和六房妻妾寻欢作乐的地方，是他依凭官商势力发泄酒、色、财、气的无穷欲望的地方。恰好在西门府的两旁，作者安排了玉皇庙和永福寺，以一道一佛的两座寺院把西门府夹成了一份三明治。城东门外的玉皇庙属于道教，人们在这里祈福禳灾，热热闹闹地追求着生；城

---

　　① 〔美〕苏珊·斯坦福·弗里德曼：《空间诗学与阿兰达蒂-洛伊的〈微物之神〉》，James Phelan, Peter J. Rabinowitz 主编：《当代叙事理论指南》，申丹、马海良、周靖波等译，北京大学出版社，2007 年，第 215 页。

　　② 同上，第 214 页。

　　③ Michel de Certeau, "*Spatial Stories*" in *The Practice of Everyday Life*, trans. S. Rendell, P. 126, 转引自苏珊·斯坦福·弗里德曼：《空间诗学与阿兰达蒂-洛伊的〈微物之神〉》，James Phelan, Peter J. Rabinowitz 主编：《当代叙事理论指南》，申丹、马海良、周靖波等译，北京大学出版社，2007 年，第 219 页。

　　④ 〔美〕苏珊·斯坦福·弗里德曼：《空间诗学与阿兰达蒂-洛伊的〈微物之神〉》，James Phelan, Peter J. Rabinowitz 主编：《当代叙事理论指南》，申丹、马海良、周靖波等译，北京大学出版社，2007 年，第 215 页。

南门外的永福寺属于佛教，人们避难于斯、埋葬于斯，悲悲凉凉地解脱着生、超度着死。就是说，这道庙佛寺之设，把西门庆家族置于生与死、冷与热的带有宗教意味的潜在结构之中，呼应带有空幻色彩的天人之道。①

杨义举例说，在玉皇庙里的事件，记录了西门庆在市井、官场上的渐渐得势，在永福寺里的事件，记录了西门庆盛极而衰的生存命程。最后，杨义的论称落脚在对张竹坡夹评"玉皇庙热之源，永福寺冷之穴也"的附从，认为"这种非结构的结构，乃是一种潜隐结构，它们相互呼应，以象征的方式赋予整个情节发展以哲学意义"②。如果换个角度看，则是把这两个地方——玉皇庙和永福寺——发生的事情，为它们所夹着的西门庆豪宅不断赋意。从而使空间具有了生产力/叙事功能。

第二节　现代性理论视野下的空间伦理：从主体性到主体间性

跨越哲学、政治经济学、社会学、人类学、美学等研究领域的空间理论主要从两个维度拓展现代性语境下的伦理诉求。

其一是从现象学维度，发掘"空间"之于主体性诗意栖居的家园意义感。

代表人物有海德格尔、段义孚、巴什拉等，他们分别从哲学、人类学、诗学等领域讨论。海德格尔以时间哲学的"此在"渴慕本真的主体性存在，尽管他更遵奉时间、贬低空间，但实质将空间置于主体性存在论的视阈中，如陈嘉映所认为的："海德格尔这样贬低空间的存在论地位显然与他攻击传统存在论立场相一致。但在学理上，这样贬低就未必能讲得通

---

① 杨义：《中国叙事学》，商务印书馆，2019 年，第 72 页。
② 同上，第 74 页。

了。此在要跃入生存的诸种基本可能性，第一要务就是'给予存在者整体以空间'，空间在存在论上的重要性是明显的。"① 段义孚（Yi-fu Tuan）以人类地理学的"恋地情结"强调经过文化与社会特征改造的特殊的人地关系（"人类对物质环境的所有情感纽带"②），区分了"空间"（space，是开放的，令人茫然不安）与"地方"（position，"与空间相比，地方是一个使已确立的价值观沉淀下来的中心"③，是稳定的，让人安全或束缚）。巴什拉（Gaston Bachelar）以"空间诗学"阐发储存主体性记忆、历史、想象的空间，"空间在千万个小洞里保存着压缩的时间"④。

　　其二是从社会政治学维度，揭示"空间"之于自我–他者的间性关系建构和运作的理则。

　　代表人物有列斐伏尔、福柯、索亚、哈维（David Harvey）等，他们分别从政治经济学、社会学、地理学等领域讨论。列斐伏尔提出"空间生产"观点和三元空间论，从根本上改变了思想史的传统空间观。福柯从谱系学和解构主义的进路，考察"我们现代世界的空间转换的详尽谱系史"⑤，分析空间分配与权力运作、知识确证等一起协同的空间政治学。索亚基于列斐伏尔的空间三元论提出的"第三空间"（third space），是政治学领域的他者化空间，它在第一空间（物理空间）和第二空间（精神空间）之外的生活空间，它是前两种空间的前提和基础，包容、解构、重构、超越前两种空间，是开放多元的空间，"第三空间既是生活空间又是想象空间，它是作为经验或感知的空间的第一空间和表征的意识形态或乌托邦空间的第二空间的本体论前提，可视为政治斗争你来我往川流不息的

---

　　① 陈嘉映：《海德格尔哲学概论》，三联书店，1995 年，第 149–154 页。
　　② 〔美〕段义孚：《恋地情结》，志承、刘苏译，商务印书馆，2018 年，第 136 页。
　　③ 〔美〕段义孚：《空间与地方经验的视角》，王志标译，中国人民大学出版社，2017 年，第 44 页。
　　④ 〔法〕加斯东·巴什拉：《空间的诗学》，上海译文出版社，2009 年，第 7 页。
　　⑤ 〔法〕热拉尔·热奈特，〔加〕琳达·哈琴，〔美〕拉尔夫·科恩：《文学理论精粹读本》，周宪丛书总主编，阎嘉本卷主编，中国人民大学出版社，2006 年。

战场，我们就在此地做出决断和选择"①。哈维将现代性批判与城市地理学相结合，认为后现代把空间作为一种"美学范畴"，以个性化来反对现代城市的理性规划（《后现代的条件》），但又指出后现代的"时空压缩"（time-space compression）导致主题乐园、郊外休闲居所等人造的"变质的乌托邦"，以感到的现存作为全部的存在，实则是回避了真实世界。此外，霍米巴巴（Homi K. Bhabha）的"混杂性空间"（hybrid space），拉什（Scott Lash）的"媒介空间"（media space），卡斯特尔（Manuel Castells）的"流动空间"（The space of flows），詹明信的"超空间"（hyperspace）等也从不同的角度丰富了现代空间理论。

其中，列斐伏尔提出"空间是具有生产性的"（the production space）的观点，从根本上改变了思想史的传统空间观，使空间成为"丰富的、多产的、有生命力的、辩证的"，以间性视野保证历史时间总体化的开放性，使空间话语蕴含了深刻的现代伦理精神。因此，"空间生产"观所提供的基础性视野对叙事伦理空间研究大有裨益。

列斐伏尔在《空间生产》中对空间现象做了三个判断：

（1）自然空间（物质空间）正在消失，虽然在总体上自然空间过去是、现在依然是社会过程的起源和原始模式的基础；任何一种社会和任何一种生产方式都会生产出特有的社会空间，社会空间不是传统地理学概念的空洞的空间，而是重组社会关系与建构社会秩序的结构化过程，空间不是同质性的、静态的、先验的、既定的抽象秩序结构，而是动态的、矛盾的、异质性的实践过程，空间是被生产出来的结果，它包含着生产关系和再生产关系（包含生育、劳动力、社会关系的再生产），不断地超越地理空间限制而实现空间的"自我生产"，其关键就在于：生产和生产行为的

---

① 〔美〕爱德华·索亚：《第三空间：去往洛杉矶和其他真实和想象地方的旅程》，陆扬等译，上海教育出版社，2005年，第9页。

空间化，即列斐伏尔所说的："（社会）空间是（社会的）产品。"①②。

---

①　Henri Lefebvre, *The Production of Space*, trans. Donald Nicholson-Smith, Blackwell, Oxford, 1991, P. 26.

②　日常生活自然物质空间先在于人类的物质生存，并成为人类劳动的认识对象和实践对象。在对象化的实践活动中，先在的物质空间不断地转化进入工化的社会空间，社会空间成为第二自然空间："在劳动过程中，人的活动借助劳动资料使劳动对象发生预定的变化。过程消失在产品中。它的产品是使用价值，是经过形式变化适合人的需要的自然物质。"（参见《马克思恩格斯全集》（第23卷），人民出版社，1972年，第201-202页。）在社会生存中，人类的劳动实践具有二重性，既是物质生产活动，也是社会关系的生产和再生产。从前者而言，劳动实践是主客体的彼此对象化活动，从后者而言，劳动实践又可能通向主体间的交往实践。物质空间在介入人类劳动实践的对象化和劳动实践所通向的交往实践中时，成了人类劳动实践和交往实践活动中对象化的中介和中介化的对象。因此，自在、自发、盲目的自然空间在人的实践过程中不断地被改造为人的生存和发展的条件，成为人的需要、目的、意志、本质力量得到确证和展现的过程，因此不断获得人的性质，被烙上"社会"的印记。（参见《马克思恩格斯全集》（第42卷），人民出版社，1979年，第131页。）所以，曼纽尔·卡斯说："空间不是社会的反映（reflection），而是社会的表现（expression）。换言之，空间不是社会的拷贝，空间就是社会。"（参见〔美〕曼纽尔·卡斯特：《网络社会的崛起》，社会科学出版社，2003年，第504页。）列斐伏尔认为，空间生产（the production space）的操弄对象是自然物质空间，如前所述，在社会学层面，空间因为介入社会主体的劳动实践和交往实践活动，而成为社会主体对象化的中介和中介化的对象，因此介入价值交换系统，具有了类商品（前工业时代）、商品（工业时代）、符号（后工业时代）的属性。这样，在列斐伏尔看来，空间在实践活动中，如同货币、劳动力、资本、商品一样，具有相同的宣称（参见亨利·列斐伏尔《空间：社会产物与使用价值》，转引自包亚明：《现代性与空间的生产》，上海教育出版社，2003年，第48页。），成为一个具体的抽象（concrete abstraction）：空间是社会关系的物质产物（具体的），是社会关系的展现；空间自身就是一种关系（抽象的），是社会关系的一部分。因此，空间生产具有二重性：一方面，生产出具有使用价值的空间产品，此时，空间生产方式是空间物质生活资料的生产和再生产；另一方面，生产出空间产品的价值，即空间产品的使用价值这个物之下掩盖着的人与人之间的具体的社会关系，此时，空间生产方式是社会生产关系的生产和再生产——社会共在中，主体的建构依据不仅仅是个人的素质、潜能，更主要的是社会角色要求，个性的人转变成偶然的人，但社会人又借助支配空间的权力而成为交换社会的主体，每个人以占有、支配空间的形式占有社会权力、支配社会权力，至此，"一个人内心最深处的东西恰恰是最外在的社会环境所决定的。"（see Henri Lefebvre, *The Production of Space*, trans. Donald Nicholson-Smith, Oxford：Blackwell Press, 1991, P. 69-70）"空间是政治的。"（参见：包亚明主编：《后现代性与地理学的政治》，上海教育出版社，2001年，第67页。）空间不是简单意味着的几何学和传统地理学，而是一个社会关系的重组与社会秩序的构建过程；不是一个抽象逻辑结构，也不是既定的、先验的资本主义的统治秩序，它不仅仅是社会关系演变的静止的容器，而是一个动态的实践过程，不仅仅是被生产出来的结果，而是再生产者。一方面，对于主体性空间而言，空间制约了人的行为、言说及其在场，比如城市将人对环境的理解加以形象化或象征化（如广场、纪念碑、道路的终点或圆环位置通常有其象征意义），经济和政治力量便在不知不觉中恣意地操纵了空间，改变了其社会性格，也使生活在其中的人落入这种空间逻辑；另一方面，对于客体性空间来说，人通过身体来体验或适应空间，而且人的行为和思想塑造着我们周围的空间，人类的空间是人类动机和环境或语境构成的产物。列斐伏尔在《空间的生产》（1974年）中，强调空间实践在沟通城市和人的关系时的意义，指出城市生活展布在城市空间之中，各种空间的隐喻，如位置、地位、立场、地域、领域、边界、门槛、边缘、核心和流动等，莫不透露了社会的界线与抗衡的界限。以及主体建构自己和异己的边界。把空间特别是城市空间作为日常生活批判的一个最为现实的切入点。在空间性的生产过程中，人被包裹在与环境的复杂关系中，人自身也成为一个特殊的空间性单位。

（2）空间本身是社会实践（作为对生产过程的复制和揭示），为此，列斐伏尔建构了以生产实践为基础的三元空间观辩证结构："空间的实践"（spatial practice）、"空间的表征"（representations of space）、"表征性空间"（representational space）。具体而言，"空间的实践"涉及的是一种人在其中移动和行为的物体的空间，关注的是概念思考和体验之前的感知空间和物质生活的生产和再生产，我们可以大致将其看作经济或物质基础，其中，空间实践和空间形式必须与不同的生产和再生产的行为相适应，这就定义了场所、行为、符号、日常琐碎的空间，符号或象征也使场所具有了特性和意义；"空间的表征"涉及的是概念化的、构想的空间，是科学家、规划师、专家治国论者所关注的空间，这种空间在任何社会中都占有统治地位，是趋向文字的、符号的系统并据此进行控制；"表征性空间"涉及的是使用的、居住的、生活的、体验的空间，它与物质空间重叠并且对物质空间中的物体作象征（符号）式的使用①。这三种关于空间分别对应为感知的空间、构想的空间、生活的空间，构成空间性的"三元辩证"，并突出了"空间的生产是经由身体开始"②。

（3）空间具有历史性。列斐伏尔空间是生产的，有其生产过程，具有其历史维度。列斐伏尔借鉴马克思的生产方式理论与社会形态理论，把"空间生产的历史方式"分为六个阶段：（a）绝对的空间（absolute space，本质处于自然状态，一旦被占领，就会相对化并具有历史性）；（b）神圣的空间（sacred space，埃及式神庙与暴君统治的国家）；（c）历史性空间（historical space，政治国家，如希腊式的城邦和罗马帝国）；（d）抽象空间（abstract space，资本主义的政治、经济空间，与积累的空间联系在一起，在这种空间中，生产和再生产过程相互割裂，空间呈现出工具性特征）；（e）矛盾性空间（contradictory space，抽象空间的内在矛盾，导致了旧有空间和新的空间的分裂，如当代全球化与地方化的对立）；（f）差异性空

---

① 汪原：《关于〈空间的生产〉和空间认识范式转换》，载《新建筑》2002年第2期。

② Henri Lefebvre, *The Production of Space*, trans. Donald Nicholson-Smith, Oxford：Blackwell Press, 1991, pP. 173.

间（differential space，不同空间的叠加与拼接所产生的差异性的、生活经验的乌托邦空间），既然空间是社会行为的发源地，资本主义社会凭借同质化、分离化、等级化空间来对相关行为强加上某种时空秩序，束缚主体自由，那么，随着历史而重新结构化的、差异化的空间就能瓦解传统的理性主义对空间作为"容器""平台"的同质化控制。具体如资本主义社会空间，其中所建构的主体间社会关系具有整体化趋势，这种整体化趋势体现在三个不同等级或规模：全球化空间、国家化空间、都市化空间，彼此间表现持续不断地进行区域化（即通过同一化日常生活领域来进行其扩张）、非区域化、重新区域化，文化总体革命通过都市空间生产的革命来进行①：都市既是被资本主义工业化不断重构、以建立其稳固基础的必然要求，又是日常生活、使用价值、社会再生产的场所，所以包含着差异空间的生产、空间之间的吸纳与兼容、对自由时间的争取。②

综上，列斐伏尔的空间观是历史性-社会性-空间性三元辩证法的展开，它的意蕴在于把日常生活和社会主体的关系向几个方面联结在一起：①日常生活空间化使身体主体具有在场性，且使后者构成社会空间的原点；②借助身体主体，社会空间和空间生产被激活，它们在空间性实践中作为个体之主体自由或主体异化的过程而辩证地展开；③身体主体之空间实践的角度使我们可能看到主体间社会共在（即具有间性主体的视野）。

空间理论所呈现的主体性存在维度和主体间性共在维度，为叙事空间伦理研究提供了基础性视野。

---

① 其文化总体革命有三大路径：性的变革和革命，都市变革与革命，节日的重新发现和推崇。

② 包亚明：《现代性与空间的生产》，上海教育出版社，2003年。

第八章　现代叙事伦理视阈下的
三元空间观

列斐伏尔以空间生产实践为基础的三元空间观是三位辩证一体的，即在同一个实体空间中包含着丰富的性质：它既是结果性的物理空间（即"空间的实践"），也是物理空间何以被合理规划的构想空间（即"空间的表征"），还是物理空间何以被具体使用，甚至突破原有规划性的生活空间（即"表征性空间"）。从叙事伦理取向看，空间性与时间性一并构成叙事的话语实践，空间就不仅仅是叙事文本中的静态的舞台般的"场景"，也不仅仅是地志空间的诗学化或政治化，还应该是在"假定的言语结构"层次上象征性的空间生产，它应该是生成性的，参与"现在"的开放性，捍卫现代伦理精神。

因此，所谓"叙事是对空间生产的摹仿"，有三层意思：

一是叙事用所建构的空间摹仿现实的社会空间，引发生活反思。这是指涉层面的，比如从叙事文本中通过赋意所界分出的空间，让人对应地发现现实生活中被界分开的空间及其含意；

二是叙事用空间的塑形摹仿现实社会空间的生产，引发空间反思。这是方法层面的，比如从叙事文本中情节结构、空间形式、时间空间化等审美手段，让人对应地发现实际社会空间生产中的赋意手段和相关运作；

三是叙事用空间性的"身体"实践摹仿现实社会空间的生产范型，从而从空间性这个基础层面为主体性生存提供想象，即所谓"空间的构造、以及体验空间、形成空间概念的方式，极大地塑造了个人生活和社会关系"①，这是本体论层面的，比如叙事文本中，叙述者-叙述话语-声音-视角层层渗透，转为叙事文本的词语之表意实践，其发生突变的节点在于"视角-声音"后的"身体间"——它对应社会空间中的主体间空间生产是以身体主体展开的物质生产、意识形态、间性交往。

以下详述之。

第一节　一种视野：作为摹仿的空间

小说中的空间是历史性-社会性-空间性的三元辩证空间。

巴赫金曾在《小说理论》中谈论到人物形象和空间之间的关联，阐发了在成长小说中的时间不是传奇时间、循环时间或其他，而是历史时间，这种历史时间仅在"善于发现历史变迁"的人物面前绽出，由此，巴赫金论证成长小说主人公是有历史性维度的人物。他举的例子是歌德的《意大利游记》：

> 我们举目仰视山上，无论远近，只见山峦起伏，时而在阳光下金光闪闪、时而嶂气缭绕；时而形云密布、暴雨倾盆；时而又被积雪复盖——我们总是把这一切看作是大气影响的结果。因为我们熟知大气的运动和变化，为肉眼所见。相反地，山峦对我们外部感官来说，本来是静止不动的。我们认为它们一旦凝固冷却便是死物；我们以为它们对天气的影响无济于事，因为它们处于恒久不变之中。可我早就忍不住要说，大气层绝大部分的变化正是由于它们内在的、悄然的、秘密的作用所致。（歌德《意大利

---

① 〔英〕丹尼·卡瓦拉罗：《文化理论关键词》，张卫东、赵顺宏译，江苏人民出版社，2006年，第180页。

游记》第 11 卷，第 28 页。)①

巴赫金分析说，歌德之前三个世纪的"整个世界"只是特殊的象征符号，它没有被用地图、地球仪等再现出来。那时的人们凭自己的目力所及和认识把握的世界，只是孤立的小碎块，"其余的一切都影影绰绰地消失在迷雾中，与彼岸世界，与孤立的、理想的、幻想的乌托邦世界纠结交织在一起"，乌托邦世界把贫乏的、零碎的现实充实、组合成"一个神话的整体"，并把现实变得空洞无物。文艺复兴时代，航海发现、天文新说，让"整个世界"的概念与坚实浑圆的地球结合在一起，"整个地球""本身开始获得地理上的规定性（还远不是充分的规定性）和历史上的意义（更加不充分的意义）"，现实已不是被彼岸变得贫乏了的现实。但是，这个现实所依据的整体世界和人类历史的背景仍然十分模糊。17 世纪，看似是最抽象的和反历史的，其实是反对一切彼岸和权威的启蒙主义者在抽象的否定性批判中，"消弭了彼岸结合点和神话整体的残迹"，它帮助现实凝缩成一个完整可视的新世界。18 世纪，地球的面积、海洋和陆地、地质成分、国家、岩层、交通等确定下来，地球成了被理解的、有真实历史的地球，"新的现实的完整统一的世界，从抽象认识、理论见解和深奥知识的事实，变成了具体的（一般的）认识和实际追求的事实，变成了通俗知识和每日思考的对象，并且与一些稳定的可视的形象联系在一起，成为直观可见的统一体；而那些不具直接可视性的东西，则可找到直观的替代物"②。歌德正是在这样的大空间中，善于用眼睛看到静止不动、纷繁多样的事物不是在空间中简单地毗邻、单纯地共存，而是看到"不同的东西是按照不同的发展水平（时代）展现的，亦即各自具有时间的涵义"③。即按照列斐伏尔的话语来说，空间是历史性–社会性–空间性的三元辩证空间。

---

① 〔俄〕巴赫金：《教育小说及其在现实主义历史中的意义》，载《巴赫金全集》（第 3 卷·小说理论），白春仁、晓河译，河北教育出版社，1998 年，第 240 页。
② 同上，第 259–261 页。
③ 同上，第 238–239 页。

正如"文如其人"，从"所见"可知"见者"，"每个形象都是生活在这一世界中，并在这里获得自己的形式"，"长篇小说中人物形象的整个秉性，是由这些形象同现实的整体世界之间的新关系决定的"①。巴赫金据此认为，具有这样的历史眼光的歌德不是一个平庸的写手，而是一个伟大的作家。

推及小说分析中，我们看到不同的人物所看到的不同的细节，而这种不同的"细节"也恰恰能折射出人物形象的特征，最典型的例子就是福尔摩斯能看到华生看不到的蛛丝马迹，因而福尔摩斯是大侦探。这种现象被放到小说反映社会历史的维度，那么则可以发现（个性化的）人物与（历史性的）空间是同构的。比如世情小说中曹雪芹的《红楼梦》敏感得"不可说错一句话、不可走错一步路"的林黛玉才能在仔仔细细地打量中看到这样的布局：

> 进入堂屋中，抬头迎面先看见一个赤金九龙青地大匾，匾上写着斗大的三个大字，是"荣禧堂"，后有一行小字："某年月日，书赐荣国公贾源"，又有"万几宸翰之宝"。大紫檀雕螭案上，设着三尺来高青绿古铜鼎，悬着待漏随朝墨龙大画，一边是金蜼彝，一边是玻璃盍。地下两溜十六张楠木交椅，又有一副对联，乃乌木联牌，镶着錾银的字迹，道是："座上珠玑昭日月，堂前黼黻焕烟霞。"下面一行小字，道是："同乡世教弟勋袭东安郡王穆莳拜手书。"
>
> （曹雪芹《红楼梦·贾雨村夤缘复旧职 林黛玉抛父进京都》）

欧·亨利的《警察与赞美诗》中的索比只有在"我心还向善"的性情中看到这样的安宁：

---

① 〔俄〕巴赫金：《教育小说及其在现实主义历史中的意义》，载《巴赫金全集》（第3卷·小说理论），白春仁、晓河译，河北教育出版社，1998年，第262-263页。

这儿有一座古老的教堂，样子古雅，显得零乱，是带山墙的建筑。柔和的灯光透过淡紫色的玻璃窗映射出来，毫无疑问，是风琴师在练熟星期天的赞美诗。悦耳的乐声飘进索比的耳朵，吸引了他，把他粘在了螺旋形的铁栏杆上。月亮挂在高高的夜空，光辉、静穆；行人和车辆寥寥无几；屋檐下的燕雀在睡梦中几声唧啾——这会儿有如乡村中教堂墓地的气氛。

（欧·亨利《警察与赞美诗》）

《祝福》中只有"我"才能批判性地从一间书房中看出乡绅阶层堕落后的无德性、假道学面目：

我回到四叔的书房里时，瓦楞上已经雪白，房里也映得较光明，极分明的显出壁上挂着的朱拓的大"寿"字，陈抟老祖写的，一边的对联已经脱落，松松的卷了放在长桌上，一边的还在，道是"事理通达心气和平"。我又无聊赖的到窗下的案头去一翻，只见一堆似乎未必完全的《康熙字典》，一部《近思录集注》和一部《四书衬》。

（鲁迅《祝福》）

当然，最为我们所熟知的空间的再现是巴尔扎克《高老头》开头对伏盖公寓那段"冗长"的场景描写。这段空间描写，既是与典型人物适配的典型环境，也是金钱社会中空间政治在城市地理上的表征。

当故事空间以"场景"的面貌作为故事发生的地点、人物活动的场所被展示出来，又随着人物的活动延展出去，渐渐串联成更大的地志空间，对于这样的指涉性空间，我们惯性地把它作为故事的舞台和人物的背景板，即便是我们看到了它所指涉空间的历史性、社会性，但也是在将"空间性"实体化为"空间"。

在叙事研究中把摹仿的空间作为实体性的"空间"而非本体性的"空

间性"，它将使叙事作为时间塑形的摹仿和空间生产的开放性移除掉，因为这样的空间观会导致如下认知：

第一，将时间作为叙事冲动的起点，而这里所采纳的叙事时间是"过去→现在←未来"的时间框架，这是奥古斯丁现象学式的时间观，即"过去通过现在的注意而被记忆，未来通过现在的注意而被期望"，"现在"又被作者（写作意图）所预设，因此，整个叙事文本不过是借用看似变迁的时间来策略地朝着早已预设好的"现在"走来，易言之，认为叙事文本是封闭的，是按照筹划在执行的。如前面第二章所论述过的，这样的时间观和这样的叙事时间观，实则把"现在"的开放性——"现在是已完成又未完成的"——抹掉了。

第二，把叙事空间附从于这样的叙事时间，使空间也被形式化为某一种已完成的实体化的空间，而非彻底的在生成的空间——叙事功能化的空间（空间的实践）、被叙事不断赋意的空间（空间的再现）、被叙事最终结构出的空间（再现的空间）都有生成性，但都不是彻底的在生成，因为它们都是被筹划着朝（作者）预定的空间完成。比如把"空间"指涉向微观的实体场景（如鲁四老爷的书房），或是宏大的历史环境背景（如"官逼民反、民不得不反"的宋代社会），或是形上的天道空间（如"西方灵河岸上三生石畔"的神话空间），以及连接、转换这些实体化空间的叙事节奏和结构形式，这样的分析在揭示"空间不仅仅是社会关系演变的静止的'容器'或'平台'，相反，当今的许多社会空间往往充满矛盾性地相互重叠、彼此渗透"，但因为空间所随附的时间本身尚且还不是彻底本体化的时间性，所以，这里的空间也尚未体现"对空间的重申和重视，不仅仅是表面的、经验性的、语言学层面的，而是全面的、根本性的、涉及本体论的"①。

龙迪勇是集中研究空间叙事的国内学者，他的研究在超越"空间"而指向"空间性"，颇有洞见。他的研究思路如下：

---

① 龙迪勇：《叙事学研究的空间转向》，载《江西社会科学》2006 年第 10 期。

首先，叙事是时间意识的产物：

> 叙事是一种语言行为（无论是口语、文字，还是其它符号形式），而语言是线性的、时间性的，所以叙事与时间的关系颇为密切……时间其实应该成为叙事学研究的一个逻辑基点……叙事的冲动就是寻找失去的时间的冲动，叙事的本质是对神秘的、易逝的时间的凝固与保存。或者说，抽象而不好把握的时间正是通过叙事才变得形象和具体可感的，正是叙事让我们真正找回了失去的时间。①

其次，空间与时间的关系是"时间只有以空间为基准才能考察和测定，正如空间只有以时间为基准才能考察和测定一样"，所以空间在叙事中也有本体性地位：

> 人们之所以要"叙事"，是因为想把某些发生在特定空间中的事件在"记忆"中保存下来，以抗拒遗忘并赋予存在以意义，这就必须通过"叙述"活动赋予事件以一定的秩序和形式。②

龙迪勇根据认识论中空间与时间的关系，和社会理论"空间转向"的逻辑框架，判定叙事学研究中时间对空间的遮蔽，认为在空间叙事研究中"空间"和"叙事"的具体结合点是"空间意识"，指出"空间意识"是"沉淀在意识深处的'比较稳定的知觉图式体系'"，是情感性空间，可作为其他空间的参照对象，因而具有认知功能，是构建小说大厦——故事情节、人物性格等与小说有关的一切——的"基石"。

第三，空间叙事的研究对象包括：①"空间"作为叙事技巧，如利用空间来表现时间（即时间空间化，其例是福克纳的《纪念爱米丽的一朵玫

---

① 龙迪勇：《叙事学研究的空间转向》，载《江西社会科学》2006 年第 10 期。
② 同上。

瑰花》，其中爱米丽住的那幢屋子与周边环境的关系表面是空间的，其实是爱米丽小姐所驻留的传统与镇上其他人所进入的现代之间的时间关系），或利用空间来安排小说的结构（即空间变化纠集着叙事时间进程，例子是卡森·麦卡勒斯的《伤心咖啡馆之歌》，其中商店–咖啡馆–钉上了木板的古怪房子这种空间变化主导故事线），或利用空间来推动整个叙事进程（即特定空间中意识流动支起叙事，例子是弗吉尼亚·伍尔夫的《墙上的斑点》和普鲁斯特的《追忆似水年华》）①；②作为文本结构的"空间"形式。空间形式是站在读者接受反应的角度，即读者"完全弄清楚了小说的时间线索，并对整部小说的结构有了整体的把握之后，才能在读者的意识中呈现出来"，它不是实体空间，而是"抽象空间、知觉空间、虚幻空间"，如有"中国套盒""圆圈式""链条式""桔瓣式""拼图式"等几种空间形式。② ③作为虚拟情境（simulated context）的"叙述空间"，旨在分析"一篇小说得以在其中传播的情境语境"，比如对唐传奇和《红楼梦》叙述空间的分析，目的是研究与该情境语境适配的叙事修辞策略，而这种修辞策略是具有文化传统和社会历史因素的。③

　　继传统叙事学之后，语境叙事学坚持现象学符号论，试图把叙事行为还原在时间–空间这对将世界形式化的基本维度上，贴及叙事的本质，清理叙事学形式观，切中语境叙事学的基本分析向度，从而能将形式叙事学提出的术语概念如"零聚焦"（zero focalization）、"人物叙述情景"（figural narrative situation）、"指示转换"（deictic shift）、"行动者"（actant）、"外叙事层次上同质叙述"（extradiegetic–homodiegetic narration）、"元叙事"（metalepsis）、"情节编制"（emplotment）等④加以内转，最终将叙事学研究在文化实践中的力量释放出来，使其研究本身合法化。从语境叙事学的立场出发，空间叙事研究者试图集中关注叙事行为中空间的构建能力，即

①　龙迪勇：《论现代小说的空间叙事》，载《江西社会科学》2003 年第 10 期。
②　龙迪勇：《空间形式：现代小说的叙事结构》，载《思想战线》2005 年第 6 期。
③　龙迪勇：《叙述空间与中国小说叙事传统》，载《中国文学批评》2019 第 10 期。
④　尚必武：《叙事学研究的新发展——戴维·赫尔曼访谈录》，载《外国文学》2009 年第 5 期。

将空间的叙事功能强调出来，所以有了如下说法：

米歇尔·夏约："所有的小说都是历险小说。"

米歇尔·都塞："每一个故事都是旅行的故事——一个空间的实践。"

米克·巴尔《叙事学》：因为叙事中空间作为选择道路的动力，所以"在某种意义上，叙事中的旅行者通常是旅行，即叙事的象征"。

理查德·格里格和维克特·奈尔的阅读心理学认为，读者在阅读中由于执行了故事而被故事带到别的地方。①

米克隆：隐喻地看，叙事即旅行："旅行的概念既是叙事性增长的结果，也趋向于叙事性的增长。"所以如此的原因是叙事行为首先给了一系列事件和空间以叙事身份，其结果是这些事件和空间又生产了进一步的叙事。②

可见，空间是一种在历时、动态的叙事进程中展开并能动参与叙事进程的功能性空间，即如陈德志认为的，空间在叙事文本中具有功能作用，包括思想的、社会历史的、认知的、存在主义的、文本的等多方面的意义。③

余新明《小说叙事研究的新视野——空间叙事》评价认为："小说空间叙事研究的核心问题应该是空间的叙事功能，即空间如何参与、影响了叙事。"在这种叙事空间观下，他进一步指出空间研究有两种方法：其一，"分析空间'生产'出了怎样的社会关系、权力结构、思想观念，这些形而上的意识形态特征又是怎样转化为空间里的人们的实际行为的，从而影响、决定了小说叙事的进程"；其二，"空间对叙事的参与在很大程度上是

---

① Chaillou. Michel. *La mer. La route. La poussiere. In Pour une Litterature voyageuse.* edited by Alain Borer. Nicolas Bouvier. Bruxelles：Editions Complexe. 1992. P. 62；De Certeau. Michel. *The Practice of Everyday Life*. Translated by Steven Bendall. Berkeley：Univ. of California Press. 1984. P. 115；Bal. Mieke. *Narratology. Introduction to the Theory of Narrative.* Toronto：Univ. of Toronto Press. 1997. P. 137.. 转引自〔芬兰〕凯·米科隆：《"叙事即旅行"的隐喻：在空间序列和开放的结果之间》，甘细梅译，载《江西社会科学》2010 年第 1 期。

② 〔芬兰〕凯·米科隆.：《"叙事即旅行"的隐喻：在空间序列和开放的结果之间》，甘细梅译，载《江西社会科学》2010 年第 1 期。

③ 陈德志：《隐喻与悖论：空间、空间形式与空间叙事学》，载《江西社会科学》2009 年第 9 期。

通过场景来进行的。场景对叙事的影响有两个方面：一是对叙事时间的干预，二是场景与场景的转移衔接形成小说叙事结构"，然后提出"小说空间叙事的外围问题，这个问题大概可以包含空间叙事的形态、视点、节奏等几个方面"。①

笔者反倒认为，空间叙事研究的本位正在于"空间叙事的形态、视点、节奏等几个方面"，因为叙事行为文本化的关键在于具体媒介化。尽管空间叙事研究是在被称为"后经典叙事学"的语境叙事学框架中提出和展开的，但如果还没有跳出现实空间来观察现实空间可能的裂缝，来反思这种裂缝的建设性意义所在，其结果还是囿于这样的情形：还游走在所指缺席、能指滑动的象征标志系统中，忘却了这个象征标志系统的根源和历史——符号形式中的征象（index）、像符（icon）、象征（symbol）这三维组合且渐趋纯化。如何才能挖掘空间的本体性因素，使之"积极的、能动的、'充实的'"②的呢？本文认为，应该将叙事空间从语义向符号还原，比如从叙事文本的视点及视点显露之形态、视点转换之节奏出发，研究由其牵制的场景与叙事的关系，故事世界内意识形态与叙事的关系。具体展开叙事空间研究的路径则如王安《论空间叙事学的发展》所说的，诗学意义上的狭义空间包括从故事空间、文本结构与读者心理空间等方面，研究内容"涵盖故事与叙述空间、空间与视角/聚焦、空间与人物、空间与情节、空间与时间、空间与读者感知、空间与文本形式等众多领域"③。简言之，从读者认知这个角度"揣摩"作者修辞这个角度，从而把握"空间"的叙事功能，展开叙事研究。这就要求在符码世界中关注叙事"空间"的"积极、能动"方才使之在叙事功能上获得"充实"的能力，而不是先通过指涉来"充实"符码，在指涉世界中分析"空间"的"积极、能动"。叙事文本是在"手中之竹"的阶段，而不是"眼中之竹"的阶段，研究

---

① 余新明：《小说叙事研究的新视野——空间叙事》，载《沈阳大学学报》2008 年第 2 期。

② 〔美〕苏珊·斯坦福·弗里德曼：《空间诗学与阿兰达蒂-洛伊的〈微物之神〉》，James Phelan，Peter J. Rabinowitz 主编：《当代叙事理论指南》，申丹、马海良、周靖波等译，北京大学出版社，2007 年，第 209 页。

③ 王安：《论空间叙事学的发展》，载《社会科学家》2008 年第 1 期。

"空间"的叙事功能，不是通过指涉还原胸中之竹在眼中之竹中的原型之后，揣摩该原型在实际竹林中的缩略提要的奥妙，而是分析胸中之竹（经过缩略提要后的眼中之竹）转化向手中之竹（此时的符号化不仅受指涉的影响，还受其他符号的牵制）的妙旨。简言之，需要关注实体化空间之间在文本符号系统中如何粘连的动态过程，而这个过程又会反过来影响实体空间在文本中的符号化过程。

国外的空间叙事研究学者在这方面提出了许多有启发性的分析。安·达吉斯坦利（Ann Daghistany）和约翰逊（J. J. Johnson）提出开放式空间与封闭式空间。封闭式空间指弗兰克所谓的文本有机性带来的自洽的空间形式。开放式空间如罗兰·巴特所谓的复义文本，无头无尾，顺序随意，构成能指网络，阐释并不确定，文本自身成为人们的意识对象。① 此外，埃里克·拉布金（Eric Rabkin）认为所有情节都包含两方面内容：历时（diachronic）情节和共时（synchronic）情节。前者强调叙事的顺序推进，后者强调在某个场景里事件是如何被感知的。同时，有两种情节组合模式：并列（paratactic）结构与主从（hypotactic）结构，前者是纯并置的情节安排。② 这种分析站在读者反应角度，试图捕捉叙事空间在读者反应过程中的动态建构性。加布里埃尔·佐伦（Gabriel Zoran）被认为其"叙事空间理论是迄今为止最具实用价值与理论高度的模型"③，他的《建构叙事空间理论》把"空间"限定在文本指涉的虚构世界之空间维度，强调读者对空间的参与建构，并用空间模式（spatial pattern）来指读者通过联系文本的断续单位而获得的对整个文本的共时性感知。具体如表8-1所示④：

---

① Daghistany, Ann, J. J. Johnson. *Romantic Irony, Spatial Form, and Joyce's Ulysses* [A]. Jeffrey R. Smitten, Ann Daghistany. *Spatial Form in Narrative* [C]. Ithaca: Cornell University Press, 1981. P. 48-60. 转引自王安：《论空间叙事学的发展》，载《社会科学家》2008年第1期。

② Rabkin, Eric. *Spatial Form and Plot* [A]. Jeffrey R. Smitten, Ann Daghistany. *Spatial Form in Narrative* [C]. Ithaca: Cornell University Press, 1981. P. 79-99. 转引自王安：《论空间叙事学的发展》，载《社会科学家》2008年第1期。

③ 王安：《论空间叙事学的发展》，载《社会科学家》2008年第1期。

④ 同上。

表 8-1　读者参与建构的叙事空间

空间单位 （units of space）			空间复合体 （the complex of space）	总体空间 （total space）
场景	地形学层次 （topographical）	地点 （place） （静态实体的空间）	各种场景 连续体	文本间接 指涉的外部 参照空间
	时空体层次 （chronotopic）	行动域 （zone of action） （事件或行动的空间结构）		
	文本层次 （textua）	视域 （field of vision） （符号文本的空间结构）		

　　佐伦的这张表格显明，构成空间的基本单位是场景。依赖读者的阅读解码与回溯综合能力，空间单位可以在地形学、时空体、文本三个层面加以确定。相应的，场景可能与地点相关，或与事件及行动相关，还可以是与对话、散文、总结等有关。空间单位在地形学上称地点，地点是空间中可以被度量的一点（如房子、城市、山林或河流）；空间单位在时空体层次上称为行动域，行动域可以容纳多个事件在同一地点发生，也可以包含同一事件连续经历的空间，它是事件发生的场所，但没有清晰的地理界线；空间单位在文本层次上称为视域。视域是最复杂也是最抽象的一个概念，涉及读者的阅读解码和心理感知，因为读者阅读时视域转换自然、流动，不受制于段落或章节。空间复合体由各种场景连续体构成。这些场景在文本层次上有章节划分以及场景间相互投射作用为提示。故事层次上的场景主要由人物的视角决定其前景与背景。总体空间是文本间接指涉的空间，可以是地形学、时空体和文本层次上的。它更多地指向文本的外部参照关系，因而是不确定的整体，往往高于叙述层，"是一种连接不同本体区域的无人之境。它不仅是文本中重塑世界的直接延续，也是读者真实世

界、外部参照体系、叙述行为本身和更多其他领域的延续"①。佐伦这套叙事语法的基石是"空间单位"即"场景"，根据读者参照了真实世界的视角和聚焦，它分别出具体如物质环境性的"地点"，或事件发生的"场所"，或是切分意义段落的"视野"。大卫·米克尔森（David Mickelsen）分析叙事的三个形式：叙事结构（narrative structure）、叙事整体（narrative unity）及风格（style），认为它们在减缓叙事的时序方面发挥着作用。如叙事结构可以空间化（侦探小说常采用回溯的叙述方法，流浪汉小说常使用并置，叙事的线索可以多头并进，取消时间标志语等），叙述整体强调空间效果（空间形式的整体性效果取得的有效手段是主题，叙事不再强调顺序发展的行动而关注同一时间发生的多个事件），叙事语言风格的空间化（文字游戏，复杂的句法结构，意象并置等）。② 这样，开始把空间的历时性、体验性（通过读者阅读）卷入功能性叙事因素行列。查特曼区分了"故事空间"（story space）与"话语空间"（discourse space），前者指行为或故事发生的当下环境，后者指叙述者的空间，包括叙述者的讲述或写作环境。故事空间与叙述空间的原初点分别是"此在故事"（story-HERE，指故事中人物所在的物理位置或当时的视角）和"此在话语"（discourse-HERE，指叙述者物理位置或当时的视角），故事时间与叙述时间的原处点分别是"此时故事"（story-NOW，指故事中人物的聚焦）和"此时话语"（discourse-NOW，指叙述者的聚焦），这四者一起构成了叙事作品的"指示中心"（deictic centres，即叙事时空有机体的本原与出发点）。③ 这种区分表现出查特曼所理解的空间具有叙事功能性。上面的空间叙事研究渐渐把"叙事的空间"推向叙述话语之下的更微观的文本符号，比如视角/聚焦，朝向叙事之"空间性"的研究视野。

---

① Gabriel Zoran. *Towards a Theory of Space in Narrative* [J]. *Poetics Today*, 1984 (5). 转引自龙迪勇：《空间叙事学：叙事学研究的新领域》，载《天津师范大学学报（社会科学版）》2008年第6期。

② Mickelsen, David. *Types of Spatial Structure in Narrative* [A]. Jeffrey R. Smitten, Ann Daghistany. *Spatial Form in Narrative* [C]. Ithaca: Cornell University Press, 1981. P. 63-78. 转引自王安：《论空间叙事学的发展》，载《社会科学家》2008年第1期。

③ Herman, David. *Routledge Encyclopedia of Narrative Theory*. London and New York: Routledge, 2005. P. 552. 转引自王安：《论空间叙事学的发展》，载《社会科学家》2008年第1期。

第二节 另一种视野：作为修辞的空间

故事能教人认识世界，比如成长小说讲述青春的幻灭，这时叙事是知识的来源；故事似乎在创生世界，比如 18 世纪以来小说越来越暗示我们只能在爱情、私人关系中实现真正的自我，这时叙事是幻觉的来源。两种情形使人看到叙事理论的基本问题是：叙述究竟是感性地让人认识世界，还是塑造欲望的修辞结构呢？[①]

叙事之修辞，如同福柯在《性史》（*The History of Sexuality*）中所分析说的情形，他论称，"性"不是人们通常认为的在早期被压制、在现代被解放，"性"其实是自 19 世纪由医生、神职人员、小说家、心理学家、伦理学家、社会福利工作人员、政治家等的一系列社会实践、调查、言论、书面文字等"话语实践"制造出来的，这个过程赋予性行为一种新的重要意义和新的角色，它使个人本质化，即把性从个人的行为本质化为个人的属性。如此，叙事之修辞比叙事之认知更根本，叙事之修辞是创造新世界，叙事之认知是普及所创造的新世界。后者关乎的是人之社会教化，前者关乎的是空间改造。列斐伏尔指出："如果不曾生产一个合适的空间，那么'改变生活方式''改变社会'等都是空话。"因此，"为了改变生活……我们必须首先改造空间"。[②] 在这种立场下，我们看到，本真存在的到场决定了意识，而本真存在到场的前提是身体知觉习性，而且作为形式结构基础的身体前意识知觉习性是主体意识差异性（历史性、个体性）在权力结构化、先验化的过程而去历史性、去个体性的固化结果，那么，我们就能这样描述文学及叙事之要旨：本质是现象学属性的文学，旨在描述

---

① 〔美〕乔纳森·卡勒：《当代学术入门：文学理论》，李平译，辽宁教育出版社，1998 年，第 96~97 页。

② Henri Lefebvre, *The Production of Space*, trans. Donald Nicholson-Smith, Blackwell, Oxford, 1991. P. 190.

个体生命的真实经验，根本需要的就应该是能用恰切的叙事形式（也即修辞形式）来存留身体主体所知觉的当下空间。易言之，叙事文学是以意象、形式和象征等复杂的符号体系所构成的精神虚构物，它作为具体化了的个体文化体验空间，为空间实践提供某些新意义或可能性的想象①。质言之，主体在词语-空间中展开主体性生存，或者说，词语是主体性的空间化存在。

一、词语是主体性的空间化存在

1. 主体存在基于当下空间

最显明可见的是，主体是空间意识性地存在。关于空间的内涵，往往有两种界定方式：一种是采用实体性思维的物理空间观，用空间指称物体的体积、位置，物体间并存或分离的状态，相应的，用时间指称事物存在或运动过程的持续，以及事物之间或运动过程之间的继起序列和间隔；另一种是采用实践哲学思维的实践空间观，其实质是实体性思维的变体：先把实体物质对转为实践行为，再用空间指称实践行为的广延，相应的，用时间指称实践行为的持续。实体性思维的空间观基于主体意识哲学认识论。主体意识哲学将世界二分为认知主体和认知客体，空间与时间被当作认知主体的"客观"量器，用来标记认知客体的存在状态。如德谟克利特把世界万物还原为原子，空间作为"虚空"成为原子存在的容器，康德认为空间是"感性直观之纯粹方式，用为先天的知识原理"②，牛顿认为"绝对空间和时间不仅是独立地存在着，不依赖于物质的过程，而且彼此间也是互不依赖的"，"空间的各个部分和方面是完全同类的"，"在那里分布着物体，表演着事件"，③ 等等。无论如何，空间与物质分离，外在于实体

---

① Henri Lefebvre, *The Production of Space*, trans. Donald Nicholson-Smith, Blackwell, Oxford, 1991. P. 39.

② 〔德〕康德：《纯粹理性批判》，蓝公武译，商务印书馆，1960 年，第48-49 页。

③ 〔苏〕符·约·斯维杰尔斯基：《空间与时间》，许国保、戎象春、李浩然译，上海人民出版社，1959 年，第23 页。

（包括认知主体和认知客体），没有个性差异。传统文学研究和经典叙事学研究那里的空间，如苏珊·斯坦福·弗里德曼总结的，"常常是作为打断时间流的'描述'，或作为情节的静态'背景'，或作为叙事事件在时间中展开的'场景'而存在"①，供人物活动、事件延展的场景，是主体认知方法论意义上的实体空间。不同的社会个体所感知到的空间并非无差异，就如清秋月下的凸碧堂在林黛玉是别有洞天，但傻大姐则可能视若无睹，可见，空间其实内在于主体的认知习性、世界经验中，强化当下空间关联主体的生存经验。质言之，主体性存在首先是空间意识性地存在。空间意识强调意识的主体，意识主体必然与身体主体有着本质关联，因此，空间意识和身体当下紧密相关——"空间"是个体基于当下的身体感知、通过意识呈现的。身体具有双重属性，一是占有一定物理空间的物质躯体，二是被特定文化化的符号身体。人的身体知觉并非无主观差异的，首先，感知是在身体这个有重量物体的意义中把握性质，"感觉始终在参照身体"②；其次，身体是在具体的空间方向上把握物体，"空间方向不是物体的一种偶然属性，而是我得以认识物体、把握物体意识为物体的手段"③；最后，身体的感知角度、焦点等空间感知范型一定受到文化传统、价值立场等历史习性的干扰，习性作为无意识，是"生产了我们的思想范畴的集体的历史，和通过它这些思想的范畴被灌输给我们的个人的历史"（Bourdieu，2000：9）④。本真存在的到场决定了意识，本真存在到场的前提是身体知觉习性，身体知觉习性又是社会教化的，由此才能说，"空间在其本身也许是原始赐予的，但空间的组织和意义却是社会变化、社会转型和社会经验的产物"⑤。空间关系和社会关系互生这个事实在具有超稳定的社会关系

---

① 〔美〕苏珊·斯坦福·弗里德曼：《空间诗学与阿兰达蒂-洛伊的〈微物之神〉》，James Phelan，Peter J. Rabinowitz主编：《当代叙事理论指南》，申丹、马海良、周靖波等译，北京大学出版社，2007年，第205页。

② 〔法〕梅洛-庞蒂：《知觉现象学》，姜志辉译，商务印书馆，2001年，第81-82页。

③ 同上，第322页。

④ 郑震：《身体——当代西方社会理论的新视角》，载《社会学研究》2009年第6期。

⑤ 〔美〕爱德华·苏贾：《后现代地理学——重申批判社会理论中的空间》，王文斌译，商务印书馆，2004年，第121页。

和人生模式的传统世界中和在主体认识论主宰的话语框架中都不甚明显。到了当代，我们在解构主义的视角下才看到，一方面，便捷的交通和信道使世界缩小为"地球村"，个体人、单件事成为一张大网上的小点，在每个点看来，由时间发展出来的世界经验，远远少于由它与网上其他点之空间关系发展出来的世界经验①；另一方面，社会个体因为空间关系而"生成"在知识谱系、权力结构、文化传统的中心或边缘，因此其空间感知范型才受到文化传统、价值立场等历史习性的干扰。福柯曾用异质空间和空间边界来描述空间关系式的社会存在。所谓异质空间，指属我的空间和他者的空间之异质，所谓空间边界，指异质空间只有由异质空间之间的边界得以呈现。比如监狱和日常空间这两个异质空间只有借助其本身空间边界才让人看见其异质性。社会关系和空间关系是基于社会主体而互生的，可见，空间意识基于间性主体。总言之，主体的空间实践是基于身体之当下、基于间性主体地空间意识性地存在。

2. 日常语言是造词命物与世界分化同步且同构的结果

在语言产生之前，世界是混沌未开的，"思想本身好像一团星云，其中没有必然划定的界限。预先确定的观念是没有的"②。庄子说："夫道未始有封，言未始有常，为是而有畛也（界分、确定后语言体系）。"③ 恩斯待·卡西尔也有类似的说法："命名过程改变了甚至连动物也都具有的感官印象世界，使其变成了一个心理的世界、一个观念和意义的世界。"④ 因此洪堡特指出："我们决不应该把语言看作与精神特性相隔绝的外在之物。虽然初看起来并非如此，事实却是，语言是不可教授的；语言只能够在心灵中唤醒，人只能递给语言一根它将沿之独立自主地发展的线索。"⑤ 正是在这个意义上，海德格尔说语言是比人更高一级的存在，语言一直是人的

---

① 〔法〕福柯：《权力地理学》，载《福柯访谈录：权力的眼睛》，严锋译，上海人民出版社，1997年。

② 〔瑞士〕索绪尔：《普通语言学教程》，高名凯译，商务印书馆，1980年，第157页。

③ 《庄子集释》（一），中华书局，1961年，第79页。

④ 〔德〕恩斯特·卡西尔：《语言与神话》于晓等译，三联书店，1988年，第55页。

⑤ 〔德〕洪堡特：《论人类语言结构的差异及其对人类精神发展的影响》，姚小平译，商务印书馆，1999年，第49页。

主人。没有语言，就无所谓世界；没有语言，就无所谓人类。维特根斯坦曾谈到："命名似乎是一个词同一个对象之间的一种奇特的联结。"① "在名称和被命名的东西之间是一种什么关系呢？……这一关系很可能就存在于下面这些事实中：我们在听到该名称时便在心中唤起被命名的东西的图像；把名称书写在被命名的东西上；或者是在指着那个东西时发出那个名称的读音来。"② 洪堡特说："如果我们把语言看作是人根据真实世界给予的印象从自身中客观地形成的第二个世界，那么，词就是这个世界中的具体事物，它们甚至在形式上也具有独特的个性。"③ 最初的命词造物所具有的照亮世界感非常强烈，以至于在原始人眼里，名称不是一个抽象体系中的有待填充的符号，它本身就是事物自身，具有事物自身的一切性质，可能就具有某种巫术力量。比如北美印第安人把自己的名字视为同眼睛、牙齿一样重要的人的组成部分，相信对名字的恶意会连带损害人体本身；爱斯基摩人年老时企图为自己取新名而获得新生命；西里伯斯的托兰人相信，只要写下一个人的名字，就可以语词控制对方，就可以连他的名字和灵魂一起带走；中国古代对尊者的避名讳，大概也是在孔教-周礼之前有其巫术渊源。人类文化进程是从自然世界中剥离出群体意识、个体意识因而分化出客观世界、社会世界、主观世界的过程，世界分化与造词命物同步且同构，因而日常语言和文化共同体的共识经验互相包含，凝结为某种生活形式（Leben Form）④，构成日常沟通。日常沟通所借助的日常语言是属"我们"的、用于沟通的语言，它是对世界的惯常界分。随着科学性、逻辑性的加强，语词的"魔力"和诗意日渐枯萎。虽然它们不是无源之水、无本之木，它们曾经以活生生的现实事物为基础，而且"人们在语言中可以更明确、更生动地感觉和猜测到，遥远的过去仍与现在的感情相维

---

① 〔奥〕维特根斯坦：《哲学研究》，李步楼译，商务印书馆，1996年，第28-29页。

② 同上，第27页。

③ 〔德〕洪堡特：《论人类语言结构的差异及其对人类精神发展的影响》，姚小平译，商务印书馆，1999年，第87页。

④ 〔奥〕维特根斯坦：《哲学研究》，李步楼译，商务印书馆，1996年，第17页。转引自刘悦笛：《日常生活审美化与审美日常生活化——试论"生活美学"何以可能》，载《哲学研究》2005年第1期。

系，因为语言深深地渗透着历代先人的经验感受，保留着先人的气息"①，但这种感受、气息毕竟是先人的，不仅早已被钝化，而且被固化。

3. 诗性语言是突出主体性生存的修辞性语言

诗性语言是对日常语言诗化的遣词造句，按照雅克布逊的论述，它是"相似性被投射到毗连性"，它最大限度地放大了语言的修辞性，把技巧性语言上升为生存性语言，鲜明地突出了主体性之当下存在。

一方面，诗性语言是在对日常语言的悖反中存留住主观私人经验。诗性语言是对日常语言的临时征用，是对世界的临时界分，是为达到弗朗索瓦·于连观察认为的"圣人无意"的境界②而能致齐物、大化之境，实则是摆脱语言的日常之用而能脱离惯常之轨。因此诗性语言是属"我"的、用于挑战旧沟通模式和唤起新沟通意识的语言，旨在表现个体的瞬间原初直感。文学研究应该"意识到语词对意义实在的建构性和解构性二重意义论或存在论……来重申诗性言述的本质与价值"③，看到文学所指向的"不是价值（value），不是对意义（meaning）为何的哲学解答，而是指语言、符号、行为方式对意义（meaning/significance）的聚集、切分和传达，换言之，是指一种文化中意义的原始集结——它的语意网络、意义意识和传达示意的方式"④，即看到"历史状态中的意义体系———思想、理论、体制、言辞、传统、是非等事实性的意义规定、意义状态"⑤ 和诗性语言在个体当下生活世界中破绽出意义这两者之间的区别与张力关系：前者是抽象的、已被实体化的意义体系，后者是具体的、不断涌发喷涌的意义发生；在前者的体系里，个体意义的鲜活、灵动被封固、漠视，在后者的当下里，彰显出个体对意义的积聚、反思、表达；意义体系不断含化意义发

---

① 〔德〕赫尔德：《论语言的起源》，姚小平译，商务印书馆，1998 年，第 77 页。

② 〔法〕弗朗索瓦·于连：《圣人无意——或哲学的他者》，闫素伟译，商务印书馆，2006年，第 15 页。

③ 余虹：《中国文论与西方诗学》，三联书店，1999 年，第 90 页。

④ 吴兴明：《迂回作为示意——简论于连对中国文化"意义发展方向"的思索》，载《文艺理论研究》2007 年第 5 期。

⑤ 吴兴明：《中国传统文论的知识谱系》，巴蜀书社，2001 年，第 100 页。

生，新的意义发生又不断以挣脱历史性、经验性的意义体系为发力点方能回到源始原初状态。它们二者之间的张力关系，同构在日常语言和诗性语言之间的张力关系上：诗性语言既是对日常语言的挪用，又是对日常语言的悖反，日常语言是"在所说（das Gesprochen）中，说总是蔽而不显"，诗性语言要还原出"所说"聚集着的"它（所说）的持存方式和由之而持存的东西，即它的持存（Währen），它的本质"①，即能从日常世界中破绽出当下空间，并指出在当下空间所视见的原初质感之意义世界：对"我"与源始世界的关联进行感受、反思后的自我认同。值得注意的是，诗性语言只有在摆脱日常语言的"有畛"中方能自我关涉而接近"未始有常"。正是在这种意义上，我们看到"意与境会，言中其节"中"意由境生，境随意显"的内涵正在于：缺席的"意"总是借在场的"言"之文本化，即"境"，而被召唤到场，原因有二，一者是"境"乃文本所生产的空间，二者是"境"并非外在于"言"、仅是"言"所指涉的场景，"境"其实内在于主体知觉形式②，即内在于"言"的择选和使用，故"言"与"境"乃一体两面。诗性语言通过"言""境"一体，而留存起于当下瞬间感知的主观经验。

另一方面，诗性语言是在准日常语言的道路上通向可交流的共在经验。所谓诗性语言在准日常语言的道路上，是指诗性语言不仅起于对日常语言的临时征用（如前述），而且总是面临着将被固化为行业的程式化代码、转为普通日常语言的情形，这样，它就成为诗性语言共同体成员间或语言共同体成员间约定俗成、公开展示、为人共享的形式系统。这犹如温斯顿·丘吉尔（Winston Churchill）谈到美术创作时所提到的"代码"：

　　　如果某个真正的权威认真探究记忆在绘画中所起的作用，那

---

　　① 孙周兴选编：《海德格尔选集》（下），三联书店，1996年，第986页。
　　② 杜夫海纳认为审美知觉是把"自为的存在"领会为"意义"的过程，因此，审美知觉中夹入了存在看似"先验图式"实则具有历史性的审美经验。参见〔法〕米·杜夫海纳：《审美经验现象学》，韩树站译，陈荣生校，文化艺术出版社，1996年，第593页。

会是非常有趣的。我们首先专心致志地注视着所画的对象，转而注视着调色板，然后再注视着画布。画布所接受的信息往往是几秒钟以前从自然对象发出的。但是，它在途中（en route）经过了一个邮局。它是用代码（code）传递的。它已从光线转为颜色。它传给画布的是一种密码（crypotgram）。知道它跟画布上其他各种东西之间的关系完全得当时，这种密码才能被译解，意义才能彰明，也才能反过来再从单纯的颜料翻译成光线。不过这时候的光线已不再是自然之光，而是艺术之光了。①

在这里，诗性语言对日常语言的扭曲已经是按照某种成规来进行的。贡布里希（E. H. Gombrich）曾举例论证这种成规性。他用美术史中从明暗造型，到希腊陶匠用明暗造型时使用的三色调代码，到画家如康斯特布尔（John Constable）手中用更为丰富的色调层次（色阶）来呈现风景的光线和距离以创作出"自然的明暗对照的瞬间效果"的发展序列，论称我们对艺术的知觉是通过"光的格差"（light interval）或"梯度"（gradients）做出反应，换言之，刺激我们知觉的不是个体的光、色，而是光、色的关系性差异所形成的"恒常性"（constancy）或变异性。② 其中，"恒常性"保证诗性语言在某个时代、地域中能进入公共交流，它就是审美成规，主导起经验的可交流，"变异性"则保证了主观私人经验。瓦特在《小说的兴起》中说：

> 小说赖以体现其详尽的生活观的叙事方法，可以称之为形式现实主义；……因此，出于一种义务，它应该用所涉及人物的个性、时间地点的特殊性这样一些故事细节来使读者得到满足，这些细节应该通过一种比通常在其它文字形式中更具有参考性的语

---

① 〔英〕E. H. 贡布里希：《艺术与错觉——图画再现的心理学研究》，林夕、李本正、范景中译，湖南科学技术出版社，2004年，第25页。

② 同上，第25-33页。

言的运用得以描述出来。①

所谓"更具有参考性的语言"，我认为就是更趋向诗性的语言。这种诗性语言系统和日常语言系统的张力及诗性语言与诗性语言系统的张力，兼有经验的主观私人性（属"我"的不可化约的经验）和主体间的可交流性（不同个体能够沟通的生活形式），鲜明地显现主体性在身体主体、间性主体、意识主体三维中的当下存在。

二、叙事文本："事"与"文"的相互转化

从叙事文本乃修辞行为来看，叙事文本的本质问题不在于塑造一个稳定的人物性格、讲明一系列事件的前因后果，而是借助"事件"解构"人物"，借助"文"化转"事"。由此，词语作为主体性存在中的日常语言与诗性语言之间的张力结构，可以对等为叙事文本中的"事"与"文"在相互转化中的结构关系。

1. 被事件解构了的人物

形式叙事学把叙事文本切分出基本叙述单位"功能单位"，以此把叙述话语引向故事建构。在这种思路下，托马舍夫斯基（Tomashevsky）以"主题"为旨归，把叙事文本切分出基本叙述单位"功能单位"作为"主题材料的最小微粒"，它在逻辑时间中推动情节演变、奔赴最终主题。托马舍夫斯基提出两个词："关联母题"和"自由母题"。"母题"是最原型的、最粒子状的情节，比如荷马史诗中《奥德修记》包含的母题有"回家""成长"等，母题包含了人类将世界秩序化的冲动，标记了"开始或结束不确定状态"的两端，比如"回家"的母题就是离开家又回到家，两端中间的不稳定状态引起叙事。"关联母题"指在讲述中不可省略的，"自由母题"指对情节发展不是基本的，在讲述中可被省略的。这两个基本单

---

① 〔英〕伊恩·P·瓦特：《小说的兴起》，高原、董红钧译，三联书店，1992年，第27页。

位也在不同层次上综合：首先，在行动层次上综合为局面序列，即人物之间的冲突；其次，在更高层次上综合为人物，即"聚拢母题的通常手段"；再次，进一步综合为主题。① 托马舍夫斯基把基本叙述单位综合向最后的主题，其过程是：①将平行于文本的叙述话语（叙事文本中只有叙述话语，叙事文本即叙述话语）根据"何为核心"区分为主次两个层级。②层级主次化后，"核心"实际被维系在了以"开始或结束不确定状态"为标志的"事件"（或"事件序列"）上，"事件"是动态的、不断展开的过程。③"人物"作为"行动的施动者"被功能化为与"事件"关联的叙事要件，间接进入以"主题"为拱顶的"叙事结构"。最后，叙述活动落脚在"不确定状态结束"的地方——综合出了一个主题，叙述活动就成为一个从动态隐没入完结、静态的行为，人物也成为一个性格稳定的、静态的形象。比如鲁迅的《祝福》以"祥林嫂是怎么死的"为主题点，如果以事件为"核心"层级化功能性叙事元素，那么，"核心"元素是我所见闻的祥林嫂生平大事记（如第一次婚姻、第二次婚姻、两次鲁镇做工遭遇对比，临死前一夜与"我"的谈话），其中，所有人物都是静态的，在进入每一个叙述单位之前就已经定型，只是作为行动施动者，渐渐共谋了鲁镇祥林嫂死亡事件。通过这样的叙事语法翻译出来的叙事作品没有表现"深度感，以及从表层自我向深层自我的运动"（普赖斯）。深层自我是稳定的、静态的一个人吗？相信弗洛伊德绝不如此认为。

　　和托马舍夫斯基把叙事文本指向事件-主题不同，巴尔特的论证指向是把叙事文本指向叙述-符号。巴尔特提出"核心"和"卫星"这对术语，作为叙述话语中的功能单位用来描绘叙事结构。"核心"是故事表层中互相关联的行动，是叙述的基本功能，它们开始或结束不确定状态；"卫星"是可有可无的行动，作为功能催化者，用以填补基本功能单位之间的叙事空间。"核心"和"卫星"作为基本叙述单位，在不同层次上综合：首先，在（人物）行动层次上，核心和与之相连的卫星构成了一个从开端（选

① 〔美〕华莱士·马丁：《当代叙事学》，伍晓明译，北京大学出版社，2005年，第108-109页。

择）到结尾（结果）的序列，此即我们看到的小说情节；其次，在更高层次上，行动在特定局面中成为诸性格角色的集合体，此即我们看到的人物形象；最后，进一步的综合是在"叙述"层，它"在叙事交流中"重新综合"功能和行动"，此时，巴尔特说，"叙事分析止于（叙述）话语——必须由此再转入另一种符号学"，这种符号学包括读者和社会条件。① 简言之，托马舍夫斯基的思路使文本摹仿现实，巴尔特的思路使文本重塑现象。

文本人物是"这样一种人物，其存在完全在该小说中得到解释：这个人物仅仅是整个情节或布局的一个功能，完全不可能走出小说的界线"（多彻蒂），对文本人物的性格判断是在某种生存论的结构中进行的，这种独特的、新创的生存论的结构化的判断行为，是一种对现实人生的当下判断、命运前瞻的虚拟，因此，当我们看到《俄狄浦斯王》的结束处歌队为俄狄浦斯王故事的感叹，"当我们等着瞧那最末的日子的时候，不要说一个凡人是幸福的，在他还没有跨过生命的界限，还没有得到痛苦的解脱之前"时，我们知道，这既是戏剧结构中的判断，也是对现实人生之生存体验的判断或前瞻，它们都是基于某一个叙事行为。因此才可以说，文学是人学，即文学的目的不是按照某种既成的认知模式来聚合"我是谁"，从而来演绎一个世界秩序，其实恰恰相反，文学的目的是在"我"参与世界秩序的演绎过程中来展示"我何以成为这个谁"，从而重新创造一种新的认知模式。

按照亚里士多德的认为，情节结构的关键要素是发现（从不知到知）和（意图或局面的）逆转②，一个故事的发现和逆转可以发生在外部世界中（如小说的情节变化），可以发生在内心世界（如小说人物的智识变化、意图变化)③。所以更彻底的认识是，小说不是用人物去演绎事件，相反，

---

① 〔美〕华莱士·马丁：《当代叙事学》，伍晓明译，北京大学出版社，2005 年，第 108-109 页。

② 〔古希腊〕亚里士多德：《诗学》，罗念生译，人民文学出版社，1982 年，第 33-36 期。

③ 〔美〕华莱士·马丁：《当代叙事学》，伍晓明译，北京大学出版社，2005 年，第 113 页。

是用事件来解构人物（稳定的性格束）——不是塑造人物（稳定的性格束）。比如，《祝福》中"我"回到四叔的书房里所见到的壁上挂着的朱拓的大"寿"字，旁边的一半对联"事理通达心气和平"，案头未必完全的《康熙字典》，以及《近思录集注》和《四书衬》。在这段"静态"场景描述后，作者写道："无论如何，我明天决计要走了。"这时，探讨"祥林嫂死亡事件"的意义不在于寻求其原因或起点——或是她的包办婚姻者（婆婆以及背后的夫权），或是她的信仰（地狱）——原因或起点只是一种固化意识或实体。探讨"祥林嫂死亡事件"的意义，其实是在展示一个生成过程：那些固化意识或实体如何播撒在每个人身上的过程，即个人是如何消泯掉可能的欲望、抗争而最终臣服于这些固化意识或实体的过程，这样，每个人的"在沉沦"成了叙述内容。在《祝福》中，最显性的"沉沦"过程发生在"我"身上——从新党的天下为公，弱化到含混应付将死女人的信念，退缩到盘算一顿鱼翅的价廉物美。读者能从他进而推及鲁四老爷——书房中那些书籍、话语在他个人是如何从真诚的感性生活体验而钝化甚而虚伪为一种摆设、说辞；推及祥林嫂的婆婆——她如何从夫权的对象从心性上转为夫权的既得利益者心态；推及鲁镇其他忙于操持"祝福"大典的男男女女……直至推及文本外我们同样是群体相关性生存的社会人。这种"沉沦"是一种对自我形象预设的解构，这种解构是在叙事过程中的种种事件给渐渐耗散掉的。直至文末，我们所感到的不是一个悲哀的"我"，而是"我"不再成其为一个"我"的情状。

2. 在序列中的"事"

杨义在《中国叙事学》中很好地阐释了"叙事"的内涵：在中国古文字中，"叙"与"序"相通，叙事常作"序事"。"序"从"广"，本指空间，《说文解字》说"广，因厂（山石之崖岩）为屋也"，就此"序"指隔开正堂东西夹室的墙，如清人孔广森补注："序，东西墙也。堂上之墙曰序，堂下之墙曰壁，室中之墙曰墉。"墙用以分割空间单元、排列空间次序，但由"序"成"叙"后，空间的分割、排序扩为时空的分割和排序。如《周礼·春官宗伯·职丧》所谓"职丧掌诸侯之丧，及卿大夫、士凡有爵者之丧，其禁令，序其事"，其"序事"指安排丧礼事宜的先后次序，唐代贾公彦疏："掌其叙事者，谓陈列乐器及作之次第，皆序之，使不错缪。"改"序事"为"叙事"，既讲陈列乐器的空间次序，又讲演奏音乐的时间顺序。"序"与"绪"同音假借，段玉裁《说文解字注》："《周颂》：继序思不忘。传曰：序，绪也。此谓序为绪之假借字。""绪"指抽丝者得到头绪可以牵引，后引申为凡事都有头绪可以接续和抽引，因此，叙事在某种意义上是关乎事件的顺序或头绪。[①]

　　事件的序列化使事件成为语义系统中的一个意义单元。因为"事件序列"意味着：第一，叙事中不止一桩事件；第二，事件如何排列导致叙事结果有所区别。排放顺序不同，对人就会产生不同的印象叠加或印象涂改。最简单的例子如某公司先放话要减员，引起人心惶惑后，再施行不减员但减薪的办法，从而使人心大快，最经典的例子如传闻某师爷把曾国藩围剿太平军但屡遭败绩的军情奏章之"屡战屡败"改为"屡败屡战"，"败"固然引人气馁，但继而的"战"又愈发给人振奋。若干事件的每一种排放都意味着序列中的事件只是某种可能性的存在，它作为在场的记号标示出其他事件的不在场，这样，排放在故事序列中的事件，犹如迷宫中的一个个分岔口，故事成为迷宫。艾柯在《玫瑰之名》的后记中将迷宫分为三类：古希腊的弥诺陶洛斯迷宫、近代迷宫和现代根茎迷宫。古希腊神话中的阿里阿德涅循着金线逃出克里特岛的弥诺陶洛斯迷宫，依靠的是具体实践中的机智，这是实践理性的起源；征服近代巴洛克式迷宫需要若干次的试错来总结出系统方法，从而绕开岔口、死路，踏上正确的道路走出迷宫，这是实践理性的发展；现代根茎迷宫没有开始也没有终点，人们并不是曾经从迷宫外踏进迷宫，而是从来就被困在迷宫中，而且永远在迷宫中，所以无论走哪条路都是无意义的。艾柯用"现代根茎迷宫"这个概念形象地表现了符号的无依无靠及其无根据、无源头、无真理：符号被植入语境中，语境是结构无限开放的文本，符号与"某些东西"的连接毫无理

[①]　杨义：《中国叙事学》，商务印书馆，2019年，第6页。

由，既没有能证明理解正误的标准，也没有真正生产符号并凭作者的权威赋予符号意义的作者，符号组成的迷宫如同一个由"错综的块茎和根结"组成的多维体，不可能对其进行全面了解，而只可能是"局部描述的潜在集合"。① 写作了《小径分叉的花园》的阿根廷作家博尔赫斯有所感味的迷宫就是现代根茎迷宫，博尔赫斯深深地体察到自己所生活的西方文化语境充满了逻辑性，在他那里，迷宫是对混沌世界的隐喻性谜语，设置"迷宫"的意义不再是在于迷宫中总是有条秘密小径代表线性思维、找到出口的道路，他在《死于迷宫里的阿本哈根·埃尔·包哈里》中写了这样一句话："邓拉文对警探小说很熟悉。他想，解开一个秘密，其重要性总是次于秘密本身。秘密是具有超自然的甚至神圣的性质的；而解开秘密，不过是变戏法。"② 事件成为一个语言体系中的符号，开始向"文"转化；因此，如果说，一个叙事文本不过是一个陈述句的扩充，那么，一桩事件就只是这句话中的一个词语。

3. "事"与"文"的转化

苏珊·朗格说"语词"所"创造的是一种与原表象等效的感性印象，而不是与原型绝对相同的形象；它用的是一种具有一定局限性但又十分合理的材料，而不是在性质上与那种构成原型的材料绝对相同的材料"③。语言的"局限性"和"合理性"可以从索绪尔的语言论中得到理解。申丹强调，在索绪尔那里，文本语言体系包括：（1）能指差异的任意体系；（2）能指差异之任意体系所引起的所指差异之任意体系；（3）特定能指和所指之间的常规关联，因此，叙事文本作为语言文本，一方面它是由在心理层面的能指（"声音-意象"）和所指（"意义"）构成的符号体系④，

---

① 〔意〕艾柯：《现象学和语言哲学》，慕尼黑，1985：126。转引自《符号迷宫中的阿里阿德涅》，见 http://www.douban.com/group/topic/9719077/.

② 〔阿根廷〕豪·路·博尔赫斯：《死于迷宫里的阿本哈根·埃尔·包哈里》，载《博尔赫斯短篇小说集》，王央乐译，上海译文出版社，1983年。

③ 〔美〕苏珊·朗格：《艺术问题》，滕守尧等译，中国社会科学出版社，1983年，第94页。

④ Source, Ferdinand de: *Course in General Linghuistics* , Trans. Wade Baskin. London：philosophical Libarary Inc. 1960，P. 15.

另一方面能指层是由"只存在差异，不存在实在的词语"体系性构成的①。在"事"向"文"的"转化"过程中，"事"被强行纳入"文"（语言）预设的轨道，接受种种语言规范的制约，叙事也就意味着抛出了一个整编实在对象的语言秩序。这样，叙事者首先必须服从语言符号系统，服从种种公认的语言涵义、语法规则和叙事成规。

正是如此，我们才能理解"以文运事"和"因文生事"之间的辩证关系。

一方面，"事"从"文"，挣脱现实逻辑。

叙事者把"事"从实在世界中抽离出来，填充在符号体系的"现在"之"文"中，转化为"顺着笔性"之语言情境中的意义单位，如《水浒传》第二十六回写武松到了张青处，张青送给他先前开剥一个头陀留下的数样东西。金圣叹批道："无端出一个头陀，便生出数般器具。真不知文生于情，情生于文。"② 这样，即便是叙写男女性爱的"事"，但作品"意不在事，故不避鄙秽；意在于文，故吾真不曾见其鄙秽。"③ "事"是日常生活中的因果逻辑物，"文"是叙事世界中的语境生成物。叙事中的事件在"以文运事"中，处在历史和虚构的互文之中，事件所托身的"文"作为符号，也在这种假作真时真亦假的语境中摆脱日常逻辑，成为游戏之作。巴尔特说："叙事中'所发生的'事从指涉现实的角度来看纯属乌有；'所发生的'仅仅是语言，语言的历险，对它的到来的不停歇的迎候。"④

另一方面，"文"生"事"，进入生存之思。

"事"从"文"的游戏并非解构到底的。彻底解构所导致的是"意义的弥散""自由飘浮的能指"，这种任意的阐释背后是虚无主义、蒙昧主

---

① Ibid., P. 120.

② （清）金圣叹：《〈水浒传〉第二十六回夹批》，载《金圣叹评点才子全集》（第三卷），光明日报出版社，1997年，第508页。

③ （清）金圣叹：《〈水浒传〉序三·读第五才子书法》，载《金圣叹评点才子全集》（第三卷），光明日报出版社，1997年，第13页。

④ 〔法〕罗兰·巴特：《叙事结构分析导言》，拉曼·塞尔登编：《文学批评理论——从柏拉图到现在》，刘象愚等译，北京大学出版社，2000年，第75页。

义、非理性立场的神秘主义世界观，阿多诺曾经称这是"蠢人的形而上学"，它建立在一系列的类比联系的基础上，人们不是去寻找解释，而是编织一个无边无际的通感（Sympathie）连接。对它来说，证据并不重要，而是发现联系的奇迹最为重要，于是出现了一系列相似性形态，它们产生"符号游戏"，但又是不同于话语运作模式的特殊运作模式，于是"这种奥秘的思维将整个世界舞台转化成语言现象，但同时剥夺了语言的交往力量。"① 其实，人们在事件序列中的状态只是"在路上"，人们并没有走向彻底的解构、相对、虚无和无意义。事件序列所召唤回新异感知的情形是，既有作者摆脱和承继固有的认知状态及其背靠的文化教养和知识谱系，又有因为符号语境的开放，读者在阐释中摆脱和承继自己的固有认知状态和所背靠的文化教养、知识谱系。符号学家艾柯以其小说创作为我们做了示范。比如，艾柯把他的小说题名为《玫瑰之名》，但小说中对玫瑰只字未提或未给予任何暗示。题目让人想起 13 世纪洛里斯（Guillaume de Lorris）的韵体诗《玫瑰的故事》，这部书以 12 世纪的本笃会修士（Bernardus Morlanensis）的作品《世界沉思录》中的一句话作为结尾："昔日玫瑰如今只存芳名，陪伴我们的只有赤裸的名字（Stat rosa pristina nomine, nomina nuda tenemus）。"这首诗表达的是基督教教义厌倦尘世的主题，它用这句话说明事物转瞬即逝，见证昔日辉煌的、永恒的只有名字–符号，如语言、纸片，而不是它们表征的现实–"存在"。然而符号是有待填充的空位，每一次填补空位都是一个主体（如读者、转述者、陈述者等）在当下的阐释。"当下"包含两个要核：时间之"现在"、空间之"身体"（指基于身体主体的，包含了意识主体、间性主体的社会主体）。首先，当下之"现在"意味这种"当下的阐释"是主体在时间意识的维度上寻求存在意义（这一点，已经在第一章、第二章展开了充分的论证），即是在一个本体性层面上的历史时间（即跳出了固有的时间逻辑）中的关于存在意义的阐释；其次，当下之"身体"意味这种"当下的阐释"是主体在空间关

---

① 〔意〕艾柯：《论镜子及其他现象》，慕尼黑/维也纳，1988：16. 转引自《符号迷宫中的阿里阿德涅》，见 http://www.douban.com/group/topic/9719077/.

系的维度上确定"我"与"他者"社会共在状态下的关于自我确证的阐释。因而填充符号即"当下的阐释",本质上是一种主体性行为的填充。这种符号填充和该主体的生存处境有着暗通之处,它们既是填充符号式的生存,又是生产、结构符号式的生存,换言之,每完成一次填充,就意味着"文"结构进新的"事"之序列。这样,"事"向"文"转化、"文"向"事"序列化,构成一次次必须直面阐释的多样性和意义的不确定性之时的必然决断,如此,"顺着笔性"上升到生存意义层面。

"事"向"文"转化和"文"向"事"序列化的过程,是去中心和中心化的摇摆过程,这种摇摆有如《五灯会元》所记录的青原惟信禅师有关悟道的见解:"老僧三十年前未参禅时,见山是山,见水是水。及至后来,亲见知识,有个入处。见山不是山,见水不是水。而今得个休歇处,依旧见山只是山,见水只是水。"与之相通的是,姚斯在《走向接受美学》中提出"阅读视野"的概念,认为"阅读视野"可分为"三个阶级":一是"审美感觉阅读",二是"反思性的阐释阅读",三是"历史的阅读"。①"审美感觉阅读"是在生活现象中的,"反思性的阐释阅读"是在生活中理性总结生活,"历史的阅读"是跳出历史本身,在保尔·利科所意味的历史时间性层面上的。与之相类似,第三个"见山只是山、见水只是水",依然是感性的,如同第一个"见山只是山、见水只是水",但是是跳出来后的,更本体层面的,即所谓的生存意义层面的。

概言之,本节通过把叙事之事件予以事件序列化后,呈现出"事"与"文"的关系,即事件成为语义系统中的一个意义单元、一个符号、一个词语,叙事文本成为语义系统,一个扩充了的陈述句,因此,叙事世界是摆脱了现实逻辑的修辞性世界;继而,符号是有待填充的空位,每一次填补空位都是一个主体(读者)在当下的阐释。在阐释中,"文"被结构进新的"事"之序列。"事"向"文"转化和"文"向"事"序列化的过程,是去中心和中心化的摇摆过程,构成一次次必须直面阐释的多样性和

---

① 〔美〕马丁·华莱士:《当代叙事学》,伍晓明译,北京大学出版社,2005年,第175-176页。

意义的不确定性之时的必然决断，最终上升到生存意义层面。"事"与"文"的对转，表明主体在词语-空间中展开主体性生存，或者说，词语是主体性的空间化存在。

第三节　叙事文本中的最小叙事空间

一、叙事文本是叙述者的文本

1. 叙事是叙述话语

模式是知识形式或认知方式，人们借此把人类的片段的甚至支离破碎的经验结构化为某种秩序和意义。那么，叙事文学采用的是什么模式呢？这种模式对于叙事文学有着怎样的作用呢？

梦是最自然的叙事行为，以梦为例可以最显易地看到叙事的基本模式。

著名的心理学家、释梦论者弗洛伊德（Sigmund Freud）讲述自己曾经做的一个梦。1895 年初夏，弗洛伊德用精神分析法治疗一个名叫爱玛的年轻寡妇，这次治疗只获得部分成功，为彻底治愈病人，弗洛伊德提出一个治疗方案，但"看起来病人不愿意接受"，意见分歧时，弗洛伊德因为暑假结束而停止治疗。后来弗洛伊德接待了来访的奥托，他是弗洛伊德的同行加朋友，他最近与爱玛一起待在乡下。弗洛伊德自然问起爱玛，奥托说："她现在好多了，但还谈不上很好。"弗洛伊德觉得奥托声音中有责备，他难堪之余，连夜写出爱玛的病史准备交给权威人士"M 医生"，当天晚上弗洛伊德做了下面的梦：

　　一个大厅——我们正在接待很多客人，爱玛也在宾客当中。我马上把她领到一旁，好像是回答她的来信，并责备她为什么不采用我的"办法"。我对她说："如果你仍然感觉痛苦，那是咎由自取。"她回答说："你是否知道我的喉咙、胃和肚子现在是多么痛，痛得我透不过气来。"……我把她领到窗口，检查她的喉咙，她先表示拒绝，像一个镶了假牙的女人那样。……我发现她的喉咙右边有一大块白斑，其他地方还有一些广阔的灰白色斑点附着在奇特的鼻内鼻甲骨一样的卷曲结构上。——我立即把 M 医生叫了过来，他重新检查了一遍并证明属实……我的朋友奥托也正站在她身旁，我的朋友利奥波特隔着衣服叩诊她的胸部说："她的胸部左下方有浊音。"……M 医生说："这肯定是感染了。"……我们都很清楚是怎样感染上的。不久以前，因为她感到不舒服，我的朋友奥托就给她打了一针丙基制剂……不应该如此轻率地打那种针，而且当时注射器可能也不干净。①

弗洛伊德在梦中把自己的难堪转化为对奥托的报复：爱玛的疼痛是由于奥托使用了不合适的药以及进行了一次不小心的注射造成的，以此来消泯自己的自责。这个梦具有普通的叙事的基本模式，即叙事内容不是自我表演出来的，而是经人转述出来的。亚里士多德曾经指出戏剧和史诗的差别有，前者是人物直接在观众面前展示自己的行动、言语来展现情节，后者则是由一个叙述者用语言组织人物的行动、言语来延伸情节。梦的意义产生时刻，不是做梦的时候，而是述梦的时候，因为只有述梦才能解梦，得到梦中所隐含的梦主心事。述梦即转述事件、情境、人物形象，其中，能明显地听到叙述者的声音。

在《理想国》中，柏拉图通过与阿德曼特的对话，首先提出了"单纯叙述"与"摹仿叙述"②的概念。他认为：在形式上，"凡是诗和故事可以分为三种：头一种是从头到尾都用摹仿，像你（指阿德曼特）所提到的悲剧和喜剧；第二种是只有诗人在说话，最好的例子也许是合唱队的颂

---

① 〔奥地利〕西格蒙德·弗洛伊德：《释梦》，孙名之译，商务印书馆，1999 年。
② 〔古希腊〕柏拉图：《文艺对话集》，朱光潜译，人民文学出版社，1963 年，第 47 页。

歌；第三种是摹仿和单纯叙述掺杂在一起，史诗和另外几种诗都是如此。"① 可见，讲故事和演故事（如戏剧）的差别在于，演故事是自己亲身来表演，讲故事是由叙述者来转述人物的语言。如比较下面的几种表达模式：

（a）达罗卫夫人讲她要自己去买花，因为露西十分忙碌。

（b）达罗卫夫人：露西，我还是自己去买花吧。

（c）达罗卫夫人（看看忙碌的露西）：我自己去买花。

（a）是选自弗吉尼亚·伍尔夫的小说《达罗卫夫人》，（b）和（c）是对（a）的戏剧化改编，其中（b）的话语中所包含的意向和（c）的话语中所包含的意向并不全然相同——可能（b）的情绪更明显（宽和、理解或怨艾等）。由于人物面对观众表演，所以观众能根据上下剧情来直接判断不同话语方式的具体情绪。（a）则是对（b）或（c）的转述，于是人物的语言被镶嵌在叙述者的语言中，读者只能通过叙述者的声音听到故事内的人所说的话（"达罗卫夫人讲她要自己去买花"），或者看到故事内的人和事（"露西十分忙碌"）。

这种转述使所有的叙事内容都被叙述者主观化。典型如金圣叹在历史叙事和文学叙事间作比较时概括出的前者"以文运事"和后者"因文生事"。金圣叹指出，历史如果成为"文人之权"的书写，"马迁之传《伯夷》也，其事伯夷也，其志不必伯夷也。其传《游侠货殖》，其事游侠货殖，其志不必游侠货殖也。进而至于《汉武本纪》，事诚汉武之事，志不必汉武之志也"，故，"马迁之书，是马迁之文也，马迁书中所叙之事，则马迁之文之料也"，因为"马迁之为文也，吾见其有事之巨者而隐括焉，又见其有事之细者而张皇焉，或见其事之阙者而附会焉，又见其有事之全者而轶去焉，无非为文计，不为事计也"②，如司马迁自言为"文"的用

---

① 〔古希腊〕柏拉图：《文艺对话集》，朱光潜译，人民文学出版社，1963年，第50页。

② （清）金圣叹：《〈水浒传〉第二十八回回评》，载《金圣叹评点才子全集》（第三卷），光明日报出版社，1997年，第527页。

心："网罗天下放失旧闻，王迹所兴，原始察终，见盛观衰……成一家之言。"① 钱钟书洞察道："明清评点章回小说者动以盲左、腐迁笔法相许，学士哂之。哂之诚是也，因其欲增稗史声价而攀援正史也。然其颇悟正史、稗史之意匠经营，同贯共规，泯畛畦而通骑驿，则亦何可厚非哉！史家追叙真人真事，每须遥体人情，悬想事势，设身局中，潜心腔内，忖之度之，以揣以摩，庶几入情合理。盖与小说、院本之臆造人物、虚构境地，不尽同而可相通。……《左传》记言实乃拟言、代言，谓是后世小说、院本中对话、宾白之椎轮草创，未遽过也。"② 这和海登·怀特的"历史是虚构"意思相同。也就是说，叙述者叙述材料，不是记录"发生了什么"，而是通过"隐括"（集中）、"张皇"（强调）、"附会"（组织）、"轶去"（省略）等语言策略，以"成一家之言"——历史不过是叙述者（史家）的话语。佩内洛普·莱夫利的《月亮虎》中的主人公克劳迪娅·汉普顿若有所思地说"当你和我谈论历史的时候，我们指的并不是实际发生的事情，是吧？也不是时时处处都存在的宇宙现象，是吧？我们指的是经过整理以后写进书中的历史，是历史学家对时空和人物的善意观察。历史是对过去的解释，而事实是错综复杂的"即如此。历史叙事尚且这样，更遑论虚构叙事。金圣叹因而总结说，《水浒传》是作者"为文计，不为事计"，而"能出其珠玉锦绣之心，自成一篇绝世奇文"，"借世间杂事，抒满胸天机"③。蒲安迪在其《中国叙事学》里，用"叙述人口吻"这一术语分析了中国叙事类史传作品，也认为史书饱含叙述者（史家）的主观情感——对历史事件和人物的评价态度及其中他们自身的价值立场，④ 典型如从《春秋》开始的"微言大义"，"诛、弑、杀"，一字一种评价，"一字寓褒贬"。

概言之，叙事就是叙述话语，其结构方式如图8-1所示：

---

① （汉）司马迁：《史记·太史公自序》（第十册），中华书局，1959年，第3319页。
② 钱锺书：《管锥编》（第一册），中华书局，1986年，第166页。
③ （清）金圣叹：《天下才子必读书·公叔非悖·批》，载《金圣叹评点才子全集》（第二卷），光明日报出版社，1997年，第420页。
④ 〔美〕蒲安迪：《中国叙事学》，北京大学出版社，1996年，第6页。

叙述者———————叙述话语———————受述者

↑

故事内的人物、事件、环境

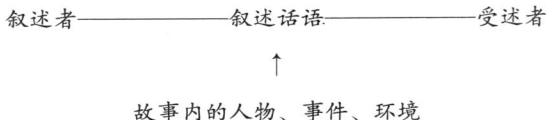

图 8-1　图叙述话语的结构方式

2. 叙事文本由多层叙述者之间的转述关系构成

叙事文本中有若干层次的叙述者，它们之间构成层层转述的关系。

最显明的是故事最内层的叙述者。他们叙述人物的言行举止，描述场景的静动变化。如上面所举的《达罗卫夫人》的例子。

故事中有时不止一层叙述者，可能存在内层的叙述者和外层的叙述者，这样，外层的叙述者叙述着内层的叙述者。比如爱米莉·勃朗特的《呼啸山庄》中，内层的叙述者是呼啸山庄的女管家丁耐莉，她讲述了呼啸山庄主人希斯克利夫和凯瑟琳惊天动地的爱情故事，外层的叙述者是呼啸山庄的房客洛克伍德先生，他转述了丁耐莉所讲述的男女主人公的故事。

叙述者还包括"隐含作者"。"隐含作者"（implied author）是韦恩·C·布思（Wayne C. Booth）在《小说修辞学》中提出的概念①。"隐含作者"是"写作的正式作者"，它不同于处于日常生活中的"真实作者"。后者是在有血有肉的人有生之年存在身体、思想、立场变化的个体，前者是在特定创作时期中、在某种创作状态中、以某种立场和方式来写作、故与所写作的具体文本之主题和写法存在明确的因果关系的那个人。简言之，隐含作者是在真实作者"脱离平时自然放松的状态（所谓'真人'所处的状态），进入某种'理想化的、文学的'创作状态（可视为'真人'的一种'变体'或'第二自我'）"②时的文本结构之建构者。比如，莎士比亚从 1564 年到 1616 年有许多游弋于创作之外的日常生活，比如传闻中或可以考证到的种种行迹：少年接受"文法学校"的扫盲，肉店学徒，

---

① Wayne C. Booth, *The Rhetoric of Fiction*, Chicago：U of Chicago P, 1961, 2nd edition 1983.

② 申丹：《叙事、文体与潜文本——重读英美经典短篇小说》，北京大学出版社，2009 年，第 37 页。

乡村学校执教，偷猎事件，20 岁后到伦敦剧院，当马夫、杂役、演员、导演、编剧，成为剧院股东，成功隐退家乡……丰富的生活经历使他滋生了复杂的生活情绪、思想、立场，此即应该记录在莎士比亚档案中的真实作者。莎士比亚的创作经历了几个变化阶段：历史剧和喜剧时期、悲剧时期、传奇剧时期等，不同时期的莎士比亚会有不同的剧本形式意识和主题关注对象，那么，写《亨利四世》的莎士比亚和写《哈姆莱特》的莎士比亚以及写《雅典的泰门》的莎士比亚就不是同一个人，而分别是三个剧本的隐含作者。但"隐含作者"往往是真实作者的面具（尤其是好面具），是他在具体语境中塑造出的理想自我，布思为此举了索尔·贝娄（Saule Bellow）的例子：贝娄自称自己之所以每天花四个小时修改一部小说，只是在"抹去我不喜欢的我的自我中的那些部分"。① 可见，隐含作者是真实作者的建构和部分再现，是"流线型的真实作者，是真实作者的能力、性格、态度、信念、价值观以及在建构一个具体文本时发挥积极作用的其他属性的实际或设想中的综合体"。② 隐含作者为叙述话语带来了丰富的层次：第一，隐含作者与真实作者的部分重合，使文本之外的作者介入叙事活动，让作者的主观创作因素在俄国形式主义者和法国结构主义否定"意图谬误"之后，重新更规范地回到研究者面前；第二，叙述者作为隐含作者的谋划物，沾染了隐含作者的历史性、个体性，携带了隐含作者的空间意识，突破了此前形式主义叙事学所划分的叙述者-人物。叙述者被隐含作者所谋划，就意味着整个叙事文本是隐含作者所写，叙述者是文本中的一个"执行"叙述的人，因此，叙述者被隐含作者所转述。

　　由于"隐含作者"的存在，使叙述者还包括"隐含读者"（implied reader）。"隐含作者"对应出了"隐含读者"，后者表面看是隐含作者抽象

---

　　① 〔英〕韦恩·C. 布思：《隐含作者的复活：为何要操心?》，载 James Phelan，Peter J. Rabinowitz 主编：《当代叙事理论指南》，申丹、马海良、宁一中、乔国强、陈永国、周靖波译，北京大学出版社，2007 年，第 66 页。

　　② J. Phelan, *Living to Tell about It*：*A Rhetoric and Ethics of Character Narration*，P. 45. 转引自〔德〕安斯加·F·纽宁：《重构"不可靠叙述"概念：认知方法与修辞方法的综合》，载 James Phelan，Peter J. Rabinowitz 主编：《当代叙事理论指南》，申丹、马海良、宁一中、乔国强、陈永国、周靖波译，北京大学出版社，2007 年，第 94 页。

构想出来的受述者，用以探讨真实读者所具有的种种能力，实际上，是读者主动居于隐含读者的身份而构想出来的隐含作者：隐含作者是"读者从全部文本元素中推测和组装起来的一种建构"①。似乎是循环论证一般，读者通过进入与隐含作者相对的隐含读者位格，来推测、组装、建构文本的操控者，隐含读者又是读者所揣度的隐含作者所预设的理想读者，这样，读者阐释在隐含作者和隐含读者之间循环往复地不断接近文本中假定存有的特定意义，于此，在形式叙事学否定了"感受谬误"后，读者接受-反应因素通过叙述者这个中介（它背后是隐含读者-隐含作者）进入文本分析，并使文本的完成是止于读者阅读的，所以最终是读者在阐释中转述作者（作者转述整个文本中其他叙述者及人物的话语）的话语。换言之，读者以"隐含读者"的位格，成为叙事文本中最外层的叙述者；读者阐释文本的行为，其实就是通过转述隐含作者的叙述内容来叙述叙事文本内容的行为。

不同叙述者的层层转述关系，使毗邻两层的叙述者之间是包容与被包容的关系，叙事文本成为叙述者的文本。这种层层转述、层层包容的关系将叙事文本统摄在最外层的叙述者——读者的叙述行为/阐释行为中。因此，准确的说法是，叙事文本成为读者这个叙述者/阐释者的文本。

二、"叙述者"是无个性的语词所集聚的专名

1. "不可靠的叙述者"的产生

布思认为，叙述者分为可靠叙述者或不可靠叙述者（unreliable narrator）："我把按照作品规范（即隐含作者的规范）说话和行动的叙述者叫做

---

① S. Rimmon-Kenan, *Narrative Fiction: Contemporary Peotics*, London, New York: Methuen, (1983) 2003, P. 87. 转引自〔德〕安斯加·F·纽宁：《重构"不可靠叙述"概念：认知方法与修辞方法的综合》，载 James Phelan, Peter J. Rabinowitz 主编：《当代叙事理论指南》，申丹、马海良、周靖波等译，北京大学出版社，2007 年，第 84 页。

可靠叙述者，相反，叫做不可靠叙述者。"① 如何区分可靠的叙述者或不可靠的叙述者？费伦和马丁论称，叙述者实际上执行三种功能：①报道人物、事实和事件；②评价所报道的人物、事实和事件；③解读所报道的人物、事实和事件。每一种功能沿着一条交流轴展开，产生不同的不可靠性：①沿着事实/事件轴发生的不可靠报道；②沿着伦理/评价轴发生的不可靠评价；③沿着知情/感受轴发生的不可靠解读。在每条轴线上可能都有两种不可靠叙述的原因：或者力所不及，或者故意歪曲。这样，最终他们划分出六种主要的不可靠类型：不充分报道或错误报道，不充分认识或错误认识，不充分解读或误读。② 因此，不可靠叙述的形成原因可被简单地概括为"叙述者所知有限、个人介入程度以及有问题的价值观"③。

然而，不可靠的叙述者并不是一个可以被彻底撤除在外的干扰因素。不可靠的叙述者是不可避免的。一方面，如前所述，因为隐含作者与叙述者之间是支配与被支配关系，所以隐含作者与叙述者之间仅能部分重合。在隐含作者和叙述者的重合度上，隐含作者作为支配者，存在两种可能态度：无意的非完全重合或有意的非完全重合。重合度的高低主要取决于隐含作者的主观愿望和写作姿势。比如，重合度最高（但不能完全重合）的是历史书，因为历史叙事的前提是历史学家真诚地相信自己所讲的为真，所以历史学家（历史叙事文本的作者）（主观上）基本等同于叙述者，叙述话语（主观上）基本等同于作者的声音。文学叙事不同于历史叙事，文学叙事的隐含作者往往出于道德自卫和审美张力，隐匿在叙述者背后，会

---

① W. C. Booth, *A Rhetoric of Fiction*, Chicago：University of Chicago Press，1961，P. 158-159.

② J. Phelan and M. P. Martin, "'*The Lesson of Weymouth*'：*Homodiegesis*, *Unreliable*, *Ethcis and The Remains of the Day*," in D. Herman（ed.），*Narratologies*：*New Perspectives on Narrative Analysis*, Columbus：Ohio State University Press，1999，P. 88-109，转引自〔德〕安斯加·F·纽宁：《重构"不可靠叙述"概念：认知方法与修辞方法的综合》，载 James Phelan，Peter J. Rabinowitz 主编：《当代叙事理论指南》，申丹、马海良、周靖波等译，北京大学出版社，2007年，第87页。

③ S. Rimmon-Kenan, *Narrative Fiction*：*Contemporary Peotics*, London, New York：Methuen, （1983）2003, P. 100，转引自〔德〕安斯加·F·纽宁：《重构"不可靠叙述"概念：认知方法与修辞方法的综合》，载 James Phelan，Peter J. Rabinowitz 主编：《当代叙事理论指南》，申丹、马海良、周靖波等译，北京大学出版社，2007年，第87页。

反讽地建构不可靠叙述者。道德自卫的情形如叙述者宣称："以下观点仅代表故事人物的立场，与我本人无关!"，审美张力的情形如鲁迅在《孔乙己》中，鲁迅将小说的叙述者设为旁观第一人称"我"，"我"以一个十二三岁的酒店小伙计的声音，对孔乙己的悲惨遭遇表示出麻木、冷漠、无情，鲁迅借用这种表面少不更事，实则让孔乙己的不幸坠为悲剧的叙述者声音，表达了对不仅是孔乙己而且是包括"我"在内的看客们的"哀其不幸，怒其不争"，揭露了国民劣根性所在。另一方面，也如前所述，隐含作者是隐含读者反推出来的文本主旨赋予者。如同一个故事的发现和逆转最终是发生在读者身上（读者由阅读所创造出的某种领会)① 一样，叙述者偏离隐含作者而显现出的不可靠性，自然也是读者通过隐含读者–隐含作者推断出来的，这又一层的转折，又因为读者总是与隐含作者的不能完全重合而增加了不可靠的成分。

叙述者的不可靠性不仅不可避免，而且我们发现，叙述者的不可靠性犹如一个分析平台，在其上我们方能看到叙事文本如同通过由最内层叙述者渐渐向最外层叙述者"张本"的景象——一个主导的叙述话语腾挪跌宕地把许多个叙述者的声音组织成一支交响乐。因此可以说，正是因为叙述者的不可靠，才使我们区分不同层次的叙述者的行为有了意义。

2. "不可靠的叙述者"通过读者解构"叙述者"

隐含作者是面对理想中的拟受述对象即隐含读者而设计的，所以叙述者的不可靠带起隐含作者与隐含读者的关联性，甚或说，正是"不可靠的叙述者"使我们看到读者才是最终决定叙事文本的意义走向的最外层叙述者。在读者这里，由不可靠的叙述者引起了这样的阐释过程：

（1）读者知晓要素（读者了解各个人物及人物间关系，进入叙事情境）。

（2）读者顺势接受（随着情节的开展和人物关系的发展，读者将叙事情境向社会情境对位，借此把自己卷入人物间关系，使这种人物间关系趋

---

① 〔美〕华莱士·马丁：《当代叙事学》，伍晓明译，北京大学出版社，2005 年，第 113 页。

于稳定、真实）。

（3）读者逆势否定（情节的发展和人物关系的发展趋势陡转，产生抛离、反讽，读者反思自己将叙事情境向社会情境对位中所发生的沉迷、误会，或者调整自己与人物间新旧关系的关系，或者调整自己对叙事策略的认识）。隐含作者所设想的顺势引导被读者逆势否定，导致叙述话语中预设的"核心"在实际阅读中被减缩了，或读者对某些"卫星"反倒产生了特殊的兴趣，以至于让它们成为"核心"，或者混淆原有的"核心"和"卫星"，如前面所举的《祝福》的例子。因此，产生喜剧与正剧/悲剧混杂或颠倒的效果，如塞万提斯《堂吉诃德》的可悲（在当代人眼中），莎士比亚戏剧的"野蛮"（在伏尔泰眼里）。这些效果在这样的小说类型轴上滑动：

神话的— 传奇的 — 写实（悲剧–喜剧）的 — 反讽的

这时，读者已经质疑叙述者，看到了叙述者的不可靠性。

（4）读者解构了叙述者。读者在质疑叙述者的不可靠的同时，进一步揣摩隐含作者的用意，洞见被叙述人物被叙述者声音改变或遮蔽了的可能面貌。声音的多少取决于读者的阅读姿态，"轻信"的读者只能听到叙述者单一的声音，"多疑"的读者则会减低隐含作者与叙述者的重合度，也会侧身听到人物被遮蔽的声音，形成多种解读，比如在《高老头》中理解把金钱作为社会硬通货的观点，同情拉斯蒂涅攀爬实则堕落的奋斗，怜悯拉斯蒂涅费尽情智的处心积虑，或哀怨金钱让爱情变得渺茫，感叹年轻人的成长与异化，分析金钱体系对生活世界的殖民与货币流通对社会文明的推动，等等。要听到文本中的不同声音，就需要读者站在不同的叙述空间中，除了叙述者的叙述空间，还有隐含作者的叙述空间，故事内各个人物所在的各个空间。这些多元空间与叙述者的叙述空间互为多重镜像，其情形就如同在相对而放的两面镜子中间立有一支蜡烛，蜡烛在镜子中的镜像重重对照，以至无数。由于隐含作者本身就是预设出来的意图赋予者，所以读者看到的不是实体的蜡烛而是它的镜像，读者只能从某一个镜像开始经过重重还原，以期找到实体的蜡烛。其中，每选择一个起点，就选择了一个视点，重重还原就是通过寻找不同视点间的映射与被映射或反映射等关系，层层剥离虚幻，切近真实。这个真实，不在于找到某种主题——这是隐含作者的意图，而在于看到某种具体的叙述空间——这是隐含作者的处境和写作姿态。文本中容纳的多元声音，不仅是容纳进群体共在的社会个体，如鲁迅评《红楼梦》是"经学家看到易，道学家看到淫，才子看到缠绵，革命家看到排满，流言家看到宫闱秘事"，就是反证《红楼梦》的齐声喧哗容纳进了不同社会个体的现世经验；叙事文本中多元声音所存在的过滤、遮蔽关系，也容纳进立体关联的社会个体，经学家、道学家、才子、革命家、流言家等种种个体现世经验投射进红楼中男男女女的言行举止中的反思、判断、抉择，并在书中男男女女彼此交错的生活世界中错综在一起，构成众语喧哗中的辩论、理解、斗争、让步。由此，读者省察多元声音并寻找多元声音之源而洞见隐匿在文本中的多元空间时，发现它们彼此间改写与被改写、遮蔽与被遮蔽、压制与被压制的网状空间关系，于是，使"现在"的身体知觉、间性意识苏醒，挣脱了一元线性的时间意识的牢笼。这样，才切近了小说的本质：

> 写一部小说的意思就是通过表现人的生活把深广不可量度的带向极致。小说在生活的丰富性中，通过表现这种丰富性，去证明人生的深刻的困惑。①

这时读者看到的是，叙述者是零碎的、片段的、跳跃的，而作为读者的我们以及所面对的作者，其实也是矛盾多元得有如那个零碎、评断、跳跃的叙述者，所谓完整、持续、统一的真实其实是我们的奢望和想象，真实不过是一瞬间中的一个侧面。人，其实是无个性的语词集聚于一个专名之下。而这一切，就发生在新小说派罗伯-格里耶所说的情形中：

---

① 〔德〕本雅明：《本雅明文选》，陈永国等编.，中国社会科学出版社，1999 年，第 295 页。

在现代小说中，人们会说，时间在其时序中被切断了。它再也不流动了。它再也不造就什么了。……描述在原地踏步，在自相矛盾，在兜圈子。瞬间否定了连续性。①

最终的、最彻底的解构叙述者，发生在读者身上。读者的入乎其内、出乎其外的审美，让读者分裂到"叙述者"（它的意图和策略?）、"被述者"（它的意图如何被叙述者的策略、意图所修改?）、"受述者"（它如何和叙述者的意图、策略周旋?）三个身位中，这时的读者实际已经不是日常生活中的完好的、统一的一个人，他（她）是不同立场的、多元想法的、自相矛盾的，他（她）变成了"我"和"我的他者"的对话场域。

通过读者的阅读行为（也是叙述行为），我们最终切及己身地体察到人生在世其实就是一种叙事，每个人的所有身份其实都被概括进"叙述者"这个身份，一个人在日常生活中所有的言行举止都是在"叙述"。所以我们才能理解巴尔特的"核心"和"卫星"在最高层次的综合是进入"叙述"层。巴尔特说它由此转入另一种包括读者和社会条件的符号学，它"在叙事交流中"重新综合"功能和行动"②，这是非常有见地的结论。人在现实世界中并不是具有固定本质的稳定态实体——他（她）的稳定只是暂时的、相对的，自我、世界其实都是一个生成过程：个人按照某种目的意识，选择了过去的起点和未来的向度，并由过去－未来投射、显现出当下，借此赋予了自我形象、世界图景的真实感——所以小说试图反映那个生成过程来表现对"我是谁，我从哪里来，我到哪里去"的反思，惟其如此，才能塑造出如"这样一种人物，它能够不在文本中；这个人物的存在原因不仅仅是它为完成情节布局所必需，他或她也'活动'在其他一些领域，而不是仅在我们正在阅读的领域之内"（多彻蒂）③。然而，这种生成过程必定是在群

---

① 〔法〕阿兰·罗伯-格里耶:《今日叙事中的时间与描述》，载《快照集·为了一种新小说》，余中先译，湖南美术出版社，2001 年。

② 〔美〕华莱士·马丁:《当代叙事学》，伍晓明译，北京大学出版社，2005 年，第 109 页。

③ 同上，第 116 页。

体性相关的世界中——群体性相关的世界是一个相互对话、在对话中不断理解对方表达自己、因而是转述对方话语的情形，从这种状态来说，一个叙事文本就是一个陈述句的扩大或膨胀（如在《论语言的起源》一书中，赫尔德写道："动词先于名词产生，名词完全是从动词抽象而来的。"①），每一个人都是叙述者。人在群体性相关的世界中生存，自我的具体生成总不能是按"我所期望"的，总是要受到与我共在于当下的他人之"我所期望"的干预，我和他彼此调整着当下的"我所期望"，"我所期望的"就永远在调整中成为一种想象，人就永远在想象成为稳定态实体中成为碎片化的词语，换言之，人（叙述者）都是无个性的语词所集聚的一个专名。

（5）读者获得了新的空间经验。这种空间经验或者是从文化成规的方面或者是从文学传统的方面得以突破。普林斯（G. Prince）在考虑到语用问题之后，大致这样描述"叙事语法"的研究层次：句法（由一套有限的规则生成所有故事的宏观和微观结构）；语义（对这些结构进行阐释，包括叙事内容的宏观和微观结构）；话语（结合上述结构，由另一套有限的规则来解释叙事话语，如叙述时序、叙述速度、叙述者干预等）；语用（影响前三部分分析进程的认知和交际因素）。② 我们看到，这套叙事语法构想以语用作为句法、语义、话语的分析起点，就能把这里探讨的叙述话语中的不可靠问题从叙述者引向语用（叙事形式）–文化成规–文学传统，具体如图 8-2 所示：

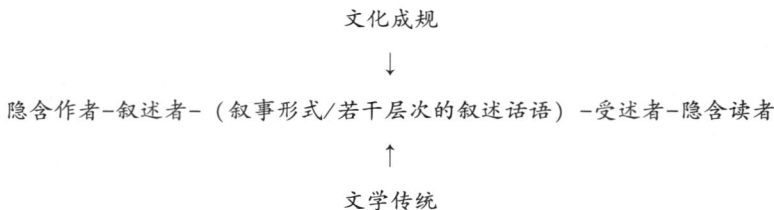

文化成规

↓

隐含作者–叙述者–（叙事形式/若干层次的叙述话语）–受述者–隐含读者

↑

文学传统

图 8-2　叙事形式与文化成规、文学传统的互动关系

---

① 〔德〕赫尔德：《论语言的起源》，姚小平译，商务印书馆，1998 年，第 65 页。

② G. A. Prince: *Dictionary of Narratology*〔M〕. Nebraska：University of Nebraska Press, 1987. P. 7. 转引自唐伟胜：《国外叙事学研究范式的转移——兼评国内叙事学研究现状》，载《四川外语学院学报》2003 年第 3 期。

　　上图表明，读者对叙述者的知道与否、正确认识与否、价值观是否有问题的判断，即可靠与否的判断，依靠的是作者在文本中所预设的两级：社会规范/文化成规（真实生活为参数）和文学惯例/文学传统（修辞模式为参数）。两者的"真"有时是互为因果的，比如，亚里士多德认为是文化成规上的性格缺点造成行动失误和文学传统上的恐惧、怜悯、净化的悲剧心态是一致的。但是，斗转星移、世事变迁，两者的"真"就会产生龃龉，比如，在文艺复兴时期的观众看来，个体习以为常的行为惯性和性格养成不过是旧生活方式、维系旧生活方式的世界观的产物，因此，悲剧的形成是旧世界观、旧生活方式中的行为惯性和固化性格无法嵌入新的生活世界运行体系，而被后者撕裂。比如莎士比亚的《哈姆莱特》，因为文艺复兴初期对人性的一路高歌，使哈姆莱特过分骄矜于人乃"万物之灵长、宇宙之精华"的自是，而无法适应人之必然原欲所导致的尔虞我诈。他试图与人性弱点搏斗（纯化所有人性的卑劣——叔父的篡位，母亲的淫荡，大臣的趋炎附势，朋友的见风使舵，恋人的天真无知被利用，甚至父亲的盲目，自己的胆怯……），努力追求人性美的纯粹（追求更高贵的行为——不是"默然忍受命运的暴虐的毒箭"，而是"挺身反抗人世的无涯的苦难，通过斗争来把它们扫清"），要求行动的完美，让他人能"传述我的故事"。结果正是因为对人性纯粹美的信仰，追求完美的行动，导致他恰恰暴露出人性的一个弱点：犹豫，以至于延宕而殃及许多有缺点但不至死的无辜者。看到故事中性格被与现实相互撕扯、映现出彼此的不足，读者获得一个新的俯视点，开始重新审视世界、反思自我、重建自我，这种体验恰如亚里士多德所谓的"katharsis"（"卡塔西斯"，即在毁灭旧的世界视点后宣泄、净化出的新世界视点），但原因已非亚里士多德的了。我们在并举现实主义小说和元小说这两类小说时，尤其可以看到文化成规和文学传统这两极之任一极一旦被（作者-读者）优先地强调，就会出现叙事形式上的"地震"。其中，现实主义小说是重点强调文化成规的逻辑常识、伦理常识，文学传统的文类共识不是问题；元小说是重点强调文学传统的新的边界，用以带动对文化成规的颠覆。无论哪种情形，都是因为不可靠的叙述者使新的叙事形式出现。无论哪一种，都打破了原有的完整的空间经验，更重要的是，颠覆了空间经验范型的唯一性。

原有的空间裂成了碎片，通过最小的叙事空间来构建新的空间经验就有了可能。

三、叙事文本中的最小叙事空间

雅克布逊的结构主义语言分析把被选择的语言单位局限在语词上，认为引起象征性、复杂性、多义性的主要是语词的格律、音响："在诗歌当中支配一切的原则是相似性原则；诗句的格律对偶和韵脚的音响对应关系引起了语义相似性和相悖性的问题"，由此导致对散文类的文学叙事文本的误判："散文则相反，它主要在毗连性上做文章。结果使隐喻之对于诗歌，换喻之对于散文分别构成阻力最小的路线。这便是对诗歌比喻手法的研究主要围绕着隐喻的原由"。① 其实，如乔纳森·卡勒所总结的，"叙事诗重述一个事件，而抒情诗则是努力要成为一个事件"②，在叙事文学中，相似性选择的发生层面（或说诗化层面）不在由格律、音响引起象征、复杂、多义的语词，而在于投射在叙述话语上的空间经验。易言之，叙述话语是动态、历时的叙事空间实践性话语，其功能是强调当下空间的动态生成；叙事文本（也即叙述话语）是叙事空间意识的产物，文本上的每一个语义单元都是某种空间经验的浓缩。比如电影《2012》中富豪尤里的两个孩子对男主人公的鄙夷，这个 3 秒钟长镜头站在男主人公的视角，形成男主人公、叙述者、隐含作者（导演）对某种空间经验的捕捉与强调，这个镜头的在场，意味着其他情形的不在场（孩子的天真），意味着突出了镜头所涵括的现实生活因钱而势利、以钱而尊贵的空间经验。空间经验除了文化意味，还有形式策略，比如同样是这个镜头的在场，意味着其他镜头

---

① 方珊：《形式主义文论》，山东教育出版社，1999 年，第 122 页。

② 〔美〕乔纳森·卡勒：《当代学术入门：文学理论》，李平译，辽宁教育出版社，1998 年，第 81 期。

使用的不在场（特写镜头等），意味着突出了长镜头使用的意味：这个镜头只是一个不应该成为干扰情节主线的"标志"，而非"功能"。叙述声音与其所讲述的外部世界发生互构：没有讲述者就没有故事，没有故事也就没有讲述者。[①] 从表面看，叙述声音构成了文学风格，而文学风格又被归结为作家创作个性与具体话语情境造成的相对稳定的整体话语特色[②]，实际上，叙述声音是多音齐鸣、双声所构成的杂语现象[③]，叙述者/人实则"无个性的语词集聚于一个专名之下"，使得所谓的"创作个性"和"相对稳定的整体话语特色"可能成为一种想象。所以需要找到叙述话语中的最小叙事空间，以看到基于它的空间生产和意义构建。

本文认为，身体使社会主体成为最小的社会空间，相对应的，对于作为文化实践的叙事文本而言，在叙述话语中的最小叙事空间应该基于"视角"和"声音"，它是从读者这个位格获得的"声音·视角"之叙述关系所构成的关系性空间。

1. 视角：身体的看

视角指叙述者或人物的观察角度。

最基本的视角是人物的观察角度。它包括人物所见、所闻、所想、所说，比如：

> 刘姥姥只听见咯当咯当的响声，大有似乎打箩柜筛面的一般，不免东瞧西望的。忽见堂屋中柱子上挂着一个匣子，底下又坠着一个秤砣般一物，却不住的乱幌。刘姥姥心中想着："这是什么爱物儿？有甚用呢？"正呆时，只听得当的一声，又若金钟铜磬一般，不防倒唬的一展眼。接着又是一连八九下。方欲问时，只见小丫头子们齐乱跑，说："奶奶下来了。"周瑞家的与平儿忙起身，命刘姥姥："只管等着，是时候我们来请你。"说着，

---

① 〔美〕苏珊·S·兰瑟：《虚构的权威》，黄必康译，北京大学出版社，2002年，第3期。
② 童庆炳：《文学理论教程》，高等教育出版社，2001年，第206页。
③ 见第六章论述。

都迎出去了。

——曹雪芹《红楼梦》（贾宝玉初试云雨情·

刘姥姥一进荣国府）

刘姥姥第一次进入大观园，因其外来的、底层的人物身份，故较为突出地使用"陌生化"的手段来极力强调刘姥姥的身体之声色触味与王熙凤房间之空间场景的"相遇"，其结果有二：一是展示了王熙凤那富丽堂皇的居室、居室中王熙凤的气场，二是描画了刘姥姥与王熙凤的空间关系起点，直至向小说最后王熙凤聪明反被聪明误而力诎失人心，巧姐落难而刘姥姥成为其命中贵人等空间关系的转换。

视角还包括叙述者的观察角度。它是故事向叙述转化的基础环节，如英国小说理论家卢伯克说："我认为，小说技巧中整个错综复杂的方法问题，都要受观察点问题的支配，观察点问题即叙述者所站位置对故事的关系问题。"①

人物的视角更能让人看到其"身体性"，比如，人物站在什么空间、处于什么时间在听、见、想、说；叙述者的视角之"身体性"则显现的少，隐藏的多。

显现的如《十日谈》这种框架式小说交代叙述情境：

午后祈祷的钟声敲过不久，女王首先起身。把其余的姑娘唤醒了，又吩咐去唤三个青年人起来，说是白昼睡眠过久，有碍健康。于是他们一起来到一块草坪上，那儿绿草如茵，丛林像蓬帐般团团遮盖了阳光，微风阵阵吹过。女王叫大家席地而坐，围成一圈，于是说道："你们瞧，太阳还挂在高空，暑气逼人，除了橄榄枝上的蝉声外，几乎万籁俱寂。如果拣着这时候出外去玩，那真是太傻了。只有这里还凉快舒适些，你们瞧，这儿还有棋子

---

① Percy Lubbock, *The Craft of Fiction*, London: Cor & Wyman Ltd. 1966, P. 251.

和骰子，供大家玩儿。不过依我看，我们还是不要下棋掷骰子的好，因为来这些玩意儿，总有输有赢，免不了有一方精神上感到懊丧，而对方和旁观的人却并没因而感到多大乐趣。还是让我们讲些故事，来度过这一天中最热的时候吧。一个人讲故事，可以使全体都得到快乐。等大家都讲完一个故事，太阳就要下山，暑气也退了，那时候我们爱到哪儿就可以到哪儿去玩。要是这个建议大家赞成，那么我们就这样做。要是你们不赞成，那我也不勉强，大家任意活动好了，到晚祷的时候再见。"

姑娘们和青年们全都赞成。

"你们既然赞成，"女王说，"在这开头的第一天，我允许大家各自讲述心爱的故事，不限题目。"她于是回过头来看着坐在她右边的潘菲洛，微微一笑，吩咐他带头讲一个故事。潘菲洛听得这吩咐，立即开始讲述下面的一个故事。大家都聚精会神地听着。

——薄伽丘《十日谈·序》①

《十日谈》的叙述者们远离黑死病漫溢的佛罗伦萨，身处在洋溢着明媚夏景、青春气息的郊外。

隐藏的则更为普遍，如：

我们正在上自习，忽然校长进来了，后面跟着一个没有穿学生装的新学生，还有一个小校工，却端着一张大书桌。正在打瞌睡的学生也醒过来了，个个站了起来，仿佛功课受到打扰似的。②

——福楼拜《包法利夫人·第一节》

这段话是小说开头的一段描写，这一节是叙述男主人公查理·包法利

---

① 〔意〕薄伽丘：《十日谈》，王永年译，人民文学出版社，2015 年。
② 〔法〕福楼拜：《包法利夫人》，李健吾译，人民文学出版社，2003 年，第 1 页。

小时候入学的情境。从后面的章节看，无法确定到底是谁这里的"我们"之"我"，因为他再也没有出现，所以无法确定他的身份、叙述动机，也自然没有可凭借的东西去坐实他此时此刻的叙述情境，不过，这并不意味着读者不能去推想其叙述情境——比如，他是一个读过书的人，曾经和包法利同过学，也许毕业后两人再没有过交集，但因为这段同学场景，他可能会在若干年后听说了包法利夫人及包法利的故事后，会有一种关注的热切、反思的冲动，等等。因此，这个叙述者依然具有"身体性"。

视角的身体性在"看"中标划出当下的某个人在某种情境中的空间经验，因为这些空间经验，人物/叙述者的"看"引起了喜、嗔、怒、骂，混沌成人世百态，凝聚成特色性的物化空间。

2. 声音：身体的被看

在叙事文本中，视角只是谁看，声音才是谁说。热奈特说，许多理论家都出现了"谁是叙事文中观察者的问题和谁是叙述者的问题之间的混淆——两者完全不同，或者，更直截了当地说，谁看与谁讲之间的混淆"①。热奈特指出，视角作为谁看关乎的是语气，声音作为谁讲关乎的是语态。"声音是说话者的风格、语气和价值的综合"，②但声音基于视角，声音是对视角之所看到的转述。比如：

> 　　原来宝玉自幼生成来的有一种下流痴病，况从幼时和黛玉耳鬓厮磨，心情相对，如今稍知些事，又看了些邪书僻传，凡远亲近友之家所见的那些闺英闱秀，皆未有稍及黛玉者，所以早存一段心事，只不好说出来。（《红楼梦》）

其中"凡远亲近友之家所见的那些闺英闱秀，皆未有稍及黛玉者"是贾宝玉的视角，但由叙述者的声音转述出来。

---

① Gerard Genette, *Narrative Discourese*, trans, J. E. Lewin, Oxford: Basil Blackwell, 1980, P. 186.

② 〔美〕詹姆斯·费伦：《作为修辞的叙事》，陈永国译，北京大学出版社，2002 年，第 174 页。

杨义在《中国叙事学》中极为精炼地用"过滤"这个词来描述视角被声音转述的情状：

> 作者必须创造性地运用叙事规范和谋略，使用某种语言的透视镜、某种文字的过滤网，把动态的立体世界点化（或幻化）为以语言文字凝固化了的线性的人事行为序列。这里所谓语言的透视镜、或文字的过滤网，就是视角，它是作者和文本的心灵结合点，是作者把他体验到的世界转化为语言叙事世界的基本角度。同时它也是读者进入这个语言叙事世界，打开作者心灵窗扉的钥匙。因此，叙事角度是一个综合的指数，一个叙事谋略的枢纽，它错综复杂地联结着谁在看，看到何人何事何物，看者和被看者的态度如何，要给读者何种"召唤视野"。这实在是叙事理论中牵一发而动全身的问题。[①]

应该强调的是，"动态的立体世界""心灵结合点""召唤视野""语言""文字"等这些抽象的意义物，是基于视角的身体性的。因此，视角被声音转述，意味着视角的身体性在被叙述中被看到。换一种更为清楚的说法是，视角的身体性正是在被叙述中被看到。

3. 读者："视角·声音"的空间关系化

如前所论及的，人的多数的在世行为可以被视为是一种叙述行为。声音对视角的叙述，实质是在转述他人的话语，它是把他人的话语引入一个由转述人主导的对话语境和交往区域中，"话语进入交往的区域，与此相联系出现了语义和情态（语调）的变化，如隐喻的弱化和俗化，如实物化、具体化、日常生活化等等"[②]。因此，如果说"视角"是由于其"看"的当下之身体性而对世界的界分，那么，"声音"就是在其"叙述"的当

---

①　杨义：《中国叙事学》，人民文学出版社，1997 年，第 191 页。
②　〔俄〕巴赫金：《长篇小说的话语》，载《巴赫金全集》（第 3 卷·小说理论），白春仁、晓河译，河北教育出版社，1998 年，第 132–133 页。

下对世界的再次界分——"叙述"是使已经过去的东西正在"发生"，因此，"声音"也是具有身体性的。简言之，叙述者的"声音"转述人物（或下一层的叙述者）的"视角"，不仅使"视角"所在的身体被看，而且也使"声音"所在的身体被看，这就有如下之琳《断章》这首诗中揭示的：

> 你站在桥上看风景
> 看风景的人在楼上看你
> 明月装饰了你的窗子
> 你装饰了别人的梦

"声音"的身体性是被读者的阅读行为"看"到的。读者通过阅读行为，从叙述者的声音来透视人物的视角，看到"看者（即人物或下一层叙述者的视角）被（叙述者的声音）看"和"看者（叙述者的声音）在看"。

视角和声音的关系通过"看者被看"和"看者在看"的姿势而透射出：

（1）人物作为一个"身体主体-意识主体-间性主体"，通过"看"确定了他在他所目及的空间关系中（与文本中其他人物）的站位和朝向。话语中的每一次遣词造句，都是一次对空间关系的确定，它可能是有意识的，或无意识的，但它一定是在切分空间从而标识出异质空间及其边界。试想，一个人说"那个男人"时，一定是折射出了他（她）在此时此刻说的某个特定视角，在这个视角上，"那个男人"不是简单地指称上下文中的某个男性，而是集聚了这个人在该视角上所带起的某个世界感知及其具体的空间界分——男人、女人，而不是男生、女生，也不是男性、女性……视角是在私人经验-知识传统-理想生存三个层面渗透而建构出来的，其中，理想生存、私人经验、知识传统彼此间互相牵制各自的三角关系，即①私人经验——个人在当下空间中的物象感知、主体情绪、具象感知方式；②知识传统——群体文化所规定的间性规范、主体发展向度、审美传统；③理想生存——个人对间性规范、神人之际、审美理想的反思。如图 8-3 所示：

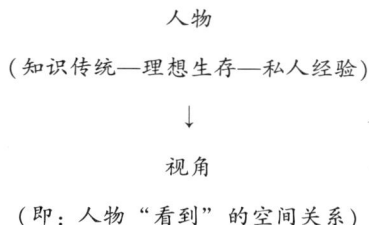

人物

（知识传统—理想生存—私人经验）

↓

视角

（即：人物"看到"的空间关系）

图 8-3　视角包孕的空间关系

（2）"被看"使人物的这种站位和朝向被上一层的叙述者纳入另一层的某种空间关系。

比如，《水浒传》中写武松初见潘金莲：

武松看那妇人时，但见：眉似初春柳叶，常含着雨恨云愁；脸如三月桃花，暗藏着风情月意。纤腰袅娜，拘束的燕懒莺慵；檀口轻盈，勾引得蜂狂蝶乱。玉貌妖娆花解语，芳容窈窕玉生香。

——施耐庵《水浒传》第二十四回
《王婆贪贿说风情郓哥不忿闹茶肆》

到了李碧华的《潘金莲之前世今生》，则这样写武龙（即武松）第一次仔细打量单玉莲（即潘金莲）：

明净透白的脸蛋，妩媚的眼睛，俏俏地盯着他，双眉略呈八字，上唇薄下唇胖，像是随时被亲吻一下，她也不会闪避。武龙把头一摇，企图把这感觉给摇走。

——李碧华：《潘金莲之前世今生·诱僧》

《水浒传》的措辞如"脸如三月桃花，暗藏着风情月意"等，以及《潘金莲之前世今生》的措辞如"明净透白的脸蛋"等，都不能简单地视作套话，而应该看到"视点·声音"背后被转述的空间关系。比如，相对于"风情月意"的词群有"正襟危坐""低眉顺眼"，类同于"风情月意"的词群有"蜂狂蝶乱""妖娆生香"，分别出道德的和淫荡的两种空间经验。与《水浒传》不同，《潘金莲之前世今生》的"明净透白"则相对于"黧黑无光泽"等，分别出的是皮肤的美感与否。前者的空间界分附从于意识主体方面，它将世界善、恶二分，出于将英雄道德化的叙述需要，将女性符号化①，淡薄女性②。后者的空间界分倾向于身体主体方面，展示男性面对女性的欲望。因此，叙事学不应该把用词作为一个完成结果，把"视角·声音"简单地缩略为谁看、看到谁的结果式的、概念化的、程式性的东西。

故事内人物之间的空间关系均以叙述者对人物的空间关系为中介，换言之，叙述者对人物的空间关系决定了故事内人物之间的空间关系。这样，叙事文本被"视角·声音"统摄为这样的空间关系架构（图8-4）：

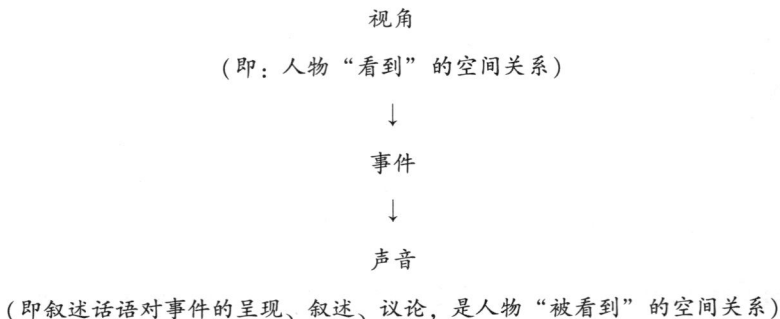

视角

（即：人物"看到"的空间关系）

↓

事件

↓

声音

（即叙述话语对事件的呈现、叙述、议论，是人物"被看到"的空间关系）

图8-4　图视角与声音的空间关系

由于叙事文本中的叙述话语呈多层次的转述-被转述关系，所以人物

---

① 姜山秀、鞠晶晶：《论〈水浒〉的女性观及女性形象的叙述功能》，载《菏泽学院学报》2006年第3期。

② 王晓霞：《淡薄女性——〈水浒传〉中英雄对女性的态度》，载《内蒙古电大学刊》，2006年第1期。

之间的空间关系和空间立场一层层地被上一层叙述者对空间关系和空间立场转折，直至经过最外层的叙述者-隐含作者到隐含读者。因此，"视角·声音"成为文本中的基础性结构坐标，如图 8-5 对比所示：

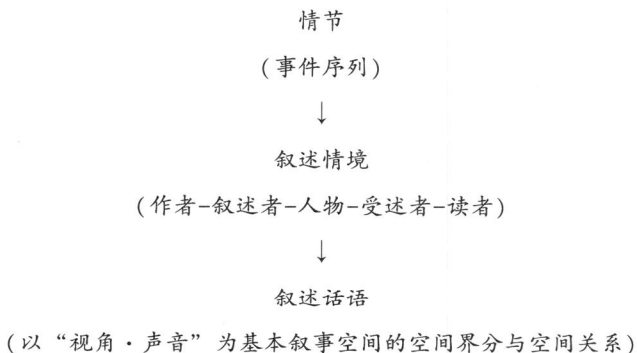

情节

（事件序列）

↓

叙述情境

（作者-叙述者-人物-受述者-读者）

↓

叙述话语

（以"视角·声音"为基本叙事空间的空间界分与空间关系）

图 8-5　基本叙事空间（"视角·声音"）是叙事文本的基础性结构坐标

读者循着"视角·声音"所标记出的空间边界，进行着循环往复地分析：（1）分析集结在叙述话语之"视角·声音"上的空间关系，据此考量正在发生的言语行为；（2）根据正在发生的言语行为，分析叙述话语之"视角·声音"上所准备表达的空间立场。就因为读者这样分析性参与，叙事文本被界分出一层层具体的空间关系，其意义在于，把传统叙事观以空间为手段（即借摹仿、再现社会空间来指涉事件或塑造人物，从而摹仿世界），转化为以"视角·声音"所表征的叙事空间为创生经验世界的基础性因素。比如《故乡》中，"我"和母亲坐船离开故乡时闲聊起杨二嫂在闰土索要的草灰里挖出十多个碗碟，这个细节仿佛再现了某种人情世故的空间，目的是渲染杨二嫂这个"豆腐西施"的刻薄小人心态，或者是揭示中年闰土老实背后的某种狡黠，更深刻地揭露了贫苦生活对纯朴农民的扭曲。但是，如果我们从"视角·声音"这个叙事空间来看，就有不同的结果。"杨二嫂在闰土索要的草灰里挖出十多个碗碟"这个事件是作为人物之"我"的视角被作为叙述者之"我"的声音转述出来的，其中，人物"我"在和母亲"又提起闰土来"中"看"到"杨二嫂在闰土索要的草灰里挖出十多个碗碟"，叙述者"我"把人物"我"所看到的事件放在"我

253

只觉得我四面有看不见的高墙，将我隔成孤身，使我非常气闷；那西瓜地上的银项圈的小英雄的影像，我本来十分清楚，现在却忽地模糊了，又使我非常的悲哀"中，借此来"看"人物"我"的"看"，于此，读者不仅借助叙述者之"看"看到人物之"看"，而且还看到了人物之"看"如何被叙述者"看"。可见，行文至此的空间边界不是关于人物"我"与杨二嫂或中年闰土或母亲的关系，而是关于人物"我"与叙述者"我"的，在意义焦点上，已不是中年闰土与少年闰土的差别及造成这种差别的社会空间——这种空间引起读者的讶异、哀怜等情绪或反思，而是叙述者"我"看人物"我"及他所生活在其中的乡村中国的姿势，这种姿势是鲁迅时代中国知识分子对乡村中国的一种典型的描画方式，而正是这种描画方式定义了当时中国的自我认知和规划了当时中国的发展路径。①

第四节　阅读行为中的空间生产

"视角·声音"构成了"看·被看·看"的循环，这种循环最终集聚在读者的阅读行为上。读者在"视角·声音"之空间关系化的过程中，获得了新的空间性体验。所谓空间性体验，是指自觉地意识到形成具体的空间体验的某种模式，它是对空间体验的源始性的还原。在"叙事乃修辞行为"的判断中，"叙事"被强调出的是"叙事性"，而"叙事性"是由

---

① 这与周蕾的相关论述可以相互参照。周蕾以鲁迅弃医从文的故事为例，讲述技术化视觉性话语开始进入中国知识分子的视野及中国知识分子对它的对策。鲁迅在《呐喊·自序》中把自己弃医从文的原因解释为是自己在日本学医的某日看到中国人被日军砍头示众的幻灯片而受到了震动，周蕾则认为，使鲁迅受震动的原因不仅是"毫无意义的示众的材料和看客"，更是技术化视觉性话语带来的"看"与"被看"的权力及与之契合的行刑的暴力，由此，引起"身为中国人"的知识分子面对帝国主义和现代技术的双重压力。具体而言，鲁迅通过观看自我（中国人）而产生的"第三世界"的自我意识，这种自我意识将民族性和集体迫害感和现代技术化话语联系起来。它使鲁迅重新皈依传统，致力于使用书写文字来对抗技术化视觉性及技术性的西方医学。但是，视觉性仍通过其他方式来继续影响中国现代知识分子，鲁迅作品就具有电影视觉性的痕迹。见周蕾：《原初的激情：视觉、性欲、民族志与中国当代电影》，（台北）远流出版事业股份有限公司，2001年。

"空间性"和"时间性"共同架构起来的。

一、"视角·声音"之"看·被看·看"是一次次对空间的当下界分

读者的阅读行为，也是一次叙事事件中的最终叙述者。在读者的阅读/叙述中，经过了层累的从"视角"到"声音"，又将"声音"按为"视角"，因此，经历了一次次的"叙述"。

赫尔德说动词的"叙述"特征是："一个直接模仿刚刚消逝的自然音的词，意味着过去的行为，因此过去时是动词的基础；但在初始阶段，过去时几乎也用来表示现在……对当前的存在可以把它指示出来，而对过去的事情却必须加以叙述。叙述可以用许多方式进行，同时，迫于寻找词的需要，人最初也不得不采取多样的方式，所以我们看到在所有古老的语言里都有许多种过去时形式，而现在时则只有一种，甚至一种也没有。"① 我们叙述"正在发生"的事件是已经过去的，讲述的动词是一种动态的过去时。叙事"narrative"的拉丁词源"narrāre"（"讲述"）和"gnārus"（"知道"）表明"讲述"与"知道"是一体两面，如同以词命物一般，唯有能指称事物方能认知事物。可见，所谓"过去的东西"，是在记忆中想象地对世界的持存和一体化，是日常生活中对已有命名体系的分有、挪用，所谓使"过去的东西"正在"发生"，是叙述者借"叙述"来对世界重新命名、指称，重新确定命名秩序。比如对于神话而言，自我和实在之间并不预先存在一个严格明确的界限，这一界限正是由用神话故事所代表的符号形式系统所创设出来的。

概言之，一次次的"视角·声音"的空间关系化，使世界处在不断地被持存和重新被界分中。"持存"使"现在"被封闭地连贯在"过去·现在·未来"的时间线上；"重新界分"是"现在"的完成性被开放的"当

---

① 〔德〕赫尔德：《论语言的起源》，姚小平译，商务印书馆，1998 年，第 66–67 页。

下"所打开。

二、读者的阅读使界分空间的当下成为主体性空间

由于读者的阅读行为，使"视角·声音"的空间关系化被填充进身体性、身体的当下性、身体间性等主体性要素，从而使"现在"获得了叙事时间之"时间塑形"所需要的开放性。

叙事情形和戈夫曼（Erving Goffman）所说的"印象管理"有可类比的地方。戈夫曼认为，在人际交往过程中，人们通过言行来表现自己给人的印象，这种表现可以分为两部分：一部分是行为个体较容易控制的"给予"（give）的明显表达，包括各种语言符号或其代替物；一部分是行为个体在广泛的行动中不甚留意或没有控制的流露，它具有隐含的意义。交往中，人们往往会发现对方行为中上述两部分并不一致的地方，此时，人们习惯用后一部分"不经意"的意义为基准去检查前一部分"有意为之"的意义是否可信，因为人们习惯相信流露出的意义的可靠性。"表演"（performance）则是指对"不经意流露"加以控制并显得"未加控制"的技巧，目的是使人们产生自己希望他产生的印象，所以戈夫曼又称"表演"为"印象管理"（Impression Management），或者说，是在为别人制造"情景定义"。① 戈夫曼将"印象管理"比拟为戏剧表演，要求严格区分戏剧表演的"前台"（表演场合）和"后台"（准备表演的现实场合），并拒绝观众闯入，来达成印象控制。② 由隐含作者主导的叙事活动看似戈夫曼所谓的"印象管理"——在叙事中，作者的确是通过讲述他人的故事这种"情景定义"，来控制性地"不经意流露"某种意义，并传达自己给人也给己的印象，比如睿智的，或者是善感的，这就像在戈夫曼所谓的前台；但仔细分析，又发现叙事活动实际不是"印象管理"，因为叙事的虚构性，早

---

① 〔美〕欧文·戈夫曼：《日常生活中的自我呈现》，黄爱华、冯钢译，浙江人民出版社，1989 年，第 71-75 页。

② 同上，第 102-109 页。

已经作为一种文学成规，让读者了然于心，因此读者在阅读叙事文本的同时，能清楚地意识到讲故事的作者是站在现实生活中的人，他在前台的表演受制于他在后台的准备状况、准备策略。即如保尔·利科指出的："一部史书能被读为小说，这样做时，我们加入阅读的契约，并共享该条约所创立的叙事的声音与隐含的读者之间的共谋关系。"① 这使读者对叙事作者的拟戏剧性自我呈现，有先入乎其内、出乎其外的自觉。这样，叙事文本中讲/听行为与讲/听对象叙事文本所关联的作者与读者之社会互动不是发生在前台，而是发生在后台与前台之间的那个转换——读者预设隐含作者让隐含读者玩味隐藏在表演场合背后的现实场合。

质言之，作为"作者的受众"，读者和作者心照不宣地知道，文本中叙事者正在讲的故事是虚构的；但作为"叙事的受众"，读者又决定暂且认为叙事者所讲的故事是真实、实在的。因此，布思在《小说修辞学》中认为，作者、叙事者、听叙者、作者的受众这四者之间的心理距离的种种变化对于叙事体验是至关重要的，② 叙事文本也因此就有运用特定的叙事策略（叙事结构、叙事顺序、叙事类型等）的必要了。运用这些叙事策略和营建"不可靠的叙述者"的性质是一样的，正如提出召唤结构的接受美学家伊瑟尔（Wolfgang Iser）所言，作者的确对于接受者观看文本的方式施加控制，手段是利用双方共同理解的成规，已达成某种交流模式③。因此，小说叙事从根本上改变了日常交流的条件，叙事文本的交流模式是叙事文本建构叙事者（隐含作者）、人物、情节、隐含读者等之间的层累结构。立体地看，"隐含作者"与"真实作者""隐含读者"及其背后的

---

① 乐黛云、陈珏编：《北美中国古典文学研究名家十年文选》，江苏人民出版社，1996年，第3期。

② 〔美〕华莱士·马丁：《当代叙事学》，伍晓明译，北京大学出版社，2005年，第161-162页。

③ 中国电视人陈虻曾说的一段话可为佐证：据柴静回忆，陈虻审片子，有个编导说不想在片子里放入思想，原因是"我妈看不懂"，就放弃了。陈虻说，"思想、你、你妈这是3个东西，现在你妈看不懂，这是铁定的事实，到底是思想错了，还是你妈的水平太低，还是你没把这个思想表达清楚？我告诉你，你妈是上帝，不会错。思想本身也不会错，是你错了，是你在叙述这个思想的时候，叙述的节奏、信息的密度和它的影像化程度没处理好，所以思想没有被传递。"见薛芳：《在路上》，载《南方人物周刊》2010年第1期，第69页。

"真实读者""叙述者"及其相对的"受述者"等不同关联，形成多重讲/听关系：作者-读者、隐含作者-隐含读者、叙述者-受述者①。平面地看，不同叙述者层层向内包容直至故事中的人物言行和场景，不同叙述者所对应的层层受述者之间也由故事内向故事外延伸至读者。于是，叙事文本的结构方式细化如图8-6所示②：

叙述—受述

{真实作者→［隐含作者→（叙述者→事件/人物←受述者）←隐含读者］←真实读者}

图8-6　叙事文本是讲/听关系的层累结构

叙事文本以"受述者"这个位格作为提供观察行动、透视作品意义的立场，而且可以想见，最外层的、最终的受述者也是读者。因此，叙事文本的意义其实是产生于"文本提供的角色与真实读者的气质"之间的创造性张力。③

如果说"文本提供的角色"是非主体性的身体，那么，"真实读者的气质"则为叙事文本导入生根在群体性相关的社会条件下的主体性因素，它使"文本提供的角色"获得了"当下性"。这样，我们看到"叙述"是此时此刻的某个主体在叙述异己的他者。这个他者可以是并非自己的另一个人，也可以是并非此时此刻的自己，如从前的自己。"转述"情形使叙述过程呈现为当下空间的界分，使叙事文本呈现出主体间的空间关系。

---

①　还有更细的区分，比如，"作者"和"隐含作者"之间有（作者一生所创造的一系列隐含作者构成）"职业作者（career author）"、（作者发展出的呈现于新闻界、公众之前的）"公众性格（public character）"，"隐含作者"还可以区分出"戏剧化作者（dramatized author）"（隐含作者是不使用"我"的小说外的声音；戏剧化作者是使用"我"的公共叙述者），"叙述者"还可以区分出"戏剧化叙述者（dramatized narrator）"（故事中的一位人物），"隐含读者"还可以区分出"理想读者"（model reader，或叫"模范读者"，其性格特点是被文本刻画出来的或由文本推测出来的，是读者被期待去扮演的准虚构角色。）和"作者的读者"（authorial reader，或叫"小说外的读者"extrafictional reader）。参见〔美〕马丁·华莱士：《当代叙事学》，伍晓明译，北京大学出版社，2005年，第155-156页。

②　Chatman, *Story and Discourse: Narrative Structure in Fiction and Film*. Ithaca: Cornell University Press, 1978. P. 151.

③　〔美〕华莱士·马丁：《当代叙事学》，伍晓明译，北京大学出版社，2005年，第164页。

　　从表面看，读者作为一个中介：受述者，将叙事文本引向一个一维的静态结构：被转述者的意向被层层集聚、涵盖进叙述者的意向中；实际上，读者因其"受述者"的中介身份将叙述文本构成了一个立体的空间关系网：不同层次的被转述者（可能也是不同层次的叙述者）在被集聚、涵盖进其他叙述者（可能也是被转述者）时依然发出了自己的声音、显现了自己的意向，因而和叙述者的意向构成统一化和分化的辩证统一，叙述者的封闭性和稳定性同样被被转述者撕开。叙事文本在最终是读者的"转述–受述"中历时地生成多维空间关系。读者逐字逐句地体验（转述）前后继起的词语、句子、段落，激活了"叙述"情境。正是在这样的认识下，我们方能理解"花开两朵，各表一枝"的叙述情形：要讲述的事情不止一件，但它们是同时发生的，叙述者的嘴却只能一件一件地讲，如同把一个立体的共时世界压扁拉扯成一条线，事情讲出来了，但事情与事情之间关系却变样了，让人无法全然"身临其境"。但是，这是另无他策的，所以在叙事中，高保真的对象其实不再是事情与事情的关系，而是叙述者如何呈现事情的关联以及如何关联地呈现事情，如前所述，叙事文本是多层次的转述和被转述关系，其关键已不在于如何能用"各表"的历时来仿真"同开"的共时，而在于用怎样"各表"的历时来生产出人（作者、读者、叙述者）与事（人物的看似整一的行动）在转述和被转述情境中相互交错的空间关系。因此，叙事文本是空间向时间投射生成的符号系统：①叙述关系所关涉着的人和事之空间在叙述的转述和被转述关系中结成复杂的、多维的空间关系，即间性、复合的空间关系；②叙述话语线性地在时间中延展开来，转换、消泯、生成叙述关系所关涉的人和事的空间关系，转换、消泯、生成的印迹投射到二维平面上；③叙事文本中先后继起的线性序列符号，是在每一个"当下"的间性复合空间关系在二维平面中的投影，如图 8-7 所示：

叙述—受述

{真实作者–［隐含作者–（叙述者–事件/人物–受述者）–隐含读者］–真实读者}

↓

当下

（声音·视角）

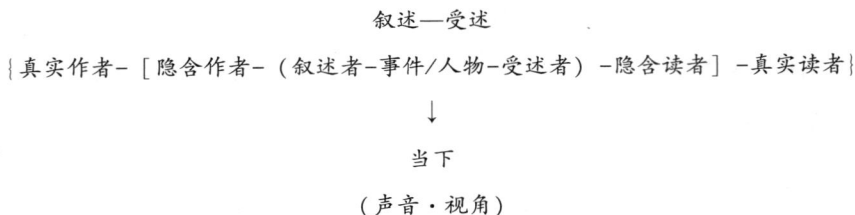

图8-7　叙事文本是空间向时间投射生成的符号系统

三、叙事空间参与时间塑形

如前所述，叙事时间是对历史时间之时间塑形的模仿，它通过预塑、塑造、重塑等三重时间塑形，以保证"现在"辩证地已完成和未完成。叙事空间将某种具有主体性因素的当下性介入叙事时间的"现在"，并用当下性中所包孕的主体间空间关系来填充"现在"，构成"现在"的开放性和未完成性，借此，叙事空间参与时间塑形。

下面详述叙事空间是如何构成"现在"的开放性的。

首先，"视角·声音"这个最小的叙事空间使叙事文本的不同叙述层次转化为在转述中的空间关系建构过程，空间关系构建是通过空间边界界分来进行的，而叙事流中的每一个当下的、具体的空间界分最终是来自最外层的转述者——读者。读者如烛，界分如影，烛的摆放角度决定了影子的长短、浓淡。艾柯在《玫瑰之名》的结尾表明了这一点："世界上不可能存在秩序"①，符号的世界只能无条件地听任相对性摆布；确定秩序在于确定边界，确定边界需要了解有关世界的知识，即如艾柯《昨日之岛》中的格里夫说出类似的想法："嘈杂的谜团背后没有牵线者……它的中心已经丧失，只由边线组成"②，所以"视角·声音"所界分出的叙事空间是趋向于尊重读者在当下的世界知识，后者为叙事空间提供边界和秩序。

---

①　〔意〕艾柯：《玫瑰之名》，转引自《符号迷宫中的阿里阿德涅》，http：//www. douban. com/group/topic/9719077/.

②　〔意〕艾柯：《昨日之岛》，转引自《符号迷宫中的阿里阿德涅》，http：//www. douban. com/group/topic/9719077/.

其次，读者的空间界分是读者站在不同的转述层次上的多次界分，也是站在转述过程中的历时界分，这样的空间界分和空间建构使叙事文本成为一个历时的、动态的生成过程：文本因为最小的叙事单位而不断被界分，文本中不同层次空间盘踞在这里，彼此交错互文。易言之，读者的个性差异、同一个读者的不同"当下"，都使得叙事空间在被界分时具有了开放性。读者停驻在这个叙事单位上，就如同"此在"，与其说是发现了空间的关联，不如说是这种空间关联是架构在读者的生存"语境"之上——语言不再是透明的中介，"语境"不再是静态的、背景的，而是包孕了意义生成机制，是动态的。叙事不仅仅是再现生活世界之对当下感知的持存，而是在叙事过程中，个体的空间感知作为架构社会个体间的空间关系的基础，由此架构起社会关系的相对性、互动性和新的社会关系架构模式。叙事的意义不在于叙事结果，而在于叙事行为这个过程，对生成过程的关注，让我们的眼光不再紧紧盯住某个生成结果，并以此切分"开始或结束不确定状态"。如果只关心生成结果，就会让人物本身的社会生活情境、人物的社会生活情境反应在这种强烈的目的理性的分析模式中被抽空，所有的人物抽象为一条条逻辑因果线上的棋子，所有的逻辑因果线指向纠结在一两个主人公的情节结局上，这样，小说只是一个让我们惊奇的传奇，因为人物只是为成全这条逻辑线的一个零件，当下只是一条逻辑线（从一个确定的过去指向一个确定的结局）上一个单维的点。所有的本真性就这样一层层被剥掉，所以如此的根本所在，就是"当下"的丰富性被抽象的时间抽离。

最后，叙事行为的过程性、过程中的动态性使叙事在时间塑形中获得开放性。叙事文本中空间关系建构过程纠合在"事"和"文"的不断转化过程中，即读者之当下的、个性的空间界分参与"事·文"符号系统的生成过程，并使这个生成过程基于读者当下的、个性的空间界分，这就使生成过程基于"现在"的开放性。于是，事在两端间动摇——既用"文"的结构性使"过去"封存住"现在"，使"现在"是已完成的，又用读者之"当下空间界分"来开启"现在"的新内容，使"现在"未完成。如此，叙事进程是"事"与"文"不断螺旋型盘旋上升至生存论意义层面的对转，空间关系跟随着这样的进程变化，比如人物跨越过空间边界进入异质空间（《红楼梦》中贾宝玉做梦，《水浒传》中神魔下界，《三国演义》中刘备离开许昌），异质人物跨越空间边界引起空间关系变化（比如《三国演义》中试图说降周瑜的蒋干来到江东），叙述者转换叙述层次带动空间关系变化（《三国演义》中叙述者从转述故事转入论赞话语），其中，"空间的方向由旅行个体及其经验视角，还有作为空间表层的时间结构共同提供。贯穿始终的小路覆盖并创建时间结构"①。

---

① 〔芬兰〕凯·米科隆：《"叙事即旅行"的隐喻：在空间序列和开放的结果之间》，甘细梅译，载《江西社会科学》2010 年第 1 期。

第九章 叙事空间和叙事
时间的辩证关系

本章认为，叙事时间和叙事空间的辩证关系体现在叙事形式中的细节和序列的辩证关系中。其中，细节由"视角·声音"扩出来，"声音"之谁说在转述"视角"之谁看，在细节中分别表现有三种情形：声音复原视角、声音颠倒视角、声音挤占视角，每一种情形都体现一种主体间的空间关系，细节借此生产出当下空间，从而为序列中的"现在"带来开放性。序列是线性时间的，在它上面，不断地滋生出细节，又不断地把细节摁进结构，借此，使细节（视角·声音）所在的"现在"永远是已完成的和未完成的。

第一节 细节生成的三种情形

从视角到声音之空间关系、空间立场的转折情形，受到人物与叙述者的空间距离影响。影响两者间空间距离的因素分别有：

第一，叙述话语对人物的引语方式。叙述话语对人物话语有几种引语方式：

（1）直接引语。由引导词并用引号标出的人物话语。如：

　　他说："我可能要出去几天避避风头。"

（2）自由直接引语。省掉引导词和引号的人物话语。如：

我可能要出去几天避避风头。

（3）间接引语。叙述者用第三人称转述人物话语。如：

他说他可能要出去几天避避风头。

（4）自由间接引语。叙述者省掉引导词以第三人称模仿人物话语。如：

他打算出去几天避避风头。

不同的引语方式造成视角与叙述者之间的空间距离。理论上，越直接的引语，就表明叙述者对人物的空间认知的认同度越高，反之，越间接的引语，就表明叙述者对人物的空间认知的篡改可能越大。这种篡改，一种情形是叙述者用自己的声音直接篡改，比如：

奶奶的眼睛又朦胧起来，鸽子们扑棱棱一起飞起，合着一首相当熟悉的歌曲的节拍，在海一样的蓝天里翱翔。（《红高粱》）

一种情形是叙述者假其他人物的声音来间接篡改。比如巴赫金举的关于屠格涅夫小说的例子：

他开始感到心里暗暗起火。巴扎罗夫的随随便便，满不在乎，激怒了他的贵族个性。这个乡村医生的儿子不但不胆怯，答话反倒冲口而出，一副不大愿意的样子；他那声音里有点粗鲁，甚至有天不怕地不怕的味道。（《父与子》第6章）

"这个乡村医生的儿子"是隐蔽的他人（巴维尔·彼得洛维奇）的语言。

第二，叙述者的类型。叙述者分为两种三类：第一种是旁观型叙述者，即叙述者处于异故事层面。这种叙述者分为两类，一类是叙述者在故事外部，全知全能，采用第三人称外视角叙事，一类是叙述者在故事边缘，作为见证人，采用第一人称外视角叙事。第二种是主人公型叙述者，即叙述者处于故事层面，采用第一人称内视角叙事。具体的叙述者类型决定了叙事视角（全知视角、限知视角、内在视角、外在视角）及其带来的视角，影响了叙述者与人物之间的距离和方位。

第三，叙述时间。时间速度（等距叙述、缩短叙述、延长叙述）、时间矢量（包括顺叙、倒叙、预叙、插叙）、时间频率（单一叙述、重复叙述、反复叙述）等影响空间停滞和空间转换等视角所见（即"聚焦体"），由后者可以回溯出视角所在的空间关系性结构。

由于上述因素，再加上叙事文本本身存在多个转述层次，所以"视角-声音"在具体的文本中会孳生出无数种复杂的空间关系。如果我们把被转述层的声音都视为上一个转述层的视角，就可以把所有的叙述层都化约为上层的"声音"转述下层的"视角"的关系。据此，可以把由"视角-声音"之空间关系的生成情形大致概括为三类：声音复原视角、声音化用视角、声音颠倒视角。不同的关系类型包含不同层次的"视角-声音"所碾出的细节，换言之，不同类型的细节中含蕴着的是不同叙述层次的空间关系——同层次的人物对话间的，上一层声音与下一层视角的转述与被转述之间的，再现现实之述愿语与创生世界之述行语之间的，它们分别体现了一种主体间的空间关系。文本据此拓出当下空间，从而为序列中的"现在"带来开放性，最终构成修辞行为。

一、声音复原视角：塑造人物之间的空间关系

声音复原视角，即尊重人物视角，就算是直至最外层的叙述声音，都

尽量没有缩略、篡改人物的话语，从而使读者最终看到的是人物之间的空间关系。

声音复原视角的一种情形是叙述者直接引用人物语言。如薄伽丘《十日谈》第四日的序"绿鹅的故事"。故事的前三分之一节奏不疾不徐，叙述者用概述的方式讲述鳏夫巴杜奇的故事："从前，我们城里有个男子，名叫腓力·巴杜奇，他出身微贱，但是手里着实有钱，也很懂得处世立身之道。……"故事讲到巴杜奇死了妻子，就把两岁的独生子带上山，让他远避尘世、虔心修行。叙述者的概述采用巴杜奇的视角："他眼看儿子一天天长大，就十分留心，绝不跟他提到那世俗之事。也不让他看到这一类的事，唯恐扰乱了他侍奉天主的心思；要谈也只跟他谈那些永生的荣耀，天主和圣徒的光荣；要教也只限于教他背诵些祈祷文。父子二人就这样在山上住了几年，那孩子从没走出茅屋一步。除了他的父亲以外，也从没见过别人。"巴杜奇下山采办全靠自己，直至儿子十八岁。就这样，读者被携带进鳏夫巴杜奇的逻辑。接下来的三分之一节奏依然匀速地跟随前面的逻辑——为备接班，父子同行下山，一路问答不停。直到见到一群年轻女子，进入一来一往的对话，概述变为了等述，视角从单一的父亲视角转为父子俩的视角转换：

> 那小伙子一看见她们，立即就问父亲这些是什么东西。
>
> "我的孩子，"腓力回答，"快低下头，眼睛盯着地面，别看它们，它们全都是祸水！"
>
> "可是它们叫什么名堂呢？"那儿子追问道。
>
> 那老子不愿意让他的儿子知道她们是女人，生怕会唤起他的邪恶的肉欲，所以只说："它们叫做'绿鹅'。"
>
> 说也奇怪，小伙子生平还没看见过女人，眼前许许多多新鲜事物，象皇宫啊，公牛啊，马儿啊，驴子啊，金钱啊，他全都不曾留意，这会儿却冷不防对他的老子这么说："啊，爸爸，让我带一只绿鹅回去吧。"

　　"唉，我的孩子，"父亲回答说，"别闹啦，我对你说过，它们全就是祸水。"

　　"怎么！"那小伙子嚷道，"祸水就是这个样儿的吗？"

　　"是啊，"那老子回答。

　　"祸水就是这个样儿的吗？"儿子却说："我不懂你的话，也不知道为什么它们是祸水；我只觉得，我还没看见过这么美丽、这么逗人爱的东西呢。它们比你时常给我看的天使的画像还要好看呢。看在老天的面上，要是你疼我的话，让我们想个法儿，把那边的绿鹅带一头回去吧，我要喂它。"

　　"不行，"他父亲说，"我可不答应，你不知道怎样喂它们。"

　　那老头儿这时候才明白，原来自然的力量比他的教诫要强得多了，他深悔自己不该把儿子带到佛罗伦萨来……

——薄伽丘《十日谈》①

　　叙述者渐渐隐身，直接引语中，"视角-声音"的几近重合形成细节，细节让行文速度陡然慢下来，叙述者袖手旁观父子俩的自行争辩，在争辩的高潮处，蓦然，叙述者以简洁明快的"那老头儿这时候才明白，原来自然的力量比他的教诫要强得多了，他深悔自己不该把儿子带到佛罗伦萨来……"，再次回到转述的声音，细节也随之戛然而止。承载在先前速度中的逻辑世界（即父亲主导的常识世界）被抛离出去，读者则在这里紧急刹车，袖手旁观那位父亲的无助——十几年精心搭建的世界渐渐被一砖一瓦地抽调，直至崩塌。叙述者通过这个细节，让读者看到了儿子的欲望与父亲的逻辑面对面的情境，这个当下情境是文艺复兴初期欧洲人在"人"与"神"的对立中重新发现人、高歌人性和人欲的缩影。

　　声音复原视角的另一种情形是叙述者直接引用人物独白。比如陀思妥耶夫斯基的书信体小说《穷人》的一段：

---

　　① 〔意〕薄伽丘：《十日谈》，王永年译，人民文学出版社，2015年。

我住在厨房里，或者换个说法就会准确很多：挨着厨房有一小间（我得告诉您，我们的厨房可是一间干净、光线充足的上好房子），屋子不大，就那么一个不起眼的小窝……也就是说，或者更准确点说，厨房是一间有三个窗户的大房间，我把这厨房横着隔了一块墙板，这样就像又多了一个房间，一个额外的房间。这房子挺宽敞舒适，还有一个窗户，什么都齐全，总而言之，一切都很舒适。喏，这就是我的小窝。可是，亲爱的，您可别以为这里有什么别的原因，还有什么没说出来的意思：嘿，住的是厨房！是啊，我确实就住在这间厨房的隔板后面，但这没什么不好的；我一个人单独生活，自己不声不响地、安安静静地过日子。我在屋里放了一张床、一张桌子、一个五屉柜、两把椅子，还挂了一张圣像。确实，有比这更好的住处，也许还好得多，可是最重要的是要方便，要知道我这样完全是为了方便，您别以为这是为了什么别的缘故。

——陀思妥耶夫斯基《穷人》①

叙述话语让位给人物话语。我们在这段独白中看到了善解人意的同情心和自圆其说的自尊心，于是可以说人物话语是双声复调的，其中既夹杂着对对方可能想法的揣想，又表达着自己急于辩解以安慰对方的心态，它揭示了书信双方的同好关系。但这种辩解使主人公总在他人的眼光下感到不自在，总是要不断说明、交代、暴露自己而又试图掩盖。它们之间的紧张又构成既愤世嫉俗的又卑微恐慌的小人物心态，这种卑微的、愤愤的、却又仿佛甜滋滋的内心显得是在奇异、反常地自我折磨，暗示出另一个他者对书信双方的压迫。在这种压迫下，有人论称说它几乎是在自我蔑视、自我折磨、自我嘲笑的自轻自贱中体验快感的"精神自渎"②，它使复调性

---

① 陀思妥耶夫斯基：《穷人》，文颖译，作家出版社，1956年。
② 姜振华、陈小妹：《精神自渎：陀思妥耶夫斯基的"梦魇"》，载《菏泽学院学报》2009年第7期。

话语更加错综复杂，揭示了这样的当下：在人道主义危机的时代，人性沦入盲目、阴暗、丑恶的深渊，人心涌出混沌杂乱的野蛮情欲，人的精神是如何的动荡、紧张，导致人在人格尊严遭受侮辱时，选择以荒谬、疯狂的方式恢复被践踏的权力。①

二、声音化用视角：塑造叙述者与被叙述者之间的空间关系

声音化用视角，就是低一层的"核心"被上一层的转述声音挤占为"卫星"，或者低一层的"卫星"被上一层的转述声音扶持为"核心"。声音化用视角的最终结果是打破了事件的序列化，存留在叙事文本中的是叙述者与被叙述世界的空间关系。

"核心"与"卫星"是用以描述叙事结构的基本单位。从主题结构角度看，"核心"即"基本动能"，它是互相关联的行动，用以开始或结束某种不确定的状态，比如中国历史小说叙写治乱之世，开始于乱，结束于治；恋爱小说开始于男女主人公动情，结束于婚姻或分手。"卫星"是"功能催化者"，是可有可无的活动，用以填补基本功能单位之间的叙事空间。与"核心"和"卫星"相对应的分别是"关联母题"和"自由母题"，"关联母题"是指在讲述中不可省略的，"自由母题"是指对于情节发展不是基本的，可被省略的。② 如此，"核心"彼此间在时间线上把一个故事从头到尾地连在一起；"卫星"则是在时间线上不断地分岔出去，干扰时间线、情节线、主题线的清清朗朗。然而，同一个素材在不同的话语层，却在此层还是"核心"，在彼层就是围绕其他"核心"的"卫星"了。

典型如俄裔美籍作家弗拉基米尔·纳博科夫（VladimirNabokov）的小说《微暗的火》（Pale Fire）。

---

① 〔俄〕谢·卢·弗兰克：《陀思妥耶夫斯基与人道主义的危机》，田全金译，载《中文自学指导》2008 年第 5 期。

② 〔美〕马丁·华莱士：《当代叙事学》，伍晓明译，北京大学出版社，2005 年，第 108 页。

结构独特的《微暗的火》采用诗歌笺注形式。它包括四部分：序言、长诗、注释、索引。其中，长诗作者是著名的诗人约翰·谢德（John Shade），他在长诗中自述自己不断失去充满痛苦但又不断探索的一生。序言、注释、索引的作者是查尔斯·金波特，他是谢德的同事，是一个猥琐的同性恋者，又是一个颇不受人欢迎的自大狂，还是一个总是生活在孤独中的卑微者，他在长诗的笺注中间穿插赞巴拉前国王查尔斯二世逃亡且必须隐姓埋名的故事，"暗示"那个查尔斯二世即金波特自己，从而使得他从现在的可鄙、可悲的"无法形容的孤独和痛苦"一跃而成为伟大的、光荣的孤独和痛苦。由是，小说文本分裂成两个写作者写成的两个层次的自传文本。谢德的自传是沿用传统的蒲伯式的英雄双韵体叙事诗体，轮廓清晰、前后连贯；金波特的自传则是在对谢德长诗的作序、注释、索引中策略性地把谢德诗句中的片言只语挪借出来，作为某个节点，节外生枝地拼凑出一个前国王的传奇故事。由于金波特的笺注，使金波特的故事成为高于谢德的长诗一层的叙述者声音，谢德长诗的声音则成为低一层的视角，金波特所挪借出来的片言只语就被做了转化，或者把谢德的长诗中的"核心"转换为赞巴拉前国王传奇故事中的"卫星"，或者反之。

比如，在谢德长诗的801—802行是这样的诗句：

> 只有一处误印——倒也关系不大：
> 是山峦而不是喷泉。宏伟的情调。①

其中的"山峦"（mountain）和"喷泉"（fountain）之误印是"核心"。谢德在此前回顾了他的生之痛苦：自己在孩童时代又瘸又胖、笨手笨脚而曾濒临死亡，姑妈因为突然瘫痪、丧失语言能力而不再面容高贵，女儿因为相貌丑陋、屡遭冷遇而投湖自尽，世间那些热诚投靠的白痴、政治上的看守、离井背乡的人、畅论礼仪的人、结婚两次的鳏夫……他们使

---

① 〔美〕纳博科夫：《微暗的火》，梅绍武译，时代文艺出版社，1999年，第58页。

世界成为庄严的虚无，它让谢德感到"生活诗歌在黑暗中胡乱涂写的信息"。他试图"勘察死亡深渊"，恰好遭遇又一次昏迷，在昏迷中仿佛跃进异域，看到了一座"喷泉"，"它的出现奇妙地抚慰我"。事后，谢德看到杂志上报道了一位太太昏迷后到达过"死后的境界"，也看到了"喷泉"，于是谢德坚信"我们那喷泉是一个路标和一项标记客观存在那片黑暗中"，登门确认，才发现那其实是"一处误印"："是山峦而不是喷泉"。谢德沮丧地开车回家，他一路上都在思考，并且得到了新的启迪："我顿时顿悟到这才是真正的要点，对位的论题；只能如此：不在于文本，而在于结构；不在于梦幻，而在于颠倒混乱的巧合，不在于肤浅的胡扯，而在于整套的感性。对！这就足以使我在生活中可以找到某种联系，某种饶有兴味儿的联系，某种在这场游戏中相互关联的模式，丛状的艺术性，以及少许正像他们玩耍这类游戏而寻获的同样乐趣。"简言之，谢德从感味生之痛苦到探寻死之形状，转折到了一个新的阶段——探索美，于此，他感受到了生的美好。

　　然而，在注释中，金波特如此处理"一处误印"：

　　　　谢德诗作的译者，在把"mountain"（山峦）一下子转换成"fountain"（喷泉）时，势必会遇到麻烦，不大好译。这在法语或德语，或俄语，或赞巴拉语里，都没法儿给予巧妙的安排，没法儿译得像样儿，译者只好求助于脚注，而那可是个无赖的词汇长廊。可不是！据我所知，有一个出奇得真叫人难以置信的精品例子，不止是两个词汇而是三个词汇给卷了进去。那件事本身到够平凡的（也许不足凭信）。一份报纸在报道一位沙皇加冕登基的盛况时，竟把"korona"（皇冠）误印成"vorona"（乌鸦），翌日在致歉的声明中"予以更正"，不料又出了错儿，误印成"korova"（母牛）。这个"皇冠-乌鸦-母牛"系列和俄语的"korona-vorona-korova"系列之间的精彩关联，我敢保证，想必会使我的诗人狂喜，畅怀大笑。①

金波特通过"这个误印不算什么，还有更精彩的误印"，把对于谢德的自传来说尤为关键的"核心"转化为一个让人置之一笑的轶事，从而成为前赞巴拉国王故事中的"卫星"。

另外，金波特又把谢德那里的"山峦"强调为让出逃的前赞巴拉国王梦回的赞巴拉"贝拉山脉"：

> 满布纹理的岩石和枝杈丛生的松柏，气势宏伟而自豪地矗立在我眼前。②

让一个谢德长诗那里的"卫星"转化为前赞巴拉国王故事里的"核心"！

这一转化印刻下了一个"当下空间"：金波特这样一个"非常态"的人如何在焦虑于世人的鄙夷中，通过偷窃谢德之名而荒诞地梦幻"现实"的情境，这种偷窃，实质是金波特作为上一层的转述者通过刻意的误读来挤占、利用了谢德这个被转述者的空间。

《微暗的火》是一个采用元叙事从而是让读者"边了解边改造这个世界，接收它、拆散它，就在这储存的过程中重新把它的成分组织起来，以便在某一天产生一桩组合的奇迹，一次形象的和音乐的融合，一行诗"③的小说，因此在它里面，声音对视角的化用尤为突出。

在一般的传统小说中，声音化用视角自然是存在的，虽然色彩不如《微暗的火》鲜亮。比如威廉·福克纳的短篇小说《烧马棚》。《烧马棚》讲述的是看到父亲用暴力解决一切矛盾的处事方式时一个十岁的孩子的心理成长历程：在对父亲的忠顺和自身日渐增强的道义感之间该如何抉择的

---

① 〔美〕纳博科夫：《微暗的火》，梅绍武译，时代文艺出版社，1999 年，第 280 页。
② 同上，第 279 页。
③ 同上，第 17 页。

苦苦挣扎。下面的选段是父亲为了打死一只马蝇而将棍子重重打在骡子身上——

> 父亲爬到哥哥已经坐着的座位上，用剥了皮的柳条朝那匹瘦得不成样子的骡子狠狠抽了两下。不过这倒不是因为他心里有火，甚至也算不得故意虐待牲口。其实，这种脾性同几年后他的后代总爱在开动汽车前让马达空转一阵的习性是一模一样的。
>
> ——福克纳《烧马棚》

文中的视角是小男孩的，声音是叙述者的。父亲的暴力在小男孩的心理成长上是重重的一笔，可谓"核心"；但叙述者的声音中，用"倒不是""算不得""其实"等一系列轻描淡写的口吻和大大咧咧的比附，把"核心"转化为"卫星"一般。这种声音化用视角生动地表现了叙述者与被叙述层的空间关系：叙述者纠结于这个男孩在成长中面对父权的当下处境——儿子在确证和怀疑父亲所为是否暴力、忠顺父亲还是听从道德感之时的犹疑、抉择，以及背后在挣脱某种与生俱来的父子一体而走向独立自我时的撕裂、痛苦。

三、声音颠倒视角：塑造文本与世界的空间关系

声音颠倒视角，是指低一层的话语意思被上一层的语境颠倒成相反的意思，形成反讽。

张大春在其《小说稗类》中举了一个例子，很有启发性。他说，《孟子·离娄章下》篇中的《齐人有一妻一妾》。该故事讲述了一个生活困顿、成天在外面蹭吃蹭喝的丈夫回到家向妻妾炫耀自己的富贵朋友，妻妾怀疑，妻子就"瞷良人之所之也"（偷窥丈夫到哪里去），发现他其实是在城郊坟地间向祭祀的人讨要残羹冷炙，妻妾"相泣于中庭"，不知情的丈夫回来后依然"骄其妻妾"。这段故事被选入中学语文教材，教材对它的解

读是贬讽丈夫，同情妻妾。殊不料，原文其实故事外还有故事：

> 储子曰："王使人瞯夫子，果有以异于人乎？"
>
> 孟子曰："何以异于人哉？尧舜与人同耳。齐人有一妻一妾而处室者，其良人出，则必餍酒肉而后反。其妻问所与饮食者，则尽富贵也。其妻告其妾曰：'良人出，则必餍酒肉而后反；问其与饮食者，尽富贵也，而未尝有显者来，吾将瞯良人之所之也。'蚤起，施从良人之所之，遍国中无与立谈者。卒之东郭墦间，之祭者乞其馀；不足，又顾而之他，此其为餍足之道也。其妻归，告其妾，曰：'良人者，所仰望而终身也，今若此。'与其妾讪其良人，而相泣于中庭，而良人未之知也，施施从外来，骄其妻妾。由君子观之，则人之所以求富贵利达者，其妻妾不羞也，而不相泣者，几希矣。"

故事中的孟子用"齐人有一妻一妾"的故事来比附"王使人瞯夫子，果有以异于人乎"的故事，仿佛对号入座了"瞯者"（妻妾和王、使者）与"被瞯者"（齐人和孟子），而自嘲"何以异于人"，实际是借暗讽瞯者欲人"求富贵利达"，而让自己成为"羞人者"。①

一个叙述者的声音被套在上一层叙述者的声音中，前者的声音降为后者的视角，意思发生了颠倒。这有如"罔两问景"的故事中所揭示的情形。

《庄子·齐物论》中载"罔两问景"的故事：

> 罔两问景曰："曩子行，今子止；曩子坐，今子起。何其无特操与？"景曰："吾有待而然者邪？吾所待又有待而然者邪？吾

---

① 张大春：《小说稗类》，广西师范大学出版社，2004 年，第 42-43 期。

待蛇蚹蜩翼邪？恶识所以然？恶识所以不然？"①

西汉《淮南子·道应训》中也载"罔两问景"：

> 　　罔两问于景曰："昭昭者，神明也?"景曰："非也。"罔两
> 曰："子何以知之?"景曰："扶桑受谢，日照宇宙，昭昭之光，
> 辉烛四海，阖户塞牖，则无由入矣。若神明，四通并流，无所不
> 极，上际于天，下蟠于地。化育万物而不可为象，俯仰之间而抚
> 四海之外。昭昭何足以明之！"故老子曰："天下之至柔，驰骋天
> 下之至坚。"

"景"即"影"，昏暗；"罔两"是半影，不甚明亮。这两则"罔两问景"都旨在说明影子所凭待的神明，是凭待所凭待的本源，并因为这种层层地被凭待，它并不实体化为某个结构，而是四通并流、无所不及地渗透、转变而能化育万物。放到叙事文本中，就意味着并不是某个层次中的话语是暧昧两可的，而是说当它嵌套在另一个层次之下时，话语原先的边界发生了变化，此意颠倒成了彼意，构成反讽。

对于叙事行为而言，最外层的语境就是文本之外的世界。因此，最外层的声音颠倒视角，结果是将文本外的现实世界和文本内的修辞世界互为颠倒，这样，反讽站在了文类（文学体裁）的边界上，它塑造起关于叙事体裁的约定俗成的程式和期待，反讽成为叙事最本质性的话语形式。比如这样的一段话语：

《十大民间语文》
　　孩子不能输在起跑线上，学生不能输在录取线上，领导不能

---

　　① 意即：罔两问影子："先前你走动，现在却又不动了；先前你坐着，现在却又站起来。你为何没有规矩呢?"影子说："是因为我的举动由我所凭待来决定，我所凭待的举动又由它所凭待的来决定，我所凭待的不是长在我身上的蛇蚹蜩翼，所以我不知道为什么会这样，或不这样。"

输在阵线上，股民不能输在 K 线上，农村女人不能输在针线上，城市女人不能输在曲线上，所有男人不能输在前列腺上，至于街上行人，则万万不能输在斑马线上。[①]

请注意全文落脚处的"至于街上行人，则万万不能输在斑马线上"。单单从前面一系列的句子所构成的语境来看这句，它的意指仿佛是：过马路的时候得灵敏点，免得错过了红绿灯。但是这段话其实被嵌套在更高一层的语境——2010 年第 1 期的《南方人物周刊》，该杂志办刊定位之一是针砭当代中国时弊，2009 年中国发生了若干酒后飙车撞死路人的事件，引得社会讨论沸沸扬扬，成为新闻热点。在这种时事性语境中，"至于街上行人，则万万不能输在斑马线上"表达的意思其实颠倒了——再灵敏也没用，能依靠的可能更是运气。因为这一句话，《十大民间语文》具有了反讽性，使读者的接受心态出现了突转，《十大民间语文》因此成了一个段子，段子是萌芽状态的故事，是最简短的叙事。叙事用反讽性的修辞对照出叙事的虚构，虚构使叙事跳出现实世界，并转而获得重塑世界的权力。在叙事中，重塑世界是通过塑造当下的空间关系来进行时间塑造的。

第二节　细节与序列的战争

如前所述，不同层次的视角和声音在不同的关系类型中碾出了细节，细节中含蕴着的是不同叙述层次的空间关系——同层次的人物对话间的，上一层声音与下一层视角的转述与被转述之间的，再现现实之述愿语与创生世界之述行语之间的。细节由此加入与序列的战争，扩出当下空间、改变时间节奏、给结构带来开放性。细节和序列的战争，是叙事空间参与叙事时间塑形的表现。

---

① 《十大民间语文》，载《南方人物周刊》2010 年第 1 期第 65 页。

一、细节在线性序列上扩出当下空间

叙事中最动人的就是细节。它唤起的是具象感知，如梁启超所列的摹写情状：

> 人之恒情，於其所怀抱之想像，所经阅之境界，往往有行之不知，习矣不察者；无论为哀为乐，为怨为怒，为恋为骇，为忧为惭，常若知其然而不知其所以然。欲摹写其情状……有人焉，和盘托出，激底而发露之，则拍案叫绝曰：善哉善哉，如是如是。[①]

它唤起具象感知的方式主要是将细节盘亘在身体知觉上，典型如拉伯雷的《巨人传》中不断提及身体，从高康大的出身、嗜酒、服饰，到高康大擦屁股所表现的智慧等，几乎是身体的狂欢曲。再如张爱玲的《红玫瑰与白玫瑰》，男主人公从身体（洗头、洗脚等）起笔，起承转合着思绪、念想、决心。细节把人带回身体当下这个原点，让人在日常生活流中应激性地知觉，停下来，听到、视见，而不再是囿于生活惯性。[②] 细节唤起具

---

① 梁启超：《论小说与群治之关系》，载《中国历代文论选》（第四册），上海古籍出版社，1986年，第207页。

② 美术界也有类似的认为：昂纳和弗莱明在合著的《世界美术史》中写道："他自己认为，他完全理解抽象艺术的可能性，是在1910年的一个夜晚。当时他突然间认不出自己的一幅画，这幅画摆错了方向，却看到了一幅'美丽绝伦放射出内在光芒'的画面。这种形和色内在表现的进化使他确信自然的再现对他的艺术来说是十分多余的。"（见 Hugh Honour，John Flemingz：《世界美术史》（The Visual Arts：a History），北京国际文化出版公司，1990年，第572页。）这就是说，是一个美丽的错觉使他萌生了解构具象的灵感。此外，哲学家柏格森的直觉主义和格式塔的完形心理学对他也有影响，他们主张形状、尺寸、颜色、特殊的装饰纹样等会有规律地产生某种知觉效果，即形和色能直接传达出本身所包涵的"意义"。还有1908年 W·沃林格出版了《抽象与移情》，论述到了艺术中的抽象倾向，归因于人脱离物质世界的需要，并"在流逝的现象中找到一处休息所"，这也是康定斯基的抽象理念源泉。（见 Hugh Honour，John Flemingz：《世界美术史》（The Visual Arts：a History），北京国际文化出版公司，1990年，第572-573页。）出于上述理念，康定斯基彻底解构了具象，他让一个不断延伸的色块、线条，在我们的意识本身不了解的神秘空间飘浮，产生旋涡，认为这就会像音乐一样，以抽象的绘画元素直接宣泄出自己内心的感情。这就是他所谓的热抽象。

象感知的方式还可以是"闲中著色"地贴近某个亲在的时刻，从而让接受者跳出某种程式，与鲜活的生活体验勾连起来。

细节恰如梦中的基本语汇——影像①。梦中的影像按不可被日常逻辑所理解的序列来叠加或涂改，构成梦境；具有亲在感的细节插在线性时间的事件序列中，有如鲜亮热烈的熔岩顺着锲缝溢出，破绽开某种固化的框架，"遂如爝火乍燃，使原本阒暗的一切有了清晰、明白且鲜亮的意义"②——固化的框架也许是面前的舞台表演逻辑，也许是所表演的生活逻辑，也许是其他的个人正陷溺其中的某个逻辑。这样，细节不是简单地前后相连，而是一种创生，如同电影蒙太奇——爱森斯坦说：

> 无论是哪两个电影片段接在一起都会组合成一种新观念、新质量，这种新观念、新质量产生于这两个片段的并列……。蒙太奇是通过两个并列镜头的关系进行表达或指意的艺术，因此，这种并列可以产生思想或表达两个独立镜头都没有的东西。整体胜过各部分的总和。③

所以，与其说"抽象而不好把握的时间正是通过叙事才变得形象和具体可感的，正是叙事让我们真正找回了失去的时间"④，不如修正地认为：叙事是为了突破抽象而不好把握的时间，找回与失去的时间紧密一体的当下空间，因为我们的生命足迹正在一个个涌现和弥散出鲜活印象、质感印记的当下空间中。因此，叙事不是以时间为主线，将空间置为事件的静态背景；叙事实际上是强调过程中空间的不断出场、继起，并与时间粘合成

---

① 对于影像之于人的自我意识的作用，弗洛伊德如是说："视觉意象构成我们梦的主要成分"（〔奥〕弗洛伊德：《释梦》，孙铭之译，商务印书馆，1996 年，第 21 页。），"梦中大部分的经历为视象；虽然也混有感性、思想及他种感觉，但总以视象为主要成分".（〔奥〕弗洛伊德：《精神分析引论》，高觉敷译，商务印书馆，1984 年，第 62-63 页。）
② 张大春：《小说稗类》，广西师范大学出版社，2004 年，第 148 页。
③ 〔法〕热拉尔·贝东（Gerard Betton）：《电影美学》，袁文强译，商务印书馆，1998 年，第 84-85 页。
④ 龙迪勇：《叙事学研究的空间转向》，载《江西社会科学》2006 年第 10 期。

"时也势也"的"当下"，来冲破抽象时间的固化框架，叙事文本中的线性时间仅仅是一个个"当下"在相互转化、彼此透过时留下的痕迹。

二、细节改变序列的时间节奏

细节依然缀在某条因果时间序列上，但细节的妙处在于，它在与生活惯性速度的即合即离中带来了新的速度。合，将现实惯性节奏中的人携带上路；离，人被从先前的惯性中抛出去，摁下来；合，让人携带新的节奏重新进入现实。亚里士多德所认为的悲剧情节之三个组成部分："突转"（指行动转向相反的方面）、"发现"（指从不知转变到知）、苦难（毁灭或痛苦的行动），都是起于细节盘亘和亲在感知，借此锲入、破绽、改变惯有速度，把人带入异时空，反思惯性直觉，所有审美情绪（怜悯、恐惧、净化）均基于这种速度陡然变化的出乎意料、重新打量自身，然后另起一种叙事速度和生活速度。比如，《十日谈》前三分之二是叙述者的转述、概述，其速度是持重、稳妥、中庸的，至后三分之一时叙述者的声音复现人物话语的对抗，文本洋溢的是狂欢、叫嚣、轻快，速度发生逆转。这种速度一直延续到拉伯雷《巨人传》，进入塞万提斯的《堂吉诃德》，开始减缓，到了莎士比亚，这种欢快渐渐从喜剧的青春男女（《罗密欧与朱丽叶》的罗密欧与朱丽叶之月夜花园、《威尼斯商人》的鲍西娅之月夜贝尔蒙特）蜕变为历史剧的反讽角色（《亨利四世》的福斯塔夫）、悲剧的角色反讽（《哈姆莱特》的宫廷戏子、掘墓人），欢快被审慎的抑郁冲淡、消泯。

细节对速度的改变有两种情形，一种是在已有的"现实"上用细节盘亘植入塑造新的世界，如薄伽丘《十日谈》绿鹅的故事；另一种是开始就突兀出新的世界，再通过细节盘亘把突兀渐渐着陆在"现实"上，反衬出"现实"的异常。如卡夫卡《变形记》的陡转发生在小说的开头："一天早晨，格里高尔·萨姆沙从不安的睡梦中醒来，发现自己躺在床上变成了一只巨大的甲虫。"① 读者被放置在高高的云端，找不到可以支撑现实感受的支点，接着才借助卡夫卡在虚构框架中"表现真实细节"，开始慢慢找到了日常速度：格里高尔努力要让虫子躯体跟上原有的生活：起床、上班、吃喝拉撒睡、父子追逐、搬家具、保护图片……，但细节让他总不能遂愿，人被迫从原有轨迹脱落下来，真正成了虫子。读者渐渐着陆在日常生活流上，却疏离、反思日常生活的惯常态度——是什么让格里高尔成为虫子的？此时，绝不会仰赖诸如食物或环境使人发生变异的科学逻辑，或是他抛弃了上帝所以上帝惩罚他的信仰逻辑。

三、细节突破线性序列结构的封闭性

细节与序列的战争，最后影响了线性叙事所追求的结构的封闭性。

结构是进入线性叙事之前的谋篇布局，它本来的意图是用封闭性来秩序化世界。《说文解字》中发现"结，缔也"，也就是把绳子打成纽结；绳子打成纽结；"构，盖也"，也就是把木材交错架设成屋。清代李渔说：

> 至于结构二字，则在引商刻羽之先，拈韵抽毫之始，如造物之赋形，当其精血初凝，胞胎未就，先为制定全形，使点血而具五官百骸之势。倘先无成局，而由顶及踵，逐段滋生，则人之一身，当有无数断续之痕，而血气为之中阻矣。工师之建宅亦然，基址初平，间架未立，先筹何处建厅，何方开户，栋需何木，梁用何材，必俟成局了然，始可挥斤运斧。倘造成一架而后再筹一架，则便于前者不便于后，势必改而就之，未成先毁，犹之筑舍道旁，兼数宅之匠资，不足供一厅一堂之用矣。……尝读时髦所撰，惜其惨淡经营，用心良苦，而不得被管弦、副优孟者，非审

---

① 〔奥地利〕卡夫卡：《卡夫卡文集·变形记》，学思主编，李文俊译，武汉大学出版社，1995年，第15页。

音协律之难，而结构全部规模之未善也。①

　　早期小说不乏突破封闭结构的方式。比如《十日谈》《坎特伯雷故事集》等西方短篇框架式小说复制《一千零一夜》，或者清代题名"圣水艾衲居士编"的《豆棚闲话》，把短篇小说锁入一个外在讲述框架，用讲故事的人与听故事的人的情境交谈这种细节来打开短篇小说的头尾。但此后的小说越发戏剧化——首尾封闭、结构紧凑、情节统一，这是因为世界观的变化带来了文体意识的变化。结构闲散的小说是游击战，是对第一动力源（上帝、道）的解构心态，没有"把握"的焦虑；结构紧凑的小说是启蒙运动的深化，人陷在主体意识的对象化冲动中，渴念把人（智性）推到新的第一动力源上，最典型的就是西方19世纪现实主义小说和中国现代小说，它们讲求用精美的结构来讲述一个完整的、有意义的故事。到了后现代主义，人们对现代性危机和工具理性的反思，使文学从意识形态代言人转退为个人精神生活的守护者，文学重新作为个人性的需求，要求摆脱并消泯掉曾经胁迫、劫持了个人体验的时间意识，呼吁回到个人栖身的、私人体验的当下空间，以保证生活的未完成状态——无中心地铺展开，呈丛状、网状，多头绪间是偶发地、共时地关联。空间反抗时间，要求看到简明、清晰的历史时间实乃乌托邦，故而不能提供真正有力量的感知框架，要求追求交流快感的叙事优先于成见中的真理、教义，以能守护住来自个人身体的感性经验。本雅明就把卡夫卡小说的"否定性特征"描述为坚持没有真理的传递性：

　　　　真理的这种坚实性业已消失。卡夫卡并非面对这个状况的第一人。在他之前已有不少人作了尝试。他们的做法是，抓住真理或他们所认为的真理不放；或轻松或很不情愿地放弃了真理的传

---

　　① （清）李渔.:《闲情偶寄》（词曲部·结构第一），江巨荣、卢寿荣校注，上海古籍出版社，2010年。

递。卡夫卡真正的天才之处就在于，他做了前所未有的尝试：为了坚持真理的传递，坚持哈伽达因素，他宁愿牺牲真理。①

叙事的否定性表现为叙事文本自我指涉的元叙事。元叙事突破封闭结构的方法之一就是让情节的关键定格在一瞬间，这个瞬间由细节、卫星、罔两的视角盘绕出来，在瞬间之后是"或者……或者……"的多种可能性，它们截断了线性时间，呈现了一个绝对时间——时间零，结构闲散、开放了，让人获得一个无比丰富的"宇宙"。此时，瞬间有如迷宫中的分岔口，博尔赫斯《小径分岔的花园》用侦探故事隐喻地表明"时间的无限连续"，时间的网"正在扩展着、正在变化着的分散、集中、平行"，"互相接近，交叉，隔断，或者几个世纪各不相干，包含了一切的可能性"②，它用"时间是永远交叉着的，直到无可数计的将来"否定了"一致的""绝对的"时间③，这种情状还被博尔赫斯比作百科全书式结构突破知识的一元分类体系和其后的知识疆界。博尔赫斯在《约翰·威尔金斯的分析语言》中假弗兰兹·库恩博士之口引述《天朝仁学广览》，谈到中国的动物分类法：

　　a. 属于皇帝的；b. 涂香料的；c. 驯良的；d. 哺乳的；e. 半人半鱼的；f. 远古的；g. 迷路的野狗；h. 本分类法中所包括的；i. 发疯的；j. 多得数不清的；k. 用极细的驼毛笔划出来的；l. 等等；m. 刚打破了水罐子的……n. 远看如苍蝇的。④

这种标准并不一致的分类，暴露了知识系统所遮蔽的世界万物之间在

---

　　① 〔德〕瓦尔特·本雅明：《经验与贫乏》，王炳均、杨劲译，百花文艺出版社，1999年，第385页。
　　② 〔阿根廷〕博尔赫斯：《博尔赫斯短篇小说集》，王央乐译，上海译文出版社，1983年，第81页。
　　③ 同上，第82页。
　　④ Michel, Foucault. Les mots et les choses. Paris：Gallimard, 1966. P. 7.

空间中混乱并置的原生态关系。卡尔维诺认为小说应该是百科全书，是一种求知方法，尤其是世界上各种事体、人物和事务之间的一种关系网，暴露符号编织方法，颠覆我们对统一标准的预设，刺激我们想到世界的边界，比如艾柯的《昨日之岛》《傅科摆》等小说，往往用语词的多义和矛盾来暴露知识边界，回到当下之孳生知识的空间关系。

　　细节在与序列的战争中，扩出当下空间、改变时间节奏、给结构带来开放性，这表明含蕴着各种空间关系的——对话的、转述与被转述的、现实世界与修辞世界的——细节，不断地介入含蕴着时间性的——用"现在"来记忆过去并预设未来，用这样的"过去－未来"来印刻"现在"——序列中，这种战争是将主体性生存空间的异质性、开放性、辩证性填充进历史时间之时间塑形的"现在"，藉此，叙事空间参与了叙事时间塑形。

※ 后 记 ※

　　本书对叙事现象的思考横亘在几个不同的层面上。一个是关于叙事时间之时间性的哲学话语层面（如保尔·利科的历史时间和叙事时间，及其所涉及的亚里士多德、康德之宇宙论的时间，和奥古斯丁、海德格尔之现象学的时间，和黑格尔之历史时间），一个是关于叙事之空间实践和叙事空间之空间属性的社会伦理学层面（从日常生活批判进入，直到列斐伏尔的空间理论），这两个层面之间，巴赫金的叙事理论和J·希利斯·米勒的叙事理论成为本书的有益借鉴，并以之过渡进下一个层面，即叙事学的文学理论层面（从传统叙事学到语境叙事学的空间叙事研究），最后还有一个作为理论阐述的例证的文本细读这个文学批评层面，形成了层层微观化下来的阐述框架。

　　同时，本书从综述到评论（日常生活批判理论、传统叙事学理论、空间叙事研究理论）、从借鉴到综合（胡塞尔、许茨、赫勒等的日常生活世界理论，卡西尔、列维-斯特劳斯、伽达默尔等的符号现象学或语言哲学，梅洛·庞蒂的身体-知觉现象学，巴塔耶的人类学-普通经济学，福柯的身体-空间政治学，列斐伏尔的空间理论，吉登斯的激进现代主义理论，哈贝马斯的间性理论，保尔·利科的叙事时间理论，巴赫金的小说理论，J·希利斯·米勒的叙事理论）、从立论到演绎（叙事文学作为关乎主体性生存的叙事行为，其要旨在于：叙事时间是对历史时间之时间塑形的三重模仿；因此，其关键在于"现在"的已完成性与未完成性；叙事空间通过将间性主体之空间关系介入"现在"，而使"现在"保持其未完成性，从而参与叙事时间之时间塑形）等进行了多个角度、多个层面的研究。

如此的阐述框架和如此的研究模式，使本书在论述过程中充满了许多风险，比如对他人的论断可能会是断章取义的，比如对自己的阐述可能会是流于空疏的或失之片面的，对此，不能仅仅以个人化的精神生产不能不带有某些个性化的色彩来为自己做辩护。因此，本书在遴选研究焦点上、在展开论证过程中，尽量遵照叙事理论的术语传统（情节、人物、环境；叙事时间、叙事空间）、分析肌理（词语-功能-事件-事件序列-叙述话语-叙事文本），来且破且立地展开自己的思考，力求在文本分析中具有相应的诠释力，并能真正唤起"恰是如此"的体验感。

在撰写过程中，我始终品尝着一种发现的快乐：我从一个个理论家的论述核心出发向着本论文的分析对象——叙事行为及叙事形式的实质——靠近时，发现不同层面的话语居然在从不同角度向着同一个隐秘的东西包抄，这种情境仿佛弗罗斯特的诗《秘密坐在其中》所描述的：

> 我们围成一个圆圈跳舞、猜测，
>
> 而秘密坐在其中知晓一切。

我一次次地重新认识这些理论之间的重叠处，并通过它们对自己的思考做着一次次的梳理。这个过程是努力寻求不同维度的平衡状态的过程，它生起了缠绕内心的蒙昧苦闷、柳暗花明，这个难以忘怀的宝贵经历使我终于开始了对自己而言具有拓荒意义的思维旅行。